HEYNE BÜCHER

Von John Gardner sind
als Heyne-Taschenbücher erschienen:

Niemand lebt für immer · Band 01/6891
007 James Bond – Lizenz zum Töten · Band 01/6996
Nichts geht mehr, Mr. Bond · Band 01/7713
Scorpius · Band 01/8033
Sieg oder stirb, Mr. Bond · Band 01/8246
Moment mal, Mr. Bond / Operation Eisbrecher /
Die Ehre des Mr. Bond · Band 23/46

JOHN GARDNER

FAHR ZUR HÖLLE, MR. BOND!

Roman

Deutsche Erstausgabe

WILHELM HEYNE VERLAG
MÜNCHEN

HEYNE ALLGEMEINE REIHE
Nr. 01/8606

Titel der Originalausgabe
BROKENCLAW
Aus dem Englischen übersetzt
von Katharina Jonas

Redaktion: Christian Barth

Printed in Germany 1992
Umschlagillustration: Lynn Hollyn Ass.
Umschlaggestaltung: Atelier Ingrid Schütz, München
Gesamtherstellung: Elsnerdruck, Berlin

ISBN: 3-453-06108-X

Für Russ und Randy

1
Tod am Nachmittag

Der ältere Mann trug Jeans und ein kariertes Hemd. An den Füßen hatte er bequeme Turnschuhe, und sein zerdrückter Panamahut war tief in die Stirn gezogen, um seine Augen vor der Nachmittagssonne zu schützen. Er streckte sich in seinem Liegestuhl aus, ließ die Zeitung, in der er gelesen hatte, sinken und betrachtete die Landschaft, die er liebengelernt hatte.

Das, dachte er, könnte ohne weiteres ein englischer Garten auf dem Land sein, mitten im Sommer. Der weite Rasen war vorschriftsmäßig geschnitten und bot den erfreulichen, die Augen täuschenden Effekt von breiten, geraden Streifen in zwei verschiedenen Grünschattierungen. Der Ränder waren von karmesinroten Salvien eingefaßt, die von purpurfarbenen Lupinen und nickenden Stockrosen überschattet wurden. Der Rasen endete knapp zwanzig Meter von dem Platz entfernt, an dem der Mann saß, und ging in einen Rosengarten über mit einer Reihe von bogenförmig angeordneten Spalieren, die wie große, farbenprächtige Korridore wirkten. In weiterer Entfernung sah man Bäume, und durch eine Öffnung zwischen ihnen konnte man das Meer erblicken, auf dem die Sonne viele kleine Lichtpunkte tanzen ließ.

Der Mann nahm das Geräusch eines Wagens vor dem Haus hinter sich nur undeutlich wahr. Es war eine vollkommene Illusion, dachte er. Man mußte es jedem nachsehen, der glaubte, er befände sich in einem sommerlichen Garten in Surrey oder Kent. Nur das Datum auf seiner »Times« bewies im klar und deutlich, daß man den 25. September schrieb und daß es nur wenige Meilen von der Stadt Victoria auf der Insel Vancouver in British-Kolumbien war, wo wegen des milden Klimas, das von der japanischen Strömung herrührte, die Blumen das ganze Jahr hindurch in Blüte standen.

Die Türglocke im Haus ließ ihr angenehmes Geläut ertönen. Das Hausmädchen war in Victoria, um Einkäufe zu erledigen, deshalb stand er auf, legte die Zeitung beiseite und ging langsam hinein, wobei er vor sich hin brummte.

»Professor Allardyce?« Vor ihm standen zwei jüngere Männer, lässig bekleidet mit Slacks und Leinenjacken; ihr Wagen parkte auf der mit Kies bedeckten Auffahrt vor dem Haus.

Der Professor nickte. »Was kann ich für Sie tun?«

»SIS.« Der größere des Duos führte das Wort, und beide hoben die Hände, um die mit Folie überzogenen Karten vorzuweisen, die sie als Mitglieder des Kanadischen Security und Intelligence Service auswiesen.

Der Professor nickte wieder, denn er kannte diese Organisation, doch hatte er die beiden Agenten noch nie zuvor zu sehen bekommen. »Gut, was kann ich für Sie tun?« fragte er zum zweitenmal.

»Es gibt eine Reihe von Problemen. Die Sache mit LORDS ...«

Allardyce hob die Brauen und verzog die Lippen.

»Oh, das ist in Ordnung, Sir. Wir sind beide eingeweiht in die LORDS-Affäre«, sagte der andere Agent rasch.

»Das hoffe ich«, erwiderte der Professor stirnrunzelnd. »Also, was ist passiert?«

»Der Chef möchte Sie sprechen«, sagte der größere der beiden.

»In seinem Büro«, fügte der andere hinzu. »Er ist heute morgen angekommen, läßt Ihnen seine besten Grüße ausrichten und fragen, ob Sie ihm die Ehre geben wollen.«

Es entstand eine Pause. Professor Allardyce runzelte wieder die Stirn, die beiden Agenten scharrten mit den Füßen, und der größere von ihnen drehte unentwegt an einem der Knöpfe an seiner Leinenjacke.

»Sie haben doch sicher nichts dagegen, wenn ich im Büro anrufe?« Allardyce drehte sich um, während er noch sprach, und gab damit deutlich zu verstehen, daß er auf jeden Fall dort anrufen würde, ob es ihnen nun paßte oder nicht.

»Das ist keine gute Idee, Professor.« Der größere Agent trat vor und wirbelte den älteren Mann herum, während der andere seine Handgelenke umklammerte. »Es ist besser, wenn Sie einfach mitkommen. In Ordnung?«

Der Professor war ein dünner, schlaksiger Mann, aber er schlug mit Armen und Beinen so heftig um sich, daß die beiden Männer sich ernstlich anstrengen mußten, um ihn zu bändigen. Allardyce versuchte zu schreien, und der größere Agent schlug mit der Hand auf den Mund ihres Gefangenen, woraufhin der Professor ihn prompt hineinbiß.

»Als wenn man mit einer Anaconda kämpft«, knurrte der eine.

»Mit einem ganzen Sack voller Anacondas«, erwiderte der andere.

Aber allmählich brachten sie ihr Opfer unter Kontrolle und zerrten es unter Schlägen zum Wagen, wo der größere Agent Allardyce mit dem Handrücken hart in den Nacken schlug. Der Professor sackte zusammen und rutschte in eine Ecke, während der andere in den Wagen kletterte und sich so setzte, daß er vorbereitet war, sollte der Gefangene das Bewußtsein wiedererlangen. Mit dem zweiten Mann am Steuer fuhr der Wagen auf die Straße hinaus und befand sich in Minutenschnelle auf dem Weg, der von Victoria wegführte, hinein in die dichtbewaldete Umgebung.

Professor Robert Allardyce war kein Dummkopf. Er war einundsiebzig Jahre alt und hatte in seinem Leben viele Erfahrungen gemacht, sowohl auf seinem Spezialgebiet, der Schiffahrtselektronik, als auch im Leben selbst. Während des Zweiten Weltkrieges hatte er sich in der amerikanischen Marine ausgezeichnet: er hatte zwei Schiffe versenkt und war dafür belohnt worden mit dem Navy Cross. Gegen Kriegsende hatte er auf einem U-Boot gedient, und für kurze Zeit, bevor er seine heißersehnten Goldlitzen bekommen hatte, war der Commander Bob Allardyce ein Mitglied der Marineboxmannschaft gewesen.

Der Schlag in seinen Nacken hatte den Professor halb bewußtlos gemacht, aber als der Wagen draußen auf der Hauptstraße war, bekam er bereits wieder mit, was vor sich ging. Sein Nacken tat von dem Schlag weh, und es war ihm klar, daß er steif sein und schmerzen würde, sobald er versuchte, sich zu bewegen. Er blieb liegen, regungslos an die Tür gelehnt, aber allmählich kehrten alle seine Sinneswahrnehmungen zurück. Es war bestimmt viel besser, jetzt noch Bewußtlosigkeit vorzutäuschen und später seinen Vorteil aus dieser Situation zu ziehen.

Etwa fünfzehn Minuten lang fuhren sie, und Allardyce hatte Zeit, sich vorzubereiten, als das Fahrzeug langsamer wurde und schließlich anhielt.

»Sie sind noch nicht da«, sagte einer der Agenten.

»Wir sind zehn Minuten zu früh dran. Steig nicht aus. Bleib, wo du bist.«

»Ist er in Ordnung?«

»Der Professor? Ausgeblasen wie ein Licht. Er wird noch eine halbe Stunde oder so im Land der Träume bleiben.«

Als er sich auf seinen Ausfall vorbereitete, nahm Allardyce wahr, daß die beiden Männer mehr wie Kalifornier sprachen als wie Kanadier. Dann sprang er, den Körper zusammengezogen, griff nach dem Türhebel und trat mit den Füßen zu, als sie mit dem Körper des Mannes in Berührung kamen, der ihn niedergeschlagen hatte. Dann war er draußen und lief, wobei er kaum wahrnahm, daß er sich zwischen Bäumen und Gebüsch befand.

Hinter ihm ertönten Rufe, die wie »Nein! Nein! Nein!« klang. Er hörte die beiden Schüsse nicht, spürte nur plötzlich einen dumpfen Schmerz zwischen seinen Schulterblättern und einen Schlag wie von einer riesigen Faust, der durch seinen ganzen Körper zu gehen schien. Dann war nur noch eine große Helligkeit da – und Vergessen.

2
Die Seele eines Mannes *ist* der Mann

Die Autopsie von Robert Allardyces Leiche ergab, daß der Tod infolge eines schweren Traumas eingetreten war. Es war ausgelöst worden, als zwei 45-mm-Kugeln in sein Rükkenmark und in die Lunge eindrangen. Im gleichen Augenblick, in dem diese Kugeln den unglücklichen Professor erwischten, saß James Bond nur gut fünf Meilen entfernt in der prächtigen Palmengarten-Lounge des Hotels Empress, das an Victorias bezaubernder Strandpromenade am Meer lag.

Leute, die Bond gut kannten, hätten sofort gemerkt, daß er in seiner ganzen Haltung und in seinem Mienenspiel höchste Mißbilligung zum Ausdruck brachte. Sein Blick war hart und unstet, und sein Gesicht sah aus wie das eines Menschen, dem man gerade verfaulte Fische vorgesetzt hatte. Bond war tatsächlich irritiert über die Art, wie in diesem alten, berühmten Hotel der sogenannte englische Tee serviert wurde. In den vier Tagen, die er bereits in Victoria war, hatte er es vermieden, den Tee im Hotel zu nehmen, aber heute hatte er mit Partnern, die ihm der Zufall beschert hatte, im Golfclub von Victoria gespielt und war früher als sonst heimgekehrt. Es war gerade die richtige Zeit für Tee, und man wies ihm einen kleinen Tisch rechts neben einer großen Topfpflanze an.

Das erste, was ihn ärgerte, war die Karte, auf der eine höchst ungenaue Geschichte des sogenannten englischen Tee-Rituals zu lesen war. Da wurde behauptet, daß aus dem Tee irgendwann im späten neunzehnten Jahrhundert eine richtige Mahlzeit geworden sei, die man »High Tea« nannte. Glücklicherweise, dachte Bond, der sich immer noch gut an die wundervollen Tee-Imbisse seiner Kindheit erinnern konnte, war er nie in die Lage gekommen, einen »High Tea«

zu sich zu nehmen, doch hier verlangte man von ihm, er sollte dieses Zeug, das vor ihm stand, für »High Tea« halten – ein undefinierbares Gebräu, Erdbeeren mit Sahne, fingerförmige Sandwiches, geschmacklose Petits Fours und ein abscheuliches Ding, das Honig-Crumpet genannt wurde. Für Bond waren Crumpets ein köstliches Gebäck, das siedend heiß serviert wurde und von dem die Butter herabtropfte – Butter, nicht rote oder gelbe Marmelade oder dieser süße, klebrige Honig.

Er rührte die Sachen kaum an, stand auf, zeichnete die Rechnung ab, und schlenderte vorbei an dem eigentlichen Restaurant zum Foyer. Er wollte einen Spaziergang machen, am Hafen entlang, der ihn aus irgendeinem Grund an die Schweiz erinnerte. Klar, die Berge waren weit entfernt, hier im Staat Washington, aber der ruhige Ankerplatz mit den hübschen Booten, den Wasserflugzeugen und dem Nebeneinander von alten und modernen Gebäuden besaß etwas von der ordentlichen Atmosphäre, die man an Schweizer Seen vorfindet.

Einen Augenblick lang blieb er direkt vor dem Haupteingang stehen. Es war ein wunderbarer Tag gewesen, die Sonne stand tief am Himmel und fing an, ihn im Westen in prachtvolle Farben zu tauchen. Ein schnittiger, dunkelblauer Rolls-Royce stand in der Auffahrt, an die dreißig Meter vom Eingang entfernt, und ein nervöser junger Mann, dessen Kopf und Hände in unaufhörlicher Bewegung waren, unterhielt sich an der Wagentür mit einem uniformierten Chauffeur.

»Entschuldigen Sie, Sir.« Einer der Portiers in grauer Uniform berührte Bonds Ellenbogen und schob ihn sanft zur Seite, so als ob eine sehr wichtige Persönlichkeit das Hotel verlassen wollte. Im gleichen Moment bemerkte Bond zwei Männer, die nach Sicherheitsdienst rochen, und sich ihren Weg bahnten, vorbei am Portier, um anscheinend ganz bestimmte Plätze in der Nähe des Rolls anzustreben. Der eine hatte das typische Ohr eines Catchers, wie man es bei professionellen Leibwächtern rund um die Welt kennt, der andere trug einen langen offenen Regenmantel zur Schau, wie er bei den Leuten vom amerikanischen Secret Service beliebt ist, um die Maschinenpistole vom Typ Uzi oder H & K MP5 A2 darunter zu verstecken.

Drei weitere Männer kamen durch die Tür, und es gab keinen Zweifel, wer von ihnen da beschützt wurde. Bond reagierte mit Verspätung, als der eindrucksvollste von ihnen auf den Rolls zuging und der nervöse junge Mann mit dem Chauffeur ihm entgegenkam, um ihn zu begrüßen.

Der Mann sah so interessant aus, daß Bond die nächsten Ereignisse beinahe verpaßte. Er war ein gutes Stück über einsachtzig groß, eher schon eins neunzig, hatte breite Schultern, hielt sich gerade und war, wie man an seinen Bewegungen ablesen konnte, in guter körperlicher Verfassung. Man konnte praktisch sehen, wie die Muskeln unter dem teuren, sorgfältig geschnittenen, zweireihigen grauen Anzug spielten. Sein Gesicht war noch beeindruckender als sein Körper: dunkler Teint, fast olivfarben, eine breite Stirn, eine feingeschnittene Nase und ein Mund, der von einem Künstler geformt zu sein schien, mit kräftigen, sinnlichen Lippen, die aber zu den übrigen Proportionen des Gesichts genau paßten. Der Knochenbau, dachte Bond, entsprach fast dem eines reinrassigen indianischen Amerikaners, nur die dunkelbraunen Augen sprachen dagegen, denn sie waren leicht mandelförmig geschnitten und verschleiert, ein Zeichen für orientalisches Blut. Wer immer er auch sein mochte, dieses bemerkenswert gutaussehende Exemplar eines Mannes konnte man nicht so leicht wieder vergessen.

Der nervöse junge Mann hatte schnell und leise auf ihn eingeredet, und auf dem ruhigen Gesicht des Großen zeigte sich eine gewisse Besorgnis, als er ihm zuhörte. Er beugte sich leicht herunter, so daß er die Worte verstehen konnte, ohne daß der jüngere seine Stimme erheben mußte.

Die beiden standen jetzt ganz nahe bei dem Rolls, und Bond konnte beide Gesichter gut erkennen. Er fing erst an, dem jungen Mann die Worte von den Lippen abzulesen, als er beinahe fertig war mit seinem kurzen Bericht.

»... und sie sagen, daß er tot ist«, schien er zu erklären.

»Die Idioten haben ihn erschossen?« Die Lippen des Großen formten zweifelsfrei diese ziemlich schockiert vorgebrachte Frage.

Der jüngere Mann nickte und erwiderte. »Sie haben gesagt, daß sie nach unten gezielt hätten, aber ...«

Der imposante Mann hob die Hand. »Ich werde sie später sprechen.« Sein Gesicht war eine Sekunde lang wie verzerrt vor Wut. »Sag ihnen, daß hinsichtlich LORDS ein unkalkulierbarer Schaden entstanden sein kann.«

Die Kunst, Worte von den Lippen abzulesen, ergänzte seit einiger Zeit Bonds sonstiges Rüstzeug. Während er in einem Krankenhaus in Hongkong gelegen hatte, um sich von einem ungewöhnlich gefährlichen Auftrag zu erholen, war er von einem Mädchen namens Ebbie Heritage in die Grundlagen dieser Kunst eingeweiht worden. Es würde noch lange dauern, bis er diese junge Frau vergessen konnte. Sie hatte sich viel Mühe gegeben mit dem Unterricht, und jetzt hatte James Bond zum erstenmal sein Können auf diesem Gebiet einem Test in der Praxis unterzogen. Er war bereit, vor jedem Gericht zu beschwören, daß der große VIP-Mann von einem kürzlich erfolgten Tod gesprochen hatte und von der Möglichkeit, daß dieser Tod irgendeinem Projekt einen irreparablen Schaden zufügen konnte.

Bis er diese Neuigkeit verdaut hatte, befand sich der Hauptgegenstand seines Interesses schon in dem Rolls, zusammen mit seinen Leibwächtern, und das Fahrzeug rollte langsam aus der Hoteleinfahrt.

Er wandte sich an einen der Portiers. »Wer ist der imposante Herr in dem Rolls?«

Der Portier lächelte fein. »Mr. Lee, Sir. Das war der berühmte Mr. Lee. Er befindet sich auf dem Weg zum Museum von Britisch-Kolumbien, quer über die Straße, um ihm eine ganz besondere Schenkung zu machen.« Er zeigte nach links.

Bond nickte dankend und schlenderte hinaus in Richtung Hafengebiet. Auf der Government Street wandte er sich nach links und ging gemächlich bis zu dem Punkt, wo sie die Belleville schnitt, dann schlug er die Richtung zum Museum von Britisch-Kolumbien ein, das er erst vor zwei Tagen mit großem Interesse besichtigt hatte. Die riesige und elegante Gestalt Mr. Lees, dessen Namen der Portier ihm verraten hatte, faszinierte Bond in solchem Ausmaß, daß er mehr über den Mann wissen wollte.

Das Hotel »Empress« nimmt einen ganzen Häuserblock zwischen der Goverment Street und der Douglas Street ein. In einiger Entfernung liegt die Belleville Road. In der Belleville Road wird ein Häuserblock fast vollständig von dem weiträumigen, modernen Museum eingenommen.

Bond warf einen Blick in die Runde und schien es überhaupt nicht eilig zu haben, als er die letzten paar Meter zum Museum zurücklegte. Zu seiner Rechten befand sich vor dem großen, von einer Kuppel überdachten Regierungsgebäude eine langweilige Statue der Königin Victoria.

Er blieb am Fußgängerüberweg stehen, wartete darauf, daß die Ampeln umsprangen, und blickte auf das große, rechteckige Museumsgebäude, das von einem modernen Glockenturm und dem Thunderbird Park mit seinen farbenprächtigen, hohen Totempfählen flankiert wurde. In Gedanken konnte Bond seine alte schottische Haushälterin May hören, die glucksend sagte: »Ihr Problem, Mr. James, ist es, daß Sie immer Ihre Nase in Dinge stecken, die Sie nichts angehen. Neugier brachte die Katze um, nicht wahr?« Aber er war nun einmal neugierig, fasziniert und gefesselt von diesem großen Mann, den er nur ein paar Augenblicke lang gesehen hatte. Zum erstenmal seit Monaten hatte wieder etwas das Interesse von James Bond erregt.

Der Rolls parkte an der Seite des großen Gebäudes, in der Nähe des zum Museum gehörenden Ladens und des Eingangs; der Chauffeur lehnte sich gegen die vordere Wagentür. Bond schlenderte an dem Laden vorbei, dann zerzauste er sich das Haar und durchquerte den Haupteingang im Laufschritt. Dort stand eine Schlange von einem Dutzend Leuten, die vor der Sperre warteten, wo die Tickets kontrolliert wurden. Er bahnte sich mit den Schultern einen Weg durch die Menge und winkte einen der uniformierten Wärter heran.

»Ich bin spät dran«, sagte er und schaute ihn verzweifelt an. »Ich sollte längst bei Mr. Lee sein.«

Der Wärter nahm den Köder an. »Verstehe, Sir. Sie sind alle schon oben in der Kunstgalerie. Dritter Stock.« Er hielt ein Paar zurück, um es Bond zu ermöglichen, durch die Sperre zu gehen.

Bond erinnerte sich von seinem vorigen Besuch an den dritten Stock. Dort befanden sich Ausstellungsstücke von den ersten Einwohnern dieses Landes: wunderbare lebensgroße Darstellungen von Anführern und Häuptlingen amerikanischer Küstenindianer, ein außerordentlich detailliertes Modell von einem Kootenay-Dorf, ein anderes von einem Küstendorf der Skedan, zusammen mit Geräten der alten indianischen Stämme, die als erste Menschengruppen in diesem Gebiet gelebt hatten. Werkzeuge, graphische Gestaltungen, Kanus, Masken und Webarbeiten – das alles zeigte die Lebensweise dieser alten Völker und war harmonisch auf die Umgebung abgestimmt.

Er eilte die Rolltreppen zum dritten Stock hinauf, nahm seinen Weg vorbei an Glaskästen und gekonnt ausgeleuchteten Kunstwerken, wandte sich nach rechts und verlangsamte seinen Schritt, als er die große Reproduktion eines Versammlungshauses der Kwakiutl-Indianer betrat, das aus langen Balken und abgelagerten Bohlen erbaut worden war. Ein Teil des Daches war offen und darüber schien sich der Himmel zu wölben. Ein echtes Feuer in der Mitte des Raumes verströmte den Duft von brennendem Holz, während zwei gigantische Donnervogeltotems alles überragten. Ihre hölzernen Schwingen waren ausgestreckt, und die geschnitzten Gesichter mit den langen, aggressiven Schnäbeln sahen aus, als könnten sie jeden Augenblick lebendig werden und jeden angreifen, aufschlitzen und zerreissen, der diejenigen bedrohte, die unter ihrem Schutz standen. Von irgendwoher, aus einem Versteck in diesem großen Raum, kam der Klang von indianischen Liedern, und das stetige Schlagen der Tomtoms bewirkte, daß seine Nackenhaare sich sträubten.

Ruhig ging er durch das Versammlungshaus, das sich auf die Kunstgalerie eröffnete, die noch schöner geschnitzte Totempfähle enthielt, geschmückt mit Federhauben, Gesichtern, verschlungenen Schlangen und den Figuren von einer Myriade übernatürlicher Wesen, die Häuser und Dörfer bewachten und beschirmten.

Ein Halbkreis von Leuten hatte sich um einen verwitterten, kompliziert gearbeiteten, hohen Totempfahl mit zwei kurzen Flügeln am oberen Ende versammelt.

Bond gesellte sich ruhig zu dieser kleinen Gruppe von Leuten und schaute sich suchend die einzelnen Gesichter an, bis er Lee fand, der neben dem Totempfahl stand, hinter ihm seine Leibwächter. Ein kleiner, schöngeistig wirkender Mann, der einen Kneifer auf der Nase trug, der für sein Gesicht zu groß zu sein schien, sprach gerade, und Bond bemerkte, daß Lee geschrumpft zu sein schien, so, als ob er seine Größe und seine dominierende Präsenz geschickt tarnen wollte. Es war fast ein Theatertrick, wie es dem Mann gelang, trotz seiner hervorstechenden Erscheinung in der Menge unterzutauchen. Aber es funktionierte. Von Rechts wegen hätten alle Augen auf Lee gerichtet sein müssen, aber die Leute, die sich zu dieser Zeremonie hier versammelt hatten, was immer sie auch bedeuten mochte, schauten tatsächlich auf den Redner und lauschten ihm aufmerksam. Es handelte sich offensichtlich um einen der älteren Kuratoren oder ein Mitglied der Museumsverwaltung.

»Diese großzügige Einstellung«, sagte der Redner, »ist typisch für Mr. Lee, der sich als Wohltäter der vielen Gemeinden auf Vancouver Island erwiesen hat. Es ist eine selbstlose Geste, dieses alte Totem unserem Museum zu schenken – nicht etwa nur zu leihen –, ein Totem, das fast ein Jahrhundert lang in enger Verbindung zu seiner eigenen Familie gestanden hat. Wir sind dankbar dafür und wünschten uns, daß Mr. Lee ständig bei uns leben könnte. Obwohl er, wie Sie wissen, ein Eigentumsrecht auf diese Insel besitzt, erlauben seine Geschäftsinteressen in den Vereinigten Staaten und in Europa es ihm nur allzu selten, hier bei uns zu sein. Aber heute ist er da, und ich möchte ihn bitten, ein paar Worte zu uns zu sprechen, bevor wir dieses wertvolle Schnitzwerk in unsere Obhut übernehmen. Meine Damen und Herren, Mr. Lee Fu-Chu.«

Aha, dachte Bond, das war's also. Lee war eine Art von Halbblut, zum Teil chinesisch und zum Teil – was? Bevor er noch darüber nachdenken konnte, sah er, daß eine verblüffende Verwandlung mit Lee vor sich ging. Bis zu diesem Augenblick war dieser Riese von einem Mann fast ein unbeteiligter Zuschauer gewesen, jetzt streckte er sich und trat vor, aufgerichtet zu seiner vollen Größe, den linken Arm mit der zur Faust geballten Hand hinter der linken Hüfte, während er mit der rechten Hand entgegenkommend auf den Mann wies, der vor ihm gesprochen hatte. Er hatte den Kopf fast arrogant erhoben, die großen braunen Augen verstrahlten Charme, und sein großer Mund teilte sich, um schöne Zähne zu zeigen und ein Lächeln voll echter Freude. Er gab dem Vorredner die Hand und schüttelte sie, dann wandte er sich um und seine Blicke hefteten sich auf die versammelte Menge, als wollte er jeden einzelnen von ihnen ins Vertrauen ziehen. Seine Stimme war weich, sanft und beherrscht, ohne die geringste Spur irgendeines Akzents, weder des amerikanischen noch des kanadischen. Lee sprach ein fast perfektes Englisch, ohne jene Manieriertheiten, die von einer bestimmten Erziehung herrühren. Er hatte weder die übertrieben gedehnte Sprechweise, die man allgemein als Oxford-Akzent bezeichnet, noch irgendwelche Andeutungen einer mangelhaften Aussprache, die sein Englisch als erlernte Zweitsprache hätten ausweisen können.

»Meine lieben Freunde«, sagte er, und Bond spürte, daß er es ehrlich meinte, daß jeder einzelne hier für ihn ein guter, wohlbekannter Freund war, »es ist immer ein Vergnügen für mich, hier in Britisch-Kolumbien zu sein, sei es auch nur deshalb, weil es sich um mein angestammtes Land handelt. Ich kehre von Zeit zu Zeit hierher zurück, um mich an dieses große Erbe zu erinnern. Viele von Ihnen kennen schon die Geschichte von meinem Geburtsrecht, die mich auch heute in dieses Museum geführt hat. Ob Sie Ihnen nun bekannt ist oder nicht, ich fühle mich verpflichtet, die Geschichte noch einmal zu erzählen und sei es auch nur, um sie noch einmal festzuhalten.« Seine Augen glitzerten vor freudiger Erregung und er senkte die Stimme ein wenig, als wollte er einen seit langem verlorenen Schatz, ein Geheimnis, mit den Anwesenden teilen.

Die Geschichte, die er erzählte, war faszinierend – wie sein Urgroßvater in den vierziger Jahren des letzten Jahrhunderts, zur Zeit des Goldrausches, aus der chinesischen Provinz Shanxi nach Britisch-Kolumbien gekommen war, wo er mit Gold gehandelt hatte. Er war von Crown-Indianern gefangengenommen worden, die sich auf dem Kriegspfad befanden und ihn für einen Feind hielten, und während seiner Gefangenschaft hatte er sich in ein schönes Crow-Mädchen verliebt, das Laufender Elch hieß.

Schließlich war das Paar geflohen und hatte Zuflucht bei einer Gruppe von Piegan-Schwarzfuß-Indianern gesucht. In diesem Stamm akzeptierte man sie, ließ sie Blutsbrüderschaft schließen mit den Schwarzfußindianern, und sie konnten heiraten.

Aus dieser Heirat eines chinesischen Kaufmanns, der mit kostbarem Metall handelte, und einer Crow-Frau gingen Lees Vorfahren hervor. Diese Reihe von Chinesen und Schwarzfußindianern ließ sich durch drei Generationen zurückverfolgen. Lee selber war von seinen Eltern, Fliegender Adler Lee und Winterfrau in beiden Traditionen erzogen worden.

Bond stellte fest, daß der Mann eine fast hypnotische Macht besaß. Obwohl er seine Geschichte ganz einfach erzählte, ohne große Worte zu machen, schien sein Redefluß der Geschichte Leben zu verleihen. Als er die anglisierten indianischen Namen Laufender Elch, Fliegender Adler, Winterfrau und dergleichen benutzte, bedurften sie nicht einer näheren Erläuterung, sondern nahmen fast Fleisch und Blut an, wurden zu regelrechten Lebewesen. Es war dieselbe Fähigkeit, wie sie die alten Geschichtenerzähler auf den Märkten besessen hatten, als sie ihre Zuhörer mit Fabeln und Legenden begeisterten. Lee gestattete sich ein breites Lächeln, als er sagte: »Um ehrlich zu sein, es gibt Zeiten, da weiß ich nicht, ob ich unergründlich und geheimnisvoll sein soll oder lieber den edlen Wilden spiele.« Das rief ein dankbares Gelächter hervor, in das Lee einstimmte, bevor er wieder ernst wurde.

»Das Totem, das ich Ihnen heute geschenkt habe, stand vor den Tipis meines Großvaters und meines Vaters. Es ist mir vertraut wie ein alter Freund. Als Kind spielte ich an seinem Sockel. Ich blickte zu ihm auf wie zu einem heiligen Gegenstand, wenn ich mit den anderen zusammen an den Ritualen und Zeremonien teilnahm. Macht und viele, weit zurückreichende Erinnerungen sind mit diesem hölzernen Ding verbunden. Deshalb behüten Sie es und halten Sie es in Ehren.«

Der Applaus war herzlich und aufrichtig, aber Lee hob wieder die rechte Hand und bat damit um Stille. »Ich habe gehört, daß man behauptet« – ein verschwörerisches Lächeln erschien auf seinen Lippen – »daß ich ein Schwindler sei und diese Geschichte erfunden habe, daß ich nichts weiter sei als das Kind eines umherziehenden chinesischen Schneiders und eines Schwarzfußmädchens, das in Fort Benton seinen Körper verkaufte. Nichts daran ist wahr. Kommen Sie zu mir, ich kann Ihnen die schriftlichen Beweise vorlegen. Fragen Sie nach mir, wenn Sie in das Reservat der Schwarzfußindianer kommen, nach Gebrochener Klaue, denn auch das ist mein Erbteil.« Er zog die linke Hand von der Hüfte zurück und streckte beide Arme aus, wobei er die Handflächen nach oben hielt.

Eine Sekunde lang bemerkte Bond nichts Besonderes, dann wurde ihm klar, daß an Lees linker Hand, bei geöffneter Handfläche, der Daumen an der rechten Seite saß. Seine linke Hand war sein einziger körperlicher Schönheitsfehler. Es war, als sei sie vom Gelenk aus falsch angewachsen, so daß sich der Daumen bei ausgestreckter Hand auf der rechten Seite befand, bei gesenktem Arm auf der linken Seite.

Die Gruppe applaudierte wieder, und dann löste die kleine Versammlung sich auf. Das letzte, was Bond von Gebrochener Klaue Lee sah, waren sein Kopf und seine Schultern, die aus der Menge hervorragten, als er sich zu den Rolltreppen begab.

Bond blieb noch eine Weile und betrachtete den alten Totempfahl mit seinen Symbolen – Schlange, Vogel und Waagschale, die, wie er glaubte, nicht Gerechtigkeit abwägen sollten, sondern Gold. Je länger er hinschaute, desto mehr entdeckte er – seltsame, fast groteske Gesichter, die aus geschnitzten Blättern und Zweigen hervorschauten.

Schließlich wendete Bond sich mit einem Lächeln ab und ging nach links, zurück durch das Versammlungshaus. Seine kurzen Nackenhaare sträubten sich erneut bei dem Klang der indianischen Lieder und dem rhythmischen Schlagen des Tomtoms.

Es war eine merkwürdige und erregende Ablenkung für ihn gewesen, jemanden zu beobachten, der so charismatisch war wie Lee, und seine Geschichte zu hören, die natürlich ohne weiteres reine Erfindung sein konnte. Als er zum »Empress« zurückkehrte, wurde ihm klar, daß er zum erstenmal seit fast einem Jahr wieder von etwas oder jemandem gefesselt worden war. Dieser Mischling Lee besaß alles – Persönlichkeit, Macht, Scharfsinn, Kraft, Charisma, Charme und ganz offensichtlich auch Erfolg. Er eignete sich ausgezeichnet als ein Übungsobjekt, dachte Bond. Während er sich hier in Britisch-Kolumbien aufhielt, wollte er einen Teil seiner Zeit damit verbringen, herauszufinden, worin der Erfolg Lees begründet lag und was das wirkliche Geheimnis seiner Macht war. Es sollte nicht besonders schwierig sein bei jemandem, der so aus der Masse hervorragte.

Aber als er in sein Hotelzimmer zurückkam, stellte Bond fest, daß die Situation sich blitzschnell geändert hatte. Am Telefon blinkte das Licht. Ein Telegramm aus den Vereinigten Staaten war angekommen, sagte man ihm und fünf Minuten später las er den Inhalt:

PROBLEME MIT DEINER BETEILIGUNG AM FAMILIENGESCHÄFT STOP DU MUSST SOFORT NACH SAN FRANCISCO KOMMEN STOP IM FAIRMONT HOTEL ZIMMER FÜR DICH RESERVIERT STOP WARTE DORT BITTE AUF NACHRICHT STOP GRÜSSE MANDARIN

Natürlich, dachte Bond, als er das dünne Papier zusammenknäulte, der alte Mann hatte ihn von Anfang an für irgendeinen Job in Kalifornien vorgesehen. Er erinnerte sich an die Worte von M vor kaum zwei Wochen: »Sie müssen Urlaub machen, James, sich erholen. Gehen Sie nach Kalifornien. Da sind alle verrückt, Sie werden sich also in guter Gesellschaft befinden.«

Der alte Schwindler, dachte er. Dann lächelte er und nahm das Telefonbuch zur Hand, um den ersten möglichen Flug nach San Francisco zu buchen. In knapp vierzehn Tagen hatte seine Welt sich verändert oder zumindest sein Verstand sich wieder geschärft, und er war zur Normalität zurückgekehrt. Seltsam, wie das dadurch geschehen konnte, daß er einen Mann sah und hörte, dessen Weg er wahrscheinlich nie wieder kreuzen würde. Vor zwei Wochen noch war sein Verstand so stumpf gewesen, wie eine rostige Axt und sein ganzes Dasein form- und ziellos.

Ganz von selbst kam ihm ein alter Spruch in den Sinn: »Die Seele eines Mannes ist der Mann, sei es die Seele eines Geizhalses, sei es die Seele eines Trunkenbolds – sie ist für ihn wertvoller als selbst das Leben.«

Wie wahr das ist, dachte er. Seine Seele, die Seele eines Abenteurers, war ihm abhanden gekommen gewesen, doch jetzt hatte er sie wiedergefunden. Sie war für ihn wertvoller, als selbst das Leben.

3
Hinter mir ist ein Delphin

In M's Büro, oben im neunten Stock des gesichtslosen Gebäudes, dessen Fenster sich auf den Regent's Park öffneten, hatte James Bond gerade damit gedroht, auszutreten.

»Austreten?« rief M. »Was verstehen Sie unter Austreten? So etwas gibt es bei unserer Firma nicht. Leute werden in den Kerker geworfen, erschossen, ertränkt, verbrannt, auf ein Nebengleis geschoben, aber sie treten nicht aus.«

»Dann werde ich der erste sein und damit in die Geschichte eingehen.« Bonds Aufbegehren kam aus seinem Innersten, und er spürte, daß dieses Aufbegehren schon lange überfällig gewesen war. »Ich habe immer noch ein gewisses Recht auf mein eigenes Leben. Ich kann vorzeitig um meine Pensionierung bei der Royal Navy einkommen und danach auch diesem Dienst eine lange Nase machen. Wenn ich erst mal draußen bin, werde ich ein freier Agent sein.«

»So etwas wie einen freien Agenten gibt es nicht.« M's Augen waren wie aus Eis, und seine Stimme klang wie ein Blizzard.

»In Ordnung, Sir, ich werde die Probleme einzeln aufzählen.« Bond holte tief Luft und schaute dem alten Mann direkt in die Augen. »Ich habe Sie ein dutzendmal gefragt, warum mein Name noch nicht von der Liste der aktiv in der Navy Beschäftigten gestrichen wurde, womit ich offiziell wieder zur Verfügung des Foreign Office gestanden wäre.«

Vor einem Jahr war Bond wieder auf der Liste der aktiv bei der Navy Beschäftigten aufgetaucht, und zwar mit einem höheren Dienstgrad – als Captain. Sobald sein Auftrag beendet war, hatte man ihm gesagt, er solle sich bei seinem alten Dienstherrn zurückmelden, aber der korrekte Dienstweg war nicht eingehalten worden. Niemand hatte die

Weisung erteilt, ihn von der Liste der Aktiven zu streichen. Soweit es die Royal Navy betraf, war er ihr Mann und arbeitete überhaupt nicht für M und den Secret Intelligence Service.

»Ist das alles?« fragte M barsch.

»Nein, Sir, das ist nicht alles. Seit meinem letzten Auftrag scheint man mich auf Eis gelegt zu haben. Es gibt nichts zu tun für mich, nichts, um meinen Verstand zu beschäftigen. Es ist so, als ob man mir das Gnadenbrot gibt.«

M machte eine wegwerfende Bewegung mit der rechten Hand. »Wenn die Zeit reif ist, 007, wird es viel Arbeit geben für Sie.«

»Vielleicht auf einer Gesundheitsfarm? Sie haben mich schon einmal dorthin geschickt.«

»Nein, keine Gesundheitsfarm, das ist vorbei.« M's Mund klappte zu und seine Lippen bildeten eine gerade grimmige Linie. »Hören Sie zu, 007, hören Sie gut zu. Europa befindet sich auf Grund der Weltentwicklung an einem Kreuzweg. Während der Sturmwind des Umbruchs durch die Länder des Ostblock fegt und die Perestroika in der Sowjetunion Amok läuft, müssen wir einen kühlen Kopf bewahren. Noch nie« – er fing an, jedes einzelne Wort betont deutlich auszusprechen – »noch nie seit den Tagen des kalten Krieges haben wir so dringend die menschliche Intelligenz benötigt – HUMINT. Die Landkarte Europas verändert sich. Zum Guten? Kann sein. Wer weiß es? Diese Länder sind instabil. Die Sowjetunion ist instabil. Wir werden alte Verbindungen ausbauen und fördern, damit wir bereit sind, wenn wieder Probleme auftauchen sollten.

In dieser Situation kann ich keine Männer um mich gebrauchen, deren Verstand die Schärfe verloren hat, so wie Ihr Verstand seine Schärfe verloren hat, James. Ich habe Sie absichtlich auf der Liste der aktiven Marineangehörigen gelassen – für den Notfall. Ich will, daß Sie dann scharf sind wie ein Dolch und schnell wie eine Peitsche.« Dann fügte M die Worte hinzu, an die Bond sich in seinem Hotelzimmer in Victoria in Britisch-Kolumbien erinnert hatte. »Sie brauchen Urlaub, James, Erholung. Gehen Sie nach Kalifornien. Dort sind alle verrückt. Sie werden sich in guter Gesellschaft befinden.« Er sagte das ohne das geringste Lächeln oder eine Spur von Ironie.

Als er im Fairmont Hotel, hoch oben auf dem Nob Hill, ankam, war es bereits dunkel. Nachdem er auf dem Flughafen Port Angelis, außerhalb von Victoria, die Zoll- und Ausreiseformalitäten erledigt hatte, war er mit der Horizon Air nach Seattle geflogen, wo er Anschluß an einen Flug der Alaska Airways nach San Francisco bekam. Als sie auf den Internationalen Flughafen von San Francisco herabschwebten, war es bereits dämmerig und in der Bucht herrschte Nebel, so daß die Golden Gate Bridge wie ein halb untergetauchtes Linienschiff aussah mit Zwillingsaufbauten, die über dem Dunst zu erkennen waren.

Während der Fahrt mit dem Kleinbus zum Fairmont sog Bond die Lichterfülle und die Atmosphäre ein, die für die lebhafte Stadt San Francisco charakteristisch waren – am Tag ein geschäftiger, blühender, von Touristen wimmelnder Ort, und nachts eine Stadt voll Leben und Aktivitäten, von denen einige gefährlich waren. Er war seit einigen Jahren nicht mehr hier gewesen, aber er hatte angenehme Erinnerungen an einen Aufenthalt im Mark Hopkins, schräg gegenüber dem Fairmont, und an einen Tagesausflug nach Mair Woods mit der ehrwürdigen alten Kathedrale aus rotem Holz. Er hatte damals ein Mädchen bei sich gehabt, aber im Augenblick konnte Bond sich um keinen Preis der Welt an ihren Namen erinnern.

Eine Nachricht wartete auf ihn. Sie war kurz, maschinengeschrieben und besagte: *Ruhen Sie sich aus. Sie werden es nötig haben. Mandarin.*

»Mandarin« war der beliebteste Deckname für M, und außerdem ein kleiner Scherz unter den Eingeweihten der Firma, denn Mandarine war auch der allgemeine Spitzname für alle Zivilbeamten von Rang, die in Londons Whitehall mit geheimen Regierungsgeschäften zu tun hatten. Die Regierungen kamen und gingen, aber die Mandarine blieben.

Also war M auf irgendeine Weise bereits hier. Bond bekam das Gefühl, daß tatsächlich ein neuer gefährlicher Auftrag auf ihn wartete. Er packte rasch aus, nahm eine Dusche und bestellte beim Zimmerservice Eier Benedict und eine halbe Flasche Tattinger. Dann zog er dunkle Slacks an und einen seiner bevorzugten Baumwollpullis mit Rollkragen vom Typ Sea Islands. Kurz bevor er England verlassen hatte, waren Bonds jährliche Bestellung von einem Dutzend dieser Pullis von John Sedley & Co. geliefert worden, der einzigen Firma, die annehmbare Rollkragenpullis dieser Art herstellte. An den Füßen trug er bequeme Mokassins, die eigens für ihn angefertigt und auf dem normalen Seeweg von Lily Shoes in Hongkong nach England gelangt waren.

Er aß die Eier und trank den Champagner in Ruhe, dann schaltete er den Fernseher ein. Carson machte gerade in seiner Show seine üblichen antiquierten Scherze mit den Gästen des Abends, Art Buchwald und einem Starlet von unbestimmbarem Alter. Der Humor und die Jovialität, dachte Bond, waren ziemlich gezwungen und vulgär – nicht »sophisticated« genug für seinen Geschmack. Er schaute fünf Minuten lang zu, dann schaltete er das Gerät wieder aus. Ihm war bewußt, daß er sich in einer extrem ruhelosen Stimmung befand. Er war hellwach und würde in den nächsten Stunden bestimmt keinen Schlaf finden. Eine Weile ging er im Zimmer auf und ab und dann hinaus auf den Balkon, von dem er einen großartigen Blick auf die Stadt hatte. Es lag Feuchtigkeit in der Luft, wie es in dieser Stadt so oft der Fall ist; er schauderte zusammen und stellte fest, daß die Versuchung zusehends Macht über ihn gewann. Er wußte vielleicht besser als jeder andere, daß es in dieser Stadt Gegenden gab, die bei Nacht laut, aufdringlich und absolut unsicher waren, doch die Lichter zogen ihn an wie ein Magnet.

Er kehrte ins Zimmer zurück, schloß die Fenster und zog seine kurze graue Wildlederjacke an. Das war vielleicht für einige Zeit seine letzte Gelegenheit zu einer freien Entscheidung. Bond nahm den Aufzug und ging durch die Hotelhalle hinaus in die Nacht. Er schritt rasch aus, ging den Hügel hinunter und schlug dann den Weg zur Linken ein, der ihn nach Chinatown führte.

(Z W I S C H E N D U R C H :)

Ob Mandarin Bond wirklich diese Ruhe aus Lust und Laune gönnt, oder ob er ihn so auf kommende Ereignisse vorbereiten will?
Letzteres ist wohl wahrscheinlicher. Deshalb sollten wir diesen ruhigen Moment nutzen, denn es geht bestimmt bald richtig zur Sache.
Stärken wir uns also ebenfalls für die nächste Aktion. Womit? Natürlich mit dem …

Innerhalb von zehn Minuten wußte er, daß jemand ihm folgte.

Zuerst war es nur ein Gefühl, das seiner ungeheueren Erfahrung mit solchen Dingen entsprang. Um ihn herum brodelte das Nachtleben. Grelle Neonreklamen lockten die Unvorsichtigen an und als er tiefer in Chinatown eindrang, zeigten sich all die schäbigen Aspekte dieser nächtlichen Stadt – Mädchen, die sich, dürftig bekleidet, für Geld anboten, beobachtet von zwielichtigen Gestalten, die in Toreingängen herumlungerten oder auch gut sichtbar an Hauswänden lehnten. An jeder Straßenkreuzung stieß er auf Dealer, die keinen Zirkus aufzuführen brauchten wie die Dirnen, da sie ihren festen Kundenstamm hatten. Der Markt für erstklassiges Kokain, reines Heroin und für Marihuana war eine sichere Sache. Manchmal fuhr ein Auto direkt an den Bordstein heran, und die Insassen fragten ihn leise, ob er ein bißchen Aktion wollte. »Aktion« bedeutete im Jargon »Crack«, »Schnee« oder »Speed«. Das Ergebnis der Tätigkeit der Dealer war überall deutlich abzulesen an verhärmten Gesichtern und leeren oder wildflackernden Augen. Je weiter Bond ging und Mädchen und Dealer abwehrte, die sich mit monotoner Regelmäßigkeit an ihn heranmachten, desto mehr nahm die Atmosphäre einer fast greifbaren Bedrohung zu.

Er bog links in eine Nebenstraße ein, machte zehn Schritte, wandte sich dann um, als wollte er auf die Hauptstraße zurückkehren, und schaute dabei nach rechts. Er sah unter den vielen Leuten in der Nebenstraße einen Mann, der zögerte und seine Blicke von rechts nach links wandern ließ, ehe er sich wieder fing und weiterging. Ein »Kaukasier«, bemerkte Bond, Mitte Dreißig, gutrasiert, gutgebaut, etwa 140 Pfund schwer, brünettes Haar, straff nach hinten gekämmt, lässig gekleidet in gutgeschnittenen Jeans, eine Jeansjacke und weiche, graue Lederschuhe von Sparry Topsider. Die Jeans stammten wahrscheinlich von Levi 501, und die Blicke nach rechts und links bedeuteten, daß er in einem Team arbeitete. Präge dir die Schuhe ein, sagte sich Bond. Wenn es sich um ein gut ausgebildetes Team handelte, würden sie sich abwechseln und sogar die Kleidung tauschen, aber sie hatten nur selten genug Zeit, um auch die Schuhe zu wechseln.

Bond zitierte für sich ein paar Zeilen aus »Alice im Wunderland«:

»Kannst du etwas schneller gehen?« sagte ein Weißfisch zu einer Schnecke.

»Hinter mir ist ein Delphin, und er tritt mir auf den Schwanz.«

Sofort wurde sein Verfolger der »Delphin« für ihn.

Er wandte sich wieder nach links und ging einmal um den Block. Als er auf die Hauptstraße zurückkehrte, war der Delphin immer noch hinter ihm. Trotz der hohen Luftfeuchtigkeit war die Nacht warm, und Tausende verschiedener Gerüche erfüllten die Straße. Die billigen Parfüms, die von den Dirnen benutzt wurden, vermischten sich mit den Küchengerüchen der Restaurants, wozu die Gerüche von verdorbenen Nahrungsmitteln aus den Mülltonnen und den alten Kisten vor den jetzt geschlossenen Lebensmittelgeschäften kamen. Zusammen mit dem Schweiß der auf- und abebbenden Menge um ihn herum ergab das eine Mischung, wie man sie nur in wenigen Städten auf der Welt finden konnte.

Außerdem war alles voller Geräusche und Licht. *Son et lumiere,* dachte er. Der endlose Strom des nur langsam flutenden Verkehrs, der Singsang der Straßenhändler, die frechen Angebote der Mädchen und die plärrende Musik, die, alles übertönend, aus jedem Nepplokal kam, aus jedem Club und Geschäft, dazu die Neonlichter, rot, leuchtendblau und weiß, die flackerten und aufblitzten – ein einziges Inferno.

Er blickte über die rechte Schulter zurück und wartete ein Dutzend Wagen und Taxis ab, die vorbeiglitten, während aus jedem die Schlagbässe in den Autoradios dröhnten, bevor er durch die Wagenschlange schlüpfte und die Straße überquerte. Der Delphin war immer noch da, weiter hinten auf der gegenüberliegenden Straßenseite, und schickte sich an, gleichfalls die Straße zu überqueren.

An der Ecke befand sich ein Laden, dessen schreiende Lichtreklame verkündete, daß hier seltene chinesische

Kunstgegenstände verkauft wurden. Das übliche Geschnatter der Mädchen schwoll vor dem Geschäft an, als sie sich für handfestere Dienste anboten. Bond schnauzte eine von ihnen an, die nichts weiter trug als unglaublicherweise ein Gewand, das aussah, als stammte es von Fredericks in Hollywood, und betrat den Laden.

Im Innenraum glitzerten lange Theken von Jade, Elfenbein, Halbedelsteinen, Buddhafiguren, Miniaturpagoden und kostbar gearbeiteten Nippeswaren. Das riesige Angebot wurde von attraktiven chinesischen Mädchen bewacht, die kunstvoll bestickte Kimonos trugen oder hübsche seidene Anzüge, die an Pyjamas erinnerten.

Einige Leute kauften ein oder schauten sich die ausgestellten Ware interessiert an: die Mädchen begannen stets sofort Verkaufsgespräche und boten den Kunden an, ihnen entweder die erlesensten Stücke zu zeigen oder die besten Gelegenheitsangebote. Bond mußte drei von ihnen ziemlich barsch abwehren, bevor sie ihm gestatteten, unverbindlich Umschau zu halten, wobei er sich in der Nähe der großen Fenster aufhielt, um verstohlen die Straße zu beobachten.

Der Delphin tauchte auf. Er feilschte mit einem der Straßenmädchen, aber mit einem Auge starrte er unverwandt auf die Ladentür. Im Moment konnte er nicht viel anderes tun, es sei denn, er wollte die Sache frech wie Oskar durchziehen und in den Laden kommen.

Bond blickte weiter auf die fernöstlichen Nippessachen und schien seine Aufmerksamkeit besonders auf die Statuette eines Mädchens zu richten, das sehr fein gearbeitet war und die Kleidung des alten Chinas trug.

»Möchten Sie kaufen? Ich mache einen Sonderpreis.« Sie besaß die vollendete Anmut eines Schmetterlings, aber die Verkaufstechnik eines Raketengeschosses.

»Sie werden mir einen ganz speziellen Preis machen«, knurrte Bond aggressiv und steckte eine Hand in die Jackentasche.

»Wie speziell?« fragte das Mädchen kokett.

Bond bewegte kaum die Lippen. »Ich will nichts kaufen, und ich will auch nicht, daß jemand verletzt wird. Deshalb wirst du mich zu den hinteren Räumen bringen – in das Vorratslager.«

Er sah, wie das Mädchen den Mund öffnete, als ob es loskreischen wollte. »Nein!« befahl er hart. »Bring mich nur zu den hinteren Räumen und zeig mir den rückwärtigen Ausgang.«

»Den rückwärtigen Ausgang?« keuchte das Mädchen.

»Den rückwärtigen Ausgang, und zwar schnell – oder es passiert etwas sehr Unangenehmes. Als erste wirst du darunter leiden. Verstanden?«

Unter ihrem Make-up hatte die Haut eine aschgraue Färbung angenommen. Sie biß sich auf die Unterlippe und nickte.

»Gutes Mädchen. Jetzt lächele und zeig mir den Weg. Draußen wartet jemand auf mich – ein sehr böser Mann.«

Sie nickte wieder und bat ihn mit erstickter Stimme, ihm zu folgen. Als sie zusammen in den rückwärtigen Teil des Gebäudes gingen, kamen zwei schwergewichtige Männer auf sie zu, die chinesisch miteinander sprachen, ein schnelles Kantonesisch, wie Bond vermutete, oder einen seiner zahlreichen Dialekte. Das Mädchen fing an, Worte hervorzusprudeln, die er nicht verstehen konnte, aber es konnte kein Zweifel darüber bestehen, was sie sagte. »Wenn ihr keinen Ärger wollt, haltet euch raus.«

Sie gingen durch einen mit Perlen bestickten Vorhang und kamen in einen langgestreckten, hohen Vorratsraum. Das Mädchen zeigte auf eine Tür, die ganz am anderen Ende lag. »Sie gehen dort hinaus. Hinaus auf die Straße.«

Bond packte sie an der Schulter, zog sie nahe an sich heran und bohrte ihr seinen rechten Zeigefinger in die Seite. »Du bringst mich hinaus«, befahl er. »Und zwar schnell. Okay?«

Ihre Augen wurden vor Furcht groß und rund, aber sie nickte und führte ihn zu der Tür.

»Und niemand folgt mir, okay?« herrschte er sie an, als sie den Ausgang erreicht hatten. »Keinen Alarm geben. Nicht die Polizei rufen. Alles geht ganz normal weiter, ja?«

»Okay«, flüsterte sie. Eine Hand hatte sie schon auf den Türknopf gelegt.

»Dann öffne, damit ich sehe, daß es der richtige Weg ist.«

Sie gehorchte rasch, ihre Hände zitterten. Eigentlich ist das Ganze überflüssig, dachte Bond. Sie ist wahrscheinlich ein liebes, nettes Mädchen. Er wäre nicht abgeneigt gewesen, einen Abend mit ihr zu verbringen.

Die Tür führte tatsächlich zur Straße, und er ließ sie hinausschauen, um sicher zu sein, daß niemand im Schatten herumlungerte. Alles schien in Ordnung zu sein, und Bond schärfte ihr nochmals ein, daß sie den Mund halten sollte. »Es wäre mir sehr unangenehm, wenn ich zurückkommen müßte, um dein hübsches Gesicht etwas aus der Form zu bringen.« Noch während er sprach, wurde ihm klar, daß er viel lieber etwas ganz anderes mit ihr machen würde, und daß seine Worte ziemlich ekelhaft klangen.

»Ich verspreche. Nicht blöd. Will keinen Ärger, besonders weil der Laden meinem Vater gehört.«

»Gutes Mädchen! Halt mir die beiden chinesischen Kohlköpfe vom Leib.«

Trotz ihrer zitternden Hände und der flackernden Furcht in ihren Augen fing das Mädchen an zu kichern. »Diese Kohlköpfe meine Brüder«, sagte sie, und er hörte ihr Kichern noch, als er die Tür hinter sich schloß.

Niemand hielt sich in der Nebenstraße auf. Sie führte zu einem engen, dunklen Durchgang, an dessen Ende er, wie am Ausgang eines Tunnels, die Hauptstraße mit ihrem grellen Licht und ihrem geschäftigen Treiben sehen konnte.

Bond hielt sich mit der rechten Hand an der Mauer fest und ging langsam auf die Straße zu. Am Ende des Durchgangs legte er eine Pause ein, drückte sich in den Schatten und verschaffte sich einen kleinen Überblick über die Vorderfront des Ladens, durch den er hindurchgegangen war. Die Straßenmädchen waren noch da, aber keine Spur vom Delphin. Instinktiv schaute er zurück in den Durchgang, weil er fürchtete, daß sein Verfolger nach ihm durch den Laden gegangen war und sich jetzt in seinem Rücken befand. Aber nichts rührte sich in der Dunkelheit.

Als er seine Aufmerksamkeit wieder auf die Vorderfront des Ladens richtete oder vielmehr auf den Teil davon, den er überschauen konnte, kam der Delphin in sein Blickfeld. Er hatte den Eindruck, daß der Mann in das Geschäft hineingegangen war und festgestellt hatte, daß seine Beute spurlos verschwunden war. Nun stand er da mit entgeistertem Gesicht und hielt Ausschau nach ihm. Schließlich stieß er einen tiefen Seufzer aus, zuckte mit den Schultern, wendete sich ab und mischte sich in die Menge. Er ging eilig zurück in die Richtung, aus der er gekommen war.

Bond folgte ihm, denn jetzt wollte er zweierlei wissen: Weshalb war er verfolgt worden und wer hatte diese Beschattung veranlaßt? Ziemlich schnell machte er den Delphin auf der anderen Straßenseite ausfindig, obwohl der Mann sehr in Eile zu sein schien und sich mit großen Schritten durch die Menge bewegte, wobei er seinen Körper zur einen wie zur anderen Seite drehte, um zu vermeiden, zu viele Passanten anzurempeln.

Bond blieb zunächst auf seiner Straßenseite und folgte ihm über zwei Häuserblöcke, dann beschleunigte er seinen Schritt, als er feststellte, daß der Delphin sich an einer Kreuzung plötzlich nach rechts wendete. Vielleicht wollte er die Richtung zum Nob Hill einschlagen, dachte Bond; vielleicht hatte er die Absicht, beim Fairmont Posten zu beziehen. In diesem Fall konnte er leicht gestellt werden, und 007 würde schon sehr bald die Antworten auf seine Fragen erhalten. Es war interessant, wie leicht die Leute zu reden anfingen, wenn man mit genug Muskelkraft einige empfindliche Punkte ihrer Anatomie bearbeitete.

Er überquerte die Straße und kam gerade noch rechtzeitig an die Kreuzung, um zu sehen, wie der Delphin in einer anderen Seitenstraße verschwand, die ebenfalls nach rechts führte.

Bond hatte keine Ahnung, ob der Delphin ihn entdeckt hatte oder nicht, aber jetzt steckte er bereits mittendrin in der Sache. So oder so mußte es zu einer Entscheidung kommen. Er bog um die Hausecke und befand sich in einer engen, verlassenen Straße. Er war nicht mehr als einen Häuserblock entfernt von dem Lärm und dem Lichterglanz der Hauptstraße, aber hier befand er sich in einer anderen Welt.

Die Straße war still und nur schwach beleuchtet. Er ging langsamer und hielt sich vorsichtig von den Häusern fern und besonders von den vielen Toreingängen, in denen der Delphin sich mit Leichtigkeit verstecken konnte.

Vor einigen Gebäuden waren Abfallhaufen aufgetürmt, es handelte sich um die Hintereingänge von Schnellimbißstuben, Restaurants, Clubs und Läden, aus deren rückwärtigen Fenstern etwas zusätzliches Licht auf die Straße fiel.

Immer noch kein Laut, nichts, was auf die Anwesenheit des Delphins hindeutete. Auch sonst war die Straße wie ausgestorben. Plötzlich aber entstand Lärm, als ein Mädchen ihren Kunden aus der Tür warf und sofort darauf Bond ein eindeutiges Angebot machte. Er wehrte sie mit einem Raunzen ab, in dem er es langsam zur Perfektion brachte. Er war der Meinung, daß es keinen Zweck hatte, mit Leuten von der Straße höflich umzugehen und freundlich zu sagen: »Heute nacht nicht, meine Liebe, danke.« Sie verstanden besser Kraftausdrücke, wie Woody Allen sie vornehm als »Geh weiter, sei fruchtbar und mehre dich« umschrieben hatte.

Die Straße wurde enger, machte eine plötzliche Biegung und erweiterte sich dann zu einer Art Hof. Da stand er, der Delphin, und schaute sich um wie ein Verlorener. Jetzt, dachte Bond, kann ich ihn mir vornehmen und herausbekommen, was eigentlich gespielt wird. Er machte einen Schritt vorwärts, heraus aus dem schützenden Schatten, zog sich aber blitzschnell wieder zurück, denn vor dem Delphin waren zwei Gestalten aufgetaucht, und zwar aus einer weiten Toreinfahrt mit zwei Torflügeln, über der ein altes, verwittertes Holzschild hing, das mit chinesischen Schriftzeichen bedeckt war.

Die beiden trugen dunkle Kleidung, wahrscheinlich durchgehende Anzüge. Jeder hatte eine Baseballmütze mit Visier auf, und in den Händen hielten sie leicht hin- und herschwingende Baseballschläger. Bond griff automatisch nach seiner Pistole, ehe ihm klar wurde, daß er nicht bewaffnet war. Er war als Urlauber hergekommen und völlig unvorbereitet auf eine Auseinandersetzung, die nicht nur mit den Fäusten ausgetragen wurde. Es gab für ihn keinerlei

Möglichkeit, die beiden anzugreifen, die langsam auf den Delphin zukamen, die Schläger in Bereitschaft.

Der Delphin warf rasch einen Blick über seine Schulter zurück, dann rief er den Männern zu, sie sollten stehenbleiben, und griff dabei nach seiner Waffe.

Bond sah, wie er mit der einen Hand die Pistole hielt und mit der anderen eine Art Brieftasche vor seinen Körper preßte, als wäre sie ein magisches Zaubermittel gegen den Teufel. Aber die beiden Männer kamen immer näher.

Er fühlte sich völlig machtlos, während er sich an die Mauer preßte und hoffte, daß der Schatten ihn verbarg.

Während die beiden Gangster näherkamen, erschienen andere lautlos aus einem Torbogen rechts von Bond, sie bewegten sich rasch und geräuschlos, offensichtlich, um dem Delphin in den Rücken zu fallen.

Bond wollte einen Warnruf ausstoßen, aber seine Kehle war trocken und wie zugeschnürt, während er beobachtete, wie das Unvermeidliche in entsetzlich langsamem Zeitlupentempo vor sich ging.

Er sah, daß der Delphin feuern wollte. Er hatte die Beine gespreizt und hielt die Pistole jetzt fest in beiden Händen, die Arme ausgestreckt vor dem Körper. Bond dachte, daß der Bedrohte mit dem Finger bereits auf den Auslöser drücken mußte, aber bevor er einen Schuß abgeben konnte, gelangten die Männer in seinem Rücken nahe genug an ihn heran, um ihn daran zu hindern. Einer hob seinen Schläger und knallte ihn mit übelkeiterregender Wucht an den Kopf des Delphins.

Man vernahm keinen menschlichen Laut, nur einen grauenvollen dumpfen Aufschlag und ein Knirschen, als der Schläger auftraf und den Kopf der lebenden Zielscheibe zur Seite schleuderte. Dann folgte ein Klappern, als die Pistole dem Delphin aus den Händen flog.

Der erste Schlag war wie ein Signal für alle vier Männer, nun loszulegen, obwohl er mit großer Wahrscheinlichkeit bereits tödlich gewesen war. Die schweren Baseballschläger hoben und senkten sich, als der Delphin zuerst auf die Knie und dann auf den Boden fiel.

Selbst als er schon am Boden lag, hörten die vier noch nicht auf mit ihren makabren Reihen von weiteren dumpfen Schlägen, die unisono klangen wie Trommelschläge, bis nichts weiter übrig blieb als ein Körper mit einem gräßlichen blutigen Schwamm an der Stelle, wo einst der Kopf gesessen hatte.

Er konnte überhaupt nichts tun. Es bestand keine Möglichkeit, Alarm zu geben oder dieses brutale Abschlachten zu verhindern. Deshalb zog Bond sich zurück, wobei er sich eng an die Häusermauern drückte. Nach einer Weile ging er rascher und wich den Kisten und Abfallhaufen auf dem gleichen Wege aus, den er gekommen war.

Als er die Hauptstraße erreicht hatte, ging er wieder langsamer und schob sich durch die vielen Leute, die zu dieser späten Stunde immer noch die Bürgersteige füllten. Eine Sekunde lang überschwemmte ihn ein Schuldgefühl, und er verfluchte sich, weil er keine Waffe bei sich gehabt hatte, um den Mann zu schützen. Als er dann den langen, mühseligen Weg zum Nob Hill zurücklegte, wobei seine Oberschenkel wehzutun anfingen, wurde ihm klar, daß sein Schuldgefühl in Wirklichkeit nichts anderes war als Frustration, weil er nicht die Möglichkeit gehabt hatte, den Delphin auszufragen. Weshalb war er verfolgt worden, fragte er sich wieder. Wer war an seiner Beschattung interessiert? War der Tod des Delphins zu diesem Zeitpunkt nur ein unglückliches Zusammentreffen von Umständen gewesen – zur falschen Zeit am falschen Ort zu sein – oder steckte mehr hinter diesem unheimlichen, vorsätzlichen Mord?

Diese Fragen quälten ihn die ganze Nacht hindurch, als er in seinem sicheren, luxuriösen Zimmer hoch oben im Fairmont lag. In kurzen Abständen schlief Bond ein und wachte wieder auf; er schwitzte und wurde von Alpträumen geplagt, in denen ein abgetrennter Kopf vorkam, mit dem eine lachende Gruppe chinesischer Kinder auf einem Schulhof Fußball spielte.

Bei Sonnenaufgang erwachte er plötzlich aus einer Tiefschlafphase. Er setzte sich auf und sah das Mädchen aus dem Geschäft vor sich, so wie es ihm gerade in seinem letzten Traum erschienen war. Das Mädchen hatte zuerst gekichert und dann lachend den Kopf zurückgeworfen und dabei die rasiermesserscharfen Zähne eines Haifisches entblößt.

Er rief den Zimmerservice an und bestellte sein Frühstück aus viel Kaffee und Toast, denn es bestand kaum eine Chance, hier sein geliebtes, genau richtig gekochtes Ei zu bekommen, den Kaffee von De Bry und Erdbeermarmelade von Cooper's Vintage Oxford – eben sein Frühstücksritual zu Hause.

Bevor der Servierwagen kam, hatte er noch Zeit, um zu duschen, sich zu rasieren und anzuziehen. Dann saß er am Fenster, trank den beinahe noch kochendheißen Kaffee und aß dazu recht annehmbaren Vollweizentoast mit einem Aufstrich, der zumindest an Marmelade erinnerte.

Beim Frühstück wurde er klarer im Kopf, und seine Gedanken wurden positiver. War es erforderlich, daß er der örtlichen Polizei Mitteilung machte von dem, was er beobachtet hatte? Die Antwort war ein entschiedenes Nein. Er war von seinem Chef nach San Francisco geschickt worden, was mit Sicherheit bedeutete, daß es sich um einen offiziellen Auftrag handelte. Eine Meldung bei der Polizei würde ihn nur in bürokratische Probleme verwickeln. Außerdem würden dabei voraussichtlich sein Dienstgrad bei der Royal Navy und seine Identität als ein Mitglied des British Secret Intelligence Service zur Sprache kommen. Bond hätte jeden Penny, den er besaß, darauf verwetten können, daß sein Chef nicht begeistert sein würde, wenn seine Identität den örtlichen Sicherheitsbehörden bekannt würde. Der einzige Ausweg, der ihm blieb, war ein kurzer Anruf bei der Polizei, bei dem er nur die nackten Tatsachen über den schrecklichen Mord preisgab, den er gesehen hatte.

Er dachte noch darüber nach, wie dieser Plan sich am besten durchführen ließ, als die Türglocke ertönte. Wahrscheinlich war es der Zimmerservice, der die Reste des Frühstücks wegräumen wollte, aber er war auf der Hut und spähte erst einmal durch das Guckloch in der Tür. Er sah zwei stämmige, gutangezogene Männer davor stehen.

»Wer ist da?« fragte er.

»FBI. Öffnen Sie, Captain Bond, oder wir müssen die Tür einschlagen.«

Sie sahen ganz so aus, als ob sie Ernst machen würden. Durch das Guckloch sah er, daß einer der Männer seine Brieftasche mit der offiziellen Kennmarke daran hochhob. Selbst durch die Glaslinse konnte Bond erkennen, daß sie echt aussah.

»Nun machen Sie schon, Captain Bond. Wir haben nicht den ganzen Tag Zeit.«

Langsam schob Bond die Sicherheitskette zurück, trat zur Seite und spannte alle Muskeln an, bereit sich zur Wehr zu setzen, falls es sich herausstellen sollte, daß die beiden nicht gerade zu den Engeln gehörten.

Sie waren tatsächlich vom FBI, daran konnte kein Zweifel bestehen. Einer trug seine automatische Pistole sogar offen ohne Halfter. Sie betraten das Zimmer in der zuversichtlichen Art von Polizeibeamten, die wußten, daß das Recht auf ihrer Seite war; sie stürmten nicht durch die Tür und versuchten auch nicht, Bond mit einem festen Griff in seine Schranken zu weisen. Sie waren smart und bestimmt, sowohl in ihrem Auftreten als auch in ihrer Redeweise.

»Sie sind Captain James Bond von der Royal Navy?« fragte derjenige von beiden, der offensichtlich den Ton angab, während sein Kollege hinter ihm blieb. Er hielt die automatische Pistole fest in der Hand, die Mündung direkt auf Bond.

»Ja, mein Name ist Bond.«

»Was machen Sie in San Francisco, Captain Bond?«

»Ich mache Urlaub. Weshalb wollen Sie das wissen?«

»Sie sind hier als Privatmann?«

»Ja.«

Der FBI-Mann nickte, sein Gesicht war ausdruckslos, aber in seinen Augen spiegelte sich tiefes Mißtrauen. »Es gibt verschiedene Leute, die mit Ihnen sprechen möchten, Captain Bond.«

»Zum Beispiel?«

»Zunächst unser örtlicher Chef …«

»Er ist ganz wild darauf, Sie zu sehen.« Das war der andere Mann; seine Stimme klang schneidend.

»Worüber will er mit mir sprechen?«

»Vielleicht über einen Mord?« Das war wieder der jüngere der beiden, derjenige, der sehr gereizt aussah, der mit der Pistole.

»Ich bin erst seit gestern abend hier. Ich weiß wirklich ...«

»Sie sind noch ausgegangen?«

»Ja, aber ...«

»Erzählen Sie es unserem Chef, Captain Bond. Er möchte mit Ihnen sprechen über den Mord an dem Agenten Patrick Malloney, der heute morgen zu Tode geknüppelt in der Nähe des Embarcadero aufgefunden worden ist.«

»Ich habe noch nie etwas von einem Agenten Malloney gehört, und ich bin auch nicht in der Nähe des Embarcadero gewesen.«

»Wir nehmen an, daß er nachträglich dort abgelegt worden ist, Captain Bond. Entschuldigen Sie, wenn ich Sie darauf aufmerksam mache, daß der tote Agent Malloney und Sie selber in sehr enger Verbindung zueinander stehen.«

»Ich habe ...« setzte Bond an, aber die beiden Beamten fingen jetzt an, ihm näher auf die Pelle zu rücken.

»Kommen Sie mit, ganz ruhig, Captain Bond«, sagte der eine.

»Wir wollen dieses hübsche Zimmer nicht in Unordnung bringen«, sagte der andere.

4
Lords und Lords Day

Der Chef, der rangälteste FBI-Mann von San Francisco, war ein untersetzter Mann Mitte Vierzig, der sehr mitgenommen wirkte. Er saß in Hemdsärmel da und hatte seinen Gürtel gelockert, der unaufgeräumte Schreibtisch in seinem vollgestopften Büro machte den Eindruck, daß er nicht besonders glücklich war mit dem Schreibkram. Sein Name war Broderick, und er schien mit James Bond auch nicht besonders glücklich zu sein.

»Captain Bond von der Royal Navy«, sagte er zu Bond, als wollte er eine völlig ungesicherte Information fürs erste einmal gelten lassen. »Captain James Bond?«

»Was kann ich für Sie tun?« 007 war nicht bereit, das Gefecht zu eröffnen.

»Nun ...« Broderick fuhr mit seinen kurzen, dicken Fingern durch den zersausten grauen Haarschopf. »Nun, wir sind gebeten worden, Sie Ihren eigenen Leuten zu übergeben. Tatsächlich hat man uns schon gestern gebeten, ein Auge auf Sie zu haben.« Er grunzte. »Um die Wahrheit zu sagen, ich bin ganz schön wütend. Auch die Jungs sind wütend. Das sind wir immer, wenn einer von uns vorzeitig ein brutales Ende findet. Haben Sie jemals diesen Mann gesehen?« Er warf ein Photo über den Tisch, und Bond blickte in ein freundliches, junges Gesicht, dessen Augen voller Hoffnung und Entschlossenheit aus dem Bild schauten.

»Ja. Ich habe diesen Mann gestern nacht gesehen.«

»Wirklich? Erzählen Sie mir davon.«

Bond berichtete ihm, denn auf dem Photo hatte er zweifelsfrei den Delphin erkannt, den Mann, der vor seinen Augen in einer Nebenstraße von Chinatown zu Tode geknüppelt worden war. Als er seine Geschichte beendet hatte, seufzte Broderick und nickte. »Sie haben wohl nicht daran gedacht, irgend jemand Mitteilung davon zu machen?«

»Doch. Ich habe natürlich daran gedacht. Aber ich mußte warten. Es gibt jemand, dem ich meiner Meinung nach zuerst davon erzählen sollte.«

»Sie haben dem armen Burschen keinerlei Beistand geleistet.« Diesmal lag mehr als nur eine Andeutung von Abscheu in seiner Stimme.

»Nein. Das lag in niemandes Interesse, Mr. Broderick.«

»Vor allem nicht in ihrem eigenen, was?«

»Eine der Grundregeln beim Militär heißt Selbsterhaltung. Es hätte keinen Zweck gehabt, wenn ich versucht hätte, dem Mann zu helfen. Es war besser, wenn ich am Leben blieb, um ein andermal zu kämpfen.«

Broderick nickte wieder, sein Gesicht war grimmig. Die Antwort hatte ihn keineswegs überzeugt. Dann stand er auf und führte Bond zu einem detaillierten Stadtplan von San Francisco, der fast eine ganze Wand in seinem Büro bedeckte. »Wollen Sie versuchen, die Stelle zu finden und zu kennzeichnen, an der Sie den Mord beobachtet haben?«

Bond konzentrierte sich auf das Gebiet von Chinatown und fand rasch die Kreuzung Stockton Street, wo er den Delphin dadurch abgeschüttelt hatte, daß er in den Laden gegangen war. Er erklärte dem FBI-Mann seinen weiteren Weg, seine Rückkehr zur Hauptstraße und die anschließende Verfolgung des Delphins. Alle Punkte wurden auf dem Stadtplan markiert, all die keinen Nebenstraßen und Durchgänge, die das Netzwerk um die Hauptstraßen von Chinatown bildeten. Es war leicht, die enge Straße wiederzufinden, die zu der Sackgasse mit dem Hof führte, wo der Mord stattgefunden hatte.

»Und Sie haben beobachtet, wie er hier umgebracht wurde?« Brodericks Stimme klang kein bißchen überrascht.

»Das ist die Stelle.«

»Man hat den Körper fortgebracht und ihn an einem weit entfernten Platz abgelegt.« Er atmete durch die Zähne ein und richtete seine Blicke, in denen tiefe Verachtung lag, auf Bond. »Es ist Ihnen doch klar, daß Agent Malloney getötet wurde, während er Sie überwachte?«

Bond hatte schon vorausgesehen, was kommen würde. Das war nach allem ganz eindeutig, und auch die offene Feindseligkeit ihm gegenüber war eindeutig. Die beiden Agenten, die ihn zu ihrem Chef gebracht hatten, hatten ihn behandelt, als ob er die Pest hätte oder zumindest einen üblen Geruch. Sie hatten ihn sehr gründlich durchsucht, ohne jede Rücksicht, und ihm seinen Pass, die Brieftasche, die Kreditkarten und dergleichen weggenommen.

»Und weshalb hat man mir nicht gesagt, daß er mich überwachte?« Allmählich war auch Bond wütend geworden.

Broderick hob den Kopf, und Bond sah in seinen Augen nichts als kühle, berechnende Verachtung. »Beschattung ist keine Beschattung mehr, wenn der Betroffene davon weiß, Captain Bond.«

»Ja, aber ...«

»Aber wir haben mit Leuten Ihrer Art ziemlich häufig zu tun.« Broderick sah ihn an, und einen Augenblick lang glaubte Bond, daß er sich gleich gegen ihn würde verteidigen müssen. Es war klar, daß der FBI-Mann ihn mit Wonne in Stücke gerissen hätte. »Wir haben Anweisungen, Ihnen kein Haar zu krümmen«, sagte er schließlich. »Es sieht so aus, als ob Leute darauf warten, mit Ihnen zu reden, die all Ihre Probleme zur Sprache bringen wollen – und Sie haben eine ganze Menge davon am Hals, Captain Bond. Das sollte selbst einer betrunkenen Eintagsfliege klar sein, geschweige denn einem Mann von Ihrer Intelligenz.«

»Tut mir leid, ich kann Ihnen nicht folgen«, sagte Bond, aber er wurde unterbrochen, als Broderick die beiden Agenten hereinrief, die ihn vom Hotel hierhergeleitet hatten. Ihre Namen waren anscheinend Nolan und Wood, und sie kamen in das Büro ihres Chefs wie zwei Männer, die hofften, daß der Zirkus jetzt richtig losging.

»Schließt ihn ein und haltet ihn bei guter Laune, bis wir ihn weiterbefördern.« Broderick wandte sich ab.

»Sehen Sie ...« fing Bond an.

»Nein, sehen Sie, Mann!« Agent Nolan stand neben ihm und packte Bonds Handgelenk. »Sehen und hören Sie, Captain Bond. Wenn wir nicht unsere Anweisungen hätten, würde ich jetzt etwas tun, was gar nicht schön wäre – beispielsweise Ihre sonore Stimme mit dem englischen Akzent umfunktionieren oder Ihnen Ihre perlweißen Zähne in den Gaumen oben in Ihrem kleinen rosa Mund stecken. Denken Sie daran, und machen Sie keine Flausen.«

Bond hielt die Wut, die in ihm hochstieg, unter Kontrolle. Er hätte höchstwahrscheinlich einiges mit dem Agenten Nolan anstellen können, was den Mann sehr überrascht hätte, aber das hatte keinen Zweck. Statt dessen fragte er, ob er verhaftet sei.

»So einfach ist das nicht, Bond«, sagte Wood, der andere Agent, gedehnt. »Sie sollen Ihren eigenen Leuten überstellt werden. Ich hoffe nur, daß die wissen, wie man mit einem Sack voll Abschaum wie Ihnen umgeht.«

»Ich denke, daß ich das Recht habe, mit der britischen Botschaft in Washington zu sprechen oder mit einem ihrer hiesigen Vertreter.«

Broderick drehte sich abrupt um, sein Gesicht war puterrot. »Sie haben keine Rechte! Überhaupt keine! Verstanden? Wir haben Sie einfach Leuten zu übergeben, die allerdings Rechte besitzen – deshalb nehmen Sie sich am besten zusammen. Ich hasse den Gedanken, daß ich berichten müßte, Sie hätten sich selber erschossen oder wären umgekommen, als Sie eine Steintreppe hinunterfielen, nur weil Sie sich nicht kooperativ erwiesen haben. Schaffen sie ihn mir aus den Augen!«

Die Agenten packten ihn an den Armen und führten ihn durch ein Vorzimmer, dann eine kleine Treppe hinunter zu einer Zelle, in die sie ihn hineinstießen. Die Tür klirrte, als sie geschlossen wurde.

»Sie sind anscheinend so verdammt empfindlich, daß wir die Beamten, die normalerweise mit den Leuten hier zu tun haben, fortschicken mußten«, sagte Nolan, als wollte er damit andeuten, daß Bond ihnen unnötige Arbeit verursache und eine Unterbrechung des normalen Ablaufs.

Er hörte, wie der schwere Schlüssel im Schloß umgedreht wurde, aber er versuchte nicht einmal zu protestieren. Er verstand einfach nicht, was da vor sich ging und schon gar nicht, weshalb. Klar war einzig und allein die simple Tatsache, daß einer ihrer Kollegen tot war und daß er dabeigestanden und beobachtet hatte, wie der Mann getötet worden war. An ihrer Stelle, dachte Bond, hätte er wohl dieselben Gefühle gehabt, aber er war nicht gefaßt gewesen auf die Feindseligkeit, die all diese FBI-Leute an den Tag legten und die wie eine atmosphärische Störung an einem kalten, trokkenen Tag wirkte. Dafür mußte es noch einen zusätzlichen Grund geben, aber es war am besten, erst einmal abzuwarten. Abwarten und herauszufinden, worum es bei dieser verdammten Sache überhaupt ging. Immerhin waren diese Leute legale Agenten des herrschenden Rechts, und er befand sich in ihrem Land.

Er setzte sich auf das schmale Feldbett, das fast eine ganze Wand in der Zelle einnahm, und versuchte zu überlegen. Er hatte offensichtlich unter der Beschattung des FBI gestanden. Sein Verfolger war getötet worden, und er hatte den Mord beobachtet. Aber, so sagte er sich zum hundertstenmal, es steckte mehr dahinter, daß man ihn wie einen Feigling behandelte, weil er dem Agenten Malloney nicht zu Hilfe geeilt war – ein tieferliegender, höchst beunruhigender Grund.

Etwa eine Stunde später kam Agent Wood herunter mit einem Styroporbehälter, in dem sich ein trocken aussehender Hamburger befand, dazu Kartoffelchips, ein Plastikschälchen mit Tomatensoße und ein Wegwerfbecher, der eine Flüssigkeit enthielt, die möglicherweise Kaffee sein sollte.

Er nippte an dem Getränk, kaute zwei Kartoffelchips, die kalt waren, und ließ den Hamburger unberührt. Dieses Land schien von einer gigantischen Gesundheitswelle beherrscht zu werden. In den Zeitschriften wurde einem erzählt, daß der menschliche Körper eine Maschine war, die man pflegen mußte; in der Werbung, im Rundfunk und im Fernsehen erfuhr man, daß man den Cholesterinspiegel kontrollieren mußte, das Gewicht, den Blutdruck, und daß man überlegt essen und die Gedärme mit Ballaststoffen füllen mußte – aber Unmengen von Schnellimbißläden machten gleichzeitig ein unerhörtes Geschäft mit fader Nahrung von äußerst geringem Nährwert. Er konnte dieses Zeug einfach nicht zwischen die Zähne bringen. Zynisch dachte er, daß die Welt wirklich verrückt geworden war. So freute man sich etwa darüber, einer Gesellschaft von Nichtrauchern entgegenzugehen, tat aber wenig gegen die Tausende von Alkoholabhängigen, die zu Hause, auf der Straße oder im Krankenhaus starben. Die Antiraucherliga schien zufrieden damit zu sein, daß ein paar Anstrengungen, die kaum Erfolge zeitigten, gegen den Mißbrauch von Drogen unternommen wurden.

Der Nachmittag verstrich in quälender Langeweile. Er machte sich keine Sorgen wegen zukünftiger Schwierigkeiten, aber sein gegenwärtiger Status blieb ein großes Fragezeichen. Träge kreisten seine Gedanken um das Rätsel, in das er verwickelt war. Er konnte das Geheimnis, das Lee umgab, nicht lösen. Kein vernünftiger Einfall und keine plötzliche Erleuchtung kamen ihm zu Hilfe. Er fühlte sich wie betäubt. Nicht zu verkennen war einzig und allein die Tatsache, daß irgend jemand aus irgendeinem Grund einen Anspruch auf ihn geltend machte.

Gegen Einbruch der Dunkelheit kamen Broderick und die beiden anderen Männer herunter. Bond wurde mit Handschellen an Nolan gekettet, und sie führten ihn aus der Zelle heraus, die Stufen hoch und in die Büroräume, die alle leer waren, mit Ausnahme der offenkundigen Sicherheitsvorkehrungen, den Kodeschlüsseln, den elektronisch verschlossenen Türen und den aufblinkenden Alarmvorkehrungen. Sie schlossen Türen auf und zu, indem sie den jeweiligen Kode eingaben, und erreichten schließlich eine verlassene Empfangshalle mit zwei Reihen von Fahrstühlen. Sie schlossen einen der Fahrstühle an und stellten ihn auf »Aufwärts« ein. Dann schickte Broderick Wood nach draußen, um sich davon zu überzeugen, daß »keine Zivilisten irgendwo herumhängen«, wie er sich ausdrückte. Fünf Minuten später meldete Wood sich an einem der für dringende Notfälle vorgesehenen Telefonapparate.

»Die Treppe runter. Sie müssen schnell gehen!«

Bond nickte und fragte, wohin er gehen sollte.

»Wir werden Sie zu einem Wagen an der Rückseite bringen, und ich möchte, daß es wirklich schnell geht. Das letzte, was wir brauchen können, ist irgendein Klugscheißer von Reporter, der Sie entdeckt. Wahrscheinlich werden Sie in den nächsten Monaten überall auf den Titelseiten zu sehen sein, Bond, aber es ist so sicher wie die Hölle, daß niemand Sie schon morgen in den Boulevardzeitungen finden will.«

Der Empfangsraum des Gebäudes war ebenso menschenleer wie die verlassenen Büroräume über ihnen, aber sie führten Bond nicht durch eine der Türen zur Hauptstraße, sondern durch einen langen Korridor zu einem Hinterausgang, wo Wood auf dem Hof am Steuer eines alten braunen Chevys saß. Bond wurde auf den Rücksitz verfrachtet, eingepfercht zwischen Nolan und Broderick. Sie saßen kaum, als Wood auch schon ohne Rücksicht auf die Gummireifen loszischte und die Gänge schaltete wie ein Rennfahrer.

Er versuchte, die Strecke zu verfolgen, aber der Fahrer hatte eine Reihe von Tricks auf Lager und nahm Abzweigungen grundsätzlich immer in allerletzter Minute, so daß er die Orientierung verlor. Er versuchte, sich den Stadtplan von San Francisco zu vergegenwärtigen, und glaubte, daß sie ungefähr die Richtung zum Embarcadero eingeschlagen hatten. Irgendwann konnte er einen Blick auf die TransAmerika Pyramide zu seiner Rechten werfen, dann waren sie plötzlich unten bei dem alten Fährhaus, das ihn immer an Liverpool erinnerte, und fuhren hinauf zu einer Startrampe für Hubschrauber, wo im hellen Flutlicht eine große S-61 stand, mit laufenden Rotoren. An der Rückseite konnte man deutlich die Aufschrift NAVY lesen.

Als der Wagen näherkam, gingen die Scheinwerfer aus, nur einige blaue Markierungslichter blieben an, um die Startrampe herum und direkt bei der S-61. Nolan schloß die Handschelle auf. »Okay, Bond, jetzt raus. Sie warten darauf, Sie im Hubschrauber zu begrüßen. Lieber Sie als ich.«

Eine kühle Brise schlug ihnen entgegen, als man Bond aus dem Wagen zerrte und grob über die Rampe zu dem Hubschrauber beförderte. Jemand winkte ihm zu, und der FBI-Mann verpaßte ihm einen letzten Stoß. Er glaubte zu hören, daß Broderick sagte, sein Gepäck wäre schon an Bord, aber die Worte wurden übertönt von dem Wind und dem Lärm der Rotoren.

Einer von der Crew half ihm an Bord und wies ihn an, im Inneren des dunklen Hubschraubers Platz zu nehmen. Er brüllte ihm ins Ohr, er solle sich anschnallen. Die Tür wurde zugeknallt, und sofort fing die Maschine an, auf Touren zu kommen.

Er spürte mehr, als daß er es sehen konnte, daß jemand auf dem Nebensitz saß. Dann drang eine vertraute Stimme laut an sein Ohr: »Erst ein paar Stunden in San Francisco, Bond, und schon herrscht ein perfektes Chaos hier. Sie haben es doch tatsächlich fertig gebracht, daß Ihr eigener Bewacher umgebracht wurde«, sagte M. »Manchmal glaube ich, der Sensenmann sitzt Ihnen auf der Schulter, Bond. Eines Tages wird er Sie packen.«

Der Hubschrauber war in der Luft und lag so schräg wie ein Motorrad in einer Bude auf dem Rummelplatz. In einem völlig verrückten Winkel tauchten die Lichter der Stadt unter ihnen auf.

Der Hubschrauber flog über die Bucht zu der Anlage der US-Navy auf Treasure Island. Sie landeten auf einem nuklear angetriebenen Flugzeugträger der Nimitz-Klasse. Während des Fluges, der weniger als zehn Minuten dauerte, sagte Bond kein Wort zu seinem alten Chef. Innerlich kochte er vor Wut. »Erholen Sie sich, machen Sie Urlaub«, hatte M zu ihm gesagt. Bond hatte das Gefühl, hereingelegt worden zu sein. Die Feindseligkeit der FBI-Leute war nicht vorgetäuscht gewesen, man hatte ihn in irgendeiner Weise benutzt, und es gab nur einen, der diese Dinge manipuliert haben konnte – M.

Als sie auf dem Flugzeugträger aufsetzten, wurde die Deckbeleuchtung ausgeschaltet. Die Tür wurde geöffnet, und zwei nur als Silhouetten erkennbare Männer halfen ihnen heraus und führten sie unmittelbar zu der Insel, jenem einzigartigen Brückenaufbau, der das Kennzeichen jedes Flugzeugträgers ist, wenngleich die Insel der Flugzeugträger der Nimitz-Klasse erheblich kleiner ist als bei anderen.

Als er durch die Luke in das hell erleuchtete Innere gelangt war, drehte Bond sich um. M folgte ihm.

»Ich denke, Sie schulden mir eine Erklärung, Sir!« Er gab sich nicht viel Mühe, seine Wut zu verbergen, aber M lächelte nur mild und gab ihm ein Zeichen, einem Uniformierten durch das Labyrinth der Niedergänge zu folgen. Dann ging es über Metalltreppen nach oben, bis sie eine Holztür erreichten, die in ein Schott eingelassen worden war. Der Uniformierte öffnete die Tür, ohne vorher anzuklopfen, und hielt sie für M und Bond auf. Als die beiden eingetreten waren, schloß er sie von außen.

»Endlich allein, 007, wie?« M's Stimme klang recht munter. Sie befanden sich in einer großen Kabine, einer Art Konferenzraum, wie er wohl von dem Oberkommandierenden einer Marinesondereinheit benutzt wurde. Ein großer Schreib- tisch war fest am Boden verankert; rundherum standen Sessel für die Konferenzteilnehmer. Das gerahmte Photo des Präsidenten der USA hing über dem Schreibtisch, der völlig leer war mit Ausnahme von einer Reihe von Telefonen und einem hübschen, kleinen Stoß von Aktenordern.

M ging durch die Kabine und setzte sich in den Sessel hinter dem Schreibtisch, als wäre das sein angestammter Platz. Bond öffnete den Mund, drauf und dran, eine ganze Latte von geharnischten Beschwerden vorzubringen, aber M streckte die Hand aus, als wollte er einen Schlag abwehren. »Setzen Sie sich erst einmal hin, James. Setzen Sie sich und hören Sie mir zu, bevor Sie versuchen, eine Breitseite abzufeuern. Die Dinge sind nicht immer das, was sie zu sein scheinen.«

Bond bezwang seinen Stolz und setzte sich hin, den Kopf ein wenig zur Seite gewandt, das Kinn arrogant erhoben.

»Sie sagen, daß ich Ihnen eine Erklärung schulde, und vielleicht ist es wirklich so«, fing M an, »aber ich denke, daß Sie feststellen werden, daß der Schuh andersherum paßt. Zunächst einmal, Sie haben den Eindruck, daß ich versucht habe, Sie auf diesen Teil des Erdballs zu locken unter dem Vorwand, Sie in Urlaub zu schicken, während ich Sie in Wirklichkeit in einen Einsatz schicken wollte. Ist das richtig?«

Bond nickte. »Völlig richtig, Sir. Und wenn nicht ...«

»Warten Sie!« bellte M, »bleiben Sie ruhig sitzen und warten Sie, 007. Sie gehen mit wahrer Begeisterung bei dem leisesten Verdacht hoch. Es tut mir leid, daß Ihr Urlaub so verkürzt wurde, da Sie ganz offensichtlich noch immer eine Erholungspause und einen Tapetenwechsel nötig haben, aber jetzt geht es um viel Wichtigeres.«

Er änderte seine Stellung in dem schwarzen Ledersessel, holte seine Pfeife hervor und warf einen Tabaksbeutel auf die Tischplatte. »Ich will Ihnen ehrlich sagen, daß ich Ihnen einen guten Urlaub gewünscht habe, einen Tapeten- und Tempowechsel. Ja, ich erkläre mich schuldig in dem Punkt, daß ich versucht habe, Sie in diesen Teil der Welt zu locken, aber ich wollte, daß Sie erst einmal Ihren Urlaub bekamen, bevor ich Sie hier, in den Vereinigten Staaten, in einer großen Sache einsetzen wollte.« Er fing an, seine Pfeife zu stopfen, und schaute Bond ständig an, während er weitersprach. »Die Ereignisse haben mich überrollt. Ich wollte Ihnen eine faire Warnung zukommen lassen und eine gute Einweisung geben. Bevor Sie London verlassen haben, war ich mir ziemlich sicher, daß es damit enden würde, daß Sie auf dieser Seite des Atlantiks arbeiten würden, und ich bin sicher, daß Sie nicht viel Lust gehabt hätten, zweimal über den großen Teich zu reisen. Aber meine Absichten sind fehlgeschlagen – und das liegt an Ihnen.«

»Sie denken an den FBI und meine Beschattung?« Bond hatte sich ein wenig beruhigt, da er wußte, daß M zwar solche seltsam anmutenden Umwege liebte, sich aber immer an die Spielregeln gehalten hatte, wenn es um Einsätze ging, obgleich er bei einer Anzahl von Gelegenheiten mit Tricks gearbeitet und ihm nicht gleich zu Beginn alle Fakten übermittelt hatte.

»Ich habe eine Nachricht für Sie ans Fairmont geschickt. Das bedeutete nichts anderes als einen Befehl. Ich habe Ihnen gesagt, daß Sie in dem verdammten Hotel bleiben und sich nicht in der Stadt herumtreiben sollen.«

Er hielt inne, als er auf eine Entschuldigung wartete. Da aber keine kam, fuhr M fort: »Anstatt drinnen zu bleiben, gingen Sie hinaus in die Nacht. Das Ergebnis war, daß ein FBI-Agent getötet wurde. Das war Ihr Fehler, 007. Ihre Schuld allein.«

Wieder trat eine Pause ein. Beide Männer hüllten sich in Schweigen. Bond starrte an die Decke und blickte M nicht einmal in die Augen, als er langsam begriff, daß es tatsächlich seine Schuld war.

»Der Tod ist kein Vergnügen, besonders nicht die Art und Weise, auf die der arme Malloney sein Ende gefunden hat, aber in diesem Fall hilft es uns eher, als daß er uns in einer einigermaßen verzwickten Situation behindert.«

»Ich bin also jetzt ein Paria, soweit es den FBI betrifft. Weil ein junger Agent nicht genug Erfahrung besaß?«

»Nein.« M hatte jetzt wieder das nur allzu vertraute grimmige Gesicht aufgesetzt. »Nein, Sie sind beim FBI *persona non grata*, weil wir es so wollen. Das ist einer der Gründe dafür, daß ich nicht dafür gesorgt habe, daß Sie von der Liste der Aktiven in der Royal Navy gestrichen wurden. Sie sehen, daß wir eng zusammenarbeiten mit der US-Navy. Wir haben sogar Ihre Uniformen herbringen lassen, für den Fall, daß es erforderlich ist, daß Sie sie tragen. Außerdem haben wir das Gerücht verbreitet, daß Sie höchst enttäuscht sind von dem Leben in der Navy, daß Sie herauswollen. Das wollen Sie doch in der Tat?«

Bonds Wut flackerte kurz wieder auf. »Nein, Sir. Das dürften wir doch wohl hinter uns haben: Ein enttäuschter Offizier der Navy und des Intelligence Service sucht eine Beschäftigung bei einer feindlichen Macht und bietet geheime Informationen an ...«

»Das stimmt nicht ganz, James. Diesmal nicht. Aber die Leute mögen den FBI, und Ihre alten Freunde in der CIA sind wahrscheinlich recht interessiert daran, wenn Sie entdecken, daß wir Sie entlassen und nach England zurückbefördern. Sie sind einfach enttäuscht, nichts weiter, Sie sind nicht auf dem falschen Gleis, kein bißchen untauglich, Sie nehmen das Leben nicht ernst genug.«

»Warum?« Diesmal schaute 007 M direkt in die Augen, als wollte er ihn herausfordern, eine ausreichende Begründung zu liefern.

Zum erstenmal lächelte M. »Wegen Lord und Lord Day.«

»Sir, ich weiß, daß Sie gern geheimnisvoll sind und Kryptogramme lieben, aber ein Kryptogramm nützt mir gar nichts, solange ich nicht weiß, was es bedeutet«, sagte Bond sarkastisch.

»Oh, Sie werden schon herausfinden, was es bedeutet, James.« Das klang sehr väterlich. »Sie werden erfahren, was es damit auf sich hat, aber ich zweifle daran, daß Sie je herausfinden werden, wie es eigentlich funktioniert. Ich will jetzt jemand aus den USA hereinrufen, einen Mann, mit dem Sie zusammenarbeiten werden.« Er hob den Hörer von einem der Telefone ab und bekam sofort seinen Anschluß. »Würden Sie Commander Rushia bitten, gleich hereinzukommen? Danke.« Er sprach den Namen mit einem langen U aus – Ruuscha.

Rushia trug Zivilkleidung. Er war smart und sehr ordentlich angezogen; er hatte fast etwas von einem Dandy. Ein blauer, weißgepunkteter Schlips über einem tadellos weißen Hemd, dazu dunkle Slacks und eine zartgestreifte, leuchtend weiße Sommerjacke. Aber Bond achtete mehr auf den Mann selber als auf seine Kleidung. Er war groß, schlank, hatte breite Schultern und befand sich etwa im gleichen Alter wie Bond; allerdings war sein Haar vorzeitig ergraut. Seine Augen schienen Sehnsucht danach zu haben, über weite Horizonte zu schweifen, sei es über das Meer oder über weite Weizenfelder, die bis zu dem Punkt reichten, wo der Himmel die Erde berührt. Seine Hände waren groß und kräftig, und er führte knappe, einfache Gesten damit aus.

Bonds erster Eindruck war der, es handle sich um einen Mann, der wesentlich glücklicher auf einer Farm im Mittleren Westen wäre. Aber seine ganze Haltung und seine Sprache schien dieses ursprüngliche Bild Lügen zu strafen. Es schien in seiner Absicht zu liegen, daß die Leute ihn für langsam und liebenswürdig hielten und den Eindruck bekamen, daß er weder vielseitig noch vielschichtig war, sondern einfach nur nett und angenehm.

»Captain Bond, ich möchte Sie mit Commander Ed Rushia vom US Naval Intelligence bekannt machen.« M lächelte friedlich, als er die beiden Männer einander vorstellte.

Rushia machte einen Schritt nach vorn, legte seine große Hand in die von Bond und schüttelte sie fest. »Mensch«, sagte er mit sanfter Stimme, »ja, gibt's denn das? James Bond. Hab viel von Ihnen gehört, Captain Bond. Darf ich James sagen?«

»Wie Sie wollen.« Bond hatte im allgemeinen nicht viel übrig für die amerikanische Sitte, schon innerhalb der ersten dreißig Sekunden einer Bekanntschaft Busenfreundschaft zu schließen und sich beim Vornamen anzureden, aber als er Rushias warmen, festen Händedruck spürte und in seine freundlich blinzelnden Augen schaute, kam es ihm vor, als würde er den Mann schon seit Jahren kennen. »Ich darf Sie Ed nennen, ja?«

»Das ist mächtig nett von Ihnen, James. Weiß es zu schätzen. Werde mich auf die Zusammenarbeit mit Ihnen freuen. Sagen Sie mir ganz offen, was Ihnen, verdammt noch mal, nicht gefällt. Das machen fast alle so.«

M beobachtete die beiden Männer, die so grundverschieden waren. Seit seiner ersten Begegnung mit Commander Rushia hatte er gewußt, daß sie ein gutes Team abgeben würden. »Ed, wir müssen Captain Bond über Lords und Lords Day informieren.«

Rushia holte tief Luft. »Super«, sagte er. »Das wird ein hartes Stück Arbeit. Ich verstehe die verdammte Sache selber nicht, ich weiß nur, daß es einfach Zucker ist, beides, Lords und Lords Day, honigsüßer, tödlicher Zucker.« Er blickte von M zu Bond und wieder zurück, schürzte die Lippen, blies ein paarmal kurz die Luft aus, als ob er ein imaginäres Instrument ausprobieren wollte, und brachte sein langes Gestell im Sessel unter. Dann wandte er sich an Bond.

»Nun, James, die Sache läuft ungefähr so. Dieses verrückte Paar, Lords und Lords Day, entspricht den beiden Seiten einer eindrucksvollen Münze. Lords steht, wenn Sie die Wahrheit wissen wollen, für Long Range Deep Sea, und das ist ein echter Knüller, kann ich Ihnen sagen.« Seine Stimme nahm einen vertraulichen, fast verschwörerischen Ton an. »Das Ding kann Unterseeboote aufspüren – sogar gut getarnte –, und zwar auf einer phänomenalen Entfernung, bei jedem Wetter und in Tiefen, die man nicht für möglich halten würde. Ich sag Ihnen, James, ich selber glaube kaum an das Ding; es ist so phantastisch, so unwahrscheinlich. Fragen Sie mich nicht, wie es funktioniert, ich schätze, daß höchstens ein halbes Dutzend kahlköpfiger Supergehirne das wissen. Ich kann Ihnen nur sagen, daß es sich um einen Cocktail von Mikrotechnik, Laser und einigen anderen guten Sachen handelt, die wir beim Studium geheimer Technologien herausgefunden haben.« Er machte eine Handbewegung, die den Eindruck vermittelte, daß er einen ganzen Ozean umschrieb. »Um die Sache abzukürzen oder das Geheimnis zu lüften: es ist ein Kasten. Ein Kasten mit Drähten. Aber wenn irgendein Wunderdelphin aus Metall draußen herumschwirrt, Hunderte von Meilen entfernt von der Landungsbrücke und volle fünf Faden unter Wasser, fängt der Kasten an hochzuspringen und tanzt herum wie Bojangles persönlich. Verstehen Sie, was ich meine?«

Bond nickte lächelnd. Dieser Ed Rushia war sehr lebendig, sehr natürlich, dachte er. Diese gemütliche, einfache, fast bäuerliche Sprache mußte schon vielen Leuten, die nicht auf Draht waren, zum Verhängnis geworden sein. Bond, der eine gute Tarnung erkannte, wenn er ihr begegnete, hatte bereits angefangen, Commander Rushia zu respektieren. »Und Lords Days?« fragte er.

»Das ist noch verdrehter. Es ist gewissermaßen das Gegenmittel. Long Range Deep Sea Detector And Yaffler. Ich mußte erst einmal herausfinden, was Yaffler bedeutet. Es scheint so zu sein, daß der Specht in einigen Gegenden der Welt Yaffler genannt wird. Ganz einfach, nicht wahr? Das Gegenmittel bringt den Lords-Kasten mit seinen Drähten völlig durcheinander, indem es ein ganz bestimmtes akustisches Muster verwendet. Es sind natürlich nicht die üblichen Schallwellen, sondern ganz spezielle, und sie bilden ein Muster, das genauso klingt wie das Picken eines ganz gewöhnlichen Spechtes.« Er schlug die großen Hände zusammen. »Okay, das wär's. Jetzt sehen Sie klar in Sachen Lords und Lords Days.«

»Und wo steckt das Problem?«

»Hat unser Admiral Ihnen das nicht erzählt? San Francisco ist, wie Sie natürlich wissen, der Hauptstützpunkt der Pazifikflotte der Vereinigten Staaten, und die Pazifikflotte der Vereinigten Staaten ist so leck wie ein alter Kessel. Hier passieren Dinge, gegen die die Walker Brothers sich wie ein Verein von Pfadfinderinnen ausnehmen.« Er runzelte die Stirn. »Nebenbei bemerkt, die Walker Brothers waren Spione, nicht irgendeine Rock'n-Roll-Gruppe.«

»Ich habe davon gehört«, sagte Bond, ohne das Gesicht zu verziehen.

»Nun, ich gehe lieber auf Nummer Sicher, James. Jemand hat mir erzählt, daß es britische Offiziere gibt, die nicht einmal den Unterschied zwischen Stonewall Jackson und General Sherman kennen. Halten Sie sie für Baseballspieler, oder so was.«

»Und was hat die Sache mit uns Briten zu tun?«

M schaltete sich ein. »Wir Briten, wie Sie sich ausdrücken, 007, haben bei der Erfindung und Entwicklung dieses Dings mitgeholfen, und in den letzten drei Monaten sind nicht weniger als drei Offiziere und zwei Unteroffiziere abgängig gewesen. Einer war von der Royal Navy, die übrigen von der US-Navy. Sie waren alle voll eingeweiht in die Lords-Sache, sie waren alle hervorragende Techniker mit ausgezeichneten Unbedenklichkeitszeugnissen, was die Sicherheit anbelangt.«

»Sechs, nicht fünf, wenn wir Wanda mitzählen«, warf Rushia ein.

M wandte sich an den Amerikaner. »Wir zählen Wanda nicht mit, weil sie nicht abgängig ist, Commander. Sie ist unser Aktivposten, und sie wird heute abend hier sein. Aber das konnten Sie nicht wissen.«

»Wer ist Wanda?« fragte Bond, in Gedanken noch mit

dem Wort »Lords« beschäftigt. Er hatte es vorher schon einmal gehört, und bald fiel ihm auch ein, bei welcher Gelegenheit. Er sah den riesigen chinesisch-indianischen Mischling wieder vor sich und erinnerte sich an die Worte, die dieser gestern nachmittags mit dem nervösen jungen Mann vor dem Hotel Empress gewechselt hatte. In dem Gespräch, das er von ihren Lippen abgelesen hatte, ging es darum, daß jemand erschossen worden war, und der große Mann mit der umgedrehten Hand hatte gesagt: »Sag ihnen, daß hinsichtlich Lords ein unkalkulierbarer Schaden entstanden sein kann.«

Er öffnete den Mund, aber Rushia hatte schon das Wort ergriffen. »Ich möchte eines hinzufügen. Wenn diese Leute zu irgendeiner ausländischen Macht übergegangen sind, dann möge uns der Himmel helfen, selbst jetzt in der Zeit von Glasnost und Perestroika, weil diese Burschen Sachen wissen, die wir nicht einmal der Army, der Navy und dem Pentagon mitteilen möchten.«

»Umso mehr«, fuhr M fort, als wäre er nie unterbrochen worden, »da seit gestern der Vater von Lords, ein gewisser Professor Robert Allardyce, verschwunden ist. Erraten Sie, wo, James?«

»Ich lasse mich überraschen, Sir.«

»In Victoria, Britisch-Kolumbien, wo Sie Urlaub gemacht haben.«

»Da kann ich möglicherweise sogar einen Hinweis geben.«

»Was für einen Hinweis«, fragte M scharf.

»Ich denke, ich kenne den Namen von jemand, der möglicherweise in die Angelegenheit verwickelt ist.«

»Tatsächlich?« M's Stimme klang gönnerhaft. »Nennen Sie mir den Namen.«

»Es handelt sich um einen Mischling, halb Chinese, halb Schwarzfußindianer, mit dem Namen Lee Fu-Chu. Er ist auch als Gebrochene Klaue Lee bekannt.«

M versteifte sich, und seine Stimme nahm einen äußerst mißtrauischen Ton an. »Was wissen Sie über Gebrochene Klaue Lee, Captain Bond?«

»Sehr wenig, Sir. Aber ich habe ihn gesehen und ihm zugehört, als er gestern in Victoria gesprochen hat, kurz bevor ich Ihre Anweisung erhielt, hierher zu kommen.«

»Super«, sagte Rushia sanft. »Super, nicht wahr?«

»Berichten Sie uns davon«, sagte M kategorisch, als ob er Bond dazu auffordern wollte, einen ganz und gar unmöglichen Kraftakt zu vollbringen.

5
Das trojanische Pferd

Während er von seiner gestrigen überraschenden Begegnung mit Gebrochene Klaue Lee berichtete, wurde es Bond fast mit einer gewissen Beklemmung bewußt, daß sowohl M als auch Commander Rushia ihm mit beunruhigender Intensität zuhörten. Die beiden Männern waren ganz still, bewegten keinen Muskeln, ihre Gesichter waren völlig ausdruckslos. Sie sahen aus wie zwei Raubtiere, die darauf warteten, daß die Beute in ihre Reichweite kam.

Als Bond fertig war, entstand eine lange Pause. Unwillkürlich stiegen Bilder vor ihm auf, ganz klar und deutlich, Rauch von einer alten Dampflokomotive, der eine lange Fahne bildete, ein großes Teleskop, das in die Luft ragte. Dann fing M an zu sprechen.

»Warum haben Sie sich so für Lee interessiert?« Sein Ton war ungewohnt feindselig.

»Ich las ihm die Worte von den Lippen ab, und das Wort Tod tauchte im Gespräch auf, aber vor allem wirkte er wie ein ungeheuer mächtiger Mann. Er hat eine Aura um sich, etwas ganz Ungewöhnliches, Faszinierendes, ja Charismatisches.«

»Und das ist die Wahrheit, Bond? Die ganze Wahrheit? Sie haben diesen Mann gesehen, und er hat Sie stark beeindruckt, weil er, sagen wir, anders zu sein schien als andere Menschen? Seine Macht und seine Persönlichkeit haben Sie ganz einfach fasziniert?«

Während er sprach, hob M seine Augenbrauen und schaute zu Rushia hinüber, der seinen Blick ungerührt erwiderte.

»Genau, Sir. Ich bin ein bißchen deprimiert gewesen in den letzten Wochen. Lee und die Geschichte, die er von sich erzählte, haben mich irgendwie aus meiner Apathie gerissen. Er interessierte mich! Ich hatte tatsächlich die Absicht, der Sache nachzugehen, den Burschen zu beschatten. Aber Ihre Nachricht kam, bevor ich auch nur damit anfangen konnte.«

Wieder entstand eine Pause. Weitere Bilder tauchten vor Bond auf, diesmal Bilder von dem Mann selber, von Lee, seiner Kraft und Härte, gemildert durch Charme.

»Wenn man die nähereren Umstände so kennt wie ich«, fing M aufs neue an, machte wieder eine Pause und zog die Brauen hoch, »wäre man bei jedem anderen als Ihnen, 007, außerordentlich mißtrauisch hinsichtlich Ihrer Geschichte.«

»Ziemlich mißtrauisch.« Rushia starrte Bond ausdruckslos an.

»Wir wollen das Ganze noch einmal durchgehen«, fuhr M fort. »Sie haben den Mann und seine Begleiter außerhalb Ihres Hotels gesehen. Sie haben ihnen einiges von den Lippen abgelesen und sind der Meinung, daß man ihm im Zusammenhang mit Lords etwas über einen Toten erzählte, haben aber die Bedeutung dieser Angelegenheit nicht verstanden. Man hat Ihnen seinen Namen genannt, und weil er eine so eindrucksvolle Persönlichkeit war, sind Sie ihm gefolgt und haben sich seine Rede anläßlich einer Schenkung im Museum angehört.«

»Genau.« Bond blickte M direkt in seine kalten, grauen Augen.«

»Glauben Sie, daß er Sie wiedererkennen würde?«

»Ich habe keine Ahnung, Sir. Seine Rede hatte etwas von einem Bühnenauftritt, als ob er ein Schauspieler wäre. Er ließ seine Blicke überall umherschweifen, aber ob er mich bemerkt hat, kann ich nicht sagen. Ich bezweifle es aber.«

»Und die Leibwächter?«

»Wenn Sie sehr gut sind – ausgebildete Spezialisten für Überwachungen – könnte einer von ihnen mich erkennen, wenn er mich wiedersieht. Ich weiß es wirklich nicht.«

»Und Sie glauben all diesen Blödsinn von seinem chinesischen Urgroßvater und der Hochzeit mit einer Schwarzfußindianerin und immer weiter bis zur dritten oder vierten Generation?« M. schien mit seiner Redeweise einen Pfarrer nachahmen zu wollen.

»Es klang sehr überzeugend. Ich glaube, abgesehen von seiner imponierenden äußerlichen Erscheinung macht gerade diese Überzeugungskraft ihn so einzigartig.«

M knurrte. »Ja, er ist überzeugend, und Sie sind bei einem ganz ungewöhnlichen Zufall dabeigewesen. Sehr wenige Leute bekommen Mr. Gebrochene Kralle Lee nämlich zu sehen. Im allgemeinen nur diejenigen, die er sehen möchte, abgesehen von seinem üblichen Gefolge. Ich muß Sie nicht daran erinnern, Captain Bond, daß in unserem Geschäft Zufall und Glück nur eine sehr untergeordnete Rolle spielen.«

»Ein seltsamer Zufall, um eine Redewendung anzuführen, mit deren Hilfe heutzutage manche Dinge beigelegt werden.« Rushia zitierte den Satz eigentlich für sich selber. »Wer zur Hölle hat das gesagt?«

»Ich denke, es war Byron.« Bond war inzwischen reichlich irritiert von diesem beinahe feindseligen Verhör. »Aber ich verstehe wirklich nicht, was Sie beide auf einmal haben.«

»Also, hören Sie zu, Bond.« M beugte sich ein wenig vor, als wollte er eine wichtige, geheime Information preisgeben. »Gebrochen Klaue Lee ist mächtig. Er ist ein Gangster, ein Ganove, eine Ein-Mann-Mafia. Außerdem ist er ein Rätsel. Er kommt und geht, wie es im gefällt, er verschwindet wie ein Phantom, er ist als Killer bekannt, und ihm gehört ein großer Teil von San Franciscos Schattenseite. Er kontrolliert praktisch jede Spielhölle in Chinatown. Die Prostitution, und die ist hier reichlich vertreten, wird allein unter seiner Schirmherrschaft betrieben, die Drogendealer zahlen ihm Wahnsinnsprozente, und jeder Nachtclub, jedes Restaurant in Chinatown gehört entweder ihm oder zahlt ihm eine hübsche Summe.«

»Und was tun die Hüter des Gesetzes? Wenn das alles allgemein bekannt ist …«

Rushia rührte sich in seinem Sessel. »James, etwas wissen heißt nicht, daß man es beweisen kann.«

»Aber warum …«

»Warum?« Der Commander schlug sich mit seiner großen Hand aufs Knie, die Finger gespreizt. »Warum er nicht verhaftet wird? Ich kann es Ihnen sagen. Weil er die Leute besitzt, ihre Seelen besitzt. Wissen Sie, was ich meine? Das bedeutet, was immer Gerücht sein mag und was Wahrheit: niemand wird reden und niemand wird im Gerichtshof gegen ihn aussagen. Die örtliche Polizei und der FBI haben viele Zuträger, die kleine Informationen weitergeben, Gerüchte, Geschichtchen, Klatsch, manchmal sogar etwas Wahres. Aber nicht einer von Ihnen würde auch nur daran denken, Beweise beizubringen über Ihren Kumpel Gebrochene Klaue Lee. Soweit wir wissen, hat er sogar seine Leute im SFDP und beim FBI. Ich bezweifle es, aber wer weiß?« Für den Augenblick hatte Rushia seine gemütliche Art und Redeweise abgelegt.

»Eine Ein-Mann-Mafia, sagen Sie.« Bond schaute von einen zum anderen. »Aber auch Leute, die mit dem organisierten Verbrechertum zu tun haben, reden manchmal. Was ist mit dem Spezialprogramm für Kronzeugen? Man gibt den Leuten, die Beweise erbringen, Schutz und neue Identität. Ich kann mir nicht vorstellen, daß Lee sich keine Feinde gemacht haben sollte, wenn ...«

»Natürlich, er hat viele Feinde«, sagte Rushia gedehnt. »Aber versuchen Sie einmal, wirkliche Beweise von denen zu bekommen. Für den alten Gebrochene Klaue arbeiten ein paar sehr gefährliche Schlägertypen. Aber zunächst zu dem Blödsinn über seine Vorfahren – Chinesen und Schwarzfußindianer. Dazu muß mindestens ein Medizinmann gehören oder vielmehr eine Medizinfrau, vielleicht auch mehrere. Es mag Ihnen wie finsterer Aberglaube vorkommen, Bond, aber eine ganze Reihe von Leuten, die sonst fest auf dem Boden der Tatsachen stehen, glauben wenigstens so halb und halb daran, daß der Mann übernatürliche Kräfte besitzt. Er sorgt schon dafür, daß die Geschichten, die über ihn im Umlauf sind, entsprechend ausgeschmückt und kräftig gepfeffert werden. Ich kenne einen sonst ganz vernünftigen Mann, der glaubt, Gebrochene Klaue könne sich in einen Adler verwandeln.«

Bond erinnerte sich an die Macht des Voodoo-Zaubers, den er aus erster Hand kennengelernt hatte. Während er darüber nachdachte, kam er zu dem Schluß, daß ein Mann mit der Ausstrahlung von Gebrochene Klaue Lee durchaus in der Lage sein könnte, eine Art Hypnose zu erzeugen, die bei seinen Anhängern den Glauben hervorrief, daß er übernatürliche Kräfte besäße.

»Zweitens, sind die Leute auf der Straße davon überzeugt, daß noch niemals irgendjemand es fertig gebracht habe, eine Information über Mr. Gebrochene Klaue weiterzugeben und zu überleben«, fuhr Rushia fort. »Da gibt es die Geschichte von einem bestimmten Zuträger mit Namen Tiger Balsam Cham. Man ist fest überzeugt davon, daß Lee ihn mit bloßen Händen in Stücke gerissen hat. Ich weiß nicht, ob die Geschichte wahr ist, aber von dem alten Tiger Balsam war nicht mehr viel übrig, als man ihn fand – verstreut über ein Gebiet von mehr als einer Meile. Man fand nur noch Hackfleisch wieder, um es so auszudrücken.«

»Wenn es so viel Material über ihn gibt, weshalb hat noch niemand versucht, ihn anzuzeigen?« Für Bond klangen die Einzelheiten aus dem Leben von Gebrochene Klaue Lee wie die Geschichte von einem Comicstrip. Und das sagte er auch, den Blick fest auf M gerichtet.

M lachte. »Wie ein Comicstrip. Kann schon sein. Ich habe Ihnen gesagt, daß der Mann wie ein Phantom ist. Seine gesamte Finanzwelt beruht auf Gesellschaften, die von Strohmännern betrieben werden, und die sind wieder anderen Gesellschaften verantwortlich, die ebenfalls von Strohmännern betrieben werden. Innerhalb von zehn Jahren hat das IRS nicht ein einziges Mal gegen ihn vorgehen können, weil ihm kein einziger Fall nachzuweisen ist. Sogar das FBI, und damit habe ich mich ausführlich beschäftigt, kann ihm das Handwerk nicht legen. Mehr als ein dutzendmal haben sie ihn rund um die Uhr beschatten lassen. Das Ergebnis? Die Überwachungsteams hatten ihn jeweils vierundzwanzig Stunden lang unter Kontrolle. Nie länger. Der Mann und seine engsten Adjutanten verschwinden einfach, und zwar für längere Zeit. Die Behörden kennen fünf große Güter, die gut und gern Freund Gebrochene Klaue gehören könnten, aber nie wurde er, so wie er leibt und lebt, auf diesen Besitztümern gesehen, und niemand – wirklich niemand – hat jemals einen schlüssigen Beweis für seine kriminellen Aktivitäten erbracht.«

»Klingt wie ein Job, den Sie mir übertragen wollen, Sir.« Bond lächelte, als er das sagte, aber sein Lächeln stieß auf einen eiskalten Blick.

»Sie sind bereits mittendrin, 007. Sie und Rushia. Wir wissen sicher, daß er ein Gangster von unwahrscheinlicher Gerissenheit ist, und jetzt sind wir darüberhinaus auch hundertprozentig sicher, daß er für eine ausländische Macht arbeitet. Wir wissen, daß er ein Agent des CELD ist und wahrscheinlich auch des CCI.«

Bond schaute seinem Chef mit neu erwachtem Interesse an. Bis jetzt hatte es so ausgesehen, als ob Lee nur mit organisierter Kriminalität zu tun hätte. Aber CELD war das *Central External Liaison Department*, und CCI bedeutete *Central Control of Intelligence*. Beide Organisationen waren die Antwort Rotchinas auf den CIA, den SIS, NSA und alle möglichen anderen Geheimdienste.

»Was wissen Sie über die netten Intriganten des CELD und des CCI, Bond? Bedauerlich wenig, nehme ich an.«

»Soviel wie jeder andere im Geschäft auch, Sir. Sie sind beide so skrupellos, wie der KGB es auf dem höchsten Höhepunkt des kalten Krieges war, bei der Verfolgung ihrer Ziele, egal ob in ihrem eigenen Land oder anderswo. Ich habe die entsprechenden Akten, die wir kennen müssen, gelesen. Ich weiß, daß heute, besonders seit dem Massaker auf dem Tienanmen-Platz, allen westlichen Geheimdiensten Ungelegenheiten bereitet werden von dem forschen, rotchinesischen CCI.«

»Sonst noch etwas?«

»Ja. Seit die Volksrepublik China damit angefangen hat, Besucher und Touristen ins Land zu holen, hat es erfolgreiche und erfolglose Versuche gegeben, Agenten aus dem Westen anzuheuern. Sie suchen verzweifelt Kaukasier, um sie in Europa und in den Vereinigten Staaten einzusetzen.«

»Hm«, brummte M. »Tien-an-Men-Platz«, betonte er das Wort richtig. »Das Tor des Himmlischen Friedens. Und was wissen Sie über die Anwerbungsversuche des CELD?«

»Ich weiß, daß einige Chinesen in unsere Länder eingesickert sind und daß einige Geheimdienstoffiziere von Konsulaten und Botschaften aus arbeiten. Ich habe auch unsere dicke Akte über die chinesischen Methoden der Anwerbung und Unterwanderung gelesen. Für ein Volk, das für seine Gerissenheit und Täuschungsmanöver bekannt ist, kommen mir die chinesischen Methoden ein wenig altmodisch vor; es ist der gleiche Blödsinn, den die Russen in den fünfziger und sechziger Jahren anwandten. Sexuelle Verführung, versteckte Kameras, durch Drogen hervorgerufene psychische Störungen, finanzielle Belohnungen.«

Rushia räusperte sich vernehmlich. »Sie glauben nicht, James, daß diese alten Mittel immer noch ziehen?«

»Sie sind nicht sehr zuverlässig, besonders nicht, wenn es sich um einen bestimmten Personenkreis handelt.«

»Würde es Sie überraschen, wenn ich Ihnen sage, daß dem FBI und dem Geheimdienst der Navy mindestens sechs Fälle von erfolgreichen Anwerbungen von Kaukasiern in den letzten zwölf Monaten bekannt sind?«

»Erzählen Sie mir mehr darüber.« Bond war keineswegs überzeugt.

»Ihnen mehr erzählen? Nein, verdammt noch mal! Wir können Ihnen ein paar solche zeigen; nur einer davon ist Kaukasier. Hier und jetzt. Auf diesem schwimmenden Luftstützpunkt.«

M hob die Hand. »Ich sollte Ihnen sagen, 007, daß die US-Navy uns freundlicherweise die Benutzung eines gewissen Teils auf diesem Schiff gestattet hat. An Bord befindet sich nur das Stammpersonal. Wir haben mehrere Kabinen zur Verfügung und ebenso den Bereich, den unsere amerikanischen Freunde das Arrestlokal nennen, und das Lazarett.«

Bis zu diesem Augenblick hatte Bond angenommen, daß sie die einzigen Geheimdienstleute an Bord wären und daß diese Kabine als sicherer Treffpunkt für eine einzige Besprechung dienen sollte. »Wer ist noch hier, Sir?«

»Das werden Sie in Kürze erfahren. Leute, die Sie kennen. Aber wir wollen eines nach dem anderen erledigen. Es gibt noch mehr Dinge, über die Sie informiert sein müssen, wenn Sie eine echte Chance haben wollen gegen diesen Teufel.«

»Sie wollen sagen, daß Gebrochene Klaue Lee hinter dem Verschwinden dieser Spezialisten von Lords und Lords Day steckt, Sir?«

»Ich habe angenommen, das wäre inzwischen klar geworden«, sagte M scharf. »Wir wurden hinzugezogen, als der Geheimdienst auf dieser Seite des Ozeans das fehlende Bindeglied entdeckte.« Er sah Ed Rushia auffordernd an.

Der Amerikaner holte tief Luft. »James, was soll ich Ihnen sagen? Als die beiden ersten Leute verschwanden, hat sich niemand darüber aufgeregt. Es verschwinden dauernd Leute. Aber als zwei weitere verschwanden, wurden alle nervös, besonders weil sie miteinander in Verbindung standen. Dann verschwand Nummer fünf – und die Hölle brach los. Ich kann die Lücken nur provisorisch ausfüllen für Sie, weil ich nicht von Anfang an dabei war, aber wir haben ein paar verflixt smarte Knaben, die an der Sache arbeiten. Burschen, die in ihren Rückspiegel gucken und all die Dinge tun, die mich nervös machen.«

Rushia wedelte mit der Hand in Richtung Schreibtisch, an dem M saß. »Die Akten über die furchtlosen fünf, die Jungs, die verschwunden sind, liegen dort zu Ihrer Einsicht bereit, und Sie werden selber sehen, daß alle fünf, die im Fall des *Trojanischen Pferds* zu Opfern wurden, sehr gewitzte Burschen sind. *Trojanisches Pferd* ist der Deckname für die Nachforschungen wegen dieser abgängigen Experten, und Sie können mir glauben, daß sie wirkliche Experten waren. Gemeinsam können sie die meisten Werkgeheimnisse von Lords und Lords Day weitergeben. Das erste, was wir taten, war, den Hintergrund jedes einzelnen aus diesem Quintett zu überprüfen, und zwar sehr gründlich. Wir suchten insbesondere nach Schwächen, die möglicherweise als Druckmittel für das, was Sie für veraltete Techniken halten, dienen könnten. Nur für den Fall, daß diese Leute auf die altmodische Tour umgedreht worden wären. Dann verbrachten wir viel Zeit damit, ihre Gewohnheiten zu überprüfen. Das Ergebnis waren einige Namen und Nummern. Drei dieser Burschen waren Freunde und verbrachten viel Zeit in *The Broken Dragon* – das ist so eine Art chinesisches Speise- und Unterhaltungslokal. Sie waren dort an dem Abend, an dem sie verschwanden. Jeder von ihnen wurde zuletzt in *The Broken Dragon* gesehen. Raten Sie einmal, wem die Spelunke gehört! Und raten Sie, wer mindestens zweimal dort anwesend war, als die Burschen verschwanden!« Bond nickte nur. Gebrochene Klaue Lee war offensichtlich das Bindeglied.

Rushia hob die linke Hand und zählte an seinen Fingern ab: »Lieutenant Lindsay Robertson, Lieutenant Daniel Harvey und der dienstälteste Techniker Billy Bob Heron frequentierten *The Broken Dragon* mit gefährlicher Regelmäßigkeit. Robertson und Harvey waren dort, zwei Stunden bevor sie verschwanden, und es sieht ganz so aus, als ob Gebrochene Klaue Lee ebenfalls da war. Er zeigte sich beide Male dort, wie mit Absicht. Darüber hinaus wissen wir, daß auch Billy Bob dort war an dem Abend, bevor er sich entschloß, ebenfalls zu verschwinden.«

»Und die beiden anderen?« Bond hatte das Gefühl, daß das alles ein wenig zu einfach war.

»Frankie McGregor, Unteroffizier erster Klasse, und James Joseph Jepson III., Lieutenant.«

»Wenn das ihre Namen waren oder sind – wissen wir eigentlich, ob sie …«

»Noch am Leben sind? Aber ja, das ist anzunehmen. Solche Leute bleiben immer am Leben. Die beiden letztgenannten Herren, Jepson und McGregor waren total süchtig nach einem gefährlichen Gift – dem Spiel. Sie verbrachten entschieden zuviel Zeit, meistens unabhängig voneinander, in einem illegalen Spielclub, dem *Coc-Chai*. Dort verschwanden sie auch beide an verschiedenen Abenden. Es spricht viel dafür, daß beide abgehauen sind, wie man in Gangsterfilmen zu sagen pflegt, denn sie waren verschuldet bei ihren Kollegen, ihrer Familie, und was Jepson anbetrifft, sogar bei einem von Lees Geldverleihern.«

»Und Mr. Lee ist die treibende Kraft hinter dem *Coc-Chai?*«

Rushia nickte. »Aber sicher. Zu hundertfünfzig Prozent.«

»Dann haben wir immerhin eine schwache Verbindung zwischen Gebrochener Klaue und den abgängigen Experten.«

M schlug mit der flachen Hand auf die Tischplatte und machte damit einen Lärm, der seinen Ärger viel direkter zum Ausdruck brachte, als Worte es gekonnt hätten. Das kam so plötzlich und so unvermutet, daß Bond und Rushia wie auf Kommando ihm die Köpfe zuwandten.

»Schwach war sie vielleicht damals, aber nicht jetzt«, bellte M. »Commander Rushia, ich denke, man sollte uns etwas zu essen hereinbringen, und dann laden wir die sechste der abgängigen Personen von Lords ein, mit uns zu speisen. Ich bin sicher, daß sie Captain Bond dazu bringt, daß er sich aufrichtet, Notiz von ihr nimmt und anfängt, diese ganze Angelegenheit ernstzunehmen.«

»Wie Sie wünschen, Admiral. Aye, aye, Sir.« Rushia erhob sich und schritt hinüber zu dem Schreibtisch. Er war ein Mann, stellte Bond fest, der nicht einfach nur gehen konnte. Rushia schritt, er machte große, weitausgreifende, zielbewußte Schritte. Er erinnerte ihn an die Männer mit schwieligen Händen, die von Pferden gezogenen Pflügen folgten.

»Wir möchten ein Abendessen für vier Personen in der Tageskabine des Oberkommandierenden«, sagte Rushia in den Hörer eines roten Telefons. »Und seien Sie bitte so gut, Lieutenant-Commander Man Song Hing zu bitten, zu uns zu kommen.« Er legte den Hörer auf die Gabel zurück. »Wanda wird gleich hier sein, Sir.« Als er sich an Bond wandte, überzog ein Lächeln sein schroffes Gesicht, was ihn wesentlich jünger erscheinen ließ. »Wanda – das ist vielleicht eine Frau! Sie wird Sie mit Sicherheit ganz schön in Verwirrung bringen, Captain Bond.«

»Für meinen Geschmack hat Captain Bond sich in der Vergangenheit schon viel zu oft in Verwirrung bringen lassen«, sagte M trocken.

»Ich bin mir darüber klar, daß ein großer Teil meiner Einweisung bereits erfolgt ist, Sir.« Bonds Stimme klang ziemlich bissig. »Aber eine Sache läßt mir keine Ruhe.«

»Ja?«

»Sie haben mich vom FBI überwachen lassen. Sie haben mir schon gesagt, daß das für die Leute vom örtlichen FBI inszeniert wurde, damit sie glaubten, ich wäre nicht wirklich ein Sicherheitsrisiko. Ich nehme an, das ist ein notwendiger Schritt gewesen innerhalb der Aktion, um die es hier geht. Aber ein Agent wurde zu Tode geprügelt. Ich habe es beobachtet. Ich habe alles gesehen. Ich bin dem armen Kerl gefolgt, und er führte mich in einen sehr gefährlichen Teil der Stadt, wo er mich offensichtlich suchte. Warum ausgerechnet dort?«

»Weil man ihm gesagt hat, Sie könnten versuchen, Kontakt aufzunehmen mit den Leuten von Gebrochener Klaue Lee. Er ging auf den Platz, in dem er sie zu finden hoffte.«

»Auf diesem kleinen Hof am Ende einer Sackgasse?«

»Dieser kleine Hof, 007, liegt direkt hinter dem bevorzugten Schlupfwinkel von Lee. Agent Malloney brachte sich selbst in Gefahr, als er in das Gebiet von Gebrochener Klaue Lee eindrang. Hinter die feindlichen Linien ging, wenn Sie so wollen.«

Bond nickte. »Würden Sie mich bitte noch etwas genauer ins Bild setzen über Lieutenant-Commander, eh, Wanda ...«

»Man Song Hing.« M sprach den Namen betont deutlich aus, wie ein Lehrer, der einen faulen Schüler verbessert. »Nein, Bond, sie werden einer sehr tapferen jungen Frau begegnen, die buchstäblich alles eingesetzt hat bei dem Versuch, den Verbleib der abgängigen Personen von Lords und Lords Day herauszufinden. Ich meine, sie hat alles gegeben, was eine Frau geben kann, und sie lebt jetzt in der ständigen, durchaus begründeten Furcht, daß sie vielleicht nicht mehr viel Zeit hat, bevor ihre Tarnung in alle Winde geblasen wird. Ich zweifle daran ...« Er wurde unterbrochen durch ein Klopfen an der Kabinentür: Rushia ging hin, um zu öffnen.

Vier Männer, alle in zwangloser Kleidung – Slacks, T-Shirts, Jeans und dergleichen – rollten einen großen Klapptisch herein, wie man ihn beim Zimmerservice in besseren Hotels verwendet.

Bond erkannte zwei von ihnen als Mitglieder seiner eigenen Organisation. Es waren harte, zähe Männer, die als Babysitter für wichtige Mitarbeiter fungierten oder für VIPs, die zu Besuch kamen, Männer, die den Insidern als Löwenbändiger bekannt waren. Einer von ihnen erkannte ihn und blinzelte ihm zu, als sie den Tisch aufstellten, Gedecke für vier Personen auflegten und auf einen zweiten Tisch kalte Platten und verschiedene Salate stellen, zusammen mit mehreren Flaschen Wein, Körben mit Brötchen, dreieckig geschnittenen braunen Brotscheiben mit Butter und eine flache Platte mit feinen Scheiben von geräuchertem Lachs. Die gedeckten Tische schimmerten von gestärktem Leinen und glänzendem Silber.

Die ungewöhnlichen Kellner erfüllten ihre Aufgabe mit der Geschwindigkeit und Gewandtheit gut ausgebildeter Ministranten, die in völligem Schweigen arbeiten, und zogen sich schnell zurück, als alles fertig war.

Rushia beschäftigte sich mit dem Wein, während M sich an den Tisch setzte, als erwarte er, daß der amerikanische Offizier und Bond ihn bedienen würden. Aber bevor sie zu essen beginnen konnten, klopfte es wieder an die Kabinentür. Diesmal ging Bond hin, um zu öffnen.

Zuerst sah er zwei der Löwenbändiger, die davor Wache standen, dann erst fiel sein Blick auf die Frau, die an die Tür geklopft hatte.

Hinter ihm rief Rushia: »Kommen Sie herein, Wanda. Das ist Captain Bond von der Royal Navy. James, das ist Lieutenant-Commander Wanda Man Song Hing von der US-Navy.«

»Captain Bond, Sir.« Sie begrüßte ihn, als sie in die Kabine kam, und trotz ihrer sehr ausgeprägt chinesischen Erscheinung war ihre Stimme tief, kehlig und völlig frei vom Akzent einer englisch sprechenden Chinesin.

Sie war schlank und wesentlich größer als ein durchschnittliches chinesisches Mädchen, hatte eine hohe Taille, und in Gedanken, die aus einem lüsternen, chauvinistischen Winkel seines Gehirns stammen mußte, tippte Bond auf schöne Beine. Das war richtig, wie sich herausstellte, als sie mit einem Lächeln durch die Kabine ging und vor M Haltung annahm. »Lieutenant-Commander Man Song Hing meldet sich zur Stelle, Sir.«

Sie trug Zivilkleidung, einen wadenlangen, dunklen Faltenrock, eine weiße Bluse, um den Hals ein Tuch von Hermès und eine kurze, dunkle Jacke mit grauen Biesen. Ihre Haut war glatt, mehr creme- als pfirsichfarben, und das lange, schwarze Haar hatte sie aus der Stirn gekämmt; es fiel in einer weichen Kurve über ihren Kragen herab. Sie trug Diamantenclips an den winzigen Ohrläppchen, die mandelförmig geschnittenen Augen waren tiefschwarz, der Mund hatte volle Lippen, und die Nase war klein: ein Gesicht von fast perfekt ausgewogenen Proportionen.

»Ich darf Ihnen Ihre Jacke abnehmen, Wanda.« Rushia stand bereits hinter ihr, und sie schlüpfte aus dem Ärmeln ihrer Jacke und zog dabei die Manschetten ihrer Blusenärmel herunter. Die weiße Bluse lag eng an, und Bonds Kehle wurde trocken, als die runden Konturen ihrer Brüste sich gegen den dünnen Stoff drückten.

Sie fing seinen Blick auf und schaute sofort wieder weg. Ihre Zunge glitt über ihre Lippen.

M nahm der jungen Frau gegenüber Platz, während Rushia und Bond sie mit geräuchertem Lachs und Wein versorgten, einem kalifornischen Chardonnay, über den Bond noch vor ein, zwei Jahren die Nase gerümpft hätte. Aber seit die amerikanischen Weine sogar vor den besten französischen Weinen mit Preisen ausgezeichnet wurden, hatte er seine Meinung geändert.

»Meine Liebe!« M schlug Wanda gegenüber einen fast onkelhaften Ton an, der aber nicht gönnerhaft klang. »Ich weiß, es wird schwierig für Sie sein, aber ich fürchte, Sie müssen wenigstens die wichtigsten Einzelheiten über Ihre augenblickliche Aufgabe noch einmal erzählen.«

»Alles?« Ihre Stimme war fast ein Flüstern.

»Es tut mir leid.« M fummelte an seinem Schlips herum, den geräucherten Lachs ließ er unberührt. Bond spürte, daß der alte Mann außerordentlich verlegen war. »Es tut mir leid, aber wenn wir dieses Problem in Angriff nehmen, muß Captain Bond alles wissen. In ein paar Stunden wird er der gleichen Gefahr ausgesetzt sein wie Sie. Obwohl ich bezweifle, daß man ihn in der gleichen Weise behandeln wird.«

Sie lächelte, ein leichtes, selbstbewußtes Lächeln, und fing an, mit ihrem geräucherten Lachs auf dem Teller herumzuspielen. Sie war ein wenig errötet; auf beiden Wangen zeigten sich rosafarbene Flecken. »Dann fange ich am besten gleich an.« Sie schaute auf die schmale goldene Armbanduhr an ihrem Handgelenk. »In zwei Stunden muß ich zurück sein, oder ...«

»Bestimmt, Wanda«, sagte Rushia freundlich. »Sie werden rechtzeitig zurück sein. Wir achten darauf, obwohl ich, weiß Gott, nicht für eine Million zurückkehren würde.«

»Wenn ich nicht zurückgehe, wird er natürlich mißtrauisch, und was wird dann aus Captain Bond? Und was aus ihnen, Ed, und aus Chi-Chi?«

»Vielleicht könnte jemand so freundlich sein, mir auch zu erklären, wovon eigentlich die Rede ist.« Bond fing an, ziemlich gereizt auf die rätselhaften Bemerkungen zu reagieren, die über den Tisch hinweg ausgetauscht wurden.

»Ja, James.« M's Tonfall ließ keinen Tadel erkennen. »Alles zu seiner Zeit, und Miss Man Song Hing hat wirklich nicht viel davon – nicht viel Zeit, meine ich. Und Sie ebensowenig. Wir haben bis morgen früh noch viel Arbeit vor uns. Sie werden Wandas Geschichte hören, und zweifellos werden selbst Sie empört sein. Aber sie ist unser einziger Aktivposten gegen das teuflische Imperium, das Lee repräsentiert. Sie ist in seine Residenz eingedrungen und ihm näher gekommen als jeder andere Agent, der es vor ihr versucht hat.« Er wandte sich wieder an Wanda. »Ich nehme an, Sie wollen die Geschichte mit ihren eigenen Worten erzählen. Jetzt, während wir essen. Sie brauchen sich keine Sorgen zu machen: Captain Bond ist gleichfalls ein Geheimdienstoffizier mit großer Erfahrung. Sie werden ihn bestimmt nicht schockieren.«

»Er ist eingeweiht und vorbereitet auf die Geheiminformationen?« fragte sie.

»Sonst wäre er nicht hier.« Zum erstenmal seit ihrer Anwesenheit konnte man in seiner Stimme ein gewisse Schärfe hören.

»Sehr gut.« Sie wandte sich an Bond. »Ich bin eine chinesische Amerikanerin in der dritten Generation. Ich wurde als amerikanische Bürgerin geboren. Meine Mutter starb, als ich noch ein Kind war, und mein Vater war früher ein wohlhabender Juwelier. Seit meiner Teenagerzeit wollte ich meinem Land aktiv dienen, deshalb trat ich mit achtzehn Jahren in die US-Navy ein – jetzt bin ich sechsundzwanzig. Ich bin stolz auf meinen Erfolg, denn, um im Jargon unserer Zeit zu sprechen, ich bin ein Senkrechtstarter. Ich habe Elektronik studiert, und in den letzten zwei Jahren bin ich einer der drei Geheimdienstoffiziere gewesen, die an einem Projekt gearbeitet haben, das als Lords und Lords Day bekannt ist. Wie Sie wahrscheinlich wissen, wurde der größte Teil unserer Arbeit von der Basis auf Treasure Island aus durchgeführt; ich bekam die Erlaubnis, auf dem Festland zu wohnen. Ich habe ein kleines Appartement in der Laguna Street, nahe bei der Marina Street. Ich sollte Ihnen außerdem erzählen, daß ich meinen Vater sehr liebe und alles für ihn tun würde. Alles, nur nicht mein Land verraten, was er im Endeffekt wohl von mir verlangt hat, wie ich annehmen muß, um mein eigenes Leben zu retten. Es fing vor drei Wochen an. Ich hatte gerade vierundzwanzig Stunden Urlaub.« Sie lächelte ein wenig, schaute hoch, fing Bonds Blick auf und sah sofort wieder weg. »Ich trank gerade meine erste Tasse Kaffee, als das Telefon läutete. Es war mein Vater, und eine Stunde später wußte ich, daß wir die Gelegenheit, die er uns bot, nutzen mußten. Ich wußte, daß ich eine der ersten aktiven Agenten im *Trojanischen Pferd* werden mußte.«

6
Wandas Geschichte

Es war ein warmer, schöner Morgen, klar und ohne Nebel. Wanda Man Song Hing saß auf dem kleinen Balkon ihres Appartements im vierten Stock und schaute vom Ende der Laguna Street zur Marina Street hinüber. Sie trug nur einen Badeanzug aus Frotteestoff. Sie nippte an ihrem Kaffee in einem großen Becher, der mit dem Markenzeichen von Paramount geschmückt war.

Das Geräusch eines Jets, der übers Meer flog, ließ eine leise Traurigkeit in ihr aufsteigen. Billy Chinn hatte ihr diesen Becher geschenkt, nur eine Woche, bevor er sich nach dem Start mit seiner F-14 »Tomcat« vom Deck eines Flugzeugträgers aus unglücklicherweise mehrmals überschlagen hatte. Die Maschine war im Meer explodiert. Das war jetzt ein Jahr her, und sie hatte sich erst seit kurzem einigermaßen mit dem schweren Verlust abfinden können. Jetzt wären sie verheiratet gewesen, dachte sie, und dann wehrte sie diese Gedanken und Gefühle energisch von sich ab. Wenigstens hatte sie es gelernt, damit zu leben.

Sie streckte sich wie eine Katze und genoß die Vorstellung, daß sie vierundzwanzig Stunden ganz zu ihrer freien Verfügung vor sich hatte. Sie nahm sich vor, so viele angenehme Dinge wie möglich in dieser Zeit zu tun – Einkaufen, eine kosmetische Gesichtsbehandlung vornehmen lassen und gegen Abend ins Kino gehen. Sie wollte gerade nach der Ausgabe vom *Chronicle* greifen, um nachzuschauen, welche Filme in dieser Woche gespielt wurden, als das Telefon läutete. Später dachte sie, daß sie schon beim ersten Läuten gespürt hatte, daß etwas Unangenehmes auf sie zukam, aber das mochte ihr auch erst im nachhinein so vorgekommen sein.

»Hallo!« Sie nannte weder ihren Namen noch die Telefonnummer. Das gehörte zu den vielen Dingen, die man beim Geheimdienst der Navy schon sehr früh lernte, und sie hatte weit mehr absolviert als nur die Grundkurse.

»Wanda, Liebling, ich muß dich sehen.«

»Dad, was für eine Überraschung! Ich dachte, du wärst gar nicht in der Stadt.« Sie bemühte sich, ihre Stimme erfreut klingen zu lassen, aber seit fast sechs Monaten gab es nichts als Schwierigkeiten mit ihrem Vater. Sie wußte, woran das lag. Dazu war nicht viel Geheimdienstarbeit nötig gewesen. Tony Man Song Hing besaß leider die schlechteste Eigenschaft eines Chinesen: Er war ein Spieler. Wenn man davon ausging, wie er sich in diesen Monaten aufgeführt hatte, schwamm er offensichtlich nicht gerade im Geld.

»Ich muß dich sehen«, wiederholte er, und Wanda war leicht beunruhigt. In seiner Stimme lag ein Anflug von Verzweiflung.

»Wo bist du?«

»Drüben im Laden.« Er meinte das kleine Juweliergeschäft in der Market Street, wo er nicht etwa kostbare Juwelen verkaufte, sondern Imitationen in billigen Fassungen und nachgeahmte Perlen, die in seiner eigenen kleinen Werkstatt hergestellt wurden, indem man Glas- oder Plastikperlen mit einer Flüssigkeit überzog, die sich Perlessenz nannte, einem Extrakt aus Heringsschuppen.

»Gib mir eine halbe Stunde Zeit, Dad. Komm her, aber gib mir etwas Zeit, okay?«

»Dreißig Minuten.« Er hing abrupt den Hörer auf, und Wanda drehte sich der Magen um. Das letzte, was sie gebrauchen konnte, war Ärger mit ihrem Vater. Die Arbeit am *Trojanischen Pferd* war anstrengend genug, und sie hatte mit ihrem Vater schon viel mitgemacht.

Während sie duschte und sich anzog, dachte sie daran, was für einen Trümmerhaufen er aus seinem Leben gemacht hatte. Als ihre Mutter starb, hatte der kleine Laden Tausende von Dollar eingebracht durch den Verkauf von echten Juwelen, Silber- und Goldfassungen und wunderschönen Jadearbeiten. Sie erinnerte sich daran, daß allein das Vorratslager fünf Millionen Dollar Wert gewesen war, als sie noch ein

Kind war. Einer der Gründe für ihren eigenen Erfolg im Leben war die Notwendigkeit gewesen, sich von ihrem Vater zu trennen, bevor er sie zu seiner Haushälterin gemacht hatte.

Tony Man Song Hing war auf dem besten Weg, fett zu werden; sein Bauch hing über dem Gürtel, der seine grauen Slacks hielt, und seine Haut hatte die typische Zinnfärbung eines Mannes angenommen, der weder Gymnastik betrieb noch auf seine Ernährung achtete und darüberhinaus von Sorgen bedrückt wurde.

Als Wanda ihm die Tür öffnete, war sie entsetzt darüber, wie sehr er heruntergekommen war, seit sie ihn zum letztenmal gesehen hatte – vor etwa einem Monat. Als sie ihn umarmte, fiel ihr auf, daß er sehr gealtert war, so, als ob ein schrecklicher Fluch über ihn gekommen wäre. Seine Blicke schweiften ununterbrochen ruhelos umher, und selbst als sie einander begrüßten, schien er unruhig das größere Zimmer des Appartements abzusuchen, als ob er fürchtete, irgend jemand könne dort sein und darauf achten, ihm etwas anzutun.

Sie goß ihm Kaffee ein, und seine Hand zitterte stark, als er die Tasse hochhob, wobei er ein wenig Flüssigkeit verschüttete.

»Was ist los, Vater?« Ihre Stimme klang kühl und sachlich, so wie sie mit unteren Dienstgraden in der Navy sprach.

Er nippte an seinem Kaffee, ohne etwas zu sagen, als versuchte er, Kräfte zu sammeln. Endlich stellte er die Tasse hin und schaute ihr direkt in die Augen. »Wanda«, sagte er, »du bist meine einzige Tochter, du bist eine gute Chinesin, erzogen zu Liebe und Respekt für ihre Eltern. Ich muß heute als dein Vater eine Forderung an dich stellen.«

Sie lachte. »Komm, Dad! Du sprichst ja nicht einmal mehr kantonesisch. Du lebst in der dritten Generation in Amerika, und das einzige, was du jemals getan hast, um mich zu einer guten Chinesin zu erziehen, waren die Neujahrsfeiern, die wir früher abgehalten haben.«

»Mach dich nicht lustig über mich, kleine glatte Zunge«, fing er ziemlich aggressiv an.

»Vater!« Sie lachte wieder. »Du hast zu viele Romane von James Clavell gelesen. Kleine glatte Zunge … In einer Minute wirst du anfangen, von geheimnisvollen Geistern zu sprechen.«

Seine Hand fuhr hoch, als er sich vorbeugte, und er schlug sie hart ins Gesicht. Es war das erstemal, daß er sie schlug, soweit sie sich erinnern konnte, und sie war wütend, sprang hoch und lief ein paar Schritte fort von ihm. »Genug!« befahl sie. »Hinaus! Hinaus aus meinem Appartement!«

Aber ihr Vater blieb sitzen. »Du wirst deinem Vater gehorchen. So will es unser Brauch, unsere Überlieferung«, schrie er. Sein Gesicht war plötzlich krebsrot. »Du wirst tun, was ich dir sage, hörst du?«

Wanda entfernte sich noch weiter von ihm, ihre Wange brannte von dem Schlag, und sie war voller Zorn. Aber als sie mit weitgeöffneten Augen auf ihren Vater starrte, mischte sich in ihren Zorn Besorgnis. Das war nicht ihr Vater, an den sie sich aus ihrer Kindheit erinnerte. Dieser Mann war völlig verstört, aus seiner Bahn geworfen, am Rand der Verzweiflung.

Wenn Wanda nicht so eine intelligente junge Frau gewesen wäre, erfüllt von einer Disziplin, die sie der Navy verdankte, hätte sie ihren Vater wahrscheinlich in einem hysterischen Wutanfall hinausgeworfen. Aber trotz der Empörung, die sie erfüllte, trug der kühle, ruhige Kern ihres Wesens, der in langen Übungen entwickelt worden war, den Sieg davon über ihre Emotionen. Wanda holte tief Luft, und als sie sprach, hatte sie ihr Gleichgewicht wiedergefunden. »Vater, was ist los? Irgendetwas stimmt nicht mit dir. Erzähl es mir. Vielleicht können wir gemeinsam einen Ausweg finden.«

Es war, als ob dieses Zeichen von Mitleid Tony wie ein Faustschlag traf. Sie sah, wie ihr Vater zusammenbrach, dann verschränkte er die Arme vor seinem Körper und zog sie um sich, wie ein Mann, der Schmerzen hat. Als er sich wieder aufrichtete, schwammen seine Tränen und seine Schultern zitterten.

Wanda ging zu ihm hin und nahm ihn die Arme. Zwischen tiefen Seufzern beteuerte er, daß es ihm leid täte; er schüttelte den Kopf und sein ganzer Körper bebte.

Nach einer Weile schien er sich wieder einigermaßen in der Gewalt zu haben, aber das Sprechen bereitete ihm immer noch Schwierigkeiten.

»Komm, Vater. Erzähl mir, was los ist. Vielleicht kann ich dir helfen, wie eine Tochter es tun sollte.«

Diese Worte rief eine noch schlimmere Reaktion hervor. Ihr Vater stöhnte und seufzte; sein Körper schwankte von einer Seite zur anderen.

»Es kann so schlimm nicht sein. Nimm dich zusammen, Vater. Erzähl es mir jetzt.« Sie sprach sehr entschieden. »Fang an.«

Er schob sie beiseite, reinigte sein Gesicht mit einem Taschentuch und bat um einen Drink.

»Noch etwas Kaffee?«

»Etwas … Etwas Stärkeres, bitte.«

Mit Alkohol hatte er nie Probleme gehabt, deshalb ging sie in die Küche und goß einen Schuß Bourbon in ein Glas. Er trank alles auf einmal aus und schaute sie an.

»Sind es Schulden?« fragte sie. »Ist es wieder das verdammte Spiel?«

Langsam nickte er.

»Schlimm?«

»Sehr schlimm. Selbst wenn ich den Laden verkaufe, würde ich ihm immer noch fast eine Million schuldig bleiben.« Seine Stimme klang wie die eines alten Mannes. »Ich bin ein Narr, Wanda. Ich habe gesehen, wie er es mit anderen gemacht hat. Er gibt und gibt, und dann zieht er die Schlinge zusammen.«

»Von wem sprichst du?«

»Was glaubst du? Lee ist es. Gebrochene Klaue Lee.«

Zum zweitenmal an diesem Morgen drehte sich ihr der Magen um. Immerhin hatten sie gestern zehn Stunden damit verbracht, eine Art von Strategie gegen Lee zu entwerfen.

»Du schuldest Gebrochene Klaue eine große Menge Geld. Okay. Du bist zu mir gekommen, Dad, und hast mir bestimmt erklärt, ich müßte dir gehorchen, meinem alten chinesischen Vater. Was hast du damit gemeint? Was willst du von mir?«

Er schaute beiseite und flüsterte, daß es ihm leid täte. Endlich sagte er: »Ich bin am Ende, Wanda. Diesmal habe ich alles verloren, den Laden und …«

»Dein Leben? Will er dich umbringen lassen?«

Er lachte kurz und freudlos. »Nein, das ist nicht die Art von Gebrochener Klaue, obwohl ich ebensogut tot sein könnte …«

»Was will er dann?«

»Meine Seele. Mich an ihn binden. Mich dazu bringen, daß ich ihm auf jede Weise zu Diensten bin. Du erinnerst dich an den alten San-San Ho?«

»Der nette alte Mann, der den Obst- und Gemüseladen in der Stockton Street führte?«

»Du hast ihn in letzter Zeit nicht gesehen, oder?«

»Ich gehe nicht …«

»Nach Chinatown. Nein, natürlich nicht. San-San Ho hat alles an Lee verloren. Und was tat Lee? Er machte den alten San-San zu einem Drogenkurier. Der alte Mann ist vor einem halben Jahr in einem Flugzeug gestorben, das ihn nach San Francisco zurückbringen sollte, gestorben, weil eines der zwanzig kleinen Gummisäckchen mit Heroin in seinen Gedärmen aufplatzte.«

Wanda ließ keine innere Bewegung erkennen. Sie wußte genau, was Leuten passieren konnte, die auf diese Weise Drogen in die USA schmuggelten. »Also, Vater, was erwartest du von mir? Wie, meinst du, könnte ich dir helfen?«

Ihr Vater schaute beiseite und schüttelte den Kopf. »Nein!« Er benahm sich wie ein verzogenes Kind, das sich weigert, irgendein kostbares Geheimnis preiszugeben.

»Wer weiß, vielleicht bin ich wirklich in der Lage, dir zu helfen.«

»Niemals. Nein, nein, Wanda. Ich weiß nicht, welcher Teufel in mich gefahren ist. Was ich dir befehlen wollte, ist widerlich. Ekelerregend.«

Aber Wanda Man Song Hing hatte die abscheuliche Wahrheit bereits erraten. »Du trittst als Kuppler für Gebrochene

Klaue auf, ja? Du hast ihm deine Tochter als Bezahlung angeboten.«

»Wie könnte ich ...«

»Du warst verzweifelt.« Sie war jetzt völlig ruhig. »In einer verweifelten Lage greift jeder Mann zu verzweifelten Mitteln. Sogar zu einem so ekelhaften Mittel, Gebrochener Klaue Lee die eigene Tochter zur Schändung anzubieten.«

»Hör auf, Wanda, Es war Wahnsinn ...«

Aber in ihrem Kopf hatte sich bereits eine Idee festgesetzt oder doch wenigstens der Keim einer Idee. »Wann willst du diese häßliche Sache ausführen?«

Er konnte ihr nicht in die Augen sehen. »Heute nacht«, flüsterte er. »Lee wünscht mich heute nacht in *The Broken Dragon* zu sehen, wo ich viel zu viel Zeit verbracht habe, wo ich meine Seele verloren habe. Um Mitternacht.«

Es würde schrecklich entwürdigend sein, dachte sie, aber es könnte ein Weg zu Gebrochener Klaue sein. »Hast du heute noch etwas anderes zu erledigen, Vater?«

»Nein, ich habe in bester Form zu sein, wenn ich ihn aufsuche und mich ihm vollständig ausliefere. Das ist alles.«

Sie holte tief Luft. »Ich möchte, daß du hierbleibst. Geh nicht nach draußen. Bleib einfach hier. Geh auch nicht ans Telefon. Ruhe dich einfach hier aus.«

»Wenn du meinst.«

»Ich könnte wirklich in der Lage sein, dir zu helfen.«

»Wie?«

»Vielleicht, indem ich genau das tue, was du vorgeschlagen hast.«

»Menschenskind, Wanda. Ich weiß wirklich nicht, wie ich Ihnen das ausreden soll. Ich kann Sie doch nicht losschicken zu so einem Stelldichein.«

»Ed, ich bin's, Wanda. Sie sprechen nicht mit irgendeinem kindischen Dorftrottel, also hören Sie bitte auf mit der Tour mit Menschenskind. Ich weiß, was ich mir da vorgenommen habe.«

»Aber dieser Bursche hat einen höllisch schlechten Ruf. Ich meine, sie haben die Berichte gelesen ...«

»Ich bin bereit, das alles in Kauf zu nehmen. Ja, ich weiß, daß er als unersättlich gilt, was Frauen anbelangt. Ich bin dazu bereit und in der Lage, damit fertig zu werden.«

Wanda hatte ihr Appartement verlassen und von einem Münzapparat aus Ed angerufen. Eine halbe Stunde später hatten sie sich getroffen und waren mit einem zerbeulten alten Chevy aus der Stadt hinausgefahren. Sie überquerten die Golden Gate Bridge und parkten an einem der Plätze, wo die Leute picknickten und fotografierten. Von hier aus hatte man einen großartigen Blick auf die Bucht und die Stadt.

»Ich bin keineswegs sicher, selbst wenn ich zustimmen wollte, daß ich eine geheime Operation wie diese überhaupt gestatten kann«, sagte Rushia ruhig. »Es gefällt mir nicht, Wanda, es gefällt mir ganz und gar nicht.«

»Und was ist, wenn ich die volle Verantwortung übernehme? Oder wenn ich einfach verschwinde? Um Himmels willen, Ed, wir haben viele Stunden damit verbracht, einen Weg herauszufinden, um in Lees nähere Umgebung zu gelangen. Wenn ich es schaffen kann und zurückkomme mit einigen netten Informationen ...«

»Ich kann das weder anordnen noch billigen.« Rushia preßte die Kinnbacken fest zusammen. »Sicher, wir brauchen dort jemand. Aber Sie? Das ist zuviel verlangt. Ist Ihnen wirklich klar, was man von ihnen erwarten wird?«

Sie seufzte. »Ja, ich werde mit ihm schlafen müssen, vielleicht Demütigungen erleiden. Ich gehe die Sache mit offenen Augen an. Es kann sehr gefährlich und unangenehm werden, aber ich akzeptiere das. Ich werde es für mein Land tun.«

Rushia grunzte, und etwa zwei Minuten lang schwiegen beide. Schließlich drehte er sich auf dem Fahrersitz zur Seite und schaute sie an. »Es spielt wohl gar keine Rolle, was ich sage? Sie werden es auf jeden Fall machen. Ist das richtig?«

»Ja. Es sei denn, Sie schleifen mich zur Basis zurück und stellen mich unter Arrest. Ja, ich werde es auf jeden Fall machen.«

»Was halten Sie davon, wenn ich Ihnen zehn Tage Urlaub gebe? Das immerhin steht in meiner Macht.«

»Das wäre toll, Ed.«

»Okay. Ich erledige das, wenn ich zur Basis zurückkomme. Abgesehen davon, hat dieses Gespräch nie stattgefunden. Sie haben mich nur um zehn Tage Sonderurlaub gebeten. Richtig?«

Wanda nickte. »Richtig.«

The Broken Dragon hatte zwei Eingänge; derjenige auf der Rückseite führte zu dem kleinen, dunklen Hof, auf dem FBI-Agent Malloney ein so brutales Ende gefunden hatte, der andere direkt auf die belebte Hauptstraße. Da war der Haupteingang, aber nichts deutete darauf hin, was sich hinter dieser unauffälligen Tür befand, keine auffällige Werbung, nicht einmal ein Türschild.

Obwohl die Existenz von *The Broken Dragon* allgemein bekannt war bei allen, die spielen wollten, und den anderen, die persönlichere Dienste in Anspruch nehmen wollten, die hier ebenfalls angeboten wurden, hatte es in den letzten fünf Jahren hier nur zwei Razzien gegeben. Das Team, das für das *Trojanische Pferd* zuständig war, hatte festgestellt, daß diese Tatsache ein deutlicher Hinweis war für irgendeine Art von Polizeischutz, aber niemand war es jemals gelungen, einen Beweis dafür zu erbringen.

Die andere Möglichkeit bestand darin, daß die Polizei und die anderen Behörden es für besser hielten, die dortigen Geschäfte unbehindert ablaufen zu lassen. Es war noch nie irgendeine ernsthafte Schwierigkeit direkt von *The Broken Dragon* ausgegangen; deshalb konnte man sich auf den Standpunkt stellen, daß diejenigen Leute, die eine Gelegenheit zum Spiel suchten, oder Nutten auflesen wollten, das ebensogut auch anderswo finden konnten; weshalb also nicht hier, in einem gutgehenden Lokal? Aber selbst wenn diese Meinung vorherrschen sollte, zeugte es trotzdem von einem bedauerlichen Mangel an Zielstrebigkeit im Hinblick darauf, Gebrochene Klaue Lee für längere Zeit aus dem Verkehr zu ziehen. Es war schließlich bekannt, daß unter all seinen vermuteten illegalen Unternehmen in San Francisco gerade *The Broken Dragon* einer seiner beliebtesten Schlupfwinkel war.

Kurz vor Mitternacht fuhren Wanda und Tony Man Song Hing in einem Taxi am Bürgersteig vor. Sie hielten direkt vor der wenig attraktiven Tür, die den Eingang zu *The Broken Dragon* darstellte. Wanda trug bei dieser Gelegenheit einen eng anliegenden seidenen Cheongsam mit kunstvoller Stickerei, der ihre Figur voll zur Geltung brachte, aber sie war so vorsichtig gewesen, einen mit einem Seitenschlitz zu wählen, der sittsam unterhalb des Knies endete.

Ihr Vater trug einen stahlblauen, zweireihigen Anzug, ein cremefarbenes Seidenhemd mit einem Schlips von Sulka, der auf cremefarbenem Grund mit blauen Diagonalstreifen gemustert war. An den Füßen hatte er teure Schuhe aus Schlangenleder, und seine Finger waren mit protzigen Ringen geschmückt. An seinem rechten Handgelenk blitzte eine Goldkette mit seinem Namensschild, und am linken trug er eine große goldene Rolex. Er sah aus wie ein hochkarätiger Spieler, der bereit war, einige tausend Dollar im *Dragon* zu lassen, nicht wie ein Mann, der im Begriff war, seine Seele zu verteidigen gegen den mächtigsten Spieler in der Stadt.

Wanda konnte keinerlei Beschattung feststellen, aber sie war hundertprozentig sicher, daß Lees Leute das Lokal an der Vorder- und Rückseite bewachten. Die vielen Diskussionen mit den anderen Geheimdienstleuten von der Navy über das *Trojanische Pferd* hatten klar erwiesen, daß der Club gut bewacht wurde, und man hatte ihnen von Seiten des örtlichen FBI und anderer Geheimdienste erklärt, daß es hoffnungslos wäre, einen eigenen Überwachungsdienst hier einzusetzen. Er würde mit Sicherheit entdeckt und schließlich auseinandergenommen werden – eine Umschreibung für vernichtet.

Als sie durch die Tür gegangen war, befand Wanda sich in einem schwach beleuchteten Vestibül, das anscheinend ganz aus dicken, grauen Steinen erbaut worden war. In der gegenüberliegenden Wand war ein enger, bogenförmiger Durchgang zu sehen. Steinstufen führten hinab zu einer schweren, verzierten Eichentür, die mit Stahlbändern beschlagen war.

Ihr Vater drückte auf einen kleinen Klingelknopf an der

Tür, und ein Fensterchen öffnete sich, hinter dem man den Kopf eines jungen Chinesen sah.

»Wir haben gesehen, daß Sie es sind, Tony. Kommen Sie herein. Schön, daß Sie so pünktlich sind.«

Es war offensichtlich, daß das höher gelegene Vestibül und die Zone vor der Tür durch verborgene Kameras beobachtet wurden.

»Ich bin immer ein pünktlicher Mann gewesen, Luk See«, sagte Tony mit einem Lächeln, als die Tür sich öffnete, damit sie eintreten konnten. »Dies ist meine Tochter Wanda. Nur damit Sie es wissen und sich nicht etwa irgendwelche Flausen in den Kopf setzen.«

Wanda kam es so vor, als ob in der Stimme ihres Vaters eine ernste Warnung mitschwang. Das war auf keinen Fall der Mann, der noch heute morgen geweint und sich verzweifelt verteidigt hatte. Jetzt, wo er sich auf vertrautem Gelände befand, schien Tony Man Song Hing sein Selbstbewußtsein wiedergefunden zu haben.

»Ich freue mich, Sie zu sehen, Miss Man Song Hing.« Der junge Chinese war untadelig gekleidet in einen schwarzen Anzug aus Haifischleder, und Wanda merkte, daß er aufmerksam ihren Körper taxierte, ebenso wie die beiden anderen Männer, die offenbar mit ihm zusammen den Eingang bewachten. Aber alle drei verblaßten vor dem atemberaubenden Anblick, den *The Broken Dragon* bot.

Die Innenräume waren riesig groß und reich ausgestattet. Am Boden lag ein dicker Veloursteppich mit einem zugleich farbenprächtigen und dezenten Muster. Ein Wandschirm in Gold und Schwarz trennte das Foyer von den Haupträumen, die man erreichte, indem man eine breite Treppe hinunterging. Sie waren kaum durch die Tür getreten, als der Mann, den ihr Vater mit Luk See angeredet hatte, ein hochnäsiges junges Mädchen in einem langen schwarzen Cheongsam heranwinkte. Sie kam die Stufen herauf.

»Mr. und Miss Man Song Hing. Es ist ein Tisch für Sie reserviert.«

Das Mädchen nickte, sie schaute Wanda und Tony kaum an. Sie gab ihnen lediglich durch ein Handzeichen zu verstehen, daß sie ihr die Stufen hinab folgen sollten. Sie führte sie an einer langen Bar vorbei in den Speiseraum. Die Wände waren mit lackiertem Bambus verkleidet; darin hingen chinesische Kunstwerke, die von verdeckten Spotlights beleuchtet wurden. Die Tische waren einzeln aufgestellt, alle schimmerten von weißen Decken und elfenbeinernen Eßstäbchen. Die Kellner bewegten sich leise, und die Gespräche schienen fast im Flüsterton geführt zu werden. Etwa drei Viertel der Tische waren besetzt.

Ein Kellner trat an ihren Tisch und stellte Gläser vor sie hin. »Champagner, mit besten Grüßen von der Geschäftsleitung.« Er sprach ohne eine Spur von Interesse und stellte einen Sektkühler hin, in dem eine Flasche stand, die bis zum Hals mit Eis bedeckt war. Er öffnete die Flasche und goß ihnen ein, in Wandas Glas nur eine kleine Menge zum Kosten. Sie schüttelte den Kopf. »Ich bin sicher, daß er gut ist.« Vor langer Zeit schon hatte sie gelernt, daß man dieses Ritual wirklichen Experten überlassen sollte und daß die Kellner sich heimlich lustig machten über das übliche Weinprobieren in den Restaurants.

»Sie werden nicht lange warten müssen.« Zum erstenmal lächelte der Kellner ein wenig, und als er fortging, deutete er eine Verbeugung an.

»Der Mann an der Tür?« fragte Wanda.

»Lees Rausschmeißer Nummer eins. Er ist nur zu sehen, wenn der große Mann tatsächlich hier ist.«

Wanda lächelte. Ihr Magen war vor Beklemmung wie aufgewühlt, während sie versuchte, alle Einzelheiten zu registrieren. Das Deckenlicht kam von einem goldenen, geschwungenen, vorgewölbten Plafond. Am Ende des Raumes, ziemlich weit entfernt, befanden sich zwei große Türen, die von Bögen eingefaßt waren. Sie wurden von zwei stämmigen Männern bewacht. Als diese Männer eine der Türen öffnete, um jemand herein- oder hinauszulassen, wurden zum erstenmal Geräusche im Restaurant laut. Während der wenigen Sekunden, in der die Tür offen war, hörte man das Stimmengemurmel von aufgeregten Spielern.

Sie bemerkte auch, daß sich rechts von der langen Bar, die

fast die gesamte Wand zu ihrer Rechten einnahm, Türen befanden, die in die Küchenräume führten, und neben der Bar konnte sie noch eine weitere Tür entdecken, vor der wiederum ein Rausschmeißer stand. Als sie zum zweitenmal an ihrem Champagner nippte, sah sie, wie diese Tür sich öffnete und der Wächter sich zurückbeugte, um mit jemand zu sprechen. Er nickte, und dann entwickelte sich alles sehr rasch.

Luk See kam an ihren Tisch, verneigte sich und sagte fast ehrfürchtig: »Der Besitzer bittet Sie um das Vergnügen Ihrer Gesellschaft. Oben bitte. jetzt gleich.«

Ihr Vater stand auf, etwas nervös, wie es Wanda schien, und gab ihr durch eine Handbewegung zu verstehen, daß sie ihn begleiten sollte. Geführt von Luk See gingen sie zu der Tür neben der Bar. Der Bewacher öffnete sie, und sie gingen eine hell beleuchtete, mit einem schweren Teppich belegte Treppe hinauf. Luk See hielt sich direkt hinter ihnen.

Oben befand sich eine weitere Tür, und Luk See langte über ihre Schulter hinweg, um anzuklopfen. Eine Stimme bat sie sanft einzutreten. Sie wurden fast brüsk durch die Tür geschoben und standen plötzlich vor Gebrochener Klaue Lee höchstpersönlich.

Das erste, was Wandas Aufmerksamkeit erregte, war die verblüffende Leere des Zimmers. Nach der reichen Ausstattung der für das Publikum bestimmten Räume war es wie ein Schock, daß das Zimmer, das vermutlich Lees Büro darstellte, ein fast leerer Raum war. Der einzige Schmuck war eine indianische Maske, die direkt über dem langen Holztisch hing, der als Schreibtisch diente. Den zweiten außerordentlichen Eindruck vermittelte ihr Gebrochene Klaue Lee selber – riesig und kraftvoll. Sein hübsches Gesicht und seine lebhaften Augen voller Charme schienen sie zu einer netten Abendunterhaltung einzuladen. Als er sich erhob, mußte sie sich eingestehen, daß sie fast eingeschüchtert war von seiner Größe und Haltung.

»Das ist eine große Freude.« Seine Stimme war akzentfrei und gut moduliert. »Tony, haben Sie Ihre Frau mitgebracht?«

»Meine Tochter, Sir.« Wanda konnte es gut verstehen, daß ihr Vater so respektvoll mit diesem Mann redete.

Gebrochene Klaue nickte und lächelte. »Es tut mir leid, daß ich Ihnen keinen Stuhl anbieten kann, aber wenn ich hier bin, führe ich von hier aus meine Geschäfte, und ich glaube, es ist einfacher, Geschäfte abzuschließen, wenn ich sitze und derjenige, mit dem ich spreche, steht. Erlauben Sie mir, Ihnen einige Mitarbeiter vorzustellen.« Er wies auf zwei Männer, die Wanda kaum bemerkt hatte, als sie eintrat. »Sie sind bekannt als Wan Lo und Big Leu.« Er lächelte Wanda gewinnend an. »Ich weiß, daß Big Leu verglichen mit mir eher klein wirkt, aber neben normal gewachsenen Männern erscheint er als groß.«

Big Leu mußte etwa eins fünfundachtzig groß sein; er war sehr stämmig, hatte breite Schultern und lange Arme. Als sie auf seine Hände achtete, mußte Wanda sofort an die Hände eines Boxers denken. Sein Gegenstück, Wan Lo, war kurzgeraten, dünn und drahtig – ein sehr nervöser Mann, dessen Augen in ständiger Bewegung waren. Sein Körper war angespannt, als sei er bereit, jeden Augenblick Gewalt anzuwenden.

»Nun, Tony, ich habe meine Leute vorgestellt. Würden Sie uns vielleicht Ihre Tochter vorstellen?«

Ihr Vater zögerte, deshalb trat Wanda selber vor. »Mein Name ist Wanda Man Song Hing«, sagte sie unter Aufbietung aller Ehrerbietung, die sie aufbringen konnte. Dann fügte sie hinzu, ohne zu wissen, warum: »Es ist eine Ehre für mich, Ihnen zu begegnen.«

Er lächelte von oben auf sie herab und bot ihr seine riesige Hand an. Es war weniger eine Begrüßung als vielmehr eine Liebkosung, als er sie festhielt.

Dann hörte er ganz plötzlich auf zu lächeln. Er blickte weiter auf Wanda herab und fragte mit leiser, ruhiger Stimme: »Tony, haben Sie mir mein Geld gebracht? Sie sollten es heute nacht zurückgeben.«

»Nein, Sir.« Wanda hörte die mühsam gebändigte Panik hinter den höflichen Worten ihres Vaters. Dann wiederholte er: »Nein, Sir, aber ich habe Ihnen etwas viel Wertvolleres gebracht als Geld.«

»Oh, was denn?«

»Meine Tochter, Sir. Ich habe Ihnen meine Tochter Wanda gebracht.«

»Wirklich? Und was hat Wanda dazu zu sagen?«

Seine Stimme blieb immer ruhig, fast besänftigend. Sie wirkte wie das Schnurren einer Katze, dachte Wanda. »Ich bin ein guterzogenes chinesisches Mädchen, Sir«, hörte sie sich sagen. »Ich gehorche meinem Vater in allem.«

»Und Sie sind freiwillig hergekommen?«

»Ja. Aber ich muß Ihnen sagen, daß auch andere Anspruch auf meine Zeit haben.«

»Was für einen Anspruch?« fragte er sanft.

»Ich bin Offizier in der Navy der Vereinigten Staaten.«

»Das ist noch viel interessanter. Wann kehren Sie zu ihren Pflichten zurück, die sie natürlich aus der Einflußsphäre Ihres Vaters entfernen?«

»Ich habe jetzt zehn Tage Urlaub, Sir. Danach habe ich in der Woche einen freien Tag und alle vier Wochen ein freies Wochenende.« Sie schaute zu Lee hoch.

»Gut.« Er lächelte. »Ich denke, wir können die Dinge so arrangieren, daß Ihre Pflichten der Navy gegenüber nicht berührt werden von Ihrem Status als ein Geschenk für mich.« Er ließ ihre Hand los und trat ein wenig zur Seite, bis er direkt vor ihrem Vater stand. »Es scheint, daß Sie sehr gut daran getan haben, mir Ihre Tochter zu bringen, Tony Man Sing Hong. Für den Augenblick will ich das Urteil wegen Ihrer Schulden bei mir noch in der Schwebe lassen. Seien Sie wieder hier in genau zehn Tagen, um Mitternacht, dann werde ich Ihnen mein endgültige Entscheidung mitteilen, nachdem ich in Erfahrung gebracht habe, was Ihre Tochter zu bieten hat.«

Nicht die leiseste Drohung lag in seiner Stimme bei diesen Worten, den liebenswürdigen, vernünftigen Worten eines anscheinend liebenswürdigen, vernünftigen Mannes.

Wanda hatte kaum festgestellt, daß ihr Vater den Raum verlassen hatte, als sie wieder Lees Stimme vernahm. »Ihr beiden, macht alles fertig. Wir brechen auf. In dieser Minute.«

Sie spürte, wie die Hände von Big Leu ihre Oberarme umklammerten. Er führte sie zu einer anderen Tür, die am anderen Ende des Zimmers lag. Dann wurde ihr etwas über den Kopf gestülpt, das sich sanft an ihre Augen preßte und ihr die Sicht nahm.

»Würde nicht versuchen, die Maske zu verschieben, kleines Fräulein«, flüsterte Leu ihr ins Ohr. »Wenn Sie mit den Händen auch nur in die Nähe der Maske kommen, wird Ihr Leben eine einzige Qual werden.«

Er dirigierte sie ein paar Treppen hinab, und eine Minute später spürte sie die kühle Nachtluft auf ihrem Gesicht. Eine Hand legte sich auf ihren Hinterkopf und drückte sie herunter, wobei Leu ihr Anweisung gab. Man half ihr in einen Wagen hinein. Im Innern roch es gut nach poliertem Leder, und der weiche Sitz nahm sie fast zärtlich auf.

Wenige Sekunden später wußte sie, daß Lee sich neben sie gesetzt hatte. Er benutzte ein nach Moschus duftendes Gesichtswasser; das war ihr schon oben in seinem Büro aufgefallen. Als er mit der Hand ihren Oberschenkel berührte, durchfuhr sie unwillkürlich ein winziger, elektrischer Schauer.

Als der Wagen losfuhr, bat er sie flüsternd um Entschuldigung wegen der Maske. »Ich muß sehr gründliche Vorsichtsmaßnahmen ergreifen. Ich bin sicher, daß Sie als ein Mitglied der US-Navy das verstehen werden.«

Sie nickte, und er sagte ihr, sie sollte versuchen, sich auszuruhen. »Es wird eine ziemlich lange Fahrt werden, und ich möchte, daß Sie ausgeruht sind, wenn wir unser Ziel erreichen.«

Wieder lief ein Schauer durch ihren Körper. Es war, als hätte sie absolut keine Widerstandskraft oder persönliche Entscheidungsfreiheit mehr.

Nach einer Fahrt von rund zwei Stunden verminderte der Wagen sein Tempo und hielt an. Sie hörte, wie die Türen geöffnet wurden, und fühlte wieder Leus Hände an ihren Armen. Er half ihr aus dem Wagen und führte sie rasch über einen mit Kies bestreuten Boden in ein Gebäude, in dem es nach Blumen roch. Zuerst dachte sie, der Duft käme von blühenen Levkojen nach einem nächtlichen Regen, aber dann stellte sie fest, daß sie festen Fliesen- oder wahrscheinlicher noch Marmorboden unter den Füßen hatte. Kurz darauf trat sie auf einen dicken, weichen Teppich. Sie wußte, daß sie durch lange Flure und verschiedene andere Räume geführt wurde. Dann blieb Leu stehen und hielt sie fest. »Bleiben Sie hier«, sagte er warnend. »Berühren Sie nichts. Nehmen Sie die Maske nicht ab. Warten Sie einfach.«

Sie fühlte sich unsicher auf den Beinen nach der langen Autofahrt und in der völligen Dunkelheit. Dann spürte sie, daß Lee sich ihr näherte. Seine Hände glitten über ihre Taille, ihr Gesäß und ihre Brüste. Plötzlich riß er ihr die Maske vom Gesicht, und sie stellte fest, daß sie sich in einem matt beleuchteten Schlafzimmer von riesigen Ausmaßen befand.

Sanft, wie ein Trainer, der ein ausgelassenes Fohlen führt, dirigierte er sie nach rückwärts, bis sie an ihren Oberschenkeln eine Bettkante spürte und dann eine sehr weiche Unterlage unter ihrem Rücken. Gebrochene Klaue gebrauchte wieder seine Hände, seine Lippen lagen auf ihren Lippen und dann plötzlich sein Körper auf ihrem Körper. Langsam griff er mit einer Hand nach dem Rückenverschluß ihres Cheongsams und riß ihn ihr mit einer einzigen Bewegung vom Körper. Ihr letzter Gedanke war, daß sie es richtig gemacht hatte, als sie unter dem Kleid nichts angezogen hatte.

7
Ein fröhlicher Tanz

M sah ausgesprochen verlegen aus. Er rückte unruhig in seinem Sessel hin und her, spielte mit seiner Serviette und knurrte. »Sie wissen, wie sehr ich solche Mittel der sexuellen Verführung verabscheue«, sagte er schroff. »Aber ich glaube, in diesem Fall war es der einzig gangbare Weg.«

»Es war unsere einzige Chance, Sir.« Sie hatten inzwischen gegessen. Wanda war sehr ruhig geblieben, als sie ihre Geschichte erzählte, und Bond war fast eifersüchtig geworden auf Gebrochene Klaue. »Die Chance tauchte auf, und ich habe sie wahrgenommen.«

»Ohne Genehmigung.«

»Admiral, es war unsere Operation.« Rushia hatte seine gemütliche Art abgelegt. »Nachträglich ist sie definitiv genehmigt worden, wie Sie wissen. Wanda befindet sich in einer einzigartigen Position.«

Bond hob die Augenbrauen und dachte bei sich, daß Rushia seine Worte etwas dezenter gewählt haben könnte.

»In drei Wochen haben wir unglaubliche Fortschritte gemacht.«

»Ja.« Bond brach sein Schweigen. »Welche Fortschritte haben wir eigentlich gemacht? Infiltration ist wertlos, wenn sie nicht nagelneues Informationsmaterial herbeischafft.«

M nickte kurz. »Das ist einer der Gründe, weswegen Sie hier sind, Bond. Kuckuck, das ist der Deckname von Wanda, hat nicht nur nagelneues Informationsmaterial beschafft, sondern auch für Mittel und Wege gesorgt, um uns noch näher heranzuführen an Gebrochene Klaue und die Personen, die er zweifellos festhält. Alle fünf. Und ich möchte hinzufügen…« Eines der Telefone gab ein leises Schnurren von sich, wodurch M unterbrochen wurde. Er ging hinüber und hob den Hörer ab. Er gab nur einsilbige Antworten, aber aus seinem Ton und seinem ganzen Verhalten konnten sie erkennen, daß etwas schiefgelaufen war.

»Nun, es sieht so aus, als ob Sie recht gehabt hätten mit den Leuten von Gebrochener Klaue in Britisch-Kolumbien.« Er blickte Bond an. »Man hat Professor Allardyces Leiche gefunden in den Wäldern in der Nähe von Victoria, und das bedeutet, das wir jetzt schleunigst handeln müssen.«

»Ich muß auf jeden Fall rasch gehen, Sir.« Wanda schob ihren Stuhl zurück. »Big Leu soll mich um Mitternacht abholen.«

»Ich bin verblüfft.« Bond streckte seine Hand aus, um sie zurückzuhalten. »Verblüfft, weil Freund Gebrochene Klaue, wenn er denn wirklich so ein Monstrum ist, Sie gehen ließ, während er die anderen Leute von Lords und Lords Day gefangenhält.«

Wanda lächelte ihn an. »Ich habe selber nicht daran geglaubt, daß ich Gelegenheit bekommen würde, wieder fortzugehen, besonders nicht nach jener ersten Nacht. Ich sollte Ihnen sagen, Captain Bond, daß sein Ruf hinsichtlich seines sexuellen Appetits völlig falsch ist.«

»Wirklich?«

»Er ist nämlich noch weit unersättlicher, als man es für möglich halten würde. Aber im Augenblick scheine ich ihn zu befriedigen, obwohl natürlich niemand weiß, wie lange das anhalten wird. Die wenigen Leute, die ihm nahestehen – die ganz wenigen, denen er vertraut –, haben mir deutlich zu verstehen gegeben, daß er einer Frau rasch müde wird.« Sie sprach ohne jede Andeutung von Schüchternheit oder Selbstbewußtsein, einfach mit der ruhigen Stimme einer tüchtigen Agentin, die Tatsachen berichtet.

»Dann nehme ich an, daß er Ihnen vertraut.« Bonds Stimme ließ in keine Weise erkennen, daß er ihr nicht glaubte.

»Nicht völlig. In den ersten fünf Tagen durfte ich nicht einmal die Suite verlassen, die wir beide benutzten. Aber dann hat er sich etwas beruhigt. Ich bekam die Erlaubnis, auch einige der anderen Räume zu benutzen, allerdings kam ich nie in die Nähe von Fenstern. Ich lernte auch seine engsten Vertrauten kennen. Er hat ein ganzes Anwesen, wo immer es auch liegen mag. Ich komme und gehe stets mit verbundenen Augen; wir haben trotzdem ein paar Ideen entwickelt über den Standort, das ist jedoch alles noch dunkel und unsicher. Ich muß nur einen klaren Kopf behalten. Bevor ich diese Gelegenheit wahrnahm, haben wir eine Übereinkunft getroffen …«

»Wir versorgen sie mit gutem Spielmaterial«, warf Rushia ein. »Es ist im Grunde alles unwichtiges Zeug, aber es macht ihn glücklich.«

»Nun muß ich aber wirklich gehen, wenn Sie mich entschuldigen wollen.« Wanda blieb vor M stehen und sah ihn an, aber er scheute sich, ihr in die Augen zu blicken, was Bond mit einem trockenen Lächeln quittierte.

»Ja, gehen Sie, Miss … eh, gehen Sie.«

»Was für geheimnisvolle Informationen hat sie nun eigentlich über unseren Mann mitgebracht?« fragte Bond skeptisch, als Wanda Man Song Hing die Kabine verlassen hatte.

»Sie trauen unserer kleinen Wanda nicht, James, stimmt's?« fragte Rushia mit versteinertem Gesicht und in einem Ton, der ein unbehagliches Gefühl in Bond aufsteigen ließ.

»Es ist nicht so, daß ich ihr nicht traue, es geht um erwiesene Tatsachen. Sexspionage, wie die Boulevardzeitungen sagen, kann ins Auge gehen. Um die Wahrheit zu sagen, Ed, ich bin sehr besorgt um sie.«

»Das ist allerlei für Ihre Verhältnisse, Bond«, schnaubte M. »Ich schlage vor, daß Sie erst einmal ruhig zuhören, während wir Ihnen erzählen, was Miss Man Song Hing für uns herausgefunden hat. Genauer noch, wie sie für Sie einen Weg gefunden hat, um in die Nähe dieses komischen Kauzes Gebrochene Klaue zu kommen.«

Bond, ein wenig gekränkt in seiner Würde, nickte, verschränkte seine Arme und wartete, wobei er von einem zum anderen blickte.

Rushia fing an. »Das erste, was Sie wissen sollten, liegt eigentlich auf der Hand. Gebrochene Klaue Lee hat eine fast paranoide Angst vor Verrat – Verrat, der seine eigene Person betrifft. Er arbeitet nur mit wenigen Leute in engem Kontakt zusammen, und die meisten davon sind ziemlich irre Typen mit Namen wie Big Leu und Luk See. Aber es gibt auch andere. Da sind beispielsweise die beiden reizenden Chinesen Bone Bender Ding und Frozen Stalk Pu. Was Wanda aber außerdem herausfinden konnte, ist, daß Lee auch seinen Vorgesetzten in China nicht traut. Es gibt keinen Zweifel daran, daß er ein hübsches Paket zusammengestellt hat mit den meisten Details über Lords und Lords Day. Aber es sieht so aus, daß er keinem von seinen eigenen Leuten so weit vertraut, daß er ihnen das Material beim CELD abliefern läßt.« Er sah zu M hinüber, als bäte er ihn um die Erlaubnis, fortfahren zu dürfen. M nickte ihm kurz zu.

»Deshalb schickt CELD seine eigenen Kuriere her, damit sie das Material an Ort und Stelle analysieren und dann außer Landes bringen.«

»Wann?«

M übernahm die Antwort. »Sehr bald, 007. Tatsächlich sind Sie bereits hier.«

»In den USA?«

M nickte. »Sehen Sie, Kuckuck, wie ich sie lieber nennen möchte, gelang es, einige der wichtigsten Gespräche mitzubekommen. Zuerst hörte sie, daß zwischen dem 27. dieses Monats und dem 7. Oktober Besucher erwartet werden. Ein genaues Datum wurde aber nicht genannt. Als sie uns diese Informationen brachte, erzählte sie uns auch, daß die Kuriere wegen seiner Paranoia hinsichtlich Verrat alle möglichen Stufen durchlaufen müssen; fast wie bei einem rituellen Tanz, bevor sie tatsächlich zu Mr. Lee gelangen. Nebenbei bemerkt, es scheint sich bei ihm um eine recht gescheite Paranoia zu handeln – den Preis für seine Freiheit, um es so auszudrücken. Man muß ständig auf der Hut sein, einen sicheren Instinkt haben und eine große Portion der schon erwähnten Paranoia, um so vorzugehen.«

»Die Kuriere?« fragte Bond prompt. »Sie sind aus China ins Land gekommen?«

»Von Beijing nach Hongkong, von Hongkong nach Tokio, dann mit der JAL nach New York. Kuckuck wußte, daß sie sofort nach ihrer Ankunft in New York eine bestimmte Nummer hier in San Francisco anrufen sollten, wobei eine Reihe von Kennworten ausgetauscht werden. Ein Nachweis, daß es sich um die richtigen Leute handelt. Wenn das geregelt ist, würde man ihnen sagen, wohin sie sich wenden und mit wem sie reden sollen.«

»Eine Art Schnitzeljagd«, meinte Bond lächelnd.

»Super, James, genau ins Schwarze getroffen. Das war Lees eigener Ausdruck. Er sagte: ›Dann fangen wir mit der Schnitzeljagd an. Am Ende werden wir sicher sein, daß es sich um die richtigen Leute handelt, und daß sie loyal sind gegenüber ihren Vorgesetzten in China und uns gegenüber.‹ Ja, eine nette kleine Schnitzeljagd.«

»Sie lassen sie beschatten?«

M zeigte eines seiner seltenen Lächeln, das seine Augen aufleuchten ließ. »Man könnte es so nennen, James. Würden Sie es Beschattung nennen, Commander Rushia?«

Der Amerikaner blies leise durch die Lippen, als ob er ein unsichtbares Instrument spiele. »Ich würde es eine sehr gute Beschattung mit chemischer Unterstützung nennen.«

»Erklären Sie mir das bitte, Sir.« Bonds Stimme klang irritiert.

»Nun, 007, wir haben drei Dinge von Kuckuck erfahren. Erstens den zeitlichen Rahmen, zweitens den Ankunftsort und drittens die Tatsache, daß es sich um zwei Kuriere handelt, einen Mann und eine Frau. Der Mann ist ein Kaukasier, wahrscheinlich Engländer, die junge Frau ist Chinesin. Mit Hilfe unserer eigenen Leute – unserer Beobachter in China – konnten wir das Paar in sehr kurzer Zeit identifizieren. Das war mehr, als Gebrochene Klaue schaffen konnte, und wir sind natürlich sehr stolz darauf. Das zeigt, daß wir nicht die schwerfälligen Dinosaurier sind, als welche die Presse uns gern darstellt. Jedenfalls kamen die beiden vor einigen Tagen als Einzelreisende mit der JAL, Flug Nr. 606, in New York an, also genau zur rechten Zeit, wenn Sie den Termin mit unserem Plan vergleichen. Da haben wir Glück gehabt, nicht wahr, Rushia?«

»Das hat nichts mit Glück zu tun, Sir. Es beruht einfach

auf einer ausgezeichneten Arbeit.« Ed wandte sich an Bond. »Wir haben sie abgeholt. Sehr ruhig, keine Szenen, keine Aufregung, alles lief wie am Schnürchen ab.«

»Und?« Langsam fing Bond an, sich ein Bild von der Sache zu machen.

»Und wie ich Ihnen bereits gesagt habe, sie sind hier.« M benahm sich wie ein Zauberkünstler, der Tauben aus der Luft holt.

»Sie meinen«, sagte Bond sehr langsam, »also buchstäblich hier, Sir. Auf diesem Schiff?«

M nickte. »Sie haben ihre Zeit hier mit einigen guten Freunden von Ihnen verbracht, die jetzt, denke ich, alle Informationen besitzen, die wir benötigen.«

»Gott steh ihnen bei!« Und zur Sicherheit sagte er noch einmal: »Gott steh ihnen bei!« Jetzt wurde Bond alles klar. Er zog nur noch den einzig logischen Schluß aus dem, was er erfahren hatte. »Ich nehme an, daß ich den Engländer spielen soll.«

»Wieder ins Schwarze getroffen, James.« Rushia grinste breit über das ganze Gesicht.

»Und wer ist die Glückliche, die für das Mädchen einspringen soll? Doch wohl nicht unser Ed?«

»Commander Rushia wird Sie beide die ganze Zeit über im Auge behalten, und wir nehmen an, daß der FBI gleichfalls zur Stelle sein wird.« M lächelte noch einmal. »Sie sehen, die haben es mitbekommen, daß Sie und auch Rushia suspekt sind. Tatsächlich wird es die Aufgabe des Commanders sein, den FBI ein wenig zu zügeln, wenn die Leute zu unvorsichtig agieren und den großen Spielern einen Schrecken einjagen.«

»Aber, um auf meine vorige Frage zurückzukommen, wer ist mit mir von der Partie?«

»Ein reizendes kleines Ding, Bond. Es ist ihr erster richtiger Einsatz, deshalb müssen Sie sie etwas unter Ihre Fittiche nehmen. Die CIA hat sie vorgeschlagen. Ihr Name ist Sue Chi-Ho, von ihren Freunden wird sie Chi-Chi genannt ...«

»Feinde hat sie nicht«, fügte Rushia ruhig hinzu, aber M fuhr unbeirrt fort.

»Sie spricht kantonesisch, arbeitete zuerst für den Geheimdienst der US-Navy, dann übernahm sie die CIA. Hat gerade ihren Lehrgang auf der Farm beendet.«

Die Farm war Camp Peary in der Nähe von Williamsburg, das Trainingslager der CIA.

»Und ich soll das Kindermädchen für sie spielen in einer Operation, die äußerst gefährlich werden kann?«

M schaute ihm in die Augen, und wandte sich dann ab, als er sagte: »Ja, möglicherweise tödlich, 007. Aber ich denke, daß Sie feststellen werden, daß sie zu sterben bereit ist, wenn es sein muß. Ein gutes Mädchen.« Dann fragte er Rushia, ob er Sue Chi-Ho herbringen könne.

Nachdem der Commander die Kabine verlassen hatte, nahm M den Hörer des roten Telefons und drückte auf zwei Nummerntasten. »Alles in Ordnung?« fragte er, dann: »Gut. Sag ihm, er soll jetzt aufhören und bei der Einweisung mithelfen... Ja, er ist hier... Sind Sie sicher, daß Sie alle Informationen von ihm erhalten haben? Ich will über jeden einzelnen Punkt vergewissert werden; schließlich waren die Chinesen die Pioniere auf dem Gebiet der Gehirnwäsche... Wirklich? Das ist sehr interessant, er wird bei Gelegenheit eine Abhandlung für uns darüber schreiben müssen. Ich rufe an, wenn ich hier fertig bin.« Er legte den Hörer zurück und schaute Bond an.

»Wenn Sie sich dazu entschließen, diesen Einsatz abzulehnen, wird es jeder verstehen. Ich muß Ihnen das sagen, weil uns das Wasser wirklich bis zum Hals steht. Ich möchte es Rushia nicht sagen, aber wir haben Orr hinzugezogen wegen Kuckuck. Sie ist sehr gründlich getestet worden. Ihr Gedächtnis ist ausgezeichnet, sie hat wortwörtlich über ihre Gespräche mit Gebrochener Klaue Lee berichtet. Orr sagt, daß der Mann nicht nur an schwerem Verfolgungswahn leidet, sondern außerdem eine gefährliche psychopathische Veranlagung hat.«

»Habe ich Sie richtig verstanden, Sir? Orr ist hier?« Bill Orr war der Medizinmann unter den Spitzenleuten des Geheimdienstes, ein Mann mit enormen Fähigkeiten auf dem Gebiet der Psychiatrie und den angrenzenden Wissenschaften.

»Er ist hier, zusammen mit anderen, einschließlich seines Gegenstücks bei der US-Navy. Sie müssen sich unbedingt darüber im klaren sein, 007, daß wir es nicht nur mit einem Mann zu tun haben, der geheime Informationen stiehlt, und dem chinesischen Geheimdienst zuspielt, sondern auch mit einem sehr gefährlichen Gangster, der außer Kontrolle geraten ist.«

»Ich glaube, ich müßte von einem Irren gebissen worden sein, wenn mir das nicht bereits klar geworden wäre, Sir.«

»Von einem Irren gebissen!« M reagierte äußerst gereizt. »Bond ich verabscheue wirklich Ihr ständige Anwendung dieser seltsamen amerikanischen Ausdrücke.«

»Man sollte sich immer seiner Umgebung anpassen, Sir.«

Ein Klopfen an der Tür kündigte die Rückkehr von Ed Rushia an, der sogleich mit übertriebener Höflichkeit eine junge Frau in die Kabine einließ.

»Miss Sue Chi-Bo, den Admiral kennen Sie ja bereits, nun möchte ich Sie mit Captain Bond von der Royal Navy bekanntmachen.«

Bond hatte sich erhoben. Nun trat er vor, um die Hand des jungen Mädchens zu schütteln, das ihn anblickte. »James«, sagte er. »Sie müssen mich James nennen.«

»Meine Freunde sagen Chi-Chi zu mir, was man in manchen Kreisen allerdings für vulgär hält.«

Sie war nicht viel größer als einsfünfzig, aber ihr Händedruck war fest und kraftvoll. Bond konnte diese Stärke spüren, als ihre Hände sich trafen, ebenso wie er eine Art von elektrischem Signal spürte, das direkt von ihrem Körper auf seinen überging. »Ich bin sicher, daß nur ganz gewöhnliche und gefühllose Menschen irgend etwas an Ihnen vulgär finden können, Chi-Chi.«

Ihre Blicke begegneten sich, und er sah, daß sie klare, ruhige, haselnußbraune Augen hatte – eine Mischung von braun und grün –, die mandelförmig geschnitten waren: sie war zweifellos eine Orientalin, und sie sah sehr jung aus. Es gefiel ihm auch, daß sie winzige Lachfältchen an jeder Seite ihres leicht schräg geschnittenen Mundes hatte.

»Wir wollen zusammen arbeiten. Ich verstehe.« Sie sprach

ein einwandfreies Englisch, ohne jede Spur eines amerikanischen Akzents. »Ich habe das Gefühl, daß wir etwas Gemeinsames haben.« Sie lächelte ihn strahlend an, und dieses Lächeln erhellte ihr ganzes Gesicht, aber seinen Ursprung schien es in ihren schönen, grüngefleckten Augen zu haben.

M räusperte sich vernehmlich an seinem Schreibtisch. »Captain Bond, Miss Chi-Ho, wir haben eine wichtige Arbeit vor uns. Sie haben die Person, die Sie ersetzen sollen, noch nicht gesehen?« Diese Frage war an Chi-Chi gerichtet, die den Kopf schüttelte und mit einem deutlichen »Nein« antwortete.

»Gut. Bitte seien Sie jetzt so freundlich, mir zu folgen.« Er ging auf die Tür zu. Ed Rushia warf Bond einen Blick mit hochgezogenen Brauen zu, und sie schlossen sich M an. An der Tür gab es ein höfliches kleines Gerangel wegen Chi-Chi.

Sie blieb stehen, als Rushia und Bond zurücktraten, um ihr den Vortritt zu lassen. »Ich möchte genauso behandelt werden wie jeder andere.« Sie benahm sich ganz wie eine emanzipierte Frau, aber Bond freute sich, als er bemerkte, daß sie nicht deren abstoßend schlechte Manieren zur Schau trug, die so oft angewendet werden, um Männer mit einer bestimmten Art von Chauvinismus zur Anerkennung von Frauenrechten zu zwingen. »Ich bin ein Mitglied des Teams«, fuhr sie fort, was M, der vor der Tür wartete, offensichtlich irritierte. »Ich möchte nicht, daß Sie mich als Frau betrachten.«

»Das ist ein bißchen viel verlangt, Chi-Chi.« Bond zog eine Braue hoch.

»Huh!« machte sie und ging durch die Tür, aber Bond glaubte, daß er eine winzige Spur von Amüsiertheit in ihren Augen entdeckt hatte.

»Schätze, Sie werden auf sich achtgeben müssen, James«, murmelte Rushia. »Sie haben da einen kleinen Kugelblitz bei sich.«

»Ich freue mich, daß Sie das auch so sehen.« Bond lächelte ihm mit tiefer Genugtuung zu. »Sie muß noch lernen, daß wir zwei in einem Team sind.«

Sie folgten M über die Kajütentreppe, dann ging es über weitere Metallstufen hinunter in einen Korridor, der zum Lazarett des Schiffes führte. Dort befanden sich eine Reihe von geräumigen Kabinen mit genügend Platz für jede Art von medizinischer Nothilfe. Schließlich öffnete M eine der Türen, und Bond stellte zu seiner Überraschung fest, daß eine ganze Anzahl von alten Freunden um einen langen Konferenztisch versammelt war.

»Was für eine Überraschung, James, mein Lieber.« Als erste begrüßte ihn mit einer Umarmung und einem Kuß die tapfere, hochgewachsene, elegante, langbeinige Ann Reilly, die Assistentin des Waffenmeisters, der die Abteilung Q regierte. Ihr Spitzname bei allen vollblütigen Männern unter den Mitarbeitern war Q'ute.

»Schön.« Bond löste sich von Q'ute, wobei er mit einigem Vergnügen bemerkte, daß sie immer noch eine ziemlich strenge Frisur trug. Ihr Haar war strohblond gefärbt. Dann ging er von einem zum anderen, gab jedem die Hand und fand, daß es gut tat, wenn man wußte, daß er eine ihm so vertraute und auf Herz und Nieren geprüfte Gruppe von Leuten zur Unterstützung hatte.

Bill Tanner, M's Stabschef, war anwesend, zusammen mit Bill Orr, dem Medizinmann, und einem kleinen ruhigen Mann mit stechenden Augen, der bei den Eingeweihten als Notar bekannt war. Sein Name lautete Brian Cogger, und seine Spezialität lag auf dem Gebiet der »Dokumente«, worunter gefälschte Dokumente zu verstehen waren. Man sagte, daß der Notar jedem in nur wenigen Stunden eine neue Persönlichkeit verschaffen konnte und daß seine Dokumente selbst den gewissenhaftesten Überprüfungen standhielten.

Außerdem waren auch vier amerikanische Experten da, die nacheinander vorgestellt wurden. Aber die eindrucksvollste Persönlichkeit saß am Kopfende des Tisches – Franks.

Niemand kannte seinen richtigen Namen; man nannte ihn allgemein Franks oder öfter noch den Großinquisitor. Selbst James Bond hatte einen gewaltigen Respekt vor Franks, der schließlich jeden mit seiner Befragungstechnik zum völligen

Zusammenbruch bringen konnte. Seine Methoden reichten von der freundlichen Plauderei am gemütlichen Kamin bis hin zu dem in die Persönlichkeit eingreifenden Tiefenverhör, das er nur zusammen mit einem der Ärzte durchführen konnte. Das war im allgemeinen der Medizinmann.

Sobald alle Platz genommen hatten, war es Franks, der die Leitung ohne Rücksicht auf M übernahm.

»Die Sache ist ganz unkompliziert«, sagte er. »Hier die bekannten Fakten: Fünf Offiziere und andere Dienstgrade, die mit dem absolut geheimen anglo-amerikanischen Projekt Lords und Lords Days befaßt waren, sind gewaltsam entführt worden. Heute am späten Abend erfuhr ich außerdem, daß Professor Robert Allardyce, der Erfinder dieses Projektes, in Britisch-Kolumbien erschossen aufgefunden wurde.

Wir wissen, daß Fu-Chu Lee, im allgemeinen bekannt als Gebrochene Klaue Lee, ein örtlicher Gangster von vermutlich indianischer und chinesischer Abstammung, diese Entführungen arrangiert hat. Er scheint zu den vielen seiner ruchlosen Aktivitäten eine weitere übernommen zu haben, Spionage für CELD, den Geheimdienst der Volksrepublik China. Mit Hilfe der Geheimdienste der Vereinigten Staaten und durch das Einschleusen eines Agenten in die unmittelbare Umgebung Mr. Lees wurde uns bekannt, daß zwei Kuriere dabei waren, in die Vereinigten Staaten einzureisen mit der Absicht, Kontakt mit Mr. Lee aufzunehmen, um das, was er anzubieten hat, zu überprüfen und in die Volksrepublik China zu bringen. Meine Aufgabe bestand darin, diese beiden Personen zu verhören, die uns von unseren eigenen Geheimdienstleuten in China avisiert worden waren. Wir haben sie jetzt seit etwa 48 Stunden hier, und soviel ich weiß, sollen Sie, Captain Bond, zusammen mit Ihnen, Miss Chi-Ho, ihre Plätze einnehmen.

Es ist kein leichtes Verhör gewesen, und Dr. Orr wird mir das bestätigen können. Ich versuchte es zunächst mit einfachen Methoden und stellte fest, daß die beiden Personen gut präpariert waren. Wie Sie alle wissen, haben die Chinesen sehr gute Antibefragungstechniken entwickelt. Die Wahrheit schlummerte tief im Unbewußten dieser beiden Personen, aber ich glaube, es ist uns schließlich gelungen, sie ans Tageslicht zu bringen – mit Hilfe des letzten Derivates der Sodium-Pentathol-Familie. Aber selbst dann noch war es so, als ob man die einzelnen Schalen von einer Zwiebel abschält. Wie Chirurgen arbeiteten wir uns durch fünf dicke Tarnschichten hindurch, bevor wir an die Wahrheit herankamen. Stimmt's Bill?«

Der Medizinmann nickte und runzelte leicht die Stirn.

»Captain Bond und Miss Chi-Ho, ich möchte, daß Sie sich die beiden sehr genau ansehen, bevor Sie mit Ihrer Operation beginnen. Sie werden jetzt mindestens vierundzwanzig Stunden lang schlafen. Ich muß wohl niemand daran erinnern, daß wir in eklatanter Weise das Recht der Vereinigten Staaten brechen, indem wir sie hier festhalten und ihnen den Zugang zu ihren jeweiligen Konsulaten oder Botschaften verweigern.«

Er blickte hoch und schaute über die Anwesenden hinweg. »Ich bin einfach der Meinung, daß jeder sich dessen bewußt sein sollte, was wir hier tun, für den Fall, daß wir eines Tages dafür bezahlen müssen.«

Franks sah wieder in seine Aufzeichnungen. »Die erste der beiden Personen ist ein Kaukasier, in etwa Ihrem Alter, Captain Bond. Er führt nach den Informationen, die wir aus England erhalten haben, anscheinend seinen echten englischen Paß bei sich. Er ist uns bekannt und hat im Fernen Osten für verschiedene Länder gearbeitet. Im Augenblick scheint er der Volksrepublik China zu dienen. Sein Name ist Peter Argentbright – Silberglanz – was zeigt, daß nicht alles Silber ist, was glänzt. Er wurde als Sohn eines sehr angesehenen Arztes und dessen Ehefrau geboren, die beide verstorben sind, und an seinem Geburtsort aufgezogen, in Lymington in der Grafschaft Hampshire in England.

Die Frau ist, wie Sie selber, Miss Chi-Ho, Ende Zwanzig. Ihr Name wird als Jenny Mo angegeben, und sie reist mit Papieren der Vereinigten Staaten, die wir allerdings für ausgezeichnete Fälschungen halten. Der unmittelbare Vorgesetzte der beiden ist General Hung Chow H'ang. Wir wissen einiges über ihn, nicht wahr, Sir?« Er blickte M an.

»So ist es.« M senkte seine Stimme. »Hung Chow H'ang ist Offizier im Generalsrang, verantwortlich für die Arbeit in der Illegalität und hat seinen Amtssitz in der ehemaligen französischen Botschaft in der Tai-ji-chang-Straße, östlich vom Tienan-Men-Platz, mitten im alten Gesandtschaftsviertel. Dort befindet sich, wie ich mich erinnere, ein hohes rotes Tor mit vielen Verzierungen und einem Paar von steinernen Löwen. Die Gebäude sind sehr ansprechend, und bis vor kurzem glaubte man, daß sie als Gästehaus der Partei dienten. 1986 entdeckten wir mit Hilfe eines unserer wenigen chinesischen Mitarbeiter, daß in der früheren französischen Botschaft aber tatsächlich die wichtigsten Trainings- und Schullehrgänge sowie die Organisationsarbeit des CELD durchgeführt werden. Hung Chow H'ang ist ein alter Parteifunktionär, geschickt, gewitzt und seiner Aufgabe sehr gut gewachsen. Er hat in den Kämpfen um Peking anno 1948 oder 1949 ein Auge verloren.«

»Ja, wir kennen ihn.« Franks schaute auf seine Blätter, dann wieder hoch und wandte sich direkt an Bond und Chi-Chi. »Ich denke, daß Sie sich beide dessen bewußt sind, daß Lee die Bedingungen für das Treffen mit den Kurieren festgelegt hat.«

»Eine Art von Schnitzeljagd, ja.« Bond antwortete für sie beide.

»Ja, eine Schnitzeljagd, um die Echtheit der Kuriere zu testen. Es gibt eine Telefonnummer hier in San Francisco, die Sie nach Ihrer Ankunft in New York anrufen müssen, und einen genau festgelegten Kode, nach dem Sie identifiziert werden sollen.«

»Worauf ein fröhlicher Tanz folgt, könnte ich mir vorstellen.« Noch während er sprach, wurde Bond klar, daß er sich reichlich schnodderig ausdrückte.

»Ein sehr fröhlicher Tanz, Captain Bond.« Franks Lippen waren zusammengepreßt, seine Augen schmale Schlitze und seine Augen blickten düster. »Ich zweifle nicht daran, daß es für Gebrochene Klaue mühselig sein wird, und daß Sie beide auf Herz und Nieren geprüft werden. Wir können Sie mit allem versorgen, was Sie benötigen, um mit dem Tanz zu beginnen. Am Ende aber können Schwierigkeiten auftreten, auf die Sie nicht gefaßt sind. Sehen Sie, die Befehle von General Hung Chow H'ang sind sehr präzise gefaßt. Wenn die Informationen über Lords und Lords Day in Ihren Händen sind, sollen Sie Gebrochene Klaue fünf Millionen Dollar aushändigen. Nun, das können wir arrangieren. Das ist kein Problem, aber es besteht die Möglichkeit, daß Gebrochene Klaue auf die Idee kommt, nur einen von Ihnen fortgehen zu lassen. Das würde bedeuten, daß einer von Ihnen in noch größere Gefahr gerät, besonders weil es Hinweise darauf gibt, daß noch eine dritte Person aus China anreist. Haben Sie irgendwelche Bedenken deswegen, Captain Bond, Miss Chi-Ho?«

Keiner von ihnen konnte sich Skrupel leisten. Sie waren beide bereits zu tief in die Sache verstrickt. Franks entließ Chi-Chi und verbrachte noch eine weitere Stunde damit, ein intensives Gespräch mit Bond zu führen. »Es gibt Dinge, die in diesem Stadium nur einer von Ihnen wissen sollte«, sagte er zu Beginn, und während er sprach, wurde Bond immer besorgter um den Ausgang der Operation, die von Fallen und unerhörten Gefahren gespickt zu sein schien.

8
Abaelard und Héloise

Es vergingen fast genau vierundzwanzig Stunden nach dem Gespräch mit Franks, bis alle Vorbereitungen getroffen worden waren. Bond, Rushia und Chi-Chi wurden zuerst in den Operationsraum geführt, wo die beiden schlafenden Kuriere auf Tischen lagen, nur mit Spitalskitteln bekleidet. Weder Bond noch Chi-Chi wiesen in ihren Gesichtszügen irgendeine Ähnlichkeit auf mit Peter Argentbright oder Jenny Mo, dafür aber in einigen körperlichen Merkmalen. Argentbright und Bond waren ungefähr gleich alt und hatten etwa dieselbe Figur, und Chi-Chi hatte, obwohl Jenny Mo etwas größer war als sie, doch den gleichen zarten Knochenbau und fast das gleiche Haar.

Dann wurden sie in eine andere Kabine geführt, wo man die beiden Hauptpersonen dem Notar, Brian Cogger, übergab, der sie fotografierte, besondere Merkmale sowie Haar- und Augenfarbe notierte, ferner die Gesichtsfarbe und all die anderen kleinen Dinge, die erforderlich waren für ihre offiziellen Dokumente.

Als sie den Notar verlassen hatten, damit er mit seiner Arbeit beginnen konnte, gesellte Ed Rushia sich wieder zu ihnen. Zusammen mit Bill Tanner, Franks, dem Großinquisitor, Bill Orr und M sowie zweien der amerikanischen Offiziere begannen sie mit gründlichen Instruktionen. Das nahm den größten Teil ihrer Zeit in Anspruch. Alle bekannten Tatsachen über Peter Argentbright und Jenny Mo wurden noch einmal durchgenommen. Die Einzelheiten über Argentbright waren umfassend, denn, wie M es ausdrückte: »Er hat vor einer gewissen Zeit auf unseren Mitgliederlisten gestanden.« Die über Jenny Mo bekannten Details waren weit oberflächlicher. »Als ich zuerst mit ihnen darüber sprach, hatten wir den Eindruck, daß Ihre Papiere gute Fälschungen wären. Das war ein Irrtum. Eine genaue Überprüfung hat ergeben, daß Ihr Paß, die Versicherungskarte und das anderen Zeug echt zu sein scheinen«, erklärte Franks. »Ich lasse am besten Mr. Grant, unseren Berater aus Langley, einiges dazu sagen.«

Grant war ein junger Mann mit leiser Stimme und mit einem dünnen Schnurrbart, der ihm ein verträumtes Aussehen verlieh, was aber niemand ernstlich täuschen konnte. Er war scharf wie ein gut geschliffenes Messer und verschwendete keine Zeit mit einer Einleitung.

»Es besteht natürlich die Möglichkeit, daß die junge Frau in dem anderen Raum hier nicht die echte Jenny Mo ist. Aber wenn sie es ist, wurde sie als Bürgerin der USA geboren und scheint bis vor einigen Jahren in New York gelebt zu haben. Dann ging sie in die Gegend von San Francisco. Wir wissen genau, daß sie im Umgang mit Zahlen eine Kanone ist, und die Bücher für verschiedene Clubs und Restaurants geführt hat, von denen einige durchaus Gebrochener Klaue Lee gehören könnten. Ich habe Leute darauf angesetzt, die das genau überprüfen, denn wenn sie echt ist, ist es ohne weiteres möglich, daß Sie auf Leute stoßen, die Sie von früher her kennen, und niemand von uns wird das für eine besonders erfreuliche Aussicht halten. Geben Sie sich keiner Täuschung hin, Lee ist absolut skrupellos. Wenn sie die echte Jenny Mo ist, wird er Sie innerhalb von zehn Sekunden ausschalten lassen.«

»Ja, das könnte die Sache ein wenig gefährlicher machen.« Bond untertrieb bewußt. »Darf ich fragen, ob wir irgendwelche Unterstützung bekommen werden?«

»Das hängt davon ab, welche Instruktionen Sie bekommen werden.« M befand sich in seiner unnachgiebigsten Laune und schien sich streng an die Spielregeln halten zu wollen. Er wandte sich an Grant. »Wie lange wird Ihr Team brauchen, um die Wahrheit herauszubekommen?«

»Ob Jenny Mo wirklich Jenny Mo ist? Schwer zu sagen. Wahrscheinlich vierundzwanzig Stunden.«

»Dann könnte es schon zu spät ein.« M schaute seinen Chef an. »Sie leiten die Operation, Tanner. Was ist unser äußerster Termin für Captain Bond und Miss Chi-Ho?«

»Ich möchte, daß sie morgen abend mit dem JAL-Flug 06 am Kennedy Airport eintreffen, das wäre um 11.30 Uhr nach östlicher Zeit und um 8.30 Uhr nach unserer Zeit. Ein späterer Zeitpunkt wäre nicht mehr sicher genug.«

»Werden wir in Kontakt mit Commander Rushia bleiben?«

»Wir versuchen, eine Verbindung aufzubauen, Sir, aber sie könnte etwas dürftig ausfallen. Die Abteilung Q besorgt etwas für James und Miss Chi-Ho, womit sie Commander Rushia informieren können. Wir müssen auch noch die Einzelheiten über einen direkten Kontakt zwischen Rushia und uns ausarbeiten.« Er hielt inne und runzelte die Stirn. »Ich möchte wirklich eine Art von Verbindung sicherstellen zwischen James und/oder Chi-Chi und Rushia.«

»Haben Sie dieses Mädchen schon aufgesucht – wie ist noch ihr Name? Die der Waffenmeister uns geschickt hat?«

Bill Tanner unterdrückte ein Lächeln. Er wußte, daß M immer in diese barsche Art verfiel, wenn es um Ann Reilly ging. Tatsächlich wußten sie alle, daß er eine Schwäche für das Mädchen hatte. »Ich werde sie jetzt aufsuchen, Sir.« Er entschuldigte sich und eilte fort, um mit Q'ute zu verhandeln.

M nickte Franks zu, damit er mit den Erklärungen fortfuhr.

»Ich möchte folgendes festhalten.« Franks schaute zu Billy Orr hinüber. »Wie ich Ihnen bereits sagte, glauben wir, daß wir die volle Wahrheit aus diesen beiden Typen herausbekommen haben, aber nichts auf dieser Welt ist völlig sicher.«

»Wir sind tatsächlich bei beiden in sehr tiefe Schichten vorgestoßen«, ergänzte Orr. »Ich glaube, daß wir die Wahrheit ans Licht gebracht haben. Mr. Franks ist da nicht ganz so sicher.«

»Ich möchte sagen, zu 98 bis 99 Prozent«, sagte Franks. »Der Auftakt scheint darin zu bestehen, daß Argentbright bei der Ankunft am John-Kennedy-Airport eine Nummer in San Francisco anrufen und eine Reihe von einfachen Kennworten verwenden muß, um seine Identität zu beweisen.

Wir können Ihnen das alles geben, ich hoffe nur, wir haben es korrekt und in der richtigen Reihenfolge aufgenommen. Wenn Lees Leute davon überzeugt sind, daß es sich wirklich um Argentbright handelt und daß Jenny Mo bei ihm ist, werden sie Ihnen weitere Anweisungen geben, und das kann alles mögliche sein, ein kleiner Rückflug hierher, oder ...«

Bond hustete. »Mir ist nicht klar, wie wir das Flugzeug bekommen sollen, das direkt von Tokio zum John-Kennedy-Airport fliegt, besonders nicht, da es so aussieht, als ob wir bereits morgen abend da eintreffen sollen.«

»Wenn Sie mir erlauben würden, fortzufahren?« Franks war nie sehr begeistert, wenn er das Wort hatte und unterbrochen wurde, und Bond bemerkte, daß sein Stimmungsumschwung begleitet wurde von einem seltsamen Tic – er rieb sich das Kinn an seiner Schulter. Es war weiter nichts als ein kleiner Tic, aber Bond erinnerte sich daran, daß er etwas über genau dieses Zucken gelesen hatte, und zwar nichts Erfreuliches. Er konnte diesem Gedanken nicht weiter nachgehen, denn Franks sprach bereits wieder. »Wenn Sie mich ausreden lassen, werde ich Ihnen alles erklären, und was ich Ihnen nicht sage, wird der Stabschef ergänzen, wenn er zurückkommt.«

Die Sitzung dauerte bis zwei Uhr morgens, dann wurde Bond in eine Kabine gebracht, wo er ein wenig schlafen sollte. Sein Kopf war ganz wirr von all den Informationen, die er von Franks und Orr erhalten hatte, angefangen von Einzelheiten über das Leben des echten Peter Argentbright bis hin zu verschiedenen Alternativen, die in Frage kamen, wenn das Unternehmen, das jetzt den ironischen Decknamen *Curve* erhalten hatte, seinen Anfang genommen hatte.

Chi-Chi war in einen anderen Teil des Flugzeugträgers gebracht worden, und Bond überlegte sich, daß er einige Zeit mit dem Mädchen reden mußte, bevor das Startzeichen um zwei Uhr nachmittags gegeben wurde, also in genau zwölf Stunden. Fakten schwirrten ihm durch den Kopf, aber fast im gleichen Moment, in dem sein Kopf das Kissen berührte, schlief er auch schon ein.

Er träumte, daß er sich in einem heftigen Sturm auf See befand, wodurch er schließlich wach wurde. Er hörte Geräusche, die ihm im Traum als Donner erschienen waren. Der Flugzeugträger schien sich zu bewegen, und das Geräusch, das in sein Unterbewußtsein vorgedrungen war, war das eines Jet, der an Bord gelandet war. Der Morgen dämmerte, und ein Blick auf seine Rolex zeigte ihm, daß es kurz nach fünf Uhr morgens war.

Wenige Minuten später klopfte jemand an seine Tür, und einer der Löwenbändiger, der ihnen am vorigen Abend das kalte Abendessen serviert hatte, kam lächelnd mit einem Frühstückstablett herein.

»Beste Grüße von M, Sir. Er wäre Ihnen dankbar, wenn Sie um Punkt sechs Uhr in seine Kabine kämen. Ich werde in der Nähe sein, um Sie zu begleiten. Schöner Tag heute.«

»Sind wir auf See?« fragte Bond, und setzte sich auf.

»Nicht gerade das, was Sie See nennen würden, Sir. Wir sind nur ein Stückchen aus der Bucht herausgefahren. Sie haben Flugzeuge an Bord genommen.«

»Ich dachte, an Bord des Schiffes wäre nur das Stammpersonal?«

»Es wurde etwas aufgestockt, als Sie schliefen, Sir. Bis bald.«

Als er gefrühstückt, geduscht, sich rasiert und angezogen hatte, wurde Bond zu M's Kabine hinaufgeführt, derselben, die sie am vorigen Abend benutzt hatten. Er kam genau um zwei Minuten nach sechs dort an. Chi-Chi, Bill Tanner, der Notar und M waren bereits versammelt.

»Wie ich mich freue, daß Sie es möglich machen konnten, auch zu kommen.« M blickte sarkastisch auf seine Armbanduhr. Was Pünktlichkeit anbelangte, war er ein richtiger Leuteschinder.

»Ich wurde durch die Menschenmengen aufgehalten, Sir«, gab Bond zurück. »Es geht heute morgen hier zu wie am Piccadilly Circus. Ich dachte, wir hätten das Schiff für uns.«

»Nur einen Teil davon«, sagte M scharf. »Wir haben nur so viel Personal an Bord genommen, daß wir die erste Phase des Unternehmens *Curve* durchführen können. Mit anderen Worten, gerade genug Offiziere und Mannschaftsgrade, damit wir fünfzig Meilen auf See hinausfahren können, dazu drei F-14 und einen Hubschrauber, um unseren Trip nach New York sicherzustellen. Sie reisen um zwei Uhr nachmittags ab. Auf die Minute, Bond, sonst wird die ganze Aktion gefährdet.«

Zuerst gingen sie mit dem Notar den Papierkram durch; er hatte die Pässe für sie, die identisch waren mit denen, die Argentbright und Mo bei sich gehabt hatten, sowie all die anderen Kleinigkeiten: Kreditkarten, die sie signieren mußten, einen internationalen Führerschein für Bond und einen kalifornischen auf Jenny Mos Namen für Chi-Chi, dazu ihre Versicherungskarten. Cogger war ein sehr gewissenhafter Mann, er hatte außerdem noch einen ganzen Sack voller Kleinigkeiten für sie besorgt, wie man sie in den Taschen mit sich herumschleppt, von Kinokarten und Restaurantrechnungen aus Hongkong bis hin zu Hotelbelegen. Wenn die richtige Jenny Mo wirklich nicht im Spiel sein sollte, dachte Bond, dann würden sie wirklich bestens abgesichert sein.

Später wurden sie getrennt und eine Stunde lang einem erbarmungslosen Kreuzverhör ausgesetzt, bei dem es darum ging, ob sie sich alle Einzelheiten über ihre neuen Identitäten fest eingeprägt hatten. Es gab schon sehr früh einen Lunch, auf den eine kurze Sitzung mit Q'ute folgte, die ihnen die Minisender erklärte, die sie bei sich tragen mußten – Chi-Chis war in einer Gürtelschnalle versteckt, Bonds im Absatz seines rechten Schuhs. Ed Rushia hatte sie diesmal begleitet, und sie machten eine letzte Probe, nur um sicherzugehen, daß alles absolut perfekt war.

Ihr Gepäck war im wesentlichen dasselbe, mit dem die echten Kuriere angekommen waren: nur einige Sachen waren ausgewechselt worden, damit sie ihnen tadellos paßten. Bond brachte es fertig, eine halbe Stunde mit Chi-Chi allein zu verbringen. Er führte ein Gespräch mit ihr, um genau in Erfahrung zu bringen, was für ein Gefühl sie hinsichtlich ihrer Operation hatte, und um nebenbei herauszufinden, wie gut sie geschult war. Dieses kurze Gespräch unter vier Augen ließ ihm sogar noch genug Zeit, um die spezifische Beziehung zwischen ihnen herzustellen, die Agenten im Einsatz unbedingt brauchen. Bond führte sie, eher wie ein Tanzpartner, in eine Reihe von Hand- und Augensignalen ein und brachte ihr ein paar einfache Kodewörter bei. »Wenn ich die amerikanische Redensart ›wirklich bald‹ anwende«, sagte er ihr, »bedeutet das, daß wir ein Problem haben und daß ich mich um eine Lösungsmöglichkeit kümmere.« Er gab ihr noch drei oder vier weitere derartige Tips. Das Gespräch zeigte Bond, daß sich hinter der zerbrechlichen Fragilität und dem hübschen Gesicht von Chi-Chi eine gut geschulte, sehr starke junge Frau verbarg.

»Wenn Sie in eine Situation geraten sollten, in der es heißt du oder ich, würden Sie zögern, bevor Sie tatsächlich jemanden ausschalten würden?« fragte er beiläufig.

»Sie machen Scherze.« Ihre rechte Augenbraue hob sich, als ob sie ihrem eigenen Willen gehorchte. »Ich würde diese Frage lieber hinterher stellen.«

»Okay. Wenn Sie bewaffnet wären und jemand befehlen, keine Bewegung zu machen, könnten Sie ihn töten, auch wenn er nur eine ganz harmlose Geste vollführt?«

»Darauf können Sie Ihren Kopf verwetten, James. Wenn ich jemand befehle, keine Bewegung zu machen, und auf ihn ziele, töte ich ihn, wenn er sich auch nur am Hintern kratzt, anstatt zu tun, was ich ihm sage.«

»Warum?«

»Ich bin genauso wie Sie in Anti-Terror-Taktiken geschult worden. Es sind schon Leute getötet worden, weil sie nicht sofort handelten, wenn irgendein Dummkopf einen Knopf an seiner Jacke berührte.«

»Sie haben recht. Wer zögert, ist verloren.«

Sie ließ ein leises, kehliges Lachen ertönen. »Kennen Sie das ganze Zitat? ›Der Mann, der zögert, ist verloren, die Frau, die nicht zögert, ebenso‹.«

Bond lächelte. »Ich glaube, wir sind im besten Begriff, ein unschlagbares Team zu werden.«

»Wie Pech und Schwefel.« Sie legte eine Pause ein. »Das einzige, was mich beunruhigt, ist der Flug nach New York.«

»Mögen Sie nicht fliegen?«

»Ich weiß nicht, ob ich in einem Jagdbomber fliegen mag.«

»Der einzige Unterschied zu einem Linienflugzeug besteht darin, daß kein Film vorgeführt wird.« Er hob den Arm und legte die Hand leicht auf ihre Schulter. »Und das, Chi-Chi, ist eher ein Segen. Außerdem bekommen Sie auch nicht diese kleinen Päckchen mit Nüssen.«

»Dafür danke ich dem Himmel. Ich dachte, der gesamte übliche Service gehört dazu. Jetzt fühle ich mich viel besser.«

Kurz nach 1.15 Uhr am frühen Nachmittag brachte man die beiden in einen leeren Mannschaftsraum und gab ihnen blaue Overalls mit gelben Abzeichen auf dem Rücken, die sie als Gepäckleute auswiesen. Grant hatte sie begleitet, und Ed Rushia steckte bereits in einem Druckanzug, da er keinen Overall brauchte. Sie wechselten rasch ein paar letzte Worte mit dem Amerikaner, der etwas vor Bond und Chi-Chi aufbrechen sollte. Als er den Mannschaftsraum verließ, drehte Rushia sich noch einmal um und lächelte ihnen breit zu. »Brecht euch ein Bein, ihr zwei«, sagte er. »Ist das nicht die richtige Art, Schauspieler zu verabschieden, bevor sie auf die Bühne gehen?«

»Ich glaube schon.« Bond runzelte die Stirn. »Aber wir sind keine Schauspieler, Ed.«

»Wollen Sie darauf wetten, James?« Er hob eine Hand und winkte ihnen theatralisch zum Abschied zu.

Ein Techniker kam herein und half ihnen in ihre Druckanzüge, dann ließ er sie allein.

»Ich komme mir in dem Zeug wie ein Astronaut vor.« Chi-Chi war unverkennbar blaß geworden.

»Sie sehen jedenfalls wie ein sehr hübscher, begehrenswerter Astronaut aus. Sie dürfen Ihre Raumfähre jederzeit neben meiner parken.«

»Ich komme vielleicht darauf zurück. Ich war...«

Sie wurden durch den CIA-Mann Grant unterbrochen, der in den Raum kam. »Die anderen befinden sich auf dem Weg nach unten«, sagte er, ohne einem von beiden in die Augen zu blicken. »Ich muß Ihnen sagen, daß wir bis jetzt noch keine Anhaltspunkte über Jenny Mo haben.«

»Nicht einmal einen Hinweis?«

»Nicht den geringsten.«

»Dann werden wir eben beten müssen.« Bond schaute Chi-Chi an.

»Nein.« Grants Stimme klang hart und sehr besorgt. »Nein, bevor wir nicht definitiv feststellen, daß die Jenny Mo, die sich auf diesem Schiff befindet, nicht die echte Jenny Mo ist, haben Sie beide das Schlimmste zu erwarten. Ich muß Ihnen sagen, Miß Chi-Ho, daß das Risiko, das Sie eingehen, wirklich sehr groß ist.«

Sie schüttelte den Kopf. »Machen Sie sich keine Sorgen, Mr. Grant. Ich möchte jetzt nicht mehr darüber sprechen.«

Bond lächelte innerlich über den unglücklichen Ausdruck auf Grants Gesicht. Dann waren die anderen da.

Alle schüttelten ihnen ziemlich nüchtern die Hände, und Bond fühlte sich an all den Zinnober wie »Haltet den Nakken steif«, erinnert, die lächerlichen Szenen aus alten Kriegsfilmen, wo man den Freiwilligen vor Todeskommandos erzählte, was für eine gute Sache das ist, die sie da für ihr Land und die Welt tun.

»Jede neue Information wird auf dem schnellsten Weg an Sie weitergeleitet, die wir haben – über *Indexer*.« M sah so feierlich aus wie der Direktor eines Bestattungsunternehmens: *Indexer* war der Deckname von Ed Rushia, Chi-Chi hatte das Pseudonym *Checkliste*, und Bond, der sich immer darüber wunderte, wie sie mit all diesen Decknamen zurechtkamen, wurde als *Custodian* geführt.

Grant machte zum Abschluß noch die Bemerkung: »Vergessen Sie nicht, alle, die mit dem Gepäck zu tun haben, sind meine Leute. Machen Sie sich deshalb keine Sorgen. Alles ist vorbereitet und sollte wie am Schnürchen ablaufen.« Sie nickten und gingen in das Einsatzbesprechungszimmer der Flugmannschaft weiter, wo zwei junge Piloten auf sie warteten und zum letztenmal ihre Flugroute checkten.

»Okay«, sagte der ältere der Piloten von der US-Navy, nachdem sie ihnen die Hände geschüttelt, sich aber nicht vorgestellt hatten. »Ist jemand von Ihnen zuvor schon einmal mit einem Jagdbomber geflogen?«

»Ich bin durchaus in der Lage, eine Harrier zu fliegen«, sagte Bond und versuchte, es nicht allzu gönnerhaft klingen zu lassen.

Chi-Chi aber antwortete mit einem »Nein«. Ihre Stimme klang sehr leise.

»In Ordnung.« Der ältere Mann ging auf Chi-Chi zu. »Ich werde Sie hinbringen, Madam. Mein Kollege übernimmt Sie, Sir.«

Die beiden Paare trennten sich. Bonds Flieger sah aus wie neunzehn, abgesehen von dem Druckanzug hätte er gut und gern soeben die High-School abgeschlossen haben können. »Sie bekommen GIBs Sitz«, sagte er, und dann, als er den spöttischen Ausdruck in Bonds Gesicht sah, erklärte er: »GIB, Sir, bedeutet Guy In Back, der Platz des REO.«

»Lassen Sie mich raten: Radio Electronic Officer, stimmt's?«

»Haarscharf, Sir. Sie werden über den Kopfhörer alle Meldungen mithören, und Sie werden mich hören. Ohne Ihnen zu nahe treten zu wollen, Sir, bitte bringen Sie da hinten ja nichts in Unordnung.«

»Nicht im Traum.«

»Wunderbar. Der Techniker, der Sie festschnallt, wird dafür sorgen, daß die Verbindung zwischen uns hergestellt wird. Außerdem wird er Ihnen den Hebel für den Schleudersitz zeigen. Bitte sorgen Sie dafür, daß der Hebel in seiner Grundstellung bleibt, aber wenn ich Ihnen sage, daß Sie ihn nach unten drücken sollen, das tun Sie es um Himmels willen.«

»Mach ich. Sie sind der Boß.«

»Okay, Sir. Noch irgendwelche Fragen?«

»Lassen Sie uns die Sache hinter uns bringen. Ich habe einen Job zu erledigen.«

Der junge Mann nickte, und sie folgten dem älteren Piloten, der noch immer beruhigend auf Chi-Chi einredete, nach draußen und dann die Metallstufen hinauf zum Flugdeck, wo an der Backbordseite gerade ein Hubschrauber aufstieg.

Zwei große F14 »Tomcats«, die böse und gefährlich aussahen, standen dicht vor dem Bereich der Katapultvorrichtung an Steuerbord. Die Katapultcrew schwirrte um das erste Flugzeug herum, während die zweite »Tomcat« weiter links in sicherer Entfernung von den Düsen der ersten Maschine stand.

Chi-Chi und ihr Pilot wandten sich der ersten F-14 zu, während Bonds Mann auf die zweite Maschine zeigte.

Der Sitz im Cockpit des REO, hinter dem Piloten, war sehr eng, und als Bond angeschnallt war, wurde ihm klar, daß es sich nicht gerade um den bequemsten Platz der Crew-Mitglieder handelte. Aber er hatte keine Zeit, sich mit diesem Gedanken zu beschäftigen, denn die erste Maschine hatte schon ihre beiden Turbinen von Pratt & Whitney eingeschaltet und wurde in die richtige Position auf die Startbahn manövriert.

Es ging alles sehr schnell. Die durcheinanderhastenden Männer am Katapult sprangen geschickt auf die Seite, die großen Metallplatten am Deck stellten sich auf, um den vollen Ausstoß der Düsenwerke aufzufangen, der zu einem ohrenbetäubenden Donner anschwoll, sogar im Innenraum des wartenden Flugzeugs. Dann wurde die F-14 plötzlich vorgeschleudert, wobei sie eine lange Dampfspur hinterließ, sie sank ein wenig, dann kam sie, die Nase nach oben gerichtet, schnell in Fahrt und stieß wie eine Rakete in den Himmel.

Bond beobachtete noch, wie sie blitzschnell hochzog, als schon ihre eigenen Motoren ertönten und sie langsam an den Platz der ersten Maschine rollten. Er konnte den Offizier am Katapult sehen, mit seinem glänzenden gelben Stab in der Rechten, und er konnte die Vibration des ganzen Flugzeugs spüren, als der Pilot die Maschinen auf Höchstleistung brachte. Er stellte fest, daß er wie hypnotisiert auf den Offizier starrte, der seinen Kommandostab in schwungvolle Auf- und Abbewegungen brachte, was ihn an einen Film über den Krieg der Sterne erinnerte; der aufblitzende gelbe Stab schien direkt unterhalb des Flugzeuges auf das Katapult zu zielen. Bond spannte seine Muskeln an, drückte den

Kopf an die gepolsterte Kopfstütze und wartete, wobei er für sich selber zu zählen begann, auf: Eins ... zwei ... Und schon ging es los. Er erhielt einen gewaltigen Stoß in den Rücken und sein Körper wurde heftig nach vorn geschleudert, als sie beschleunigten und in die Luft aufstiegen. Es ging so schnell, daß es den Anschein hatte, als wäre sein Magen unten geblieben, vielleicht unter Deck, während der übrige Körper sich jetzt schon etwa dreihundert Meter hoch befand. Sie stiegen aber immer noch weiter.

Bond schätzte die gepflegtere, dem Skispringen ähnliche Technik seiner alten Harrier entschieden höher ein.

Sie kamen unwahrscheinlich schnell voran, rüttelnd und stoßend, in maximaler Flughöhe, wo sich das Geräusch der Maschinen mit dem des Windes vermischte. Sie mußten zwei Pausen einlegen, um in der Luft aufzutanken, und Bond hörte zu, wie Chi-Chis Pilot mit dem Flugkapitän einer großen C-130 sprach, die vom SAC-Hauptquartier in der Offott AFB in Omaha kam. Es waren zwei Anläufe erforderlich, bis der lange Rüssel endlich die richtige Position zum Tanken hatte, und beide Piloten machten dazu ein paar eindeutige, ganz und gar nicht gesellschaftsfähige Bemerkungen.

Bonds Pilot schaffte es jedesmal schon beim ersten Anlauf, und wie bei einem Ritual erfolgte ein stets gleicher Dialog mit seinem Kollegen. »Laß das Ding genau dort drin, damit es den guten Saft aufsaugt«, sagte der Pilot der C-130 in schleppendem Tonfall. Wenn sie sich wieder voneinander trennten, fragte Bonds Flieger: »Wie war es für dich?« Worauf der Pilot der C-130 seufzte und meinte, daß die Erde gebebt hätte.

Kurz nach zehn Uhr östlicher Zeit hatten sie Kontakt mit RAPCON, der Radarkontrolle der Grumman Luftfahrtgesellschaft auf Long Island. Um zehn Uhr dreißig waren sie wieder am Boden und wendeten auf der langen Rollbahn. Chi-Chis Tomcat parkte bereits weit entfernt von den Gebäuden, und Bond konnte den Umriß eines kleinen Hughes-Hubschraubers sehen, der den Anstrich einer zivilen Luftfahrgesellschaft hatte.

Er kletterte aus dem hinteren Cockpit nach draußen, hielt dem Piloten die erhobenen Daumen entgegen und zog schnell den Druckanzug aus, den ihm ein Techniker mit den Worten abnahm: »Eine Nachricht von Mr. Grant, Sir. Nicht sehr erfreulich, aber die 06 von Tokio landet früher. Sie wird in weniger als einer halben Stunde am Boden und vor dem Abfertigungsgebäude für die Fluggäste sein.«

»Dann müssen wir uns beeilen.« Bond nickte dem Techniker zu, eilte hinüber zu dem Hubschrauber und kletterte zu Chi-Chi hinein. Beide trugen jetzt die dunkelblauen Overalls der Gepäckleute.

Der Pilot nickte und die Tür wurde geschlossen, als die Rotoren aufheulten. Sie stiegen in den nächtlichen Himmel hoch.

»Das war vielleicht ein Flug, was?« rief er Chi-Chi zu und versuchte, den Lärm zu übertönen.

»Allerdings«, brüllte sie zurück. »Ich habe mich gut gehalten. Mußte mich nur viermal übergeben.«

Er schaute sie an, um sich zu vergewissern, daß sie in Ordnung war. Sie sah zwar ein wenig blaß aus, lächelte aber.

In der Ferne glitzerten die Wolkenkratzer von Manhattan vor dem Abendhimmel; fünfzehn Minuten später befanden sie sich über dem John F. Kennedy Airport und wurde zum internationalen Landeflughafen dirigiert. Der Pilot berührte den Boden gerade nur so lange, daß Chi-Chi und Bond nach draußen klettern konnten. Sie wurden von zwei Männern in den gleichen Overalls begrüßt.

»Indexer läßt Grüße ausrichten«, sagte einer der beiden etwas skeptisch.

Bond antwortete mit einer im vorhinein vereinbarten Frage: »Das Glossar ist also rechtzeitig fertig geworden?«

»Die JAL 06 ist am Boden und rollt jetzt aus. Ihre persönlichen Sachen befinden sich auf unserem Gepäckwagen.« Er zeigte mit dem Kopf zu der Reihe von Gepäckwagen hinter einem kleinen elektrischen Zugwagen in der Nähe der Rollbahn, wo die übliche Crew von Bodenpersonal auf die 747 wartete, deren Motoren man hören konnte, als sie dem Endpunkt ihrer langen Reise von Tokio nach New York zusteuerte. Das Gepäck, das von der ersten Tomcat, die Ed Rushia hergebracht hatte, mitgenommen worden war, war auf dem ersten Gepäckwagen aufgestapelt worden, und der Aufsichtführende sprach ruhig weiter, als die Maschinen der Boeing im Hintergrund lauter wurden.

»Die Kabinenbesatzung wird alle Passagiere aus der vorderen Tür auf eine Rampe aussteigen lassen«, berichtete er ihnen. »Wir haben dafür gesorgt, daß einer der Stewards die hintere Tür öffnet, wenn zwei Drittel der Passagiere schon ausgestiegen sind. Er ist dafür bezahlt worden, deshalb nimmt er an, daß es sich um irgendeine Gaunerei handelt, Einschleusung von Drogen oder Illegalen. Er ist angewiesen worden, sobald er die Tür geöffnet hat, nach vorn zu gehen und dafür zu sorgen, daß kein anderes Mitglied der Crew nach hinten zurückkehrt. Wir halten eine fahrbare Treppe bereit, damit Sie sicher durch die Hintertür einsteigen können. Bis dahin halten Sie sich einfach in der Nähe der Leute auf, welche die Maschine entladen. Wenn ich Ihnen ein Zeichen gebe, ziehen Sie Ihre Overalls aus, schnappen sich Ihr Handgepäck und steigen ein.«

Es dauerte ungefähr fünfzehn Minuten, bevor sie sahen, daß die Hintertür sich öffnete und die Treppe herangefahren wurde. Vier Minuten später befanden sich Chi-Chi, die eine Tasche mit dem Werbeaufdruck von Scribner's Buchhandlung trug, und Bond, der eine Aktentasche in der Hand hatte, hinter den letzten Passagieren, die das Flugzeug verließen. Bond hatte eine Hand in die Brusttasche gesteckt und die obere Hälfte seiner JAL-Boarding-Karte deutlich sichtbar hervorgezogen. Der Notar hatte sie ihm am Vormittag gegeben. Sie bedankten sich sogar an der Tür bei den Mitgliedern der Kabinenbesatzung, als sie auf die Rampe stiegen und den langen Marsch durch die Formalitäten der Paßkontrolle und des Zolls antraten.

Bei der Paßkontrolle mußten sie sich trennen. Chi-Chi ging zu dem Schalter für US-Bürger, Bond zu dem für Einreisende, die keinen Paß der USA besaßen. Eine weitere halbe Stunde verbrachten sie an den Laufbändern für das Gepäck und mit der üblichen Balgerei um ihre Gepäckstücke, aber gegen 11.45 Uhr war auch das endlich ausgestanden.

Chi-Chi blieb bei dem Gepäck und erhaschte einen Blick auf Ed Rushia, der etwas mitgenommen aussah und versuchte, an einem der Gepäckschalter irgendeine Information zu bekommen. Bond wandte sich zuerst zu den Schließfächern zur Linken, wo er das Fach mit der Nummer 64 fand, und mit einem Schlüssel, den er von dem CIA-Mann Grant erhalten hatte, öffnete. Das Päckchen, das er darin vorfand, hatte das richtige Gewicht, und er steckte es in eine Aktentasche, bevor er in die erste freie Fernsprechzelle ging und die Nummer wählte, die Franks und Orr ihm gegeben hatten.

»Ja?« antwortete der Teilnehmer am anderen Ende der Leitung kurzangbunden.

»Ich bekam diese Nummer, um mich nach einigen Büchern zu erkundigen.« Das war genau das, was man ihm eingeprägt hatte.

»Was für Bücher?«

»Historische.«

»Da hat man Sie falsch informiert. Ich gebe Ihnen eine Nummer in New York mit der Vorwahl 212. Haben Sie einen Bleistift dabei?«

»Nein, aber ich habe ein gutes Gedächtnis.«

Die schroffe Stimme rasselte eine Nummer herunter und forderte ihn auf, sie zu wiederholen. Dann war es still in der Leitung.

Als Bond die Nummer mit der Vorwahl 212 gewählt hatte, antwortete eine Frauenstimme mit einem distanzierten »Hallo?«

»Es tut mir leid, daß ich so spät noch anrufe, aber soviel ich weiß, haben Sie einige Bücher über Peter Abaelard zu verkaufen.«

»Ja. Mein Vater besaß eine große Sammlung, und ich habe handgebundene Ausgaben von Etienne Gilsons Werk in englischer Übersetzung. Luscombes *Die Schule des Peter Abaelard*, natürlich *Die Briefe von Abaelard und Héloise* in der Ausgabe von 1925, und die meisten anderen seiner bekannten Werke.«

»Und sie sind alle tadellos erhalten?«

»Völlig einwandfrei.«

»Ich bin sehr interessiert. Könnte ich wohl heute abend vorbeikommen, um sie mir anzusehen, oder ist es schon zu spät dafür?«

»Ihr Name ist …«

»Peter. Peter Piper.«

»Kommen Sie so schnell wie möglich, Peter.« Sie gab ihm eine Adresse im Westen der Stadt an. »Es ist gleich hinter dem Parker Meridian«, sagte sie. »Ich erwarte Sie. Sie kommen allein, oder?«

»Nein. Héloise ist bei mir.«

Die Frau am anderen Ende der Leitung lachte leise und hing den Hörer ein.

»Ich möchte, daß Sie gut fünfzehn Minuten warten und dann ein Taxi nehmen«, sagte Bond zu Chi-Chi, nachdem er ihr die Adresse gegeben hatte. »Es klingt, als wäre alles in Ordnung, und sie scheint Sie zu erwarten. Ed wird beobachten, ob mich jemand beschattet. Sollte das der Fall sein, so wird er Sie davon abhalten, mir zu folgen.«

Sie nickte, und Bond gab ihr einen brüderlichen Kuß auf die Wange. Er nahm seinen Koffer und die Aktentasche und ging zum Taxistand. Auf dem Weg geriet er in ein Menschengewühl und entdeckte Ed Rushia in seiner unmittelbaren Nähe. Er sprach sehr leise, so, als ob er mit sich selber rede, als er Rushia kurz erklärte, was er erfahren hatte.

»Sie werden es bestimmt schaffen«, murmelte Ed, bevor er in der Menge verschwand.

Der Taxifahrer war nicht sehr gesprächig; er fuhr einfach drauflos und Bond fingerte in seiner Aktentasche herum, wobei er darauf achtete, daß der Fahrer nicht sehen konnte, was er machte. Er wickelte das Päckchen aus und verstaute seine zuverlässige ASP-9-Millimeter Automatik im Hosenbund hinter der rechten Hüfte.

Von der Brücke aus wirkte Manhattan wie das legendäre Märchenland selber. Aber als sie in die Straßenschluchten eintauchten und die Unebenheiten des löcherigen, ausgefahrenen Pflasters zu spüren bekamen und sahen, was sich zu dieser späten Stunde auf den Bürgersteigen abspielte, traf Bond der Adrenalinstoß, der ihn immer bei der Ankunft in dieser Stadt durchzuckte. Es war schlimmer als bei seinem letzten Besuch hier, und sein ganzer Körper kribbelte vor Erregung und der Witterung von Gefahr.

Die Adresse, die er erhalten hatte, entpuppte sich als ein großes Appartementhaus aus roten Ziegeln. Er bezahlte den Fahrer und trug sein Gepäck die Stufen bis zur Haustür hoch, wo er auf dem Sicherheitsschaltbrett neben der schweren Tür nach der Appartment-Nummer 4 B suchte. Er drückte auf den Klingelknopf und eine Frau, die er als die gleiche Frauenstimme erkannte, die seinen Anruf beantwortet hatte, fragte: »Ja?«

»Peter. Ich bin hier, um mir die Bücher anzusehen.«

Der automatische Öffner wurde gerade so lange betätigt, daß er hineinschlüpfen konnte, bevor die Tür auch schon wieder hinter ihm ins Schloß fiel.

Einen Lift gab es nicht – vermutlich weil das Haus wesentlich älter war als Otis – und deshalb trug er das Gepäck vier Treppen hinauf, bis zu der gepflegten lackierten Tür mit einem Messingschild, auf dem 4 B stand.

Sie war groß und sehr dünn, hatte ein etwas langes Gesicht und Haar, das nicht von Natur aus blond war. Er schätzte sie auf 35, möglicherweise fünf Jahre mehr oder weniger.

»Peter«, sagte sie.

Sie schaute hinter ihn. »Wo ist Héloise? Sie haben gesagt …«

»Meine Leute haben uns aufgetragen, einzeln zu kommen.« Er war bereits drinnen. »Sie haben es sehr genau genommen damit. Sie folgt mir, um sicherzustellen, daß niemand uns beschattet.«

»Nun, ich war …«

»Wie soll ich Sie nennen?« fragte Bond, stellte sein Gepäck auf den tiefen Veloursteppich in gebrochenem Weiß und warf einen Blick durch das Wohnzimmer. Es war gut möbliert, an den Wänden zwei oder drei schöne Drucke, tiefe Ledersessel, zwei Tische mit Glasplatten, große Lampe. Es gab an der rechten Seite eine Tür zur Küche, und er ging rasch dorthin, um sich davon zu überzeugen, daß niemand sich in der Küche aufhielt. Sie folgte ihm, fast im Laufschritt. »Wie soll ich Sie nennen?« fragte er wieder.

»Myra. Aber man hat mir gesagt ...«

Er drehte sich um und sah sie an. »Sie sind allein hier, Myra?«

»Ja, aber ...«

»Keine Aber mehr. Zeigen Sie mir die anderen Räume.«

Sie zuckte mit den Schultern, dann führte sie ihn durch das Wohnzimmer in ein Schlafzimmer – ihr Schlafzimmer offensichtlich, denn die Ablage vor einem eingebauten Toilettenspiegel war bedeckt von Fläschchen und Töpfchen, von Chanel bis zu Elizabeth Taylors Passion, dazu noch zahllose Flakons, die selbst Bond nicht kannte.

Es gab noch einen weiteren Raum mit einem überdimensionalen Bett, der so aussah, als sei er für Gäste vorbereitet worden. Ihm kam der Gedanke, das könne ein bißchen heikel werden.

»Okay, Myra. Ich weiß, daß Sie eine Nachricht für mich haben.«

»Ich muß warten auf ...« sagte sie.

»Auf niemand«, entgegnete er bestimmt. »Sie haben Anweisungen, ich habe Anweisungen. Sie haben eine Nachricht für mich. Um Himmels willen, sie wird in einer Minute hier sein.«

»Es ist nur eine Telefonnnummer.«

»Ja?«

Es war eine Nummer mit der Vorwahl für San Francisco – 415.

»Kann ich dieses Telefon benutzen?« Er zeigte mit dem Kopf auf das einzige Telefon, das er entdecken konnte.

»Ja, aber bitte ...«

Die Türglocke meldete sich. Bond lächelte ihr zu. »Das ist Héloise. Es ist okay, Myra.«

Aber sie war bereits drüben bei der Schaltanlage. »Ja?«

»Héloise.« Chi-Chis Stimme wurde durch die Übertragung ein wenig verzerrt.

»Oh, komm herauf. Komm gleich herauf.« Myras Stimmung hatte sich schlagartig verändert. Sie drückte ziemlich lange auf den Knopf, der die Haustür öffnete, dann wandte sie sich wieder an Bond.

»Es tut mir leid, wenn ich etwas zurückhaltend war, aber es ist so lange her, daß ich Jenny zuletzt gesehen habe. Ich habe die ganze Woche über wie auf Nadeln gesessen und ständig auf Ihren Anruf gewartet. Oh, es wird so wunderbar sein, sie wiederzusehen. Wir waren gute Freunde, als sie noch hier wohnte.«

9
Einschlafgeschichten

Myra blieb an der Tür, um zu öffnen, sobald ihre alte Freundin auf den Klingelknopf drückte. Am anderen Ende des Zimmers tippte Bond eine Nummer ins Telefon. Es war aber nicht die Nummer, die Myra ihm gegeben hatte. Es läutete zweimal, dann sagte eine Stimme am anderen Ende: »Delikatessen *Curve*, Howard am Apparat. Was kann ich für Sie tun?«

»Entschuldigen Sie, ich glaube, ich habe eine falsche Nummer gewählt.«

»Okay, Sir.« Die Verbindung brach ab, Bond legte den Hörer hin und ging zu Myra hinüber auf die Tür zu. Es gab zehn verschiedene Kombinationen, in denen er zum Ausdruck bringen konnte, daß er falsch gewählt hatte oder falsch verbunden war. Die Worte »Entschuldigen Sie« als Einleitung bedeuteten, daß Grants Leute dringend Kontakt mit Rushia aufnehmen und sich für einen zweiten Anruf von Bond – Custodian – bereit halten sollten.

Die Klingel ertönte, zweimal kurz hintereinander, und Myra riß die Tür auf. »Jen ...«, fing sie an, dann machte sie ein paar Schritte zurück ins Zimmer. »Sie sind's nicht!« Ihr Mund blieb offenstehen.

»Nicht Jenny Mo«, sagte Bond, der direkt hinter ihr stand, als Chi-Chi hereinkam und ihren Koffer und die Tasche auf den Boden warf.

»Bringen Sie sie hinüber ins Schlafzimmer«, sagte er scharf, und Chi-Chi kam näher, packte Myra am rechten Handgelenk, drehte es um und zischte: »Vorwärts.«

Myra versuchte zu protestieren, aber Chi-Chi verstärkte nun ein wenig den Druck, und sie hatte keine andere Wahl, als das zu tun, was man ihr befahl.

»Sorgen Sie nur dafür, daß sie ruhig bleibt. Wir werden uns später mit ihr beschäftigen.«

Chi-Chi antwortete nicht, zeigte aber mit ihrem Blick an, daß sie sich zutraute, damit fertig zu werden. Als die Schlafzimmertür sich schloß, ging er wieder ans Telefon und wählte die Nummer, die Myra ihm gegeben hatte.

Es läutete ziemlich lange am anderen Ende, bevor eine rauhe Stimme mit Akzent sich meldete.

»Ich habe den Auftrag bekommen, Sie anzurufen«, sagte Bond.

»Ihr Name?«

Er holte tief Luft und betete, daß Franks und Orr es richtig mitbekommen hatten. »Peter Abaelard.«

»Sie sind also angekommen. Ist Héloise bei Ihnen?«

»Ja, aber sie ist ziemlich müde. Es war eine lange Reise.«

»Ihr Wohlbefinden liegt uns am Herzen.« Die Stimme klang energisch, aber nicht unfreundlich. »Deshalb haben wir dafür gesorgt, daß Sie über Nacht eine Ruhepause einlegen können, bevor Sie nach San Francisco kommen. Sie reisen morgen abend ab, oder vielmehr heute abend, denn bei Ihnen muß es schon nach Mitternacht sein. American Airlines, Flug 15, Abflug vom John F. Kennedy Airport um 9.15 Uhr. Die Tickets sind auf Ihren Namen am Flughafenschalter abzuholen. Sie müssen vor 8.15 Uhr da sein, um sie in Empfang zu nehmen. Sie werden hier um 0.30 Uhr eintreffen. Rufen Sie dann diese Nummer an, sobald Sie die Kontrollen hinter sich haben. Alles klar?«

»Wir werden dort sein.«

»Gut.«

Bond blieb, nachdem das Gespräch beendet war, ein paar Sekunden stehen und schaute auf den Hörer in seiner Hand. Dann rief er Chi-Chi. »Bringen Sie sie herein; wir haben vieles miteinander zu besprechen.«

Chi-Chi übte keinerlei Druck auf Myra aus, als die beiden Frauen ins Wohnzimmer zurückkamen. Es war aber offensichtlich, daß die größere von den beiden verwirrt und völlig außer Fassung war; ihre Augen waren gerötet und voller Tränen.

Chi-Chi ließ sie in einem der Ledersessel Platz nehmen. »Erzählen Sie meinem Freund, was Sie mir erzählt haben.«

Ihre Stimme hatte einen Kommandoklang wie auf dem Exerzierplatz.

Myra schaute zu Bond hoch und dann rasch wieder weg, so als sei sie sehr erschrocken.

»Erzählen Sie es ihm«, befahl Chi-Chi noch einmal.

»Ich habe meine alte Freundin Jenny erwartet«, fing sie an.

»Ja, das wissen wir. Erzählen Sie ihm, weshalb Sie sie erwartet haben.«

Sie biß sich auf die Lippen. »Sie hat mir gesagt, daß sie eine von den beiden Personen sein würde, die zwischen dem 27. September und dem 7. dieses Monats hierherkommen würden.« Sie hörte sich immer noch sehr weinerlich an.

»Und Sie sollen sie für diese Leute identifizieren – wer immer sie auch sein mögen.«

»Nein, nein ...«, beteuerte sie. Sie schüttelte heftig den Kopf. »Nein, sie haben keine Ahnung davon, daß ich jemals jemand mit Namen Jenny Mo gekannt habe.«

Bond hielt diese Geschichte für unwahrscheinlich, aber er hielt die Fiktion aufrecht. »Myra, wer sind denn *sie?*«

»Ich ...« Sie fing an, zögerte und nahm einen neuen Anlauf. »Ich weiß es wirklich nicht. Leute, denen ich verpflichtet bin.«

»Soweit bin ich mit ihr gekommen«, meinte Chi-Chi.

»Sehen Sie einmal nach, ob Sie Kaffee oder ähnliches auftreiben können.« Bond setzte sich neben Myra, aber sie hatte sich schon halb erhoben. »Wie dumm von mir – ich habe alles für Sie vorbereitet. Es tut mir leid, daß ich so nahe am Wasser gebaut habe, aber – nun, ich habe so darauf gewartet, Jenny wiederzusehen. Das ist wirklich ein Schlag für mich. Ich dachte, sie wäre tot.«

»Setzen Sie sich.« Bond sprach sanft und freundlich. Er schaute zu Chi-Chi hoch und versuchte ihr mit Blicken zu verstehen zu geben, daß sie das Rollenspiel »Guter Polizist, schlechter Polizist« spielen sollten. »Nur Kaffee.«

Chi-Chi nickte und ging in die Küche.

»Diese Leute, denen Sie verpflichtet sind, wie Sie sagen – wer sind sie genau?«

»Sind Sie von der Polizei?« Ihre Stimme war leise.

»Nein. Wenn Sie die Wahrheit sagen, Myra, wird Ihnen nichts Böses geschehen.«

»Dann …«

»Ich muß Sie warnen, Myra.« Chi-Chi stand in der offenen Küchentür. »Wenn Sie uns nicht die Wahrheit sagen, werde wir es bald wissen. Dann werden Sie sich wünschen, Sie wären nie geboren worden.«

Bond nickte Myra zu, als wollte er die Worte des chinesischen Mädchens bestätigen, wobei er aber zugleich Mitleid durchblicken ließ.

Nach einem langen Zögern fing Myra von neuem an. »Ich sollte lieber ganz am Anfang beginnen, denn ich bin in China geboren worden, ganz in der Nähe von Peking, wie es damals hieß, im Jahre 1948.«

Sie war demnach älter, als er gedacht hatte, sagte Bond sich. Schon über vierzig.

»Meine Eltern haben den größten Teil ihres Lebens in China verbracht. Sie waren amerikanische Bürger, Missionare für die Baptisten, und Sie werden wissen, daß das Leben in diesem seltsamen Land während der späten vierziger Jahre chaotisch war …«

»Und danach«, fügte Bond hinzu.

Myra nickte. »Als ich geboren wurde, im November 1948, fanden schwere Kämpfe um Peking statt. Aber an meine Kindheit habe ich nur glückliche Erinnerungen. Wir lebten in einem kleinen, aber schönen Haus am Stadtrand von Peking. Meine Eltern unterrichteten mich selbst und erzogen mich als Christin, was ich merkwürdig fand, weil die kommunistische Revolution in vollem Gang war und ich, seit ich sieben oder acht war, wußte, daß wir anders waren als die anderen. Es schien dort keine anderen Amerikaner zu geben, mit denen wir verkehren konnten. Tatsächlich sahen wir nur sehr selten Menschen mit weißer Hautfarbe, dafür aber besuchten uns eine Menge Chinesen; die meisten von ihnen waren Offiziere der Roten Armee.

Als ich sechzehn war, erzählte man mir, was geschehen war. Während der Kämpfe zwischen der Armee Maos und den Truppen der Nationalisten haben meine Eltern zur Zeit meiner Geburt einem jungen Offizier der Roten Armee Zuflucht gewährt. Er war schwer verwundet worden, und meine Mutter pflegte ihn, während mein Vater die nationalistischen Soldaten, die nach versprengten Kommunisten suchten, anlog.

Als Peking eingenommen worden war und die Revolution richtig losging, sagte der junge Offizier meinem Vater, daß er sich darum kümmern würde, daß uns nichts passierte. Später kehrte er zurück und erklärte, daß es ihm unmöglich sei, uns außer Landes zu bringen, aber er versicherte uns, daß wir in Frieden leben könnten, wenn wir keine politischen Unruhen verursachten. Das Haus für uns wurde gefunden, und dort lebten wir. Mein Vater und meine Mutter nahmen beide Maos Ideologie an, und mein Vater machte Übersetzungen für die neue Regierung. Dafür ließ man uns in Ruhe.

Ich verstand wenig von politischen Zusammenhängen, aber ehe ich noch zwanzig wurde, fing ich an, mich wegen einiger Dinge, die mein Vater tun mußte, sehr unbehaglich zu fühlen.«

Sie hielt inne, als ob die Erinnerungen sie überwältigten, und Bond mußte ihr ein Stichwort geben, damit sie weitersprach.

»Ich war vierundzwanzig, als der Offizier, den meine Eltern versteckt hatten, eines Abends spät zu uns kam und viele Stunden mit meinem Vater allein verbrachte. Es sah so aus, als ob er nur noch wenig tun könnte, um uns weiterhin zu helfen. Ich verstand nicht alles, aber er schien einiges von seinem früheren Einfluß verloren zu haben. Mehrere Wochen lang waren wir ans Haus gebunden, und vor der Tür stand ein bewaffneter Wächter. Dann kam er wieder. Offensichtlich gab es einen Weg, um uns davor zu bewahren, als Spione angeklagt und vielleicht hingerichtet zu werden. Wir wußten, daß schon viele vor Gericht gebracht und wegen angeblicher Spionage zum Tode verurteilt worden waren. Wenn meine Eltern damit einverstanden seien, daß ich in die Vereinigten Staaten zurückgebracht würde, gewähre man ihnen Sicherheit. Ich würde in New York Arbeit finden, und wir hatten die Erlaubnis, einmal im Monat Briefe miteinander zu wechseln. Der Offizier sagte mir, daß es unwahrscheinlich sei, daß ich meine Eltern jemals wiedersehen würde, aber wenigstens würde ich wissen, daß sie in ihren alten Tagen in Ruhe leben könnten, wenn ich tat, was man mir sagte.«

»Und so kamen Sie nach Amerika?«

Sie nickte und biß sich wieder auf die Lippen. »Ich glaube, ich hätte dort bleiben sollen. Ich bekam den Befehl, alles zu tun, was meine Eltern von mir verlangten. Ich glaube aber nicht, daß sie noch am Leben sind, bekomme aber immer noch Briefe, die anscheinend von ihnen stammen.«

»Und Sie gehorchten den Instruktionen?«

»Ja. Es gab keine Probleme mit meinem Paß und den anderen Papieren. Sogar ein Job war für mich da. Ich bin Übersetzerin bei den Vereinten Nationen. Ich spreche einige chinesische Dialekte, deutsch, ganz gut russisch und französisch.«

»Ihre Mutter muß eine erstaunliche Frau gewesen sein.« Chi-Chi war hereingekommen mit einem Tablett, das mit Tassen und einer großen Thermoskanne voll Kaffee beladen war.

»Ja, das war sie. Ich habe bei ihr einen guten Unterricht erhalten.«

»Die Jobs, die Sie ausführen mußten ...?« fing Bond an.

»Es sind gar nicht so viele gewesen. Ich bin sehr traurig wegen meiner Familie, aber ich habe hier ein angenehmes Leben. Meine Arbeit ist interessant. Ich bin in bescheidenen Maßen glücklich.«

»Die Jobs?« fragte er.

»Meldungen weitergeben. Briefe in Empfang nehmen und an verschiedene Leute weiterleiten, hier und in Übersee. Es ist erst das drittemal, daß ich hier Leute aufnehmen muß.«

»Chinesen?«

»Beim erstenmal – das ist schon sechs Jahre her – waren es zwei Kaukasier, die nicht gut englisch sprachen, und ein Chinese, ein junger Mann, der sehr freundlich war. Er kommt regelmäßig zu mir zu Besuch. Er ist ein guter Mann. Dann waren im vorigen Jahr zwei Chinesen hier, ein Mann und eine Frau. Sie blieben sechs Tage. Es gab eine Reihe von Anrufen, und schließlich kam ein ziemlich derb aussehender Chinese und holte sie ab.«

»Dieser Chinese, der Sie besucht, gibt er Ihnen auch Instruktionen?«

»Nein, nie. Wir haben eine Art von ...«

»Sie schlafen mit ihm«, sagte Chi-Chi scharf.

»Ja, ich schlafe ab und zu mit ihm.«

»Soll ich mich einmal als Rätselrater versuchen?« Bond nahm eine Tasse mit starkem schwarzem Kaffee.

»Ja?«

»Ich möchte annehmen, daß der junge Offizier, der Ihre Eltern gerettet hat, derjenige, der Sie nach Amerika gebracht hat, Hun Chow H'ang heißt. Stimmt's?«

Myra schnappte nach Luft. »Ja. Woher wissen Sie ...?«

»Eine der Verletzungen, an denen er litt, als Ihre Mutter ihn pflegte, betraf ein Auge?«

»Ja. Er trägt eine Klappe über dem linken Auge.«

»Hat er Sie jemals hier besucht?«

Das Zögern dauerte etwas zu lange. »Er war hier?« Bond stieß sie leicht an, und sie nickte.

»Er ist jetzt ein alter Mann.« Sie flüsterte fast. »Aber er besucht mich ungefähr zweimal im Jahr. Er ruft immer eine Woche vorher an. Führt mich aus und lädt mich zum Abendessen ein, immer korrekt, aber er lügt.«

»Wegen Ihrer Eltern?«

»Er erzählt mir, daß es ihnen gutgeht, aber in seinen Berichten sind sie immer noch genau dieselben wie bei meiner Abreise aus China.«

»Wissen Sie eigentlich, was Sie tun, wenn Sie Nachrichten weitergeben, Briefe befördern und Leute aufnehmen?«

»Ich glaube, ja.« Wieder war ihre Stimme ganz leise.

»Dann sagen Sie es mir.«

»Ich glaube, es hat etwas zu tun mit – mit Spionage.«

»Es sieht ganz so aus. Trinken Sie Ihren Kaffee, Myra. Und dann erzählen Sie uns von Ihrer Freundin, Jenny Mo.«

Sie nippte nervös an ihrem Kaffee, ihre Augen wanderten umher, und die Wangen waren gerötet, als ob sie Fieber hätte.

»Sie hat in einer der Rechnungsabteilungen der Vereinten Nationen gearbeitet. Ich habe sie dort kennengelernt, und wir wurden Freundinnen.« Es folgte eine lange Pause.

»Gute Freundinnen.« Wieder eine Pause, als ob sie einen neuen Anlauf nehmen mußte, um ihnen mehr zu erzählen. »Eines Tages erzählte Jenny mir, daß sie Probleme mit dem Mietvertrag ihrer Wohnung bekommen hatte, deshalb überließ ich ihr das ungenutzte Zimmer in meinem Appartement. Wir teilten die Wohnung bis vor zwei Jahren, als ihr in San Francisco ein gut bezahlter Job angeboten wurde. Deshalb zog sie aus. Ich erhielt ein paar Anrufe und einige Briefe, dann schrieb sie mir, daß sie beunruhigt sei. Sie meinte, daß sie wohl zur Polizei gehen müßte ...«

»Erzählte Sie Ihnen, worum es ging?« fragte Bond.

»Haben Sie diesen Brief noch?« fragte Chi-Chi.

»Ja, ich habe ihn noch. Möchten Sie ihn sehen?«

»Vielleicht später. Erzählen Sie uns erst, was danach geschah.«

»Nichts geschah. Nur dieser seltsame Brief, dann nichts mehr, ausgenommen eine Bemerkung, die dieser junge chinesische Mann, von dem ich Ihnen erzählte, machte. Eines Nachts, als er hier war, machte er eine ungewöhnliche Bemerkung.« Sie hielt inne, als wäre damit alles gesagt.

»Wie ungewöhnlich?«

»Nun, er war immer nett. Freundlich und gut. Aber er war ziemlich nachlässig. Ich meine, er trug meist Jeans und ein Hemd, vielleicht noch eine Windjacke. Aber an diesem Abend erschien er in einem Anzug von Armani. Er trug eine goldene Rolex und ein schweres, goldenes Identitätsarmband, an den Händen zwei goldene Ringe. Ich habe nur einen Scherz gemacht. Ich sagte: ›Die Geschäfte müssen gutgehen‹, und er lachte. Und ich sagte, daß ich womöglich zur Polizei gehen müßte und sie über ihn informieren, wenn die Geschäfte so gut gingen. Ich habe ihn nur geneckt. Er ohrfeigte mich, verprügelte mich, aber bevor er ging, haben wir alles wieder in Ordnung gebracht. Er entschuldigte sich, aber er sagte, ich solle mich davor in acht nehmen, so zu reden, sonst würde ich noch wie meine alte Freundin Jenny Mo enden.«

»Haben Sie nachgehakt?«

»Ich fragte ihn, was er damit meinte, aber er sagte, es sei nicht ernst gemeint gewesen, aber da ich solange nichts von Jenny gehört hätte, müßte sie wohl verschwunden sein. Das beunruhigte mich. Dann kamen die Instruktionen von Ihnen. Sie sagten mir nur, daß ein Mann, der Peter Argentbright hieße und sich als Peter Abaelard vorstellen würde, anrufen und mit seiner Frau herkommen würde. Sie würde Héloise genannt, aber in Wirklichkeit hieße sie Jenny Mo. Ich dachte ... Ich dachte, es müßte Jenny sein. Es ist soviel Zeit verstrichen, und ich bin sehr in Sorge gewesen. Dann, als Sie kamen, war es so, als ob sie wirklich tot wäre.«

Bond stand auf und ging zum Telefon, entschloß sich dann aber anders.

»Bin ich in Schwierigkeiten?« fragte Myra.

»Sie denken an die Polizei? Nein, aber ich glaube, andere Freunde von uns werden Sie wohl sehen und vielleicht an einen sicheren Platz bringen wollen, um Ihnen eine Menge Fragen zu stellen. Wenn Sie mit ihnen gehen, werden Sie in Sicherheit sein, aber wenn Sie hierbleiben, werden Sie wahrscheinlich innerhalb einer Woche tot sein. Das ist jedenfalls meine Meinung.«

»Kommen Sie hier klar, wenn ich kurz weggehe?« fragte er dann Chi-Chi.

»Zum Telefon?«

»Ja. Das hier gefällt mir nicht mehr nach dem letzten Gespräch. Es dauert nicht lange. Öffnen Sie nur mir oder Indexer.«

Selbst zu dieser frühen Morgenstunde herrschte noch viel Verkehr auf der Straße, und Bond fluchte, weil er sich keine wärmere Jacke übergezogen hatte; ein kalter Wind war aufgekommen.

Er verließ das Appartementhaus, wandte sich nach links und ging einen Block weiter zum Parker Meridian. Auf der anderen Straßenseite saß Ed Rushia, der eine Chauffeursmütze trug, am Steuer einer langgestreckten Limousine und nickte ihm zu. Bond lächelte in sich hinein. Ed war in gewisser Weise ein Perfektionist. Man hatte ihm den Auftrag gegeben, einen Wagen zu mieten, und er hatte sich natürlich eine langgestreckte Limousine ausgesucht.

Der Nachtportier versah seinen Dienst vor dem Eingang des imponierenden Hotels in der 56. Straße, und als Bond auf ihn zuging, kam er ihm entgegen.

»Was kann ich für Sie tun, Kamerad?«

»Ich muß einen öffentlichen Telefonapparat benutzen.« Er ließ einen Zehner in die Hand des Mannes gleiten.

»Okay. Dankeschön, Sir. Möchten Sie, daß ich Ihnen eine Kabine gebe?«

»Ich komme schon zurecht«, sagte Bond und verschwand rasch im hell erleuchteten Inneren des Hotels. Eine Minute später wählte er die gleiche Nummer wie vorher in dem Appartement.

»*Curve* Delikatessen, Joe am Apparat. Was kann ich für Sie tun?«

»Custodian. Stellen Sie mich zu dem Dienstältesten Offizier durch, wer immer das auch sein mag.«

Erst hörte er ein mehrfaches Klicken in der Leitung, dann antwortete eine Stimme, die er als die von Grant erkannte. »Custodian? Woher, zur Hölle, rufen Sie an?«

»Aus einer öffentlichen Fernsprechzelle. Hören Sie, wir könnten ein ernstes Problem am Hals haben. Unsere Wirtin scheint das echte Mo-Mädchen erwartet zu haben, aber wir wissen nicht, ob es sich um Eene, Meene, Muh oder Mo handelt, wenn Sie verstehen, was ich meine.«

»Nein, versteh ich nicht, aber fahren Sie fort.«

»Unsere Wirtin scheint für die Leute von der alten französischen Botschaft zu arbeiten, schwört aber, daß ihr nicht klar war, was sie da eigentlich tat. Ich möchte vorschlagen, daß Sie alles vorbereiten, um sie auszupressen, wenn wir fort sind. Wir fliegen heute abend ins sonnige Kalifornien.«

»Jetsetter!« Grant versuchte doch tatsächlich einen Scherz zu machen – nur schade, daß er hinkte.

»Sie stehen im Kontakt mit Indexer?« In Bonds Stimme schwang nicht das leiseste Lächeln mit.

»Natürlich.«

»Dann schicken Sie ihm, so schnell wie möglich und auf welchem Weg auch immer, ein Photo von unserer Jenny Mo.«

»Und dann?«

»Er weiß, wo ich bin, und Sie wissen es auch, richtig?«

»Richtig.«

»Sind wir allein oder hat Indexer Gesellschaft?«

»Er sagt nein, und im allgemeinen kann man sich auf das, was er sagt, verlassen.«

»Ich werde wieder anrufen aus dem Appartement und Pizza bestellen. Schicken Sie einen Burschen damit her. Lassen Sie Indexer den Boten abfangen und die Sachen selber nach oben bringen.«

»Mach ich.« Grant hing ein, und Bond verließ das Hotel.

»Okay, Sir?« Der Portier würde sich an ihn erinnern, aber dagegen war nichts zu machen.

»Aber sicher, bestens. Mein Telefon ist kaputt, und meine Freundin hat mich versetzt.«

»Frauen!« sagte der Portier, als seien sie allein die Ursache für alle Probleme dieser Welt.

»Alles normal verlaufen?« fragte er, als er in das Appartement zurückkehrte. Chi-Chi oder Myra oder beide hatten neuen Kaffee aufgebrüht, und ein großer Teller mit Sandwiches stand bereit.

»Prima.« Chi-Chi lächelte ihm zu, als wolle sie sagen, zusammen könnten sie die ganze Welt erobern. »Myra macht sich Sorgen, daß sie hinter Gitter wandern könnte.«

»Machen Sie sich deswegen keine Gedanken, Myra. Ich bin schon mindestens hundertmal verhaftet worden. Das hat nichts zu bedeuten.« Er nahm den Telefonhörer in die Hand, rief die Kontaktnummer an und brachte mehrere Minuten damit zu, drei Jumbo-Pizzen mit allem Drum und Dran zu bestellen. Die Frauen saßen mit verblüfften Minen daneben.

»Myra hat genug zu essen da, um eine ganze Armee zu füttern.« Chi-Chi hielt den Teller hoch, der aussah, als hätte jemand versucht, mit Brot, geräuchertem Lachs und Käse ein Modell vom Schiefen Turm von Pisa nachzubilden.

»Eine Armee lebt nicht von geräuchertem Lachs allein. Armeen wie die unsere brauchen andere Dinge – Troßpersonal, Krankenschwestern, Luftunterstützung.«

Chi-Chi hob nur eine Augenbraue, als sie diesen Nonsens hörte, und Bond fand, daß sie eine unglaubliche Kontrolle über sich besaß.

»Wird man mich ins Gefängnis stecken?« fragte Myra ängstlich. Sie befand sich am Rand der Hysterie.

»Nicht, wenn Sie ein gutes Mädchen sind und Ihre Sandwiches essen. Versuchen Sie, sich zu entspannen, Myra. Ich brauche Sie. Bald kommt noch ein Freund her, und dann müssen Sie voll da sein.« Er nahm sein viertes Sandwich und verschlang es zufrieden. »Wir könnten Halma spielen, während wir auf ihn warten. Haben Sie ein Halmaspiel, Myra?«

Sie schüttelte den Kopf, sagte aber nichts.

»Wie steht's mit Mahjong?«

»Ja, wenn es sein muß.«

»Es muß nicht sein, Myra. Bleiben Sie nur ganz ruhig und warten Sie ab.«

Etwa eine halbe Stunde später schlug die Türglocke an.

»Pizzen von *Curve* Delikatessen.« Rushias Stimme wurde durch eine Störung in der Sprechanlage fast übertönt.

»Kommen Sie herauf«, antwortete Bond.

Rushia hatte die typische Schirmmütze der Chauffeure in den Nacken geschoben. »Da ist Ihr Essen.« Er lächelte den Frauen breit zu. »Sie lassen es sich gutgehen. Sehr gemütlich.«

»Haben Sie auch das andere bekommen?«

Er nickte. »Ich muß mich abschuften, um Bestellungen für Sie auszuführen, aber ich habe noch einen kleinen Nebenberuf, wenn Sie sich das vorstellen können.«

»Ich hoffe, Sie haben jemand gefunden, der auf Ihren Wagen achtet.« Bond nahm das Photo im Empfang. »In dieser

Gegend könnte er leicht auf Ziegelsteinen stehen, wenn Sie zurückkommen.«

Rushia gluckste. »Ich hab' natürlich vorgesorgt. Ich hab' die Luft aus den Reifen gelassen.«

Bond ging zu Myra hinüber und hielt ihr das Photo hin. »Kennen Sie dieses Mädchen?«

Ihre Hand war sehr schmal und zitterte leicht, als sie das Photo nahm und anstarrte, als wäre es eine Reliquie.

»Nein, ich kenne sie nicht. Sollte ich?«

»Nur, wenn es sich zufällig um Ihre alte Freundin Jenny Mo handelt.«

»Das ist nicht Jenny. Sie sah viel markanter aus, und sie trug eine große, schwarz eingefaßte Brille.«

»Gut.« Bond gab Rushia das Photo zurück. »Bitte vernichten Sie es, guter Mann. Wir werden morgen abend zum John F. Kennedy Airport fahren. Um 9.15 Uhr startet unsere Maschine nach San Francisco.«

»Eine nette Abwechslung. Ich werd's mir merken, selbst wenn ich ein paar arme Touristen deswegen ausladen muß.« Er fuhr sich mit dem Zeigefinger über die Nase. »Ein Wort unter vier Augen, Euer Ehren?«

Sie gingen zur Tür.

»Hab' ein paar Beruhigungspillen bekommen für die Lady.« Ed bewegte beim Sprechen nur einen Mundwinkel, eine Parodie auf Hollywoods Gangsterfilme.

»Wie schnell und wie lange?«

»Zwischen zwei Minuten und vierundzwanzig Stunden.«

»Okay. Würden Sie dafür sorgen, daß derjenige, der hier aufräumen wird, wenn wir abgereist sind, die Spuren beseitigt? Wir brechen um sieben Uhr abends auf.«

»Kann ich sonst noch etwas tun? Ihnen den Rücken massieren? Das Geschirr spülen? Im Chor singen ›Schätzchen, was für eine Katastrophe‹?«

»Bleiben Sie nur dabei, das zu tun, worin Sie gut sind, Ed.« Bond steckte die Pillen in der kleinen Siberfolienpakkung ein und ließ ihn zur Tür hinaus.

»Zeit zum Schlafengehen«, verkündete er, nachdem Rushia gegangen war. »Bringen Sie Myra zu Bett, dann rufen

Sie mich. Sie sind ziemlich abgespannt, Myra, und nervlich erschöpft. Ich habe ein paar Pillen für Sie, damit Sie auch wirklich einschlafen können.«

Sie schaute entsetzt hoch. »Sie wollen mich doch nicht vergiften? Nein!«

»NEIN!« sagte Chi-Chi bestimmt. »Kommen Sie, wir wollen zu Bett gehen, Myra. Niemand wird Sie vergiften. Wir brauchen jetzt alle Ruhe, und Sie haben bestimmt Schwierigkeiten mit dem Einschlafen.«

Zwanzig Minuten später kam Chi-Chi aus Myras Schlafzimmer. »Geben Sie mir ein Glas Wasser, James. Ich denke, sie wird jetzt mitspielen.«

»Mir wäre eine Injektion lieber. Das ist sicherer. Sorgen Sie dafür, daß sie die Pillen wirklich schluckt. Es sollte längstens zwei Minuten dauern.«

Es habe nicht einmal sechzig Sekunden gedauert, berichtete Chi-Chi ihm, als sie zurückkam. »Sie wurde ausgeblasen wie eine Kerze bei Hurrikan.«

»Nun, wir haben eine lange Einschlafgeschichte gehört heute nacht. Ich frage mich, wieviel davon in den Bereich des Märchens gehört.«

Chi-Chi lächelte und legte eine Hand auf seine Schulter. »Ich nehme an, wir werden es schließlich herausfinden, aber nun, mein lieber Mann, wartet das Bett.«

»Sie leichtes Mädchen!« Bond lächelte. »Kann ich meine Eintrittskarte umtauschen für einen späteren Zeitpunkt? Ich habe höllische Kopfschmerzen.«

Sie zog einen Flunsch. »Und ich habe wirklich gedacht, wir arbeiten gut zusammen als Team!«

»Das tun wir auch, aber ich fühle mich sicherer, wenn ich quer über der Türschwelle liege mit einem Gewehr im Arm.«

»Okay, aber Sie wissen nicht, was Ihnen entgeht.«

»Doch, das ist mir schon klar.«

Myra lag immer noch wie tot da, als sie kurz vor sieben Uhr abends das Appartement verließen. Die beiden hatten ihre acht Stunden Schlaf bekommen, nachdem Chi-Chi sich

Bonds Wunsch gefügt hatte, quer über der Türschwelle zu liegen, wie er es ausdrückte. Kurz bevor sie gingen, nahm Bond seine ASP-9-Millimeter ab und schloß den Geheimboden in seiner Aktentasche auf – so schleuste er üblicherweise illegale Waffen durch die Kontrollen an Flughäfen.

Sie hatten einen Wagen bestellt bei der Firma Ryan & Söhne, ganz in der Nähe, die Bond von anderen Besuchen in New York kannte. Die Leute waren diskret, pünktlich und immer freundlich. Auch dort kannte man seinen richtigen Namen nicht, obwohl alle Fahrer sein Gesicht kannten. Ryans Sohn George holte sie ab. Er freute sich auf die Fahrt hinaus zum John F. Kennedy Airport und erzählte ihnen unterwegs, daß die Stadt immer mehr vor die Hunde ginge, daß Teile das Straßenpflasters einstürzten, daß ein Freund von ihm überfallen worden war und daß die Polizei nicht viel dagegen zu unternehmen schien. »Da sehen Sie!« Er zeigte aus dem Fenster. »Sehen Sie diesen Burschen mit dem Fernseher auf der Schulter? Ich möchte wetten, daß er ihn nicht gekauft hat. Er hat ihn gestohlen, und niemand wird ihn je deswegen zur Rechenschaft ziehen.«

Bond war froh, als er nicht allzu weit hinter ihnen Rushias Wagen sah. Er beugte sich vor. »George, sind Sie mir böse, wenn ich jetzt die Trennscheibe schließe?«

»Machen Sie nur, Sir. Tun Sie, was Sie wollen. Ich habe nichts dagegen.« Der Fahrer lachte jovial.

Bond lehnte sich zurück, seine Schulter berührte Chi-Chis Schulter. »So, jetzt erzählen Sie mir Ihre Lebensgeschichte«, sagte er lächelnd.

»Hat man Ihnen mein Dossier nicht gegeben? Da steht alles drin.«

»Sie haben mir erzählt, daß Sie kantonesisch sprechen ...«

»Und einige andere Dialekte. Man hätte Ihnen meine Akte geben sollen.«

»Nun erzählen Sie mir eben die Story.«

»Amerikanerin in der vierten Generation. Ging zur US-Navy, um die Welt zu sehen, und sah nichts anderes, als die Innenräume von Büros. Sie gaben mir das Offizierspatent. Mein Vater war sehr stolz, aber der Mann, den ich heiraten wollte, fühlte sich gedemütigt, hatte irgendeine blödsinnige Idee über verschiedenartige Gesellschaftsschichten, und zog sich zurück.«

»Sie lieben ihn noch immer?«

»Bis vor kurzem, ja. Aber jetzt ist mir klar, wie dumm ich war, mich deswegen zu grämen. Ich weiß jetzt, daß meine Eitelkeit verletzt war, nicht mein Herz.«

»Man hat mir gesagt, es dauert drei Jahre, um über ein gebrochenes Herz hinwegzukommen und die Tatsachen zu akzeptieren.«

»Sie sind ein Chauvinistenschwein, James. Mag sein, daß es bei Männern nur drei Jahre dauert, bei Frauen dauert es viel länger – vielleicht das ganze Leben.«

Er legte eine Hand auf ihren Arm. »Sie mögen recht haben, meine Liebe. Ein sehr weiser Mann hat mir einmal erzählt, wenn eine Frau aufhört, einen zu lieben, kann man nichts anderes tun, als die Hände in die Taschen zu stecken und fortzugehen. Ich glaube, für Frauen trifft dasselbe zu.«

»Es ist ein schwerer Schlag für den Stolz, für die Eitelkeit. Aber das gehört ja zusammen. Wollen Sie immer noch die Geschichte meines Lebens hören?«

»Sie haben mir nur die letzten Ereignisse erzählt.«

»Vielleicht wollte ich nicht, daß Sie Bescheid wissen über meine entsetzliche Teenagerzeit, wo ich mit Freunden zusammen randalierte, Pot rauchte, keine Nacht nach Hause kam, mit sechzehn meine Unschuld verlor ...«

»Da habe ich Sie um fast achtzehn Monate geschlagen.« Obwohl Bond das ganz leichthin sagte, war er etwas besorgt wegen Chi-Chi. Er hatte viele gute Frauen im Einsatz gekannt, aber sie waren nur gut, wenn sie keine große Last von dem mit sich herumschleppten, was er selbst als »emotionales Gepäck« bezeichnete. Er hoffte, daß Chi-Chi nicht einen Schrankkoffer voll Emotionen an einer Kette am Fußgelenk hinter sich herzog. Schließlich sagte er: »Nun, Sie sind schließlich durchgekommen. Wir müssen alle da durch.«

»Einige schaffen es nie, auf die andere Seite zu kommen.« Sie zog die Mundwinkel herunter, so daß sie einen bösen kleinen Mund bekam. »Ich hatte zehn Freunde – *zehn* –, die es nicht geschafft haben. Von Pot zur harten Droge, vom Diebstahl zum Tod.«

Bond nickte. Als er sie ansah, wurde ihm klar, als sei es zum erstenmal, daß sie unter ihrer Zerbrechlichkeit zäh war wie gehärteter Stahl. »Das Drogenproblem wird zum Untergang ganzer Reiche führen, so wie der Fall des Römischen Reiches von Bleivergiftungen ausgelöst wurde. Aber um auf Ihre eigenen Schwierigkeiten als Heranwachsende zurückzukommen: Sie sind durchgekommen. Wenn man die schlechten Gewohnheiten abgelegt hat, taucht das Problem auf, ob der typische Zustand des Heranwachsenden erhalten geblieben ist, ob man sich von Launen beherrschen läßt, ob einem schnell die Sicherung durchbrennt, kurzum, ob man ganz und gar unreif geblieben ist. Das ist bei Ihnen zweifellos nicht der Fall.«

»Danke.« Lag eine Spur von Unsicherheit in ihrer Stimme?

»Sie bekamen also das Offizierspatent?«

»Zwei Jahre beim Geheimdienst der Navy. Dann ein Gespräch mit einem Talentsucher vom CIA. Der Rest ist Geschichte, wie man sagt.« Ganz plötzlich schaute sie zu Bond auf; in ihren Augen spiegelte sich leichte Besorgnis. »Und unser Auftrag? Es sieht doch so aus, als ob alles in Ordnung ist, James?«

»Solange Sie daran denken, mich Peter zu nennen, und nicht vergessen, daß Sie Jenny sind …«

»Und mit Ihnen verheiratet, ja.« Sie ließ die Zungenspitze über ihre Lippen gleiten, was Bond zunehmend reizvoller fand. Er sah auf und stellte fest, daß sie gerade den Flughafen erreicht hatten.

Am Schalter der American Airlines lagen die Tickets für sie bereit. »Es kostet Sie nichts, Sir«, sagte der Angestellte. »Es ist alles schon bezahlt worden.« Sie gaben ihr Gepäck auf und behielten nur die Aktentasche und die Tasche mit dem Aufdruck von Scribner's, ein Überbleibsel aus alten Tagen, wo der heute nicht mehr existierende Laden eine der besten Buchhandlungen in New York gewesen war.

Sie gingen durch die Kontrollen, und Bond entschuldigte

sich, um die nächste Toilette aufzusuchen. In einer der Kabinen öffnete er das Kombinationsschloß seiner Aktentasche, entfernte den falschen Boden und fischte seine Pistole heraus. In weniger als zwei Minuten hatte er die Waffe wieder zusammengebaut, ein Magazin in den Lauf gesteckt, sie gesichert und in seinen Hosenbund gesteckt, wobei er sie fast unterhalb seiner Hüfte verstaute. Chi-Chi hatte geduldig auf ihn gewartet, und zusammen machten sie sich auf den langen Weg hinunter zur Abflughalle.

In der 56. Straße im Westen der Stadt hielten zehn Minuten, nachdem Bond und Chi-Chi das Appartementhaus verlassen hatten, zwei Wagen und eine Ambulanz davor. Die Männer erwischten den Hausmeister und behaupteten, der Notdienst wäre angerufen worden, weil in 4 B eine Frau ohnmächtig geworden wäre. Der Hausmeister schloß ihnen das Appartement auf, und Myra, die immer noch bewußtlos war, wurde auf einer Trage der Ambulanz heruntergebracht, was die übliche kleine morbide Zuschauergruppe auf den Plan rief.

Was die Zuschauer nicht sehen konnten, war einer der Männer aus den anderen Wagen, der im Appartement herumtrödelte, bis die Leute vom Rettungsdienst gegangen waren. Er ging schnell ins Schlafzimmer und stellte mit Hilfe von Kissen und Decken aus dem Wandschrank und einer Perücke, die er für diesen Zweck mitgebracht hatte, den Umriß eines schlafenden Körpers im Bett her. Dann verschwand auch er.

Eine Stunde später, als Bond und Chi-Chi gerade zur Abflughalle der American Airways gingen, hielt ein anderes Auto gegenüber von dem Appartement auf der Straße. Der Fahrer blieb, wo er war, und sein Fahrgast, ein würdevoll aussehender Mann mit angegrautem Haar, der über seinem Anzug einen langen Regenmantel trug, ging zu dem Gebäude hinüber. Er verschwendete keine Zeit damit, den Hausmeister zu rufen, sondern steckte einen Dietrich ins Türschloß. Innerhalb von dreißig Sekunden war es offen.

Er schloß die Tür sorgfältig hinter sich und ging dann ruhig die Treppen zum Appartement 4 B hinauf, wo die Tür seinem fachmännischen Können in noch kürzerer Zeit nachgab als die Haustür. Er trug Handschuhe und öffnete die Tür leise. Dann griff er unter seinen Regenmantel, worauf eine bedrohlich aussehende Skorpion-Maschinenpistole zum Vorschein kam, die mit einem Schalldämpfer versehen war.

Langsam ging er durch den Raum, öffnete die Tür zum Schlafzimmer und feuerte vier 9-Millimeter-Kugeln in den »Körper«. Es klang so, wie wenn ein kleines Kind aus Langeweile einen alten Handschuh über das Gitter eines Geländers zieht.

Er hielt sich nicht auf, um einen Blick auf sein Werk zu werfen. Man hatte ihm gesagt, er solle rasch und wirkungsvoll töten und verschwinden, ohne sich erwischen zu lassen. In Minutenschnelle verließ er das Haus, überquerte die Straße und stieg in den unauffälligen Wagen, der sofort abfuhr.

Weder der Fahrer noch sein mörderischer Fahrgast bemerkten, daß ein zerbeulter Buick, der auch schon bessere Tage gesehen hatte, ihnen folgte, wobei er nur durch zwei andere Wagen von ihnen getrennt war.

Sie waren fast am Gate angelangt, und Chi-Chi stellte bereits laute Betrachtungen darüber an, ob der Film wohl etwas taugen würde, als rechts und links von ihnen zwei Männer auftauchten. Der neben Bond sah ausgesprochen orientalisch aus und war sehr groß, derjenige, der anfing, mit Chi-Chi Schritt zu halten, war kleiner und ein Kaukasier.

»Gehen Sie nicht durch das Gate, Mr. Abaelard«, sagte der größere.

»Und machen Sie bitte keinen Ärger; alles geschieht zu Ihrer eigenen Sicherheit.« Der Akzent des kleineren Mannes konnte als englisch durchgehen.

»Mein Name ist Ding«, fuhr der größere fort, ohne sein Tempo zu verändern. »Meine Freude nennen mich Bone Bender Ding. Mein Kollege da, neben der reizenden Dame, wird Fox genannt, aber er hört auch auf andere, weniger nette Namen. Mr. Lee hält es für sicherer, Ihnen sein Privatflugzeug zu schicken. Das wird garantieren, daß niemand hinter Ihnen her ist, wenn ich so sagen darf.«

»Wenn wir nun aber die American Airlines vorziehen?« fragte Bond.

»Oh, Mr. Lee wäre sehr verärgert, Sir. Außerdem könnte es unangenehm werden, und Mr. Lee kann Unannehmlichkeiten nicht ausstehen. Jetzt geradeaus bis zum Ende dieses Fußgängerweges. Wir haben dort einen Wagen, der darauf wartet, Sie zu dem Jet zu bringen.«

10
Täuschungsmanöver

Ed Rushia stand bereits in der Schlange vor dem Gate und wartete darauf, an Bord der American Airlines 15 zu gehen, als er sah, daß Bond und Chi-Chi abgebogen waren und den Fußgängerweg nahmen. Selbst ein völlig unaufmerksamer Trottel würde das bemerkt haben, dachte er, denn ihre Begleiter wären wohl jedem aufgefallen: der ellenlange Chinese in seinem Seidenanzug und mit den Armen eines Gorillas und der kleine weiße Mann, dessen Augen ständig in Bewegung waren, als warte er geradezu auf Ärger. Er handelte sofort, ging zum nächsten öffentlichen Telefon und benutzte seine Amex-Karte, um die gleiche Nummer zu wählen, die Bond in der Nacht so erfolgreich angerufen hatte. Von *Curve Delikatessen* kam die übliche Antwort, und er bat darum, sofort durchgestellt zu werden zum Dienstältesten.

Das geheimnisvolle Unternehmen Curve's Deli hatte seinen Sitz in einem großen Raum, siebzehn Stockwerke hoch in einem alten Appartementhaus an der Lexington Avenue. Der Fußboden war nur mit einfachen Holzdielen bedeckt, die Wände zeigten verschiedene Farbanstriche aus verschiedenen Zeiten, und ein Geruch nach Feuchtigkeit überlagerte alles. Aber diese triste Atmosphäre geriet sofort in Vergessenheit, wenn man die Wand erblickte, die dem Raum sein Gesicht gab. Auf langen Tischen standen übereinandergetürmt hochentwickelte Radio- und Elektronikgeräte sowie ein transportables, automatisches Schaltbrett. Es gab vier Bürostühle mit hohen Lehnen, die in Abständen voneinander vor dieser Arbeitszone aufgestellt waren; in der Mitte saß ein Mann, während ein anderer schlafend auf einem Campingbett lag, das in der gegenüberliegenden Ecke Platz gefunden hatte.

John Grant, der CIA-Offizier, der zusammen mit zwei anderen Agenten auf dem Flugzeugträger mitgearbeitet hatte, war verantwortlich für die Überwachung der Aktion, der man den Namen *Unternehmen Curve* gegeben hatte. Die Elektronikzentrale in New York war in der Lage, eine Überfülle an Informationen von den verschiedenen Hauptpersonen weiterzugeben an Grants Team, das noch immer zusammen mit M's Leuten auf dem Flugzeugträger der Nimitz-Klasse saß, der jetzt in der Bucht von San Francisco bei Treasure Island vor Anker lag.

Grant war selber im Dienst und nahm den zu ihm durchgestellten Anruf von Rushia entgegen.

»Sie kommen nicht an Bord.« Der Mann vom Geheimdienst der Navy sprach ungewöhnlich brüsk.

»Ja, ich weiß.« Grant war so klar und deutlich zu hören, daß man nur schwer glauben konnte, daß er über dreitausend Meilen entfernt war. »Wir haben einen Lastwagen vor dem Kennedy-Flughafen stehen. Sie haben uns gerade Bericht erstattet. Die Sender sind auf dem Weg zum Ende des Fußgängerweges. Außerdem haben wir eine Information, die einen privaten Jet betrifft, der am Ende des Flughafens parkt. Hängen Sie ein, Rushia, es kommt gerade ein anderer Anruf herein.«

Rushia wartete, er schaute zurück auf das Gate der AA 15. Die Schlange rückte vor, er mußte sich rasch entscheiden, ob er an Bord ging oder nicht.

»Ihr Gepäck ist aus der AA-Maschine ausgeladen worden.« Grants Stimme klang eine Spur schärfer.

»Sie haben dort Leute?«

»Wir haben überall Leute.«

»Und was soll ich jetzt machen? Mir irgendein Gepäckstück schnappen und einen Flug nach Jallaboo buchen oder die AA 15 nehmen?«

»Sie müssen diesen Weg einschlagen. Nehmen Sie die AA und melden Sie sich wieder, sobald Sie den SFO, den Internationalen Flughafen von San Francisco, erreicht haben.«

Rushia legte auf und schlenderte zum Gate zurück, während Grant fortfuhr, dem Beamten in New York Instruktionen zu geben. »Sie sagen, der private Jet ist ein Gulfstream II?«

»Grumman Gulfstream II ist das Jet-Modell, in den Farben einer Gesellschaft, die sich Silver Service nennt.«

»Okay, ich werde sofort Erkundigungen über Silver Service einholen. Sie verfolgen die Route dieses privaten Flugzeugs und lassen sie nicht aus den Augen. Es ist mir egal, ob Sie die Hilfe der Militärsatelliten oder des COMSATS brauchen, aber ich will, daß dieser Vogel durch jede einzelne Wolke verfolgt wird. Ich will wissen, ob er auch nur um ein Grad vom Kurs abweicht, und ich will wissen, ob der Kapitän furzt. Sie haben doch genügend Leute?«

»Nur Nr. 2, und der hatte die Tagschicht. Ich werde hier vier Paar Extrahände brauchen, wenn wir nach allen Regeln der Kunst vorgehen wollen. Wir haben ungenutzte Kapazitäten für acht weitere Leute, deshalb nehme ich an, daß wir unterbesetzt sind.«

»Sie werden bis Mitternacht sechs Paar zusätzliche Hände bekommen. Ich kümmere mich darum.« Grant beendete das Gespräch und erledigte noch zwei kurze Anrufe, dann ließ er seine eigene Nr. 2 allein, einen früheren Agenten im Außendienst, gebaut wie der sprichwörtliche Kleiderschrank und allen bekannt als Mac. In M's Kabine traf Grant den alten Admiral im Gespräch mit Bill Tanner und Franks an. Orr, der Mediziner, und Q'ute waren bereits nach London zurückgekehrt.

»Ihr Mann und das Mädchen sind von zwei Strohmännern von Gebrochene Klaue gekidnappt worden«, verkündete Grant.

»Im Ernst?« M klemmte seine Pfeife fest zwischen die Zähne.

»Nach der Beschreibung handelt es sich wahrscheinlich um einen Chinesen, der nur allzugut bekannt ist als Bone Bender Ding. Er würde seiner Mutter die Zunge herausreißen, wenn die Kasse stimmt. Der andere ist ein kleiner Bursche, der Fox genannt wird und früher bei Spezialeinheiten gedient hat. Er hört auch auf andere Spitznamen wie ›Blutiger Fox‹ oder ›Tödlicher Fox‹. Er ist so erfreulich wie eine Giftnatter im Hosenbein.«

»Sie haben sie doch unter Kontrolle?«

»Ich habe dafür gesorgt, daß ihr Flug genau verfolgt wird, Sir. Aber ich brauche Sie sicher nicht daran zu erinnern, daß es sich um Gebrochene Klaue Lee handelt, von dem wir wissen, daß er die Fähigkeit zu besitzen scheint, ganze Berge zu bewegen, ohne daß jemand etwas auffällt, bevor die Sache vollzogen ist.«

M sog an seiner Pfeife. Als er sprach, versuchte er, seine Stimme friedfertig klingen zu lassen, was ihm allerdings nicht so ganz gelang. »Grant, wir sind Ihnen verdammt dankbar für alles, was Ihre Boys tun. Bond kann manchmal etwas schwierig sein, aber er ist mein bester Agent. Niemand anders kann ihm das Wasser reichen, wenn es um einen Job wie diesen geht.«

»Und dieser Job«, sagte Bill Tanner ruhig, »ist altmodische Geheimdienstarbeit. Ich dachte gerade daran, daß wir verzweifelt Agenten brauchen, die in der jetzigen Übergangszeit mit den Tumulten in Europa fertig werden, und hier sitzen wir nun, in der anderen Hälfte der Welt, und beschäftigen uns mit gestohlenen Plänen. Es ist wie eine Inszenierung aus der Zeit vor dem Ersten Weltkrieg.«

M machte ein Geräusch, das wie ein verlegenes Räuspern klang. Gleichzeitig schaute er Grant an, der heimlichtuerisch dreinblickte. »Wie weit erstreckt sich Ihre Anordnung, Sir?«

»Bis zum äußersten, obwohl ich hoffe, daß wir die dunkle Seite noch außer acht lassen können. Glauben Sie, daß wir damit in der jetzigen Situation zu weit gegangen sind?«

»Ich glaube, daß wir in 48 Stunden genau wissen werden, ob das, was Sie ›die dunkle Seite‹ nennen, eintreten wird.«

Tanner war zwar daran gewöhnt, nur so obenhin informiert zu werden und nähere Aufschlüsse erst lange nach einer Operation zu bekommen, doch jetzt war er hellhörig geworden. Das war in der Firma bekannt als sein »Wissensdurst«. »Es geht wohl um mehr als nur um Lords und Lords Days?« fragte er.

»Möglich, Tanner, gut möglich. Obwohl die Lords-Sache

so geheim ist wie nur irgend etwas, denn die gesamte Sicherheit der Flotte der Vereinigten Staaten und unserer eigenen hängt davon ab. Ich fürchte, zur Zeit machen sich viele Leute ziemlich verschwommene Gedanken über die Zukunft der Welt. Die Streitkräfte der westlichen Allianz haben noch einen weiten Weg vor sich. Aber mag das nun sein, wie es will – es besteht tatsächlich die Möglichkeit einer weiteren Gefahr, die mit Gebrochener Klaue Lee verbunden ist.«

Tanner preßte die Fingerspitzen gegeneinander und wartete. Das gehörte zu der alten Befragungstechnik: abwarten, bis der Verdächtige gesprächig wird, weil er das Schweigen nicht länger erträgt.

Schließlich redeten beide, M und Grant, gleichzeitig. Als sie fertig waren, wünschte Bill Tanner sich nur, daß sein alter Freund Bond wußte, was da auf ihn zukommen mochte. Ruhig sprach er seine Gedanken aus.

»Er weiß es.« M's Stimme klang wie die eines Mannes, dessen Aktien soeben auf einen noch nie erreichten Tiefstand gefallen waren. »Bond weiß es.« Wieder räusperte er sich. »Aber – nun ja, das Mädchen hat keine Ahnung.« Er trommelte mit den Fingerspitzen auf die Schreibtischplatte. »Das andere Mädchen, wie war ihr Name? Bradshaw?«

»Myra Bradshaw. Unsere Leute haben sie in ein Haus in Virginia gebracht, das wir für solche Zwecke benutzen. Sehr hoch gelegen, mit Blick auf das Shenandoah-Tal. Dort ist sie in Sicherheit, und wir können sie in Ruhe auspressen. Sie ist nur ein Bauer im Schachspiel, glaube ich.«

»Und der Mordanschlag?«

»Wir haben die Burschen, ich meine, der FBI hat sie. Berufskiller. Beide bekannt. Unwahrscheinlich, daß sie reden. Und selbst dann bezweifle ich, daß sie wissen, wer den Mordauftrag gegeben hat. Es wundert mich, daß es überhaupt dazu gekommen ist. Man müßte höchstens annehmen, daß Lee das Appartementhaus überwachen ließ.«

»Vielleicht hat er das tatsächlich getan«, überlegte Tanner laut. »Es besteht immerhin die Möglichkeit, daß er entweder den Mordversuch nicht mehr abblasen konnte, oder daß er es so wollte, um andere bei der Stange zu halten.«

»Hm, hm«, brummte Grant.

Tanner dachte, daß er nicht in Bonds Schuhen stecken wollte, wenn es bei diesem Job so viele Unbekannte gab.

Der Innenraum der Grumman Gulfstream war selbst für ein Privatflugzeug ausgesprochen luxuriös. Die Passagierkabine war in lichtblauem, zartem Silber gehalten, und während normalerweise neunzehn Passagiere in einer Gulfstream Platz fanden, war das Innere dieses Flugzeuges für nur acht Fluggäste umgestaltet worden. Die Sessel waren mit weichem, grauen Leder überzogen und drehten sich auf Drehzapfen, die für Start und Landung blockiert werden konnten. Sie hatten hohe Rückenlehnen mit eingebauten Kopfstützen und waren mit Kopfhörern in Stereo ausgestattet. An der rechten Armlehne dieser extravaganten Sessel befand sich ein Schaltbrett, mit dessen Hilfe der Sitz in jede nur denkbare Position gebracht werden konnte und dem Benutzer ein Maximum an Komfort bot.

Ding und Fox hatten ihren »Schützlingen« gegenüber strikte Höflichkeit an den Tag gelegt. Nun forderten sie die beiden auf, die Sitze zu wählen, die ihnen zusagten, während eine junge uniformierte Chinesin ihnen Drinks anbot. Keine Spur von Drohung schwang mit, kein Anzeichen für Gefahr. »Mr. Lee wünscht, daß Sie das Beste bekommen, was er bieten kann«, sagte der häßliche Bone Bender Ding lächelnd und nickte dazu mit dem Kopf wie ein Buddha.

Bond und Chi-Chi wählten zwei beieinander stehende Sessel am rückwärtigen Ende der Kabine. Die Stewardeß brachte Bond einen Martini und einen spritzigen Weißwein für Chi-Chi. Der Martini war genauso, wie er ihn bestellt hatte, zubereitet nach dem von ihm bevorzugten Rezept: »Drei Teile Gordons, ein Teil Wodka, ein halbes Kina Lillet, geschüttelt, nicht gerührt, bis er sehr kalt ist, dann eine Scheibe Zitronenschale zufügen.« Das chinesische Mädchen hatte nur gelächelt und sich verneigt, und er hatte gedacht, daß die Chancen, die richtige Mischung zu bekommen, ziemlich dürftig wären. Aber als der Martini serviert wurde, entsprach er tatsächlich selbst Bonds genauen Vorstellungen.

Eine Dreiviertelstunde später erreichten sie den Beginn der Startbahn, und der Kapitän gab bekannt, daß sie sich für den Start vorbereiten sollten. Vorher schon war Ding von seinem Sitz im vorderen Teil der Maschine zu ihnen gekommen und hatte sich für die Wartezeit entschuldigt. »Selbst Mr. Lee kann sich nicht über Verzögerungen auf einem Flughafen hinwegsetzen, fürchte ich«, sagte er mit einem Blick, der Bond zu bitten schien, deswegen nicht allzu ungehalten zu sein.

Schließlich rollte die kleine Maschine über die Startbahn, kam in einem extremen Winkel hoch und stieg bis zu einer Höhe von ungefähr 30 000 Fuß. Dann löschte der Kapitän das diskrete »Seat-Belt«-Zeichen, und die Stewardeß kam zurück mit einer langen Speisekarte.

»Bitte, bestellen Sie, was Sie wollen«, sagte sie lächelnd und neigte den Kopf. »Wir haben einen ausgezeichneten Küchenchef an Bord.«

»Mr. Lee versteht es offensichtlich, das Leben zu genießen.« Bond lehnte sich zu Chi-Chi hinüber und sprach leise mit ihr. Sie schaute ihn an und zuckte mit den Schultern. »Iß, trink und sei fröhlich ...«

»Das reicht«, sagte er mit einiger Schärfe. »Ich bin nicht abergläubisch, abgesehen von diesem kleinen Zitat und allen anderen aus William Shakespeares schottischem Drama.«

»Schottisch? Oh, das ist Mac ...«

»Nein.« Er legte die Hand auf ihren Arm. »Hab Geduld mit mir, Jenny. Ich bin wirklich nur in diesem einen Punkt abergläubisch.«

»Eines Tages wirst du meine Schwächen auf diesem Gebiet kennenlernen«, sagte sie. »Sie übertreffen deine um hundert zu eins. Aber diese Speisekarte ist wirklich hervorragend.«

»Hoffen wir, daß das Essen so gut ist wie die Karte. Als ich noch zur Schule ging, habe ich mir geschworen, daß ich eines Tages nur noch das beste Essen, das es auf der Welt gibt, über meine Lippen lassen werde.«

»War es so schlimm? Die Schule, meine ich.«

»Am Freitag gab es Fisch. Wir nannten ihn das Stück vom Dorsch, das in guter Gesellschaft unaussprechlich ist.«

Sie antwortete nur mit einem etwas matten Lächeln und steckte die Nase wieder in die Speisekarte.

Chi-Chi bestellte schließlich Kaviar und hinterher gegrillten *Rognon de Veau* mit jungen Kartoffeln und *Petits Pois*. »Ich gebe zu, daß ich ein Freßsack bin«, fügte sie mit einem katzenhaften Lächeln hinzu, »aber ich nehme dann noch *Fraises du Bois* mit viel Sahne.«

Bond erklärte, daß er ebenso wie die Dame zu Beginn Kaviar nähme. »Aber mit viel Toast.« Er schaute Chi-Chi an. »Es ist relativ leicht, guten Kaviar zu bekommen. Der Trick besteht darin, auch genügend Toast zu erhalten.« Weiter bestellte er Lammkoteletts mit dem gleichen Gemüse wie Chi-Chi. »Und während Madame ihre Erdbeeren genießt, hätte ich gern eine Avocado mit viel French-Dressing – das ist Vinaigrette, nicht dieses rosarote Zeug, das in diesem Teil der Welt manchmal als French Dressing angeboten wird.«

Die Stewardeß wirkte schockiert. »Aber natürlich, Sir. Es ist Vinaigrette. Wir haben keine andere Art von French Dressing.«

Das Essen war außerordentlich gut. Bonds Koteletts waren so zart, daß er sie allein mit der Gabel hätte zerteilen können, und die Weine, die zu den einzelnen Gängen serviert wurden, waren so, wie Bond später zu Chi-Chi sagte: »Recht bemerkenswert. Es kann nicht mehr viele Flaschen von dem Lafitte-Rothschild '47 auf der Welt geben.«

Nach dem Abendessen kam Ding wieder zu ihnen, um zu fragen, ob sie sonst noch etwas bräuchten. »Sie zeigen einen etwas übertriebenen Eifer«, flüsterte Chi-Chi Bond zu.

»Allerdings.« Er rückte kaum näher an sie heran, sprach aber fast im Flüsterton. »Mach dir keine Sorgen, Jenny. Ich bin sicher, alles geht in Ordnung.« Er schaute nach vorn, in den anderen Teil der Kabine. Fox und der große Chinese schienen sich gerade schlafenlegen zu wollen.

Er wandte sich wieder an Chi-Chi und schlug ihr vor, daß sie sich auch Ruhe gönnen sollten. »Wir wissen nicht, wann wir wieder Gelegenheit zum Schlafen haben.«

Sie nickte, ohne ihn anzusehen, und schloß die Augen.

Als er versuchte, ein Nickerchen zu machen, merkte Bond, daß das Flugzeug eine Reihe von langen, regelmäßigen Kehren vollführte, als habe es Instruktionen von der Flugsicherung erhalten.

Etwas weniger als sieben Stunden, nachdem er Anweisungen an die Abteilung in New York in der Lexington Avenue gegeben hatte, wurde Grant in den behelfsmäßigen Kommunikationsraum, den die CIA auf dem Flugzeugträger eingerichtet hatte, zurückgerufen. Auch in der Zwischenzeit war er mehrmals für längere Zeit unten gewesen, um die Gesellschaft, die sich Silver Service nannte, zu überprüfen. Jetzt begleiteten ihn M und sein Stabschef. Als sie ankamen, fanden sie Mac gebeugt über eine Reihe von Karten vor, die vor ihm ausgebreitet lagen. Über die Ohren hatte er Kopfhörer gestülpt. Er sah kaum hoch, als Grant ihm auf die Schulter tippte und ihn fragte, was los wäre.

»Ich erzähl's dir in einer Minute, John.« Mac hatte nur kurz den rechten Kopfhörer beiseitegeschoben, jetzt rückte er ihn sofort wieder an seinen Platz. Er wiederholte alles, was ihm von New York übermittelt wurde.

»Er ist erfaßt worden vom Radar auf dem Weg nach Salinas VOR, okay? Ja, ich weiß, das ist der Tower von Salinas … Salinas Tower. Gulfstream 44 ist gelandet. Ja, melden Sie sich wieder, wenn sonst noch etwas passiert. Ich nehme nicht an, daß wir dort draußen jemand haben, der sich darum kümmern kann. Sie müssen den Tower direkt anrufen und sich erkundigen. Gut, dann tun Sie das.« Er zog die Kopfhörer herunter und drehte sich auf seinem Stuhl zu Grand, M und Tanner herum.

»Nun?« fragte Grant.

»Schlau. Sehr schlau. Seine Flugroute führte ihn etwa vierzig Meilen südlich vom SFO an die Küstenlinie. Vor ungefähr einer Stunde klagte er über Turbulenzen in Höhe von elftausend Meter und bat um die Erlaubnis, auf siebentausend heruntergehen zu dürfen. Das schien in Ordnung zu sein, nichts Ungewöhnliches. Dann, kurz bevor er die Küste erreicht hatte, gab er das internationale Funknotsignal. Eine seiner Maschinen sei überhitzt, er verliere an Höhe. Auf keinen Fall könne er mehr den SFO erreichen, sagte er. Der SFO dirigierte ihn zur einzig möglichen Alternative – Salinas. Sie landeten vor etwa drei Minuten. Sie haben gehört, daß ich den Boys in New York sagte, sie sollten sich mit dem Tower in Salinas in Verbindung setzen.«

Grant schüttelte den Kopf. »Alles, was wir tun können, ist Rushia und ein Team in ein Fahrzeug mit den entsprechenden Anlagen zu setzen, damit sie dorthin fahren und nach den Signalen der Sender suchen.«

Tanner fragte, ob sie schon Informationen über die Gesellschaft hätten, bei der der Jet registriert war.

Grant nickte. »Das wollte ich Ihnen gerade mitteilen. Eine solide kleine Chartergesellschaft. Spezialisiert auf Bands, die kurzfristiges Tagesgespräch sind. Ein etwas undurchsichtiger Laden, aber sie verstoßen gegen keine Gesetze. Sie heuern irgendeine Gruppe von schmierigen Langhaarigen an, die den Dezibel-Pegel hochschaukeln bis zu dem Punkt, wo er definitiv eine Fehlgeburt auslösen kann, dann geben sie einige Platten heraus, um Geld für die Firma hereinzuholen. Dann werfen sie die Gruppe, Band oder wie immer Sie sie nennen wollen, einfach wieder hinaus.«

»Verwertung?« M fragte, ob ihre Freunde vom FBI die Firma Silver Service wegen irgendeines Gesetzes hinsichtlich der Verwertung von Musikstücken in Schwierigkeiten bringen könnten, falls das erforderlich wäre.

Der CIA-Mann schüttelte den Kopf. »Bezweifle ich; sie beschäftigen auch vier oder fünf erfolgreiche Bands, die viel Geld einbringen. Aber wie auch immer, gegenwärtig sind uns die Zusammenhänge noch nicht bekannt. Sie besitzen ein kleines Studio in New York und ein anderes in Los Angeles. Unsere Leute in New York verfolgen alle Spuren, die zu dieser Gesellschaft führen. Wem sie gehört, wer dahinter steckt. Wenn ihr Privatflugzeug Custodian und Checklist zu einer Spritztour mitnimmt, damit sie Mr. Lee treffen, kann man darauf wetten, daß Mr. Lee ein beträchtlicher Anteil von Silver Service gehört.«

Eines der Telefone läutete, und M antwortete nur mit unverbindlichem Brummen und Seufzern. »Gut, das erledigt die Sache natürlich«, sagte er endlich und schaute Grant nicht einmal an, als er den Hörer auf die Gabel zurücklegte. »Salinas Tower sagt, innerhalb von fünfzehn Minuten nach der Landung der Gulfstream war eine große Limousine da. Fuhr mit den Passagieren davon. Sie dachten, sie wäre für eine andere Privatmaschine bestimmt, die sie zur gleichen Stunde erwartet haben.«

»Was ist mit ...«

Mac kam Grant zuvor. »Dem Flugzeug. Salinas hat jede vorhandene Beleuchtung eingeschaltet, um ihm die Landung zu erleichtern. Anscheinend hat es Probleme gegeben mit der Backbordmaschine. Als es ankam, hat es viel Öl verloren, und es gab eine Menge Rauch. Salinas Tower sagt, daß kein Zweifel daran besteht, daß es sich um eine echte Notlandung handelte.«

Grant brummte. »Und ich nehme an, daß die Maschine per Funk eine Limousine anforderte, während sie noch mit den Kontrollen zu tun hatte.«

»Stinkt etwas, wie?« fragte M.

»Als ob man in einem Faß voller Fischsandwiches schwimmt.«

An Bord der Gulfstream hatte es absolut keine Panik gegeben, als es zu dem Zwischenfall kam. Das lag nicht an dem Mut oder der Besonnenheit von irgend jemand. Der an seinen Fingerknöcheln lutschende Bone Bender Ding kam in den hinteren Teil der Kabine und berichtete ihnen, daß in den nächsten Minuten mit ein paar beunruhigenden Manövern zu rechnen sei. »Wir haben ein kleines Täuschungsmanöver vor.« Beim Lächeln zeigte Ding zwei Reihen von Goldzähnen und verengte, wie es Bond vorkam, seine Augen, was ihm ein unleugbar finsteres Aussehen verlieh. Ein Gesicht, das auszudrücken schien: »Ich habe Spaß daran, anderen Schmerzen zuzufügen und sie zu töten.«

»Es ist nur eine Vorsichtsmaßnahme.« Jetzt waren seine Augen zu ganz kleinen Schlitzen geworden. »Es ist nicht auszuschließen, daß Ihre Ankunft in unserem Land entdeckt worden ist, und deshalb besteht Mr. Lee darauf, daß wir etwas inszenieren, um jede Möglichkeit einer Beschattung auszuschließen. Verstehen Sie, Mr. Abaelard?«

»Ich kann Mr. Lee nur danken für seine Voraussicht und für seinen Schutz.«

Das Lächeln wurde noch breiter. »Sie werden bald Gelegenheit haben, Mr. Lee persönlich zu danken.«

Während der folgenden zwanzig Minuten saßen sie mit angeschnallten Gurten auf ihren Sitzen, die von selbst die richtige Position mit aufgerichteten Rückenlehnen eingenommen hatten. Schließlich hörte Bond das Poltern und Rumpeln des Fahrgestells, das heruntergelassen wurde; die Stimme des Kapitäns teilte ihnen in einem seltsamen Englisch mit, daß sie das Flugzeug durch die Hintertür verlassen sollten, sobald es zum Stillstand gekommen war.

Sie landeten auf einem strahlend erleuchteten kleinen Flugplatz, und Bond sah für den Bruchteil einer Sekunde den Namen Salinas, der mit schwarzen Buchstaben auf die kleine Ansammlung von Gebäuden unterhalb des Towers gemalt worden war.

Dann ging alles sehr schnell. Innerhalb von Sekunden hatten sie das Flugzeug verlassen – die Steuerbordmaschine war von dichtem, schwarzen Rauch eingehüllt –, und Ding drängte sie, rasch weiterzulaufen zu den Gebäuden an der linken Seite. Bond sah noch, daß die Mitglieder der Crew und die Stewardeß das Flugzeug auf dem Weg über den Notausstieg verließen, aber seltsamerweise war Fox zurückgeblieben, als Feuerwehr- und Notdienstwagen mit aufheulenden Sirenen auf die Gulfstream zurasten.

Hinter den kleinen Flughafengebäuden hatte eine schwarze, langgestreckte Limousine die Scheinwerfer eingeschaltet; sie kam langsam näher, als wolle sie ihnen den Weg abschneiden. »Einsteigen!« befahl Ding. »Schnell einsteigen. Auf die Rücksitze! Schnell!«

Bond blieb stehen, bis Chi-Chi hineingeklettert war, und folgte ihr dann, wobei Ding ihn von hinten schob. »In Ordnung«, sagte der Chinese dann zu dem Fahrer durch das

Schiebefenster, das die Rücksitze von den vorderen abtrennte. »Foxy kommt mit dem Gepäck. Es dauert nur drei bis vier Minuten.«

Es schien länger zu dauern, aber dann kam Fox auf einem kleinen elektrischen Gepäckwagen, und der Fahrer stieg ab, um beim Verstauen des Gepäcks zu helfen. Ohne weitere Verzögerungen fuhren sie ab, nachdem Fox sich neben den Fahrer gesetzt hatte.

Als sie die unmittelbare Umgebung des Flugplatzes hinter sich gelassen hatten, wurde es sehr dunkel und damit für Bond unmöglich, irgendwelche Orientierungspunkte auszumachen.

»Lange Fahrt vor uns. Ein bis zwei Stunden.« Dings Stimme drang durch die Dunkelheit. Mit seiner Stimme drang noch etwas anderes zu ihnen, und Bond zuckte zusammen. Der schwergewichtige Chinese hatte einen äußerst unangenehmen Körpergeruch.

Die Dunkelheit schloß sie ein, und bald fuhren sie über enge, gewundene Straßen aufwärts durch eine gebirgige Gegend, wie Bond vermutete. Er freute sich, als er feststellte, daß Chi-Chi eingeschlafen war, und bald spürte er, wie ihr Kopf sanft an seiner Schulter lag.

Die Straßen schienen wieder ebener zu werden, und nur gelegentlich begegneten sie einem Wagen, der aus der entgegengesetzten Richtung kam. Dann kam ein feiner Nebel auf, und der Fahrer drosselte die Geschwindigkeit und traf alle einschlägigen Vorsichtsmaßnahmen.

Manchmal verdichtete der Nebel sich und bildete fast eine Mauer, welche die vorderen Scheinwerfer reflektierte und das Licht in den hinteren Teil des Wagens warf. Für ein paar Meilen wurde die Nebelwand dünner und durchscheinender, um plötzlich ohne jede Vorwarnung wieder vor ihnen zu erscheinen, ein fast unirdisch wirkender Vorhang, grau und dicht. Bond wendete sich in einer Reflexbewegung ab. Seine Intuition sagte ihm, daß sie erst nach Norden gefahren waren, dann nach Westen, wo das Land anstieg, und schließlich wieder die nördliche Richtung eingeschlagen hatten. Aber sicher war das alles nicht, da

Dunkelheit während des größten Teils der Fahrt vorherrschte.

Schließlich hatten sie den ärgsten Nebel hinter sich, aber kleine Streifen und Dunstfetzen umgaben sie noch immer. Der Fahrer nahm die rechte Hand vom Steuer, und Bond sah, daß er einen Telefonhörer ergriff und ein paar kurze Sätze hineinsprach.

Er hatte den Hörer kaum wieder an seinen Platz zurückgelegt, als vor ihnen plötzlich eine blendende Helligkeit das Dunkel durchdrang. Es war fast wie eine Explosion. Einige der Lichtquellen waren so grell, daß man nicht hineinsehen konnte, ohne Gefahr zu laufen, blind zu werden, aber der Fahrer verlangsamte die Fahrt nicht.

Die Lichter umgaben sie von allen Seiten, und Bond glaubte, daß er ein großes Gebäude ausmachen konnte. Er sah die hohen Metallgitter eines offenstehenden Tores, das von hohen Mauern flankiert wurde, dann fuhren sie durch einen von Bäumen gebildeten Tunnel. Plötzlich tauchte die weiße Fassade eines großen Hauses im Scheinwerferlicht auf, und nur wenige Sekunden später hielt die Limousine unter einem Schutzdach. Ding war schnell ausgestiegen und hielt die Tür auf für Chi-Chi, die noch ganz benommen vom Schlaf war. Bond folgte ihr, seine Füße schienen auf knirschenden Kies zu treten, und sie wurden eilends durch eine schwere, mit Eisenbändern beschlagene Tür geführt.

Bevor die Tür hinter ihnen ins Schloß fiel, hätte Bond schwören können, daß er das Geräusch der Meereswellen in einiger Entfernung gehört hatte; er bewegte schnuppernd seine Nasenflügel und glaubte, den Geruch des Pazifiks zu spüren.

Sie standen in einer Eingangshalle, die in Bonds geliebtem Hochland im Westen Schottlands nicht fehl am Platz gewesen wäre. Für den Bruchteil einer Sekunde wurde ihm klar, daß er vorhin draußen im Nebel das gleiche prickelnde, schreckliche Gefühl gehabt hatte wie einst bei einem Besuch in Glencoe, dem Schauplatz des entsetzlichen Massakers von 1692 und zugleich dem Geburtsort seines Vaters, den er kaum gekannt hatte. Aber diese Assoziationen schob er schnell beiseite.

Sie standen auf einem dicken Velourteppich, der auf einem auf Hochglanz polierten Eichenholzboden lag. Gegenüber erblickten sie eine breite Treppe, und an den Wänden hingen auf dicken goldenen Prägetapeten mit einem sich wiederholenden roten Muster, das an griechische Vasen erinnerte, Ölgemälde, die rauhe, öde Landschaften darstellten, eins über dem anderen, fast bis an den oberen Rand der Wände. Die Treppe sah so aus, als wäre sie aus altem Mahagoniholz; das polierte Geländer glänzte wie Glas und ebenso die verschiedenen Türen, die auf die Eingangshalle mündeten. Von der Decke hing an einer dicken Kette ein großer, schwerer Kronleuchter aus Messing rund fünf Meter tief herunter. Der Kronleuchter war kreisförmig und enthielt, grob geschätzt, fünfzig elektrische Glühbirnen in Kerzenform. Der momentane Eindruck war der eines sehr alten Hauses, sicher älter als alle anderen, die Bond je in Kalifornien gesehen hatte. Es war zweifellos der Stil des frühen 17. Jahrhunderts, wenn nicht noch etwas älter. Außerdem hatte man den Eindruck von einem gut geführten Haus, weil alles, vom Holz bis zu den vergoldeten Bilderrahmen und den Messingteilen, im Lichtschein glänzte.

All das nahmen sie auf, während noch die Tür hinter ihnen geschlossen wurde, denn kaum war das Geräusch verklungen, als sich auch schon eine der großen Türen an der linken Seite der Halle öffnete.

»Peter Abaelard, willkommen. War die Operation erfolgreich?« Bond erinnerte sich an den Indentifikationskode.

»Völlig. Ich bin ein ganz wiederhergestellter Mann.« Bond kam der Gedanke, daß die Leute von CELD einen seltsamen chinesischen Sinn für Humor haben mußten, wenn man die Tatsache berücksichtigte, daß der echte Peter Abaelard im 12. Jahrhundert wegen seiner Liebesaffäre mit Héloise kastriert worden war.

»Und nun zu Ihnen, Mrs. Abaelard – oder soll ich Sie Héloise nennen? Oder einfach Miss Mo?«

»Jenny genügt …« Chi-Chi brach, offensichtlich verwirrt,

den Satz ab, und das war kein Wunder. Gebrochene Klaue Lee wirkte noch größer und imponierender als bei Bonds letzter Begegnung mit ihm in Victoria. Jetzt, da er dem Mann direkt gegenüberstand, schienen seine Gesichtszüge noch ausgeprägter zu sein – eine fremdartige, aber faszinierende Mischung von chinesischer und indianischer Knochenstruktur und Farbe. Die Stimme war unverändert, sanft, angenehm, mit einer völlig echt wirkenden Begrüßungsfreude. Er trug eine dunkle Hose und eine rote Smokingjacke aus schwerem Samt, sein Gesicht schien zu glänzen ohne jede Spur von Stoppeln am Kinn. Vor ihnen stand ein Mann, der wußte, daß er wie ein Prachtbursche aussah, und er trug nicht nur Autorität zur Schau, sondern auch seinen Reichtum, von der Kleidung bis zum Haar und dem gutrasierten Kinn.

»Aber kommen Sie herein, Peter, mein lieber Freund, und Sie, Jenny, kommen Sie, kommen Sie.« Ohne seinen freundlichen Ton zu verändern, schaute er über Bonds Schulter hinweg auf Ding und sagte: »Wir haben da eine Sache, die Ihrer speziellen Talente bedarf, Ding. Unerfreulich, aber solche Dinge passieren eben.« Er fuhr fort zu sprechen, als sie das Zimmer betraten, aus dem er gekommen war. Es war wie eine Zeitreise: aus dem 17. Jahrhundert, das in der Halle herrschte, kam man in einen Raum, welcher der Gegenwart angehörte – hoch, hell, luftig, in Hellblau und Creme gehalten, möbliert mit einem modischen, fast skandinavisch wirkenden Touch.

»Peter, ich bin so froh, Sie und Jenny zu sehen, doch leider ist Ihre Ankunft mit einem unangenehmen häuslichen Problem zusammengefallen. Es sieht so aus, als hätten wir eine Spionin in unsere Mitte aufgenommen. Ding, würden Sie sie wegbringen? Wir werden in dieser Angelegenheit so verfahren, wie es sich gehört. Ich bin sicher, unsere Gäste werden das verstehen.« Er wandte sich an Bond und Chi-Chi, wobei seine Augen zu tanzen schienen, aber sein Gesichtsausdruck wirkte gelassen. Dieser Mann würde nur sehr schwer zu täuschen sein, dachte Bond. Dann schaute er quer durch den Raum und erstarrte.

Ganz am anderen Ende, zwischen zwei drapierten cremefarbenen Vorhängen aus schwerem Samt und unter einem großen Aquarell, das einen See und Berge bei hauchzartem Nebel darstellte, stand ein großer Stuhl aus Holz und Metall, auf dem eine zusammengesackte Gestalt lag, deren Arme und Füße an die festen Lehnen und Beine des Stuhls gefesselt waren.

»Nimm das unglückselige Mädchen mit, Ding.«

Stöhnend hob das Mädchen auf dem Stuhl den Kopf. Ihr Gesicht war von blauen Flecken und Blutergüssen bedeckt. Ihr Mund war blutverschmiert, und ein Auge hatte sie geschlossen. Es war Wanda Man Song Hing, die Bond zuletzt in M's Kabine auf dem Flugzeugträger gesehen hatte.

11
Willkommen

Der Ankunftsflughafen von San Francisco International kann für Neulinge ein überfüllter und entsprechend verwirrender Platz sein, aber um ein Viertel vor eins am Morgen wünschte Ed Rushia sich, daß der Platz überflutet wäre von Leuten, die aus einem halben Dutzend Flugzeugen strömten, anstatt der nur etwa zweihundert, die aus der American Airlines 15 stiegen. Er stand, wie man in seiner Heimatstadt Jewel Junction in Iowa zu sagen pflegte, zwischen einem Felsen und einem harten Stein.

Zuerst einmal war es seine Aufgabe gewesen, Bond und Chi-Chi den Rücken freizuhalten. Sie schienen aber am Abend in einem kleinen Privatjet verschwunden zu sein. Wie also sollte er jetzt vorgehen? Zum zweiten war er wie sein englischer Kollege zum Opfer der Überwachungen durch das FBI gemacht worden. Natürlich gab es gute Gründe dafür, aber trotzdem fühlte er sich bei dem Gedanken unbehaglich.

Er gelangte in das Abfertigungsgebäude des Flughafens, in einer Hand seine kleine Tasche, die nur einmal Kleidung zum Wechseln enthielt, seine Toilettensachen und ein Buch, das er während des langweiligen Fluges zu lesen versucht hatte. Besser war es, am Tag zu fliegen. Immerhin war er jetzt zurückgekehrt zu seiner Basis und konnte sich ordentlich umziehen, wenn man ihm erlaubte, in das kleine Appartement zu gehen, in dem er wohnte. Seine junge Frau würde dort auf ihn warten; wahrscheinlich sorgte sie sich um ihn, obgleich sie an seine langen Abwesenheiten gewöhnt war.

Neben den gläsernen Schiebetüren am Ausgang stand ein uniformierter Polizist, und Rushia entschloß sich innerhalb von Sekunden, einen Seitenausgang zu nehmen. Ein Taxi nehmen, zum Embarcadero fahren und von dort aus den Flugzeugträger anrufen, dachte er.

Draußen war es kühl; die Luft enthielt viel Feuchtigkeit wie immer in dieser Jahreszeit. Eine kleine Schlange wartete vor dem Taxistand, und er schloß sich rasch an. Instinktiv spürte er mit dem sechsten Sinn, den jeder gute Geheimdienstler entwickelt hat, daß jemand hinter ihm her war, so, als habe der Betreffende auf seine Ankunft gewartet.

»Indexer?« flüsterte ihm jemand ins Ohr.

»Sprechen Sie mit mir?« Er wandte den Kopf und sah in das Gesicht eines jungen Mannes, der unsicher und ängstlich aussah und Blicke in alle Richtungen warf.

»Wir werden das Taxi zusammen nehmen. Man wartet auf Sie. Die Operation ist völlig ungedeckt und in Gefahr.«

Rushia knurrte.

»Wenn Sie schlafen möchten – ich würde nicht damit rechnen, heute nacht viel Schlaf zu bekommen.« Der Fremde lächelte fröhlich, als ob er denken würde, weshalb sollte ich mir Sorgen machen darüber, ob andere schlafen können, wenn ich selber auch ohne Schlaf auskommen muß.

Es gab keine Unterhaltung zwischen ihnen, als das Taxi sie durch die nächtlichen Straßen fuhr, hinüber zu den Anlagen der Navy. Von dort brachte ein Hubschrauber sie auf den Flugzeugträger. Zwanzig Minuten später stand Commander Ed Rushia im behelfsmäßigen Kontroll- und Kommunikationsraum der CIA an Bord des Schiffes. Vieles hatte sich geändert, seit er zuletzt hier gewesen war. Es schienen weitere Übermittlungs- und Elektronikgeräte installiert worden zu sein, und zwischen den Männern, welche das *Unternehmen Curve* von dieser schwimmenden Luftbasis aus kontrollierten, herrschte eine gewisse Spannung.

Auch überraschte es ihn, daß M und nicht der diensthabende CIA-Offizier ihn über die neuesten Ereignisse unterrichtete, die er ihm im Eiltempo aufzählte.

»Um ehrlich zu sein, wir haben keine Ahnung, wohin Checklist und Custodian gebracht worden sind.« Der alte Mann sah grauer und müder aus als bei ihrem letzten Treffen. Vor ihm lag eine große, maßstabsgetreue Landkarte, eingeklemmt zwischen zwei schweren Plastikdeckeln. Die Plastikoberfläche war bedeckt mit Linien und Kreisen in verschiedenen Farben.

»Wir wissen, daß sie es geschafft haben, genau an dem Punkt, wo Salinas als einzige Alternative blieb, einen Notfall zu inszenieren.« Er zeigte auf den kleinen Flugplatz. »Als sie dort eintrafen, waren die Leute vor Ort überzeugt davon, daß es sich um einen echten Notfall handelte. Sie haben uns weiter berichtet, daß ein Auto mindestens drei, wahrscheinlich aber vier Passagiere aufgenommen hat. Der Kapitän der Gulfstream, sein zweiter Offizier, eine Stewardeß und ein Koch warten noch in Salinas auf Mechaniker, die von ihrem Heimatflughafen, wahrscheinlich Los Angeles, kommen sollen. Wir haben einen CIA-Offizier hinfliegen lassen, der als Flugsicherungsinspektor auftreten und versuchen wird, mehr sichere Fakten zu bekommen. Er wird die Crew befragen, aber sie werden wahrscheinlich nur erzählen, daß sie ihren Anordnungen gehorcht haben.

Jetzt, da unsere beiden Leute mit dem Wagen von Salinas abgefahren sind, nehmen wir an, daß sie praktisch überallhin im Umkreis von vierzig Meilen gebracht worden sein können. Sie können auch hier im Bereich der Bucht sein. Wir wissen, daß die Sender, die sie bei sich tragen, in New York noch in Tätigkeit waren. Wir können nur vermuten, daß sie immer noch Signale aussenden, aber diese können natürlich schwächer werden, wenn sie sich innerhalb eines Gebäudes befinden. Mr. Grant wird Ihnen sagen, was wir unserer Meinung nach tun sollten.«

Grant sah müde und blaß aus. »Es ist richtig, daß man sie ohne weiteres in den Bereich der Bucht gebracht haben könnte«, sagte er. »Aber es ist wahrscheinlicher, daß man sie zu einem sicher gelegenen Haus außerhalb der unmittelbaren Umgebung gefahren hat. Wenn ich wetten sollte, würde ich sagen, der sich am meisten anbietende Platz befindet sich irgendwo in der Nähe von Big Sur. Wir haben sechs elektronische Fahrzeuge eingesetzt, die das Gebiet um die Bucht absuchen, ausgerichtet auf die beiden Sender. Da Sie ihre Spur in New York verloren haben, werden wir Sie bei

Tagesanbruch in einen Hubschrauber setzen. Er wird gerade ausgerüstet mit leistungsfähigen Geräten, die eine große Reichweite haben. Sie können ein Gebiet von vierzig zu vierzig Meilen überprüfen, wobei Big Sur den äußersten erreichbaren Punkt im Westen bildet.«

»Sie haben tatsächlich einen Grashüpfer, der das bewältigt?« Rushia setzte sein Pokergesicht auf. »Vierzig zu vierzig, das macht 1600 Meilen im Quadrat; ich kann mir nicht vorstellen, wie das in der Praxis klappen soll, wenn man systematisch vorgeht. Ich meine ...«

»Ed!« Grants Stimme drückte unendliche Geduld aus. »Es gibt natürlich zwischendurch Auftankmöglichkeiten. Die Crew hat Erfahrung mit Flächenüberprüfungen; überlassen Sie das also ruhig ihr. Sie sollen nur dasitzen, mit den Knöpfen herumspielen und versuchen, einen oder beide Homer – Sender – zu orten. Okay?«

»Es gab eine Zeit, da war Homer für mich das ganze Griechenland.«

Sie gaben ihm eine kleine Kabine, und er fiel in einen unruhigen Schlaf. Einmal träumte er von seiner Kindheit in Jewel Junction und glaubte, daß er hörte, wie sein Vater ihn rief, aufzustehen. »Der Doktor ist fast fertig, Ed. Steh auf!« Aber als er erwachte, schüttelte ihn einer der jüngeren CIA-Leute und sagte: »Es ist nach 5.30 Uhr. Der Grashüpfer ist fast fertig, Ed. Stehen Sie auf!«

Er rollte sich aus der Koje, wusch und rasierte sich, dann trank er den kochend heißen Kaffee, den man ihm zusammen mit heißen Maisbrötchen und Butter in kleinen Folienpackungen gebracht hatte. »Und ich habe Butter in einer fabelhaften Schale erwartet«, sagte er zu sich selber. Dann dachte er an seine Frau und murmelte: »Sie ist einfach fabelhaft und keine Fehlanzeige.« Guter alter Ed, dachte er, halte nur immer deine bäuerliche, leicht exzentrische Tarnung aufrecht, dann wird dich schon jeder richtig behandeln.

Im Raum der Hubschraubercrew gab man ihm warme Kleidung für den Flug und einen dicken weißen Rollkragenpullover. Er setzte den großen Schutzhelm auf und dachte, jetzt müßte er aussehen wie ein Marsmensch, aber als er erst einmal im Hubschrauber vor den Absuchgeräten mit großer Reichweite saß, verschwand der gute alte Junge in Commander Ed Rushia wie Sand in einer Eieruhr, und er konzentrierte sich völlig darauf, Chi-Chi und Bond zu finden.

James Bond schlug die Augen auf und erwachte in wenigen Sekunden aus tiefem Schlaf zu vollem Bewußtsein. Leise fluchte er, weil ihm klar wurde, daß er etwas Unverzeihliches getan hatte. Er war eingeschlafen, als er eigentlich hätte wachbleiben sollen.

Es war 4.30 Uhr am Morgen, und schon drangen die ersten Helligkeitsspuren der Morgendämmerung durch die Vorhänge an den beiden hohen bogenförmigen Fenstern. Mit dem Erwachen kehrte seine Wachsamkeit zurück, und die Erinnerungen an die vergangene Nacht drängten sich deutlich und klar wieder in sein Gedächtnis.

Auf der anderen Seite des Bettes schlief Chi-Chi, auf die Seite gedreht, das Gesicht abgewandt von den beiden Kissen, die in der Mitte des Bettes der Länge lang zwischen ihnen lagen. Er lächelte, als ihm die einzige heitere Erinnerung an die letzten Stunden einfiel. Sein erster klarer Gedanke aber galt Wanda.

»Was für eine Sorte von Spionin?« hatte er Gebrochene Klaue gefragt, als Ding großspurig das Zimmer durchquerte, die Fesseln löste und das Mädchen über seine Schulter zog wie ein Metzger, der den Kadaver eines Tieres fortträgt. Wanda hatte etwas gestöhnt, und auf dem Rücken von Dings Jacke hatte sich eine winzige Blutspur ausgebreitet.

»Die Sorte von Spionin, von der weder Sie noch ich sich wünschen, daß sie überhaupt etwas von unserer Existenz weiß.« Lee zuckte mit den Schultern. In seiner Stimme lag weder Ärger noch die Andeutung einer bösen Absicht; sie blieb unverändert glatt und sanft. »Ihr Vater schuldet einem meiner Spielclubs Geld. Er wollte sich von seiner Schuld loskaufen, indem er mir seine Tochter als Spielzeug gab. In China hätte das bedeutet, daß er sie mir zur Frau gab; in meinem anderen Leben wäre es eine weitere Frau für mein Tipi gewesen. Nun, fürchte ich, wird ihr Vater seine Schuld voll bezahlen müssen.«

»Aber das Mädchen – was ist mit ihr los?«

Gebrochene Klaue vollführte eine elegante kleine Geste mit der Hand, als wollte er das Thema fallenlassen. »Ich wußte, daß sie in der US-Navy war. Was ich nicht wußte, ist, daß sie zum Geheimdienst der Navy gehört.«

»Mein Gott!« Bond täuschte Entsetzen vor.

»Mein Gott, ja, so kann man wohl sagen. Er hat eine große Suchaktion gestartet, um diejenigen zu finden, die mir die Information gegeben haben, die Sie nach Beijing bringen sollen. Es sieht ganz so aus, als ob die Leute verzweifelt wären. Sie hat mir bereits erzählt, daß auch der englische Geheimdienst hinzugezogen wurde.«

»Dann müssen wir ...«

»Wir müssen ruhig bleiben und unser Leben genießen. Verzeihen Sie mir, ich bin ein schlechter Gastgeber. Darf ich Ihnen etwas anbieten? Speisen? Getränke?«

Bond schaute Chi-Chi an. »Ich denke, wir brauchen jetzt am meisten eine Ruhepause. Wir sind beide müde.«

»Natürlich, Ihre Reise ist lang und anstrengend gewesen. Ich werde Sie persönlich in Ihre Suite führen. Sie können morgen lange schlafen, dann werden wir uns mit der Information beschäftigen, die Sie nach Beijing Hsia schmuggeln sollen. Ich werde noch ein paar Stunden lang beschäftigt sein. Wir müssen bei dem Verhör des Mädchens geschickter vorgehen.« Er schüttelte bekümmert den Kopf. »Man erreicht sein Ziel nie allein mit Brutalität.«

»Sie sollten dieses ölige Stück weiblichen Abschaums in die Bucht von San Francisco werfen.« Chi-Chis Stimme klang gehässig und drückte echten Abscheu aus.

»Miss Jenny Mo – oder heißen Sie wirklich Argentbright? Ein seltsamer Name. Sie mögen in der alten Botschaft solche Dinge getan haben, aber wir versuchen heutzutage ökonomischer vorzugehen. Sie ist ein hübsches Mädchen, deshalb kann man sie noch gebrauchen; sie kann Geld für uns verdienen. Wir werden sie auspressen, bis wir alles erfahren haben, was sie über die Operation gegen uns weiß, dann lassen wir sie arbeiten auf dem Gebiet, auf dem sie so hervorragend ist. Es läßt sich alles so einfach regeln. Ich habe gelernt, daß man nichts vergeuden sollte, wenn es wieder verwertet werden kann. Das gilt auch für Menschen.« Er streckte ihnen beide Hände entgegen. »Kommen Sie, ich zeige Ihnen Ihre Suite. Morgen werden wir die Information überprüfen und Vorkehrungen treffen für Ihren sicheren Transport nach Beijing Hsia, bevor wir mit der eigentlichen Arbeit beginnen. Kommen Sie.«

Er ging nicht auf die Tür zu, durch die sie von der Eingangshalle hereingekommen waren, sondern zu einer kleineren, die sich an der rechten Seite befand, zwischen hohen Bücherschränken aus Kiefernholz. Sie stellten fest, daß die Tür zu einem kurzen, hell erleuchteten Durchgang führte und dann nach einer Biegung zu einer engen Treppe, die etwa fünf Meter unter das Haus führte. Dort gab es zwei Flure, einen zur Rechten und einen zur Linken; an den Wänden hingen chinesische und indianische Kunstwerke. Gebrochene Klaue führte sie durch einen der Korridore und hielt vor einer Tür, die er öffnete. Dann blieb er stehen und gestattete seinen Gästen, in eine große Suite mit Räumen einzutreten, die modern, doch mit einem fast überwältigenden Luxus eingerichtet waren.

Das Wohnzimmer enthielt einen großen Komplex zur Freizeitgestaltung, der fast eine ganze Wand einnahm – ein großer Fernsehschirm, Stereo-Anlagen und ein Videogerät standen in Nischen, die eher herausgemeißelt als eingebaut zu sein schienen. Die Nischen und die Geräte waren alle in Lichtgrau gehalten, was den Grundfarben der gesamten Einrichtung entsprach: Lichtgrau und verschiedene Weißtöne. Es gab weiche Ledersessel und einen großen Glastisch, dessen dicke Rauchglasplatte auf zwei hohen Marmortrommeln ruhte. Alles von den Kissen bis zum Telefon war auf dem neuesten Stand – ein Ausdruck, der Bond jedesmal zusammenzucken ließ wie bei so manchen anderen sprachlichen Klischees.

Das Schlafzimmer war in den gleichen Farben gehalten,

aber hier herrschte eine fast feminine Note vor. Ein hohes Himmelbett voller Rüschen und Spitzen war genau abgestimmt auf die duftigen Gazevorhänge, die in Volants fast von der Decke bis zum Boden fielen. Ihr Gepäck war ordentlich auf zusammenklappbare Ablagegestelle in der Nähe eines großen Wandschrankes gelegt worden, der allein eine ganze Wand einnahm. Unter den Füßen hatte man das Gefühl, sich den Weg über den Teppich mit einer Machete freischlagen zu müssen. Das Badezimmer, das Gebrochene Klaue ihnen mit einem gewissen Stolz zeigte, war ganz in Marmor und Gold gehalten; den Mittelpunkt bildete ein großes Unterwassermassagebecken.

Chi-Chi schnappte nach Luft.

»Ich habe diese Suite für meine Gäste selber entworfen«, erklärte Gebrochene Klaue mit schnurrender Stimme, »wie vieles andere in diesem Haus. Der Kühlschrank ist gut bestückt, und hier auf dem Tisch finden Sie frisches Obst. Ich denke, Sie werden jetzt gut schlafen. Wenn Sie aufwachen, drücken Sie einfach auf die 9 auf einem der Telefone und bestellen, was Sie wollen.«

Bond folgte ihm in das Wohnzimmer zurück, und an der Tür lächelte Gebrochene Klaue ihn freundlich und strahlend an. »Wenn Sie ein wenig Stimulation wünschen«, sagte er, kam näher und senkte die Stimme zu einem Flüsterton, »drücken Sie einfach auf den mit M gekennzeichneten Knopf auf der Bettkonsole. Dann wird eine superb angeordnete Reihe von Spiegeln über dem Bett sichtbar.« Er zwinkerte mit den Augen, und für einen Augenblick wurde sein stolzes Gesicht zu dem eines lüsternen Schuljungen.

Als die Tür sich hinter ihm geschlossen hatte, wanderte Bond umher und betrachtete genau die Fernseh- und Video-Anlagen, dann, als ob ihm plötzlich etwas eingefallen sein, ging er zum Telefon hinüber und riß ein Stück von einem kleinen Notizblock ab. An dem großen Glastisch kritzelte er schnell ein paar Zeilen hin und brachte den Zettel sofort zu Chi-Chi, die inzwischen offenbar angefangen hatte, mit den vielen Flaschen voll Duftwässern, Badeölen und dergleichen Versuche anzustellen. Er schürzte die Lippen und gab ihr das Stück Papier. »Nur eine Notiz wegen der Kameras. Wir müssen Mr. Lee morgen früh danach fragen.«

Sie nickte, nachdem sie den Zettel gelesen hatte, dann zerriß sie ihn und warf ihn beiseite. Sie schaute ihn an, als wolle sie sagen: »Ich bin kein Narr – nicht einmal ein gut ausgebildeter Narr.«

Bond nickte, und sie fingen an, über ihre angebliche Reise von China nach Hongkong zu reden, dann über die Ankunft in New York und den Aufenthalt bei Myra.

»Was für ein schrecklich dünnes Mädchen.« Chi-Chi fing an, sich auszuziehen. »So schrecklich dünn, wie ich bestimmt auch bald werde, wenn ich nicht etwas Schlaf bekomme. Ich nehme jetzt eine Dusche und gehe dann sofort ins Bett, Darling, sonst bin ich am Morgen zu nichts zu gebrauchen.«

Bond nickte. »Ich nehme noch schnell einen Brandy, dann komme ich zu dir.«

»Du kommst heute nacht nicht zu mir, mein Lieber!« Chi-Chi warf ihm einen koketten Blick zu, der Bände sprach. »Ist Mr. Lee nicht ein netter Mann? Kein Wunder, daß man in Beijing Hsia so viel von ihm hält.« Sie führte eine kleine Komödie für die versteckten Mikrophone auf und zog sich dabei weiter aus, als sei es das Natürlichste von der Welt. Bonds Zettel hatte sie vor *son et lumière* gewarnt. Gebrochene Klaue Lee, so dachte er, war genau der Mann, der einen Raum nicht nur aus Sicherheitsgründen überwachen ließ, sondern auch um seinen Voyeurismus zu befriedigen.

»Ein großartiger Mann«, antwortete er und ließ seine Blicke über das Schlafzimmer gleiten, wobei er versuchte herauszufinden, wo die Kameras verborgen waren. Dann ging er ins Wohnzimmer, goß sich ein großzügig bemessenes Glas Brandy ein und setzte sich in einen der bequemen Ledersessel. Bond war ein Mann, der all den Hokuspokus, der manchmal in Restaurants aufgeführt wird, wenn man einen Brandy bestellt, verabscheute. Das Wärmen leerer Gläser hatte nichts zu tun mit dem Geschmack eines guten Brandy.

Er behielt die Flüssigkeit einen Augenblick im Mund, bevor er sie hinunterschluckte. Das tat ihm immer gut und half ihm bei der Konzentration. Aber alles, woran er im Augenblick denken konnte, war die berühmte Bemerkung von Dr. Johnson: Claret ist das Richtige für Jungen, Port für Männer, aber wer danach strebt, ein Held zu werden, muß Brandy trinken. Nun, Bond strebte nicht danach, ein Held zu werden; das war einfach etwas, was mit seinem Job von selbst kam.

Er saß zehn Minuten bei seinem Drink, während er mit den Augen langsam das Wohnzimmer nach Anzeichen für versteckte Kameras absuchte, obwohl er sich nicht viel davon versprach, heutzutage, da die Fiberoptik im Kommen war. Seine Hauptsorge aber galt dem Problem, wie er seine Pistole verstecken sollte, wenn er sich auszog.

Als er ins Schlafzimmer zurückkehrte, schien Chi-Chi ihre Dusche in wahrer Rekordzeit hinter sich gebracht zu haben, denn sie schien bereits fest zu schlafen, behaglich zusammengerollt in dem großen Bett. Alle Lampen waren ausgeschaltet, mit Ausnahme einer matten Leselampe an der linken Bettseite.

Er ging auf Zehenspitzen ins Badezimmer, zog seine Jacke aus und nahm gleichzeitig die automatische Pistole aus dem Hosenbund. Er legte die Jacke, die die Pistole verdeckte, sorgfältig auf einen der Stühle im Badezimmer. Dann zog er sich rasch aus, duschte, trocknete sich ab und zog den Bademantel über, der für ihn bereitgelegt worden war. In der einen Wand befand sich eine Öffnung, wie für einen Müllschlucker, und daneben eine Aufschrift, mit der die Gäste gebeten wurden, ihre gebrauchte Wäsche hineinzuwerfen; innerhalb einer Stunde würden sie die saubere Wäsche zurückbekommen. Außerdem entdeckte er ein Stück zerrissenes Papier neben einer Seifenschale. Auf dem Papierstück befand sich eine Nachricht für ihn, die er zunächst noch nicht las.

Er nahm seine Oberbekleidung und brachte sie hinüber ins Schlafzimmer, wobei er die Pistole in die Tasche des Bademantels gleiten ließ; dann hängte er Jacke und Hose sorgfältig auf eine Patentpresse. Er packte sein Rasierzeug aus und trug es, zusammen mit seiner schmutzigen Wäsche, ins Badezimmer, wo er die Wäschestücke in den »Müllschlukker« steckte. Dabei nahm er das Stückchen Papier in seine Handfläche und las schnell die paar Zeilen durch.

Chi-Chi hatte geschrieben:

Ich werde eine Stunde lang wachbleiben, dann wachst du. Wir können uns so jede Stunde abwechseln, um vor häßlichen Überraschungen sicher zu sein. Sei nicht böse wegen der Kissen. Ich habe einmal etwas darüber gelesen. Ich glaube man nennt es »Häufeln«.
In Liebe xx

Er lächelte in sich hinein, beseitigte den Zettel, ging dann zurück ins Schlafzimmer und nahm den Bademantel hoch. Er legte ihn so auf das Bett, daß die Tasche mit der Automatik ganz in der Nähe war, dann schlüpfte er unter die Decke.

Chi-Chi hatte drei Kissen der Länge nach in der Mitte des Bettes hingelegt, um sie voneinander zu trennen. Bond fragte sich, wo sie wohl etwas über das »Häufeln« gelesen hatte. Wie er sich erinnerte, handelte es sich um einen alten Brauch in Wales und, wie er glaubte, auch in Neu-England. In Häusern, wo ein verlobtes Paar keine Ecke finden konnte, um allein zu sein und über die Zukunft zu reden, erlaubte die Familie ihnen, das eine große Bett für eine oder zwei Stunden zu benutzen, voll angekleidet und mit langen, dicken Kopfpolstern in der Mitte zwischen ihnen, damit sie nicht zu weit gehen konnten.

Er schlief fast augenblicklich ein. Chi-Chi weckte ihn sanft nach – wie es ihm vorkam – fünf Minuten. Er lag im Dunkeln und schaute von Zeit zu Zeit auf die Leuchtziffern seiner Uhr, aber dann, und das war für ihn ganz ungewöhnlich, hatte der Schlaf ihn überwältigt. Jetzt war er wach und frisch, wußte aber nicht, was in den Stunden der Nacht geschehen war.

Seine Gedanken kreisten um die Erlebnisse am vergangenen Tag, besonders um die virtuose Art, in der Gebrochene Klaue jede Möglichkeit einer Überwachung ausgeschlossen hatte, indem er sie auf einen Privatjet umgeleitet und die Notlandung in Salinas arrangiert hatte. Ob seine Mitarbeiter, die die Operation vom Flugzeugträger aus kontrollierten, wohl in der Lage gewesen waren, sie die ganze Zeit über im Auge zu behalten?

Er vermutete eher, daß das nicht der Fall war, und fragte sich, welche Aufgabe man Ed Rushia, der sie aus nächster Nähe hätte unterstützen sollen, jetzt wohl übertragen hatte. Dann war da Wanda, deren Verhör wahrscheinlich in dieser Nacht stattgefunden hatte. Bond war überzeugt davon, daß Gebrochene Klaue keine Ahnung hatte, daß seine Gäste nicht Peter Argentbright und Jenny Mo waren, die gerade aus Beijing Hsia angereist waren. Er wußte, daß das Wort Hsia, so wie sie es betonten, »Käfig« bedeutete. Bei anderen Betonungen konnte es auch »Kontrolle« oder »Regieren« heißen. Weitere Variationsmöglichkeiten waren »kunstvoll« oder »schlau«. Er konnte nur vermuten, daß damit das Hauptquartier des CELD in Beijing gemeint war, so wie die Anlagen in und um Moskau, die vom KGB benutzt wurden, als Moskau Zentrum bekannt waren.

Obwohl Gebrochene Klaue sie bei ihrer Ankunft als die richtigen Leute willkommen geheißen hatte, war Bond besorgt. Es konnte nicht sehr viel Zeit in Anspruch nehmen, Wanda zu brechen. Dann allerdings würde der Drache aus dem Käfig kommen. Die Art des Verhörs, über die Gebrochene Klaue gesprochen hatte, konnte nur eins bedeuten – Tiefenbefragung – und darin waren die Chinesen in der Vergangenheit Meister gewesen. Tatsächlich hatten die Chinesen das Buch über Gehirnwäsche geschrieben, wie sie diese Techniken der Kontrolle gern nannten. Die Befragung war einfach eine Weiterentwicklung der Gehirnwäsche, ausgefeilt durch die Anwendung von Drogen und anderen Pharmazeutika.

Er starrte an die Decke, die allmählich heller wurde, während der neue Tag am östlichen Horizont anbrach, und da fiel ihm völlig unvermittelt eine andere der Bemerkungen von Gebrochener Klaue aus der vorigen Nacht wieder ein. »Morgen«, hatte der große Indio-Chinese gesagt, »werden wir die Information überprüfen und Vorkehrungen treffen für ihren sicheren Transport nach Beijing Hsia, *bevor wir mit der wirklichen Arbeit beginnen.*«

M und Franks hatten ihn gewarnt vor der Möglichkeit dieser *wirklichen Arbeit*, aber er war sicher, daß Chi-Chi keinerlei Kenntnis davon besaß. Das war eine der Unmöglichkeiten gewesen.

Nach weiteren zehn Minuten, in denen er mit seinen Gedanken beschäftigt war, kam Bond zu dem Schluß, daß er sich auf eine Erkundungstour begeben sollte, um herauszufinden, wo sie sich eigentlich befanden.

Leise stieg er aus dem Bett, nahm den Bademantel auf, der die automatische Pistole enthielt, wählte aus den Sachen in seinem Koffer ein frisches Hemd, Socken und Unterwäsche aus und ging ins Badezimmer.

Er rasierte sich, duschte, frottierte sich kräftig ab und zog sich an, wobei er die Oberbekleidung wie schon in der Nacht zuvor dazu benutzte, die Pistole wieder an ihren normalen Platz unterhalb seiner rechten Hüfte zu befördern.

Im Wohnzimmer schrieb er in voller Sichtweite aller möglichen Kameras eine kurze Notiz für Jenny auf, die nichts weiter besagte, als daß er schon gegangen sei, um ihren großzügigen Gastgeber aufzusuchen.

Sie schlief immer noch friedlich, und er legte den Zettel auf das Seitentischchen neben ihr, wo sie ihn entdecken würde, sobald sie aufwachte.

Als er sich wieder im Wohnzimmer befand, ging er gerade auf die Tür zu, als ihm plötzlich ein anderer Gedanke durch den Kopf schoß. Er drehte sich um, ging zu dem hohen Fenster hinüber und suchte unter den Vorhängen nach einer Schnur, an der er dann zog. Sie glitten leise zurück, und das Sonnenlicht eines strahlenden Morgens flutete in den Raum. Er schaute hinaus, dann trat er ein paar Schritte zurück, weil er einfach nicht glauben konnte, was er sah.

Sie waren in Salinas gelandet und eineinhalb, höchstens zwei Stunden mit dem Auto gefahren, deshalb mußten sie sich in Kalifornien befinden, ganz in der Nähe von San Francisco. Aber er blickte auf einen architektonisch gestalteten

Garten voller Koniferen und Rosen. Dahinter fiel eine Wiese sanft ab, auf der friedliche Pferde grasten, und die Wiese ging über in ein dicht bewaldetes Gebiet, wo prächtige Bäume sich vor einem Horizont erhoben, der auf keinen Fall in Kalifornien sein konnte. Er erkannte die Landschaft wieder, von Photographien und aus seiner Erinnerung, denn vor einigen Jahren hatte er sie aus nächster Nähe gesehen.

Wie konnte er sich in Kalifornien befinden, wenn er ohne jeden Zweifel auf die Blue Ridge Mountains im mittleren Virginia blickte?

12
Chinesische Schachteln

Bond blieb am Fenster stehen, rieb sich die Augen und konnte nicht glauben, was er da so völlig unerwartet vor sich sah. Aber das Bild war tatsächlich nicht zu verwechseln, bis hin zu dem typischen blauen Dunstschleier, der dieser Bergkette ihren Namen gegeben hatte. Er runzelte die Stirn und versuchte, logisch zu denken. Sie hatten das Haus durch die Vordertür betreten und waren direkt im Erdgeschoß angekommen; von dort aus waren sie in Lees Studio gelangt. Dann waren sie zu der Gästesuite hinuntergeführt worden. Er erinnerte sich daran, daß er die Treppenstufen gezählt hatte, und rechnete sich aus, daß sie sich etwa fünf Meter unter dem Erdboden befanden. Deshalb konnte es aus diesem Fenster eigentlich überhaupt keinen Ausblick ins Freie geben, es sei denn, das Haus wäre als Halbgeschoßhaus erbaut worden.

Bond wandte sich um und ging rasch zu Tür. Als er sie öffnete, fand er davor auf einem kleinen Klappstuhl, sorgfältig eingepackt, seine saubere Wäsche. Er nahm sie und brachte sie ins Schlafzimmer, bevor er auf den Flur zurückkehrte, um wieder die Treppe in das Studio von Gebrochener Klaue hinaufzusteigen.

Auch in diesen Raum strömte das Sonnenlicht, und er hatte denselben Ausblick. Die Blue Ridge Mountains. Kein Zweifel. Aber irgend etwas störte ihn. Entweder spielte sein Augenlicht ihm einen Streich oder das Glas der Fensterscheiben übte auf sein peripheres Sehvermögen irgendeine Wirkung aus. Er trat zurück, um sich die Sache aus einer größeren Distanz anzusehen.

»Sie sind also auch ein Frühaufsteher. Ein wunderschöner Morgen, nicht wahr, Peter? Gefällt Ihnen der Ausblick. Sensationell, nicht wahr?« Lee war aus einer Tür an der linken Seite des Studios gekommen.

»Unglaublich!« Bond hörte selbst, wie verblüfft seine Stimme klang.

Gebrochene Klaue lachte leise. »Ich habe nicht erwartet, Sie jetzt schon hier anzutreffen. Sie sollten noch schlafen, sich ausruhen.«

»Jenny schläft noch.«

»Dann kommen Sie und frühstücken Sie mit mir. Sie stammen aus einer alten britischen Familie, soviel ich weiß; deshalb werden Sie mein Frühstücksritual hier genießen.«

Bond wurde zu der Tür an der linken Seite geführt und bemerkte, daß sie sich gleichfalls zwischen zwei Bücherschränken befand, genau gegenüber der anderen Tür, durch die man zu der Gästesuite hinuntergelangte.

Auch diese Tür führte zunächst zu einem ähnlichen kleinen Durchgang und dann eine lange Treppe hinunter. Er war überzeugt davon, daß sie ein gutes Stück unter dem Erdboden waren. Dann öffnete Gebrochene Klaue am Fuß der Treppe eine Tür an der rechten Seite, und Bond stand plötzlich in einem großen, niedrigen Speiseraum. Der Fußboden bestand aus polierten Holzdielen, die alt aussahen; die Wände waren getäfelt, und die Decke schien von großen Bohlen gehalten zu werden, die gleichfalls alt und unregelmäßig geformt waren. Die Einrichtung stammte aus der Zeit Jakobs I., darauf hätte Bond wetten können. Die Mitte des Raums nahm ein polierter Tisch mit mindestens dreißig passenden Stühlen ein, während an einer Wand eine hohe, wundervoll geschnitzte Truhe stand, die als Sideboard diente. Silberne Rechauds standen auf der Truhe, und der Tisch war für drei Personen gedeckt.

An der gegenüberliegenden Wand befand sich eine offene Feuerstelle, komplett ausgerüstet mit einem Eisenkorb und einem Set von Feuerzange, Schürhaken und Schaufeln. Über der Feuerstelle hing das einzige Bild in diesem Raum, ein großer Kupferstich, der, wie eine Inschrift in einem ornamentierten Oval oben am Bild erklärte, das *Große Volksfest auf der zugefrorenen Themse in London 1683-4*, zeigte.

Zwei Fenster mit Mittelpfosten und in Blei eingefaßten, diamantförmig geschnittenen Scheiben gaben vom anderen

Ende her dem Raum Licht, und als er durch die Tür gegangen war, konnte Bond den gleichen Anblick auf die Blue Ridge Mountains erkennen.

Gebrochene Klaue stand schon neben dem behelfsmäßigen Sideboard, einen Teller in der Hand. »Kommen Sie, Peter Abaelard, hier gibt es gute Sachen – Schinken, Würstchen, Eier, Kedgeree. Alles, was Sie in einem alten englischen Landhaus erwarten würden.« Es klopfte an die Tür, und ein ausgemergelt aussehender Chinese trat ein. Er trug ein großes Tablett, das mit zwei silbernen Kaffeekannen, einer Zuckerdose und einem Sahnekännchen beladen war.

»Ah, Peter, das ist einer der wenigen Vertrauten, denen ich es gestatte, hierherzukommen. Er ist bekannt als Frozen Stalk Pu, eine Anspielung auf seine erstaunliche Virilität, wie ich vermute. Er sieht nicht nach viel aus, aber ich versichere Ihnen, daß er mit Männern Sachen anstellen kann, die Ihre Haare im Nu grau werden ließen. Pu, das ist Mr. Abaelard.«

Frozen Stalk Pu verneigte sich leicht, stellte das Tablett auf den Tisch und zog sich zurück.

Auf das drängende Zureden von Gebrochener Klaue nahm Bond sich Schinken und zwei Eier. Es war keinesfalls sein gewohntes oder gar bevorzugtes Frühstück, aber er sagte sich, beim gemeinsamen Essen mit dem Mann könnten einige Rätsel gelöst werden.

Gebrochene Klaue hatte sich an das obere Tischende gesetzt, und Bond nahm zu seiner Rechten Platz. Frozen Stalk Pu trat leise ein und stellte vor jeden eine längliche Schale mit Toast.

»Sie sind in Beijing Hsia fast eine Legende«, fing Bond an. »Man sagt, Sie wären zur Hälfte Chinese und zur Hälfte Schwarzfußindianer. Kann das wahr sein?«

Lee schlang eine Mundvoll Essen herunter und nickte dabei. »Es ist wahr. Was aber manche Leute nicht wissen, ist die Tatsache, daß ich von fast königlicher Abstammung bin, und zwar von beiden Seiten her.« Er fuhr fort und erzählte dieselbe Gesichte, die Bond schon in dem Museum in Britisch-Kolumbien gehört hatte.

Wie Bond schon beim ersten Anhören der Geschichte gemerkt hatte, lag etwas Hypnotisches in der Art, wie Gebrochene Klaue sie vortrug. Dann fielen ihm noch zwei andere Dinge auf. Als er neben ihm saß und Lee beim Essen beobachtete, trat seine seltsam verdrehte Hand auffälliger in Erscheinung, und die Geschichte seiner verschiedenartigen Vorfahren wiederholte er, als hätte er sie auswendig gelernt. Er erinnerte sich an eine Bemerkung, die Lee in Victoria gemacht hatte: »Ich habe gehört, daß man behauptet …« Bond unterdrückte rasch ein fast verschwörerisches Lächeln, das unwillkürlich auf seinem Gesicht erschienen war. »Ich habe gehört, daß man behauptet, daß ich ein Schwindler sei und diese Geschichte erfunden habe, daß ich nichts weiter sei als das Kind irgendeines umherziehenden chinesischen Schneiders und eines Schwarzfußmädchens, das in Fort Benson seinen Körper verkaufte. Nichts daran ist wahr.«

Als er sich daran erinnerte, wiederholte Gebrochene Klaue genau dieselben Worte, als wären sie ein ritueller Teil seiner Geschichte, auswendig gelernt und fest in seinem Kopf programmiert.

Bond nickte. »Sie können mit Recht stolz sein auf Ihre Abstammung, Mr. Lee. Sie haben sie bestimmt unseren Leuten in Beijing Hsia bewiesen. Aber was ist mit Ihren anderen Vorfahren, den Schwarzfußindianern? Unterhalten Sie noch Kontakte zu ihnen?«

Lee nickte. »Aber ganz gewiß. Ich zweifle daran, daß ich überhaupt so für mich leben könnte, ohne immer wieder eine gewisse Zeit bei meinem anderen Volk zu verbringen. Ich muß einfach gelegentlich meine Batterien wieder aufladen wie jeder andere Mann auch. Es gibt Mitglieder der alten Schwarzfuß-Konföderation, die abgeschieden für sich leben; hoch oben in den Chelan Mountains im Staat Washington gibt es ein friedliches Camp, wo sie noch ganz in der überlieferten Art und Weise leben können. Ich gehe oft dorthin. Ich liebe es, den Rauch meines Tipi zu riechen, über das Leben nachzudenken, mit meinen Vorfahren zu reden. Nur wenige Leute wissen, daß ich dieses Camp besuche, aber ich kann Ihnen sagen, daß diese ruhigen, friedfertigen Leute auf

Leben und Tod für mich kämpfen würden, weil ich einer von ihnen bin und Verwandte dort habe.«

Er hielt plötzlich inne und fuhr fort zu essen, bis Bond das Thema wechselte und fragte, ob es irgendwelche Schwierigkeiten mit dem Mädchen Wanda gebe.

Er schüttelte den Kopf. »Keine wirklichen Schwierigkeiten. Aber ich muß zugeben, daß wir noch nicht sehr weit gekommen sind mit ihr. Sie ist gut trainiert worden. Ich habe sie fortbringen lassen, so daß wir uns näher mit ihr beschäftigen können, wenn wir Zeit dafür haben. Aber es ist klar, daß die Leute vom Geheimdienst einige Dinge über uns wissen. Beispielsweise wissen sie, daß ich wertvolle Informationen besitze über die neue technologische Errungenschaft, mit der jedes U-Boot über weite Entfernungen und in große Tiefe aufgespürt werden kann. Sie wissen, daß Sie und Jenny als Kuriere in dieses Land kommen werden oder schon gekommen sind. Deswegen, mein lieber Peter, müssen wir wirklich rasch fertig werden mit diesem Geschäft. Wenn möglich, noch heute.«

»Hung Chow H'ang hat uns von dem verblüffenden Coup berichtet, den Sie gelandet haben. Wie ist es Ihnen nur gelungen, in ihr wissenschaftliches Team einzudringen?«

Lee lächelte schlau, wie jemand, der wußte, daß er ganz besonders clever vorgegangen war. »Ich bin gar nicht in ihr Team eingedrungen. Agenten auszubilden und einzuschleusen, das erfordert zuviel Zeit und zieht sich zu sehr in die Länge. Ich ziehe eine wesentlich einfachere Annäherung vor.«

»Oh?« Er wußte, daß seine erstaunte Frage echt klang.

»Ich habe nur einige ihrer Leute gekidnappt und verhört. Diese Männer, Personal der US-Navy, sind nicht tapfer, und sie besitzen auch keine mentale Abwehrstellung wie, sagen wir, die schlaue Wanda. Es war so einfach, als wenn man einem Baby einen Bonbon wegnimmt.«

»Sie haben sie gekidnappt?«

»Ja, das war ganz einfach.«

»Gekidnappt, verhört und beseitigt?«

»Nein, Peter.« Seine Stimme klang schockiert. »Man beseitigt nur Leute, die man nicht wieder verwerten kann. Erinnern Sie sich? Diese Offiziere befinden sich hier, an diesem Ort, schon für den Fall, daß wir sie noch benötigen sollten. Sicher, eines Tages werden wir uns ernsthaft Gedanken machen müssen über ihre Zukunft. Aber wir haben alles bekommen, was wir wollten. Vielleicht war es nicht unbedingt notwendig, diese führenden Wissenschaftler hierher zu bringen; dabei ging es wohl mehr um eine gewisse Bestätigung unserer Möglichkeiten. Aber wir haben die Ware, Peter. Übrigens, haben Sie das Geld mitgebracht?«

»Ich habe die Möglichkeit, es zu beschaffen.«

Das Lächeln auf dem Gesicht von Gebrochener Klaue verblaßte. »Die Möglichkeit? Ich habe Beijing Hsia so verstanden, daß Sie es mitbringen.«

Bond schüttelte langsam den Kopf. »Nein, so arbeiten wir nicht. Mein Auftrag besteht darin, Jenny die Information überprüfen zu lassen und sie, falls sie zufrieden ist mit dem Ergebnis, auf Mikrodots übertragen zu lassen, die ich persönlich nach Beijing Hsia bringen soll. Während sie mit der komplizierten technischen Arbeit der Photographie beschäftigt ist, werde ich das Geld beschaffen. Das heißt, ich hoffe zumindest, daß ich es beschaffen kann. Sehen Sie, ich habe Sie so verstanden, daß ich mit Ihnen im Gebiet von San Francisco zusammenarbeiten soll, aber als ich heute morgen aus dem Fenster blickte, war ich keineswegs sicher, wo wir uns nun wirklich befinden.«

Gebrochene Klaue Lee warf den Kopf zurück und lachte dröhnend; seine Schultern zuckten vor Erheiterung. »Ah, es wirkt«, sagte er glucksend. »Es wirkt immer auf Fremde, und es gehört zu meinen Methoden, jede Überwachung auszuschalten. Man sagt, daß Gebrochene Klaue Lee kommen und gehen kann, wie es ihm gefällt; er kann sich unsichtbar machen und davonfliegen wie ein Adler. Ja, Peter Abaelard oder Argentbright, kommen Sie – ich will Ihnen etwas zeigen. Kommen Sie zu diesen Fenstern hier.«

Er stand auf und ging hinüber zu den mit Blei eingefaßten Fenstern mit Mittelpfosten am anderen Ende des Raumes.

Bond folgte ihm und blickte hinaus auf das hinreißende

Panorama der Blue Ridge Mountains von Virginia. Der Reflex des Sonnenlichtes auf einer Windschutzscheibe fiel ihm auf. Auch der Sonnenstand hatte sich verändert, sie war höher gestiegen.

»Sie sehen Virginia, ja?« Er konnte das breite Lächeln von Gebrochener Klaue fast greifen.

»Natürlich.«

»Ich will Ihnen noch etwas anderes zeigen.«

Bond registrierte, daß der große Mann mit der Hand einen bestimmten Punkt in der Wandtäfelung zwischen den beiden Fenstern berührte. Dann hörte er ein Klicken, er blickte nach unten und sah eine kleine Konsole mit Griffen, Knöpfen und Schaltern, die aus der Täfelung hervorgekommen war. »Schauen Sie aus dem Fenster«, sagte Gebrochene Klaue.

Draußen wurde es plötzlich ziemlich dunkel, als ob die Sonne hinter einer dicken Wolke verschwunden wäre, dann kamen die Wolken näher und hüllten die ganze Landschaft ein, bis es so dunkel war wie in der Nacht. Es war ein völlig verrücktes Erlebnis.

Dann, gerade, als die Nacht so schnell heraufgezogen war, entdeckte er am Horizont bereits rosafarbene Streifen, die den Himmel wieder in Licht tauchten. Eine neue Morgendämmerung kam, in völlig ungewöhnlichem Tempo, und als das Tageslicht wieder zurückgekehrt war, stellte Bond fest, daß sie nicht mehr auf die Blue Ridge Mountains schauten.

Er schnappte hörbar nach Luft, denn jetzt blickten sie aus den mit Blei eingefaßten Fensterscheiben auf London, *sein* London; allerdings war es nicht wirklich sein London, sondern das London des 17. Jahrhunderts mit all seinen typischen Aspekten und so lebendig, daß man es fast hätte anfassen können, bis hin zu der Wellenbewegung auf der Themse, die fast genau vor dem Haus vorbeizufließen schien.

»Gefällt Ihnen der kleine Trick? Meine Zeit- und Raummaschine?« Wieder hantierte Gebrochene Klaue mit den Knöpfen, und innerhalb von Sekunden erschienen wieder die

Blue Ridge Mountains. Die genaue Übereinstimmung von Zeit, Ort und Dimension war verblüffend.

»Wie funktioniert das?« fragte Bond.

Gebrochene Klaue lachte. »Wie? Oh, mit einer ganzen Menge Technologie.«

Er fing an, Bond zu erklären, daß sie sich tatsächlich in einem Haus befanden, das gar nicht existierte.

»Aber ich habe es gesehen. Als ich in der vergangenen Nacht ankam, habe ich es gesehen.«

»Sie haben zwar ein Haus gesehen, doch nicht dieses Haus. Ist Ihnen der Name der Gesellschaft aufgefallen, mit deren privatem Flugzeug Sie gereist sind?«

»Silver irgend etwas.«

»Silver Service.« Chi-Chi war eingetreten. Sie trug einen Morgenmantel, und Frozen Stalk Pu hielt sie am Ellenbogen.

»Die Lady ist herumgegangen. Ich habe sie direkt zu Ihnen gebracht«, sagte Pu.

»Gut.« Gebrochene Klaue zeigte wieder sein strahlendes Lächeln. »Gehen Sie und bringen Sie Kaffee und Toast für die Dame, Pu. Sie frühstücken mit uns, Jenny? Ja, ich darf Sie doch Jenny nennen?«

»Aber ja, natürlich. Ich glaube, ich habe irgendwie die Orientierung verloren. Ich hätte schwören können, daß ich aus dem Fenster der Gästesuite auf die Blue Ridge Mountains geschaut habe.«

»Komm, Liebling.« Bond ging auf sie zu und küßte sie auf die Wange. »Ich hab dich weiterschlafen lassen.«

»Und ich bin aufgewacht und stellte fest, daß du fort warst. Deshalb wollte ich dich suchen.«

»Genau zum richtigen Zeitpunkt. Mr. Lee hat mir gerade erklärt, weshalb man von hier aus die Blue Ridge Mountains sehen kann, aber ich habe es noch nicht verstehen können. Er sagt, wir wären in einem Haus, das gar nicht vorhanden ist.«

»Silver Service. Das stand auf der Seite der Gulfstream«, sagte sie, als würde sie etwas ungeheuer Wichtiges verkünden. »Stimmt's?«

»Hundertprozentig.« Gebrochene Klaue lächelte immer

noch schlau, wie jemand, der ein großes Geheimnis hütet. »Silver Service ist eine Firma, die niemals, selbst in hundert Jahren nicht, mit mir in Zusammenhang gebracht werden kann. Sie gehört natürlich mir, aber niemand kann das beweisen, und sei es auch nur, weil mein Name in ihren Unterlagen nirgends erscheint. Wie bei einer Anzahl von anderen Firmen, die mir gehören, beruht vieles auf der Basis von Vertrauen. Vertrauen, und, ja, ich denke, man könnte sagen – Furcht.«

Sie gingen zum Tisch zurück, als Frozen Stalk Pu wiederkam mit frischem Kaffee und Toast. Lee gab ihm Anweisungen, die Rechauds zu kontrollieren, und fragte Miss Mo, was sie essen wollte. Sie sagte, daß Toast gerade das Richtige wäre. »Toast und etwas Eingemachtes.«

Sie tranken alle noch Kaffee, und, als Pu gegangen war, fuhr Gebrochene Klaue in seinen Erklärungen fort.

»Natürlich existiert das Haus, auf das Sie heute in den frühen Morgenstunden einen Blick werfen konnten. Silver Service stellt Schallplatten für den jungen Markt her, für diejenigen Leute, die eine disharmonische, laute Musik mit unglaublichen Texten mögen. Die Firma bringt es fertig, etwa vierzig neue Gruppen in einem Jahr auf den Markt zu bringen. Diejenigen Bands, die vorübergehend das Tagesgespräch bilden, halten sich nicht lange. Aber die Firma besitzt auch Kapital, Aktien, Zubehör wie elektronische Instrumente und Schlagzeug und vier Bands, die es schaffen, Alben herauszubringen, die ihrem Publikum so sehr gefallen, daß sie Millionen Dollars im Jahr damit machen – Millionen für sich selbst und Millionen für Silver Service. Das Haus, das Sie in der letzten Nacht gesehen haben, gehört dieser Firma, die es an Mitglieder der einen oder anderen Band, die gerade in Mode ist, vermietet oder verkauft. Wenn es verkauft worden ist, kauft die Firma es einfach zurück, sobald die betreffende Band aufhört, finanziell lebensfähig zu sein. Im Augenblick gehört es einem jungen Mann, der Halman heißt, ein seltsamer und wahrscheinlich nicht sein richtiger Name, wie ich vermute, Marty Halman, Schlagzeuger in einer Band, die sich ›Eiszeit‹ nennt. Er wohnt in diesem Haus, oft mit mehreren Freundinnen zusammen, und führt einen sehr aufwendigen Lebensstil. Ich glaube, daß er im Augenblick hier ist, und ich fürchte, daß es die ›Eiszeit‹, die seit fast achtzehn Monaten Spitzenreiter war, bald nicht mehr geben wird. Aber solange sie sich hält, macht sie viel Geld. Wenn sie wieder weg ist vom Fenster, wird das Haus von einem anderen Mitglied einer der Spitzengruppen oder -bands von Silver Service gekauft werden, wobei ich das Wort kaufen ganz locker anwende.

Das Haus ist bei Interviews im Fernsehen gezeigt worden und wurde auch schon von einer Polizeirazzia heimgesucht; das war noch vor Mr. Halmans Zeit. Es ist abgelegen, obwohl man San Francisco leicht erreichen kann. So habe wir etwa in den frühen Morgenstunden die starrköpfige Wanda nach Sausalito gebracht.«

»Aber wir sind durch eine große, mit Eisen beschlagene Tür in diese großartige Halle gekommen.« Bond protestierte. Er hatte zwar bereits eine dunkle Ahnung von dem, was Gebrochene Klaue ihm erklärte, aber er wollte den naiven, verblüfften Zuhörer weiterspielen, sei es auch nur, um den großen Magier bei guter Laune zu halten.

»Und wenn Sie hingehen, um diese Tür wiederzufinden, werden Sie nur einen Teil der Giebelwand von Mr. Halmans Haus sehen, ohne Fenster, nur die Giebelwand. Natürlich ist die Tür vorhanden, und ich kann sie auf Knopfdruck zum Vorschein bringen, aber sie wird verdeckt von Stahl und Ziegeln. Von einer großen Stahlplatte mit einer Ziegelverkleidung. Ein Druck auf den Knopf, und die Stahlplatte verschwindet, nach oben und nach unten. Wir öffnen diesen Eingang nur selten am Tag. Wir haben andere Ausgänge am Ende jedes der langen Korridore im Untergeschoß.«

»Aber die Eingangshalle und…« Bond spielte weiter den Verblüfften.

»Die Eingangshalle existiert, aber die Treppe darin führt nirgendwohin. Die Eingangshalle und mein Studio existieren, aber als chinesische Schachteln in dem festen Haus, in dem Mr. Halman wohnt. Mit anderen Worten, sie werden umgeben von einem großen Teil des Gebäudes, das Sie in der letzten Nacht gesehen haben. Das eigentliche Haus ist wesentlich größer als unsere falsche Eingangshalle und mein Studio. Tatsächlich ist es selbst für jemanden, der gute Kenntnisse auf dem Gebiet der Architektur besitzt, fast unmöglich zu entdecken, daß die Eingangshalle und das Studio sich überhaupt innerhalb des Hauses befinden. Sie werden abgegrenzt von Korridoren, die zu Dienstbotenunterkünften von eher bescheidenen Ausmaßen führen. Berücksichtigt man außerdem noch einige geschickt plazierte falsche Fenster, so muß man sagen, daß es selbst einen sehr erfahrenen Architekten viel Zeit kosten würde, den fehlenden Raum im Hauptgebäude zu entdecken.

Der gesamte übrige Bau befindet sich unter der Erde. Die Aussicht aus den Fenstern wurde mit großem technischen Können inszeniert. Innerhalb der Schachtel, die ein Teil des gesamten Hauses ist, befindet sich ein Cyclorama, und unser großer und ziemlich kostspieliger Bau unter dem Haus ist gleichfalls von einem ähnlichen Cyclorama umgeben. Sie wissen, was ein Cyclorama ist, Peter?«

»Ja. Man findet so etwas häufig in Kinos.«

»Ein gekrümmter Schirm. Eine große Konstruktion. In diesem Fall ein sehr großer, langer, gekrümmter Schirm aus Zement, beschichtet mit dem gleichen Material, das für eine Breitwand im Kino verwendet wird.«

»So sind diese unglaublichen Ausblicke projiziert worden auf …« fing Bond an.

»In einfachen, laienhaften Worten ausgedrückt, ja.« Jetzt lächelte Gebrochene Klaue wie ein besonders nachsichtiger Vater. »Aber es gehört noch eine ganze Menge mehr dazu. Die Details und die Bewegungen werden bewirkt von etwas, das einen weiteren Schritt in der Lasertechnologie bezeichnet. Sie kennen das Prinzip der Laserschallplatte, denke ich?«

Beide nickten, wobei Bond dachte, daß allein diese Anlage Millionen gekostet haben mußte.

»Nun, was Sie sehen, wenn Sie aus dem Fenster schauen und das System eingeschaltet ist, ist in Wirklichkeit eine dreidimensionale Super-Laserschallplatte, die klar und deutlich die Bilder dreidimensional auf den Cycloramaschirm wirft. Wenn Sie sich die Mühe machen, lange Zeit stehen zu bleiben, möglicherweise mit der Stoppuhr in der Hand, würden Sie feststellen, daß der gleiche Zyklus mit vorbeifahrenden Autos, grasenden Kühen und Pferden sich ungefähr alle zwei Stunden wiederholt. Es gibt aber noch eine Reihe anderer Feinheiten. Die Projektionen vom Anbruch der Abend- und Morgendämmerung können sich nach 59 verschiedenen Mustern richten, wir können wählen unter zufällig zusammengestellten Folgen, bei denen sich das Wetter für eine Periode von vierundzwanzig Stunden verändert. Das Ganze ist natürlich computergesteuert.«

»Natürlich«, murmelte Bond.

»Es ist auf jeden Fall recht wirkungsvoll, und ich habe auch noch ein paar Spezialtricks auf Lager, wie etwa die Sache mit dem Ausblick auf das London des 17. Jahrhunderts, die ich Ihnen gezeigt habe, Peter.«

»Oh, das möchte ich auch gern sehen.« Chi-Chi war ebenso fasziniert wie Bond von der Idee eines Hauses unter dem Erdboden, unterhalb von zwei Räumen, die im Grunde genommen nichts weiter waren als chinesische Schachteln innerhalb des eigentlichen Gebäudes. Natürlich konnte Gebrochene Klaue kommen und gehen, wie es ihm gefiel, wenn dieser Platz sein Hauptquartier war.

»Gut, ich zeige es Ihnen, Jenny.« Gebrochene Klaue stand auf; ganz offensichtlich genoß er es, seine Zauberkunststückchen vorzuführen. Aber in diesem Augenblick klopfte jemand energisch an die Tür.

»Herein«, rief er so freundlich wie immer.

Bone Bender Ding stand auf der Schwelle. »Wir haben den Vater der herumspionierenden Schlampe, Sir.« Sein Gesicht war zu einem außerordentlich unangenehmen Grinsen verzogen, bei dem all seine Goldzähne sichtbar wurden. Bond erinnerte sich nur zu gut an diesen Gesichtsausdruck.

Gebrochene Klaue wandte sich an Bond und Chi-Chi. »Entschuldigen Sie bitte, das wird nicht lange dauern. Frühstücken Sie ruhig weiter. Ich werde Ihnen zeigen, wie wir die Leute davon abhalten, sich gegen uns zu wenden. Bring ihn herein«, befahl er. Seine Stimme verriet nicht den leisesten Ärger.

Tony Man Song Hing – sie wußten sofort, wer dieser Mann war – wurde fast in den Raum geschleudert und fiel vor Gebrochener Klaue auf die Knie. Er war völlig außer Atem, und auf seiner rechten Wange war ein frischer Bluterguß zu sehen. Er war ein kleiner Mann, und neben Gebrochener Klaue wirkte er noch kleiner.

»Tony, du hast mich sehr enttäuscht.« Einen liebenswürdigeren Ton konnte man sich nicht vorstellen.

»Was? Ich verstehe nicht... Warum? Was habe ich getan?« Der kleine Mann stammelte, seine Stimme war laut und voll panischer Furcht.

»Was du getan hast? Du willst mir wirklich erzählen, daß du das nicht weißt?«

»Natürlich weiß ich es nicht. Ich schulde Ihnen kein Geld mehr, wir haben das geregelt, zehn Tage ...«

»Zehn Tage, nachdem du mir deine hübsche Tochter geschenkt hast, ja. Damals habe ich mich bei dir bedankt, Tony Man Song Hing. Heute muß ich dich verfluchen.«

»Wenn sie Ihnen nicht gefallen hat ...«

»Eine Zeitlang hat sie mir gefallen. Dann haben wir entdeckt, daß sie in diesem Haus einen kleinen Kurzwellensender versteckt hat. In meinem Haus, Tony. Ich wußte zwar, daß sie Offizier in der Navy der Vereinigten Staaten war. Ich wußte aber nicht, daß sie Offizier des Geheimdienstes war und eine Spionin. Deine kostbare Tochter hat bei mir spioniert, Tony ...«

»Ich hatte keine Ahnung davon... Was ...«

»Tony!« Er schüttelte den Kopf, und seine Stimme nahm den gleichen sanften und einschmeichelnden Tonfall an, den er zweifellos auch in der Liebe anwendete. »Tony, wie kann ich dir glauben?«

»Sie müssen! Sie müssen mir glauben!«

»Es tut mir leid, aber das Risiko kann ich nicht eingehen. Sie ist eine Spionin. Wir werden mit ihr fertig werden. Du hast sie zu mir gebracht, deshalb mußt auch du dafür bezahlen.« Er schaute hoch, hinüber zu Ding, der in der Türöffnung stand. Hinter Ding konnte Bond Frozen Stalk Pu erkennen.

Ganz sanft sagte Gebrochene Klaue Lee: »Werft ihn den Wölfen vor.«

Tony Man Song Hing fing an zu weinen und zu schreien, als Ding ihn, von Pu unterstützt, packte, vom Boden hochzog und aus dem Zimmer zerrte. Fast dreißig Sekunden lang hörte man noch seine Schreie.

In der Stille, die darauf folgte, hatte Bond das Gefühl, daß er irgendeine Bemerkung machen sollte, um seine Verachtung für jemand wie Man Song Hing zum Ausdruck zu bringen. »Das ist ein gutes sprachliches Bild, Sir. Werft ihn den Wölfen vor. Ihre Leute sind zweifellos ebenso wild wie diese aussterbende Tierart.«

»Meine Leute?« Lee schaute ihn so fassungslos an, daß ihm fast das Mark in den Knochen gefror. »Ein sprachliches Bild? Das war es keineswegs, Peter Abaelard. Das war Realität. Ich habe ein Rudel von sieben Wölfen. Wie Sie sagten, handelt es sich um eine aussterbende Tierart – eine gefährliche Tierart. Ich habe genau das gemeint, was ich gesagt habe. Meine Wölfe sind hungrig. Meine Leute werden Mr. Man Song Hing ausziehen und seinen Körper mit dem Fett verschiedener Tiere einreiben, was mein kleines Rudel anlockt. Danach werden sie ihn den Wölfen vorwerfen. Möchten Sie gern zusehen?«

»Nein, ich glaube nicht. Jedenfalls nicht diesmal.« Bond fürchtete, daß Chi-Chi sich gleich würde übergeben müssen.

»Nun, gut. Ich denke, Miss Mo – Jenny – sollte sich ankleiden, damit wir anfangen können, das Geheimmaterial, das ich gesammelt habe, zu überprüfen.«

Nach einer kleinen Pause nahm Chi-Chi den Ball auf. »Ja, wenn es so gut ist, wie Sie sagen – und ich zweifle nicht daran–, werde ich dann meine Zeit darauf verwenden, es auf Mikrodots zu speichern für den Transport zurück nach Beijing Hsia. Sie werden sich sehr freuen, wenn sie es bekommen.«

»Ja. Ich lege großen Wert auf das Urteil aus Beijing Hsia. Übrigens wollte ich Sie fragen, wie es dem alten Einauge H'ang ging, als Sie ihn zuletzt gesehen haben?«

»Er war in ausgezeichneter Stimmung«, sagte Bond schnell, als Chi-Chi vom Tisch aufstand und sich entschuldigte.

»Ja, es wird schön sein, ihn wiederzusehen.« Gebrochene Klaue hatte sich gleichfalls erhoben und stand neben der unbenutzten Feuerstelle. »Ich vermute, daß Sie es sein werden, Peter, der die Mikrodots herausschmuggeln wird. Jenny versteht sich so gut auf Zahlen und Computer, daß ich mir vorstellen könnte, daß sie hierbleibt, um uns bei der wirklichen Arbeit zu helfen, die das alte Einauge so humorvoll *Operation Jericho* getauft hat.«

»Ja«, erwiderte Bond sofort und hoffte, daß Chi-Chi still bleiben würde.

»Ich nehme an, daß Sie am späten Abend abreisen werden?«

»Wenn wir bis dahin mit der Arbeit fertig werden können.«

»Und wenn Sie die versprochene Bezahlung beschaffen können, was Ihnen selbstverständlich möglich sein wird. Wie schade, Peter. Sie werden das alte Einauge H'ang verfehlen. Er wird nicht vor morgen abend hier eintreffen.«

Bond hatte das Gefühl, daß die Erde ihn verschlingen wollte. Chi-Chi war kreideweiß geworden und schwankte leicht.

Gebrochene Klaue schaute die beiden gar nicht an. »Ja, es wird schön sein, wieder einmal mit Einauge zu sprechen. Es ist schon lange her seit dem letztenmal.«

13
Schwarze Magie

James Bond wagte es nicht, Chi-Chi in die Gästesuite zu folgen. Sie besaß Qualität, aber das plötzliche Wissen um die bevorstehende Ankunft von Hung Chow H'ang und um eine weitere Aktion mochte sie in eine Erregung versetzt haben, in der sie ihm laut Fragen stellte. Er hoffte nur, daß er sie ein wenig beruhigen konnte, wenn sie als reine Farce die Geheiminformationen über Lords und Lords Day gemeinsam überprüften. Weder Chi-Chi noch Bond waren in irgendeiner Weise dafür qualifiziert, den Wert der in technischer Fachterminologie aufgezeichneten Information zu beurteilen.

Als M und Franks mit ihm über die entfernte Möglichkeit gesprochen hatten, daß Gebrochene Klaue in das Unternehmen *Jericho* verwickelt sein könnte, hatte er vorgeschlagen, daß auch Chi-Chi eingeweiht werden sollte, aber die Zeit war knapp gewesen, und die Wahrscheinlichkeit, daß diese Angelegenheit eine Rolle spielen würde, war ihnen so gering erschienen, daß M schließlich gesagt hatte: »Wenn die Sache durch einen unglücklichen Zufall aufs Tapet kommen sollte, werden Sie damit fertig werden müssen, 007.«

Franks hatte gemeint, daß das ganze Unternehmen völlig unsicher sei, auch auf Grund der weiten Entfernung vom chinesischen Hauptquartier; er wollte jede Summe darauf verwetten, daß Gebrochene Klaue keinerlei Kenntnis davon hatte. »Sicher«, hatte Franks gegen Ende der Einweisung gesagt, »wenn es die Japaner wären, sähe die Sache anders aus. Von den Japanern ist bereits einmal eine gezielte Indiskretion ausgestreut worden. Ein vollständiges Dokument, das diesbezüglich kursierte, schien nach einer Analyse von Langley auf eine geheime Operation gegen die Wirtschaft der Vereinigten Staaten schließen zu lassen.«

Dabei war es geblieben, und jetzt verfluchte Bond sich, weil er sie nicht wenigstens während ihrer gemeinsamen Reise in großen Zügen auf diese unwahrscheinliche Möglichkeit vorbereitet hatte. Was er nun tun mußte, war folgendes: Er mußte dem Material, das Gebrochene Klaue besaß, sein Placet geben und dadurch die Klärung der Geldangelegenheit beschleunigen, worauf Gebrochene Klaue den größten Wert zu legen schien. Er zweifelte nicht daran, daß Mr. Gebrochene Klaue Lee wie so viele reiche Männer besessen von dem Gedanken war, noch mehr Geld zu erlangen. Ein biblischer Text fiel ihm plötzlich ein: »Und jedem, der etwas hat, soll gegeben werden... aber dem, der etwas hat, soll das, was er hat, nicht genommen werden.« Er hatte diesen Text immer im Gedächtnis behalten. Er nahm an, daß er genau das war, was Steuereinnehmer auf der ganzen Welt als hübsche Stickerei über ihren Schreibtischen hängen hatten.

Gebrochene Klaue, der sich gleichzeitig mit Chi-Chi entschuldigte hatte, kam zurück. Er trug eine große Ledermappe, die er stolz hochhielt. »Hier ist die Information, an der Beijing Hsia interessiert ist. Sie hat den Kodenamen *Schwarze Magie*. Es sind etwa zweihundert Seiten, aber ich könnte mir vorstellen, daß Sie und Jenny recht schnell damit fertig werden können.«

»Das denke ich auch. Wir wissen, worauf wir achten müssen.«

»Gut. Nun, Peter, was für Abmachungen wurden getroffen hinsichtlich der Beschaffung des Geldes? Sie haben gesagt, Sie könnten es besorgen. Was ist dazu erforderlich?«

»Nichts Besonderes, wenn wir tatsächlich ganz in der Nähe von San Francisco sind, wie Sie sagen.«

»Wir befinden uns zwischen Big Sur und Monterey, weit entfernt von dem Highway an der Pazifikküste; es ist ein karger Landstrich, doch haben wir hier ein paar Bäume, die uns bei Transporten Sichtschutz bieten. Werden Sie nach San Francisco gehen müssen, um das Geld zu beschaffen?«

»Wir haben eine Vereinbarung mit einer Bank getroffen. Sie werden mir, und nur mir allein, einen Scheck geben, ausgestellt auf wen auch immer Sie wollen.«

»Wo liegt die Bank?«

»Ich muß in die Nähe von Fishermen's Wharf gelangen. Von dort aus ist es nicht mehr weit.«

Gebrochene Klaue lächelte, als wäre er überaus glücklich. »Dann gibt es überhaupt keine Probleme. Wir haben einen Hubschrauber hier, und Ding kann Sie begleiten. Wir haben eine Abmachung getroffen mit einer Firma, die Chopper Views heißt. Sie besitzt zwei Hubschrauberplätze in der Nähe davon.«

»Dann ist es nur noch ein Spaziergang von fünfzehn Minuten, vielleicht einer halben Stunde.« Bond zuckte mit den Schultern, um damit auszudrücken, daß die ganze geschäftliche Seite der Angelegenheit nebensächlich wäre. »Wenn wir heute nicht fertig werden sollten mit unserer Arbeit, kann ich das Geld morgen früh holen.«

»Nein, nein!« Lee schüttelte den Kopf, aber seine Stimme verriet wie immer keinerlei Anzeichen von Verstimmung. »Nein. Ich bin sicher, daß Sie heute alles schaffen werden.«

Ermutigend war immerhin, sagte Bond sich, daß Lee keinerlei Argwohn zu hegen schien. Er hatte Bond und Chi-Chi vorbehaltlos akzeptiert, im Vertrauen auf all die Kennworte und Kodes. Warum auch nicht? Sie hatten anscheinend die richtige Reiseroute zurückgelegt, die richtigen Telefonnummern gewählt und sich damit einwandfrei identifiziert. Der kritische Augenblick würde erst kommen, wenn H'ang, der völlig unerwartete Störfaktor, auftauchte und einen von ihnen sah. Auch der Gedanke, daß es ihm immer noch möglich geblieben war, bewaffnet zu sein, gab ihm Mut; es war ein weiterer Beweis dafür, daß man ihnen völlig vertraute.

»Sie können Ihre Arbeit hier an diesem Tisch erledigen oder oben in meinem Studio. Ich habe ganz vergessen zu erwähnen, daß es bemerkenswert gut gegen Schall abgedichtet ist.«

»Dann, denke ich, gehen wir ins Studio.« Bond war schon auf dem Weg zur Tür, und Lee folgte ihm rasch; er bewegte sich mit jener Gewandtheit, die man bei sehr großen Männern oft findet.

Als sie ins Studio kamen, erschien Chi-Chi; sie hatte sich

einfach angezogen: ausgebleichte Jeans, ein weißes T-Shirt und eine kurze Jeansjacke. Jedes Kleidungsstück war offensichtlich schon getragen worden, und man konnte ohne weiteres annehmen, daß sie genau dieselben Sachen in den Büroräumen der alten französischen Botschaft trug.

»Jenny!« Gebrochene Klaue strahlte vor Freude. »Peter hat vorgeschlagen, daß Sie hier arbeiten. Es sollte nicht allzu lange dauern.« Er legte die lederne Aktenmappe auf den Tisch.

Chi-Chi schaute Bond an. »Ich denke, wir brauchen etwas Schreibpapier und einen Taschenrechner. Ich habe etwas vergessen. Mein eigener hochentwickelter Taschenrechner ist leider in meinem Büro in Beijing zurückgeblieben.«

Bond war begeistert, als er sah, daß sie ihre Fassung wiedergewonnen hatte.

»Was für ein Modell war es genau?« Die sanfte, einschmeichelnde Stimme von Gebrochener Klaue hatte einen unmißverständlichen Beiklang von Lüsternheit angenommen.

Also, dachte Bond, das ist ein weiterer Grund dafür, daß er mich für eine Stunde oder so aus dem Weg haben will.

»Es war ein HP-28S, ein hochmodernes, wissenschaftliches Modell, ziemlich schwer zu handhaben. Ich bin sehr ärgerlich auf mich«, erwiderte Chi-Chi.

»Ich bin sicher, daß diejenigen, die am Unternehmen *Jericho* arbeiten, einen haben oder doch zumindest einen sehr ähnlichen. Kommen Sie, wir schauen gleich nach; bei dieser Gelegenheit werden Sie feststellen, wie weit wir schon damit gediehen sind, Unternehmen *Jericho* anlaufen zu lassen.« Er wandte sich der Tür zu, die zu dem Speiseraum hinunterführte, und Bond sah, daß Chi-Chi ein wenig besorgt wirkte.

»Obwohl es sehr passend ist«, meinte Gebrochene Klaue und zögerte an der Tür, »kommt es mir doch etwas befremdlich vor, daß das alte Einauge H'ang für diese unerhörte Aktion ein jüdisches oder christliches Symbol als Decknamen gewählt hat.«

Chi-Chi ging ruhig weiter. »Wußten Sie das nicht, Sir? Als General H'ang noch sehr jung war, wurde er von christlichen Missionaren erzogen, und als er vor der Eroberung von Beijing verwundet war, hat ein christliches Ehepaar ihn gepflegt.«

»So? Ja, ja, natürlich. Das unglückselige Mädchen in New York, Myra, war die Tochter des Ehepaars, das ihn vor langer Zeit gepflegt hat. Ich hatte es ganz vergessen. Kommen Sie.«

Er führte sie die Treppe hinunter und an der Tür zum Speiseraum vorbei. Einmal nickte Bond Chi-Chi unmerklich zu, um sie zu beruhigen, aber sie antwortete mit einem Signal, das eindeutig Angst und Bestürzung ausdrückte.

Sie befanden sich jetzt in einem noch tiefer gelegenen unterirdischen Geschoß, aber es lag keine Spur von Feuchtigkeit in der Luft, und es gab keinerlei Anzeichen dafür, daß sie sich in oder unterhalb einer Felsenschicht aufhielten. Die Wände waren mit dicken Tapeten verkleidet, die ihrerseits mit einer weißen Photo-Emulsion beschichtet waren. Deckenlampen erleuchteten den Korridor so hell, als ob Tageslicht herrschte.

Schließlich blieb Gebrochene Klaue vor einer Tür stehen, in deren Füllung eine dicke, durchsichtige Glasplatte eingelassen worden war. Er schaute hindurch, und sie sahen, daß er jemandem im Innenraum zunickte.

»Da sind wir.« Er drehte sich zu Bond und Chi-Chi um. »Das ist unser *Jericho*-Laboratorium.« Er hielt die Tür auf, damit sie hineingehen konnten.

Sie kamen in einen hell erleuchteten Arbeitsraum mit vier Technikern in weißen Kitteln, zwei Frauen, von denen eine Chinesin war und eine Kaukasierin, und zwei Männer, einer schwarz und einer weiß.

Gegenüber dem Eingang befand sich ein langer Tisch voll elektronischer Geräte, an dem der schwarze Techniker saß; die anderen Mitglieder des Teams saßen vor einer mit Leder verkleideten Tischfläche, in die Computer-VDUs eingebaut waren. Bond konnte auch einen Blick auf Tastaturen werfen, die auf ausziehbaren Ablageflächen unter der Tischplatte verborgen waren.

An diesen Kontrollraum grenzte eine Wand, die ganz aus

dickem, durchsichtigem Glas bestand, durch das man in ein großes, kahles Zimmer blickte, in dem etwa vierzig Männer und Frauen an Computerterminals saßen. Jeder hatte außerdem ein Datenübertragungsgerät und ein Telefon vor sich. Um den Raum herum lief ein elektronisches Videoband, auf dem die Preise von Aktien und Wertpapieren erschienen. Es sah sehr ähnlich aus wie im Hauptbüro eines großen Börsenmaklers; der einzige Unterschied bestand darin, daß die Leute hier ruhig vor ihren Computern saßen. Das übliche chaotische Geschrei fehlte, die fieberhafte Geschäftigkeit und das ganze Durcheinander. Nur gelegentlich knipste jemand schnell einen Schalter an und sprach ein paar Worte in ein Mikrophon.

Der große schwarze Techniker, der vor dem elektronischen Zubehör saß, schien der diensthabende Aufsichtführende zu sein, denn er war es, an den Gebrochene Klaue sich wandte.

»Andrew, es tut mir leid, daß ich störe. Hier sind zwei gute Freunde von uns, Mr. und Mrs. Abaelard. Peter, Jenny, das ist Andrew, im Augenblick der diensthabende Kontrolleur. Wie steht es heute, Andrew?«

Andrew lächelte breit. »Wir jagen gerade ein paar Hotelketten einen kleinen Schrecken ein. Nur um ihnen die Hölle heiß zu machen. Zur Übung.«

Einer der drei Techniker, die den angrenzenden Raum überwachten, sprach leise in ein Mikrophon: »Okay. 22 und 26 fangen an zu verkaufen. Setzen Sie das ganze Zeug, was Sie gekauft haben, ab, wenn der Börsenmarkt geöffnet wird. Verschleudern Sie es. Sie müssen sich nur darüber im klaren sein, daß wir mit Spielgeld arbeiten, aber die Kunden draußen denken natürlich, daß es sich um echtes Geld handelt.«

»Wir wollten Sie nur fragen, ob jemand von Ihnen einen hochentwickelten, wissenschaftlichen Taschenrechner dabei hat.« Gebrochene Klaue schien sich fast entschuldigen zu wollen.

»Ich habe einen Taschenrechner von Texas Instruments hier. Möchten Sie ihn ausleihen?« fragte einer.

Chi-Chi erklärte, daß sie ihn nur für kurze Zeit benötigen würde, und erhielt ihn.

Als sie den Raum verließen, sagte einer der Kontrolleure gerade: »Passen Sie auf, 32, die mündelsicheren Wertpapiere fangen an zu fallen. Kaufen Sie alle auf, die Sie bekommen können. Sofort, rasch. Wir können sie später wieder verschleudern; wenn Sie kaufen, werden sie anfangen zu steigen, dann verkaufen wir, und sie werden für eine Weile auf den absoluten Nullpunkt sinken.«

»Sie scheinen sehr tüchtig zu sein.« Chi-Chi brachte es fertig, auf dem Rückweg ins Studio ganz gelassen zu bleiben.

»Sie sind gut ausgebildet. Sie haben alle auf dem Börsenmarkt gearbeitet, und ich habe sie wegen ihrer Geschicklichkeit angeworben.« Gebrochene Klaue lachte leise; es klang unheimlich. »Außerdem sind sie motiviert. Jeder einzelne im Laboratorium hat Grund, den Börsenmarkt zu hassen. Sie werden außer sich vor Freude sein, wenn Wall Street zu Fall gebracht wird.«

»Das glaube ich Ihnen aufs Wort«, murmelte Chi-Chi.

Lee ließ sie beide allein in seinem Studio zurück und erklärte ihnen, daß sie bloß auf die Nummer 6 auf dem Telefon drücken sollten, wenn sie mit der Durchsicht des Materials *Schwarze Magie* fertig wären. Dann würde man sie sofort zu ihm durchstellen.

Sie setzten sich nebeneinander hin, die Akte *Schwarze Magie* zwischen sich und das Schreibpapier und die Kugelschreiber, die man während ihrer Abwesenheit gebracht hatte, direkt vor sich.

Chi-Chi überflog die ersten fünf Blätter, die offen zwischen den im Lederordner eingehefteten Blättern lagen, und schrieb schnell auf ein Blatt Papier: »Was zum Teufel geht eigentlich vor?«

Bond blätterte ebenfalls die ersten fünf Seiten durch, las, was sie notiert hatte, und schrieb darunter:

Es ist nicht zu erwarten gewesen, daß Unternehmen Jericho schon jetzt aufs Tapet kommen würde. Es ist ein auf lange Dauer berechneter Plan, die Effektenbörse in

New York anzuzapfen und eine künstliche ökonomische Katastrophe für Tage oder Wochen auszulösen. Das Ziel besteht darin, den Dollar total zusammenbrechen zu lassen, was natürlich seine Auswirkungen auf die meisten wichtigen Währungen in der Welt haben würde. Die Japaner haben diesen Gedanken zuerst entwickelt, aber es sieht so aus, als ob Einauge und unser Mann den Plan schon sehr bald in die Tat umsetzen wollen.

Sie nickte, ging einige andere Dokumente in der Akte durch und schrieb:

Was sollen wir jetzt machen?

Bond kritzelte als Antwort hin:

Cool bleiben. Gib dir den Anschein, daß du dieses Zeug überprüfst, aber laß dir nicht zuviel Zeit damit. Je eher du anfängst, diese Seiten auf Mikrodots zu übertragen, desto eher kann ich hier heraus, um die Fünfte Kolonne zu holen.

Sie beugten sich über die Seiten im Aktenordner *Schwarze Magie* und gaben sich in jeder Weise den Anschein, ernsthaft zu arbeiten; sie machten sich gelegentlich Notizen und sprachen leise miteinander, Chi-Chi führte imaginäre Berechnungen durch, und Bond machte sie von Zeit zu Zeit auf bestimmte Punkte aufmerksam.

Es gab für sie keinen Zweifel, daß Gebrochene Klaue mit Hilfe der fünf gekidnappten Männer von der Navy eine Goldmine erschlossen hatte, obwohl der Ordner mit wissenschaftlichen Daten angefüllt war, die für sie beide viel zu hoch waren. Bond kannte einige der Worte und Begriffe, die zwischen langen mathematischen Gleichungen auftauchten; Begriffe wie Radarquerschnitt, visuelle und akustische Zeichenreduktion, Frequenzausstrahlung und -schwund, laserverstärkte Tonsignale und dergleichen klangen vertraut, aber er hätte keinen Bericht über das schreiben können, was er las.

Sie arbeiteten länger als eine Stunde am Ordner *Schwarze Magie*.

Der Weg des Hubschraubers über das ausgedehnte Suchgebiet war ermüdend, und Ed Rushia war froh, daß er bei den zwei Gelegenheiten, als sie zum Auftanken gelandet waren, aussteigen hatte können, um seine Beine zu strecken. Bisher war jeder Versuch, ein Signal von einem der beiden Sender aufzufangen, völlig gescheitert. Jetzt kreisten sie über dem Gebiet von Big Sur. Immer noch kein Erfolg. Die Instrumente reagierten nicht, und die Kopfhörer fingen keinen Laut auf.

Sie hatten die Suche fast beendet, nachdem sie drei Stunden lang hin- und hergeflogen waren.

»Negativ, Commander?« fragte der Pilot des Hubschraubers den Geheimdienstoffizier.

»Absolut.« Rushias Müdigkeit war deutlich an seiner Stimme zu erkennen. »Wir wollen an der Küste entlang in Richtung Monterey fliegen.«

»Liegt nicht in unserem Suchbereich.«

»Nein, aber das ist der schnellste Weg zurück.«

Der Hubschrauber wandte sich nach Norden. Unter ihnen erstreckte sich endlos karges, felsiges Land bis hin zu dem schmalen Streifen des Highways an der Pazifikküste.

Plötzlich strengte Rushia sein Gehör bis aufs äußerste an. Das Geräusch war nicht mehr gewesen als ein winziger Piepton, aber die DF-Nadel war ein wenig nach Osten ausgeschlagen. »Nach Osten«, befahl er. »Langsam. Die Geschwindigkeit drosseln.«

Zwei Minuten später tauchte das Signal wieder auf, sehr schwach, eigentlich kaum vernehmbar, aber trotzdem eindeutig vorhanden. Er schaute nach vorn. Versteckt am Fuß eines Felsausläufers sah er Bäume, eine kleine Nebenstraße und ein Haus, groß, solide, das sich an einem Wiesenabhang erhob. Er konnte einige Autos erkennen, die offen auf der Kehrschleife vor der Fassade im Osten parkten, und ein paar weitere, die neben einer Baumgruppe an der Südseite standen. Offensichtlich war eine Menge Arbeit erforderlich gewesen, um dieses Haus, das eingeschlossen wurde von Felsen und kargem Land, zu bauen und der Landschaft architektonisch einzufügen. Er konnte sogar etwas, das wie ein Hundezwinger aussah, auf der anderen Seite der Baumgruppe an der Südseite des Hauses erkennen.

Die DF-Nadel zitterte, und das kleine rote Licht blinkte schwach auf, während im Kopfhörer die unverwechselbaren Morsezeichen für J und K, die Rufsignale der beiden Sender, leise zu hören waren.

»Photographieren«, befahl Rushia. »Photographieren. Und dann nichts wie weg, so schnell wie möglich.« Er hatte sie gefunden, aber der Himmel mochte wissen, was die Signale so stark abschirmte. Sie klangen so, als würden sie vom Mittelpunkt der Erde aus gesendet.

Rushia stellte den Kontakt zur Basis her, dem Flugzeugträger mit dem Einsatzteam *Curve* an Bord; er gab die Koordinaten durch und die Information, daß er, Indexer, die Spur von Custodian und Checklist aufgespürt hatte.

Innerhalb von fünfzehn Minuten, nachdem Rushias Bericht beim Flugzeugträger eingetroffen war, hob eine Lockheed SA 2-37A mit Kolbenmotor, eine Aufklärungsmaschine, von Moffet Field ab, dem Zentrum für das geheime elektronische Luftüberwachungssystem »Beobachten und Lauschen«, und strebte die Koordinaten an, die Rushia durchgegeben hatte. Die SA 2-37A ist eine jüngere Schwester der alten YO-3A, die einige Zeit im Vietnamkrieg von der US-Army, CIA und NASA häufig eingesetzt worden war und sich als unschätzbar erwiesen hatte bei der Sammlung von Informationen über die Bewegungen der feindlichen Truppen. Heute sind nicht mehr viele von diesen Maschinen im Einsatz. Die SA 2-37A sieht aus wie ein ganz gewöhnliches kleines Privatflugzeug mit nur einem Motor, ist aber ausgerüstet mit hochentwickelten Präzisionskameras und all dem sensorischen und hitzeempfindlichen photographischen Zubehör, das man in jenen größeren Aufklärungsmaschinen findet, die große Höhenlagen erreichen.

Die SA 2-37A erledigte ihre Aufgabe rasch. Die beiden Mitglieder der Crew saßen nebeneinander, beide erfahrene Männer, und innerhalb von zwei Stunden betrachteten M, Grant, Tanner und Franks bereits die vorliegenden Aufnahmen mit Hilfe eines Recce-Pix-Fachmannes. Die verschiedenen Farbzonen zeigten deutlich, daß es sich um kein gewöhnliches Haus handelte, denn die verschiedenen Bereiche mit unterschiedlichen Temperaturen ließen ausgedehnte, symmetrische Bauten unterhalb der Erde erkennen.

»Sie haben einen richtigen Bunker da unten«, sagte Grant und fuhr mit dem Finger über die rosaroten und roten Zonen.

»Und auf den stark vergrößerten Photos kann man erkennen, daß sie einen Ausgang in der Nähe dieses Hundezwingers haben.« Tanner kreiste das mit Bäumen bestandene Gebiet im Süden ein, das sie bereits als einen geschickt getarnten Hubschrauberlandeplatz identifiziert hatten.

Dann entdeckten sie noch einen weiteren Ausgang im Norden zwischen zwei Felsausläufern.

»Welche Möglichkeiten haben wir, einen großangelegten Vorstoß auf diese unterirdischen Bauten zu starten?« M's Gesicht hatte die Farbe von Granit angenommen.

»Wir können einen inoffiziellen Sturmangriff riskieren, nur mit meinen eigenen Leuten.« Grant zog die Brauen zusammen. »Aber einfacher ist es, wenn wir es zu einer Angelegenheit der Spezialeinheiten machen.«

»Sie meinen, Kamerad Lee hat die Leute von der Navy ebenso da unten bei sich wie Bond und das Mädchen?« M ließ die verschiedenen Photos, die auf seinem Schreibtisch ausgebreitet lagen, nicht aus den Augen.

»Hier ist Platz für eine Art Sicherheitszone, und die Wärmeausstrahlung spricht für fünf oder vielleicht sechs Personen.« Wieder fuhr Grant mit dem Finger über die unterirdischen Bereiche. »Und dann dieser Punkt hier – das verstehe ich nicht. Wenn die Wärmeausstrahlung, die roten Flecken, richtig wiedergegeben ist, scheinen sich dort dreißig bis vierzig Leute aufzuhalten, dazu eine Menge von elektronischem … Oh, du lieber Himmel!«

»Ja?« sagte M scharf.

»Jericho!« rief Grant. »Wir wissen, daß die Chinesen das verrückte Projekt haben, das auf dem japanischen Bericht aufgebaut ist.«

Franks streckte den Hals vor. »Sie können das unmöglich schon hier installiert haben. Sie haben nicht genügend Zeit gehabt.«

»Sie haben genügend Zeit gehabt, wenn die Chinesen schon lange vor den Japanern an einem ähnlichen Projekt gearbeitet haben.« Grants Stimme klang besorgt. »Ich denke, wir sollten uns beeilen. Ich versuche, einen Auftrag des Präsidenten zu bekommen, wenn es notwendig ist, obwohl wir es wahrscheinlich mit Hilfe der örtlichen Polizei durchführen können. Sie haben eine schnell einsatzbereite Spezialeinheit der Marine, drüben in Alameda. Lassen Sie mich die Sache ins Rollen bringen.« Er wandte sich gerade in dem Augenblick den Telefonapparaten zu, als das rote Telefon anfing, eine Reihe von Zirplauten ertönen zu lassen.

Das war M's Kontakttelefon. Er griff sofort nach dem Hörer und sagte: *»Curve* Eins ... Ja, wo?« Er legte die Hand über die Sprechmuschel und rief den anderen zu: »Es ist Bond. Er ist in der Bank.«

14
Ein Weg zu Bank

Nachdem sie eine Stunde lang angeblich an dem Materialkomplex *Schwarze Magie* gearbeitet hatten, zog Bond den kleinen Stapel von Papierbögen zu sich heran und schrieb:

> Mach Dir keine Sorgen, Liebes. Stochere herum, und Du wirst ein kleines Feuerwerk entfachen. Ich habe bisher mit Hilfe meiner fünf Sinne nach diesem Motto gelebt. Gewöhnlich passiert etwas Unangenehmes, und ich glaube, wir haben diesen Punkt bald erreicht. Verzweifle nicht, ich habe es mir zur Regel gemacht, zu überleben, um an einem anderen Tag zu kämpfen, und es wäre nicht das erstemal, daß ich eine Dame aus einer Notlage gerettet habe. In Liebe J.

Chi-Chi lächelte, nahm das Papier und schrieb:

> Wenn Du diese schöne Dame rettest, wird Deine Belohnung uns beiden Freude machen. In Liebe xxx

Ihr Gesicht strahlte vor Übermut, fand Bond. Er faltete das Papier sorgfältig zusammen, legte es auf die anderen Zettel, auf denen sie Notizen füreinander aufgeschrieben hatten, und stecke alle in die Innentasche seiner Jacke. Chi-Chi drückte auf die Nummer 6 auf dem Telefonapparat. Eine Stimme, von der sie annahmen, daß es die von Ding war, antwortete, und sie fragte nach Mr. Lee.

»Sie sind also zufrieden?« Wenige Sekunden später erschien Gebrochene Klaue in der Türöffnung. Der Mann besaß das nervtötende Talent, geräuschlos in einem Raum aufzutauchen.

Bond lächelte ihm fröhlich zu. »Sehr zufrieden. In gewisser Weise wünschte ich mir wirklich, wir könnten auf das alte Einauge H'ang warten, aber ich weiß, daß die Analytiker in Beijing Hsia darauf warten, dieses Material in die Hand zu bekommen. Es ist besser, als wir gehofft hatten. Man muß Ihnen gratulieren, Sir.«

Lee strahlte. »Alles scheint auf eine Lösung zuzusteuern, die jedem gerecht wird, und nach der Ankunft von Einauge morgen werden wir mit seiner Hilfe damit anfangen, diese Amerikaner, die immer noch glauben, daß sie die Welt regieren, das Fürchten zu lehren. Es kann Monate dauern, aber mit den Talenten, die wir hier versammelt haben, und der geschickten Methode, womit sie Zugriff auf viele Börsenmarktcomputer erlangt haben, kann es nur noch eine Frage der Zeit sein. Wir werden den riesigen Börsenskandal von 1990 herbeiführen, und diesmal wird die Börse sich nicht wieder davon erholen.«

»Wenn es keine Erholung gibt, wird auch Ihr eigenes beträchtliches Privatvermögen darunter leiden.«

Wieder dieses schlaue Lächeln und die sanfte, hypnotisierende Stimme. »Ich glaube nicht. Die Schweiz und Luxemburg werden sichere Zufluchtsorte bleiben. Im Lauf der Jahre habe ich viele Fluchtwege ausgearbeitet und ein weltweites Netz von Kontakten, Informanten und Geschäften aufgebaut. Sie brauchen sich nicht um mich zu sorgen, Kamerad Argentbright. Ich werde ein angenehmes, zurückgezogenes Leben führen, während Sie immer noch in der Tretmühle von Beijing Hsia arbeiten.«

Bond gab sich bewußt kühl und distanziert. »Ich fürchte, daß ich von dem nicht beeindruckt bin, was man in meiner alten Heimat als Champagnerkommunisten zu bezeichnen pflegt.« Er grinste anzüglich. »Übrigens, auf welchen Namen soll der Bankscheck ausgestellt werden?«

Gebrochene Klaue zuckte nur mit den Schultern als Antwort auf die Beleidigung eines Kommunisten. »Der Bankscheck muß ausgestellt werden auf Black & Black.« Er wies mit einer eleganten Geste zur Tür. »Ding und der Hubschrauberpilot warten auf Sie. Wenigstens kann ich sicher sein, daß Sie mit meinem wohlverdienten Geld zurückkommen werden.«

»Ich werde mit Sicherheit zurückkommen. Aber Sie müssen sicherstellen, daß Ihr Mann Ding weiß, daß er mir nur in einer gewissen Entfernung folgen darf. Es ist ihm absolut verboten, mit mir in die Bank zu kommen. Die Frage Ihrer Bezahlung hat Beijing viel Kopfzerbrechen bereitet, und sie haben schließlich eine Lösung gefunden, die nicht gefährdet werden darf. Deshalb muß Ding draußen warten. Andernfalls werde ich mit leeren Händen zurückkommen und General H'angs Anweisungen erwarten, wenn er hier eintrifft.«

Gebrochene Klaue schien durch diese Worte nicht im geringsten betroffen zu sein. Wieder einmal stellte er sich für Bond als ein schreckliches Monstrum dar – seine Manieren, die Stimme und die Gesten waren immer höflich, er trug ein imponierendes Selbstbewußtsein zur Schau und blieb immer ruhig und vernünftig, selbst wenn er einen Mann zum Tod verurteilte. Kurz dachte er daran, daß etwas wegen Wanda unternommen werden mußte. Was hatte Lee gesagt, wohin war sie gebracht worden? Ah ja, nach Sausalito, in die kleine Künstlerkolonie am äußersten Ende der Bucht in Marin County, wo, wie man sagte, die Leute sich in alternativem Lebensstil sonnten, Wein tranken, während sie sich im Unterwassermassagebad aalten, und zur Selbsterkenntnis gelangten, während sie sich mit Pfauenfedern Luft zufächelten.

Bond umarmte Chi-Chi und flüsterte ihr zu, daß er bald wieder zurückkommen würde. Er hatte schon den halben Durchgang zum Korridor zurückgelegt, als ihm klar wurde, daß sie ihm zugeflüstert hatte: »Ich liebe dich.«

Einige gewinnt man für sich, dachte er, dann beschäftigte er sich bereits wieder mit Sausalito, Wanda und der Geschicklichkeit, die er an den Tag legen mußte, wenn die Organisation von Gebrochener Klaue bereits an diesem Tag zerschlagen werden sollte.

Ding stand am äußersten Ende des Durchgangs neben einem jungen weißen Mann, der eine schwarze Hose trug und ein weißes Hemd mit kurzen Ärmeln; in die Brusttasche hatte er eine Sonnenbrille gesteckt. Sie gingen am *Jericho*-Laboratorium vorbei und etwa hundertfünfzig Meter weiter. Bond rechnete sich aus, daß der gesamte unterirdische Komplex im Süden des Grundstücks eine Fläche von etwa einer dreiviertel Quadratmeile einnehmen mußte.

Gebrochene Klaue gab Ding Anweisungen; er sprach sehr schnell in Kantonesisch auf ihn ein. Ding warf nur gelegentlich kurz ein »Ai« ein, was anzeigte, daß er verstanden hatte. Bond betete, daß Lee seinem stämmigen Leibwächter die lebensnotwendigen Richtlinien übermittelte, wie er sie ihm dargelegt hatte. Das letzte, was er sich wünschte, war die Anwesenheit von Bone Bender Ding in der Bank, wo das Einsatzteam *Curve* eine Kontaktstelle eingerichtet hatte und er Mittel und Wege zu finden hoffte, Chi-Chi und sich selber in Sicherheit bringen zu können. »Alles wird für Sie vorbereitet sein«, hatte Grant zu ihm gesagt. »Drei meiner besten Leute werden daran arbeiten.«

Schließlich nickte Gebrochene Klaue und gab ihnen mit Gesten zu verstehen, daß sie sich beeilen sollten. Am Ende des Korridors befand sich wieder eine Treppe, die zu einer Tür führte, an der von einer kleinen Schlüsselkonsole in der Wand aus elektronische Riegel entsichert werden mußten, bevor sie geöffnet werden konnte. Als sie hinausgingen ins Sonnenlicht, merkte er, daß trotz der Sicherheitsvorrichtungen gut ausgebildete Experten die Tür in einigen Sekunden aufbekommen konnten.

Bond folgte dem Piloten, und Ding hielt sich hinter ihm als letzter in der Reihe, als sie über einen großen, mit Gras bewachsenen Hügel gingen, der mit Felsbrocken gesprenkelt war. Zur Linken erhob sich, wie ein Kliff, turmhoch eine schroffe, wenig einladende Felsenwand. Er konnte das Meer riechen, ganz in der Nähe, und in einiger Entfernung hörte er das Summen des Verkehrs.

Als sie zu dem mit Bäumen bestandenen Bereich kamen, rund zweihundert Meter vom Ausgang entfernt, sah Bond, daß es sich um insgesamt nur etwa vierzig hohe Bäume handelte, die ungefähr einen Kreis bildeten. Der Eingang in den Kreis war durch einen hohen Zaun verschlossen, der geschickt mit immergrünen Pflanzen besetzt war, so daß selbst aus einer Entfernung von wenigen Schritten der Baumkreis wie ein dichtes Wäldchen wirkte.

Der Pilot schob sich durch zwei Bäume und zog einen Zweig herunter, wodurch sich eine kleine Tür öffnete. Im Innern befanden sie sich in einer perfekt ausgestatteten Flugzeughalle, auf dem Boden sah er ein großes gemaltes H.

Auf dem H stand eine in Frankreich konstruierte Variante des AS-350 Ecureuil-Hubschraubers; in der Nähe befand sich ein Team von drei Mechanikern.

Der Pilot redete ein paar Minuten mit den Mechanikern, und einer von ihnen ging hinüber zu einem einfachen Sicherungskasten, der in die nach innen gebogene Wand eingelassen worden war. Während der Pilot Bond und Ding zuwinkte, sah Bond aus dem Augenwinkel, daß der Mechaniker einen Hebel betätigte. Dann hörte er ein leises, wimmerndes Geräusch, und als er nach oben blickte, sah er, daß das Dach über ihnen sich langsam in zwei Hälften teilte und sich wie die Kuppel in einem Planetarium öffnete.

Als sie alle in der Maschine Platz genommen hatten, Bond und Ding auf zwei Sitzen direkt hinter dem Piloten, war die Kuppel vollständig offen. Der Motor lief an, und die Rotoren fingen an, sich langsam zu drehen.

Der Pilot stellte seine Kopfhörer ein, winkte die Mechaniker beiseite und gab Gas. Sanft schwebte der Hubschrauber aus der getarnten Flugzeughalle.

In einer Höhe von etwa dreihundert Metern fing der Pilot an zu sprechen. Offensichtlich nahm er Kontakt auf mit der Bay Area ATC. Der Hubschrauber neigte sich zur Seite, und Bond hatte einen guten Blick auf das große Haus und das gesamte Grundstück. Er schärfte sich seine Lage im Verhältnis zum Highway an der Pazifikküste ein, den sie deutlich in einer Entfernung von etwa fünf Meilen erkennen konnten. Das Haus lag sehr geschützt, fast vollständig umgeben von Felsausläufern. Dahinter erhob sich die schroffe Felswand.

In Schräglage gingen sie in die Kurve und folgten der Küstenlinie nach Monterey und San Francisco. Die Sonne stand hoch am Himmel, es war warm, und keine noch so kleinen Wolken oder Nebelfelder beeinträchtigten den wundervollen Blick auf die Bucht von San Francisco, als sie den Golden Gate Park und das Presidio überflogen, die unverwechselbare Silhouette der Golden Gate Bridge links vor ihnen; die großen Wahrzeichen der Stadt wirkten wie ein gigantisches plastisches Schaubild: der Telegraphenhügel mit dem Coit Tower auf der Spitze, die hohe, einer Nadelspitze ähnliche TransAmerica-Pyramide, das Embarcadero mit den Landebrücken, die wie lange Finger nach Oakland griffen.

Bond lehnte sich in seinem Sitz zurück und mußte den Impuls unterdrücken, seine ASP zu ziehen, um Ding und den Piloten zu zwingen, sie nach Treasure Island und auf den vor Anker liegenden Flugzeugträger zu bringen. Das hätte jedoch nicht ihren Zielen entsprochen. Jetzt befanden sie sich über dem Wasser und konnten deutlich Fisherman's Wharf erkennen, die von Touristen und Speiselokalen überfüllt war. Er konnte sogar einen Blick werfen auf den Ghirardelli Square, einen der wichtigsten Bezugspunkte, den er in Kürze ansteuern sollte.

Sie gingen noch über dem Wasser herunter und landeten auf einem anderen weißen H. Bond sah, daß dort ein kleiner Bell-Hubschrauber darauf wartete, unternehmungslustige Passagiere aufzunehmen. Dann entdeckte er zu seiner Überraschung ganz in der Nähe ihres Landeplatzes die langgestreckte Limousine, mit der sie von Salinas abgeholt worden waren. Frozen Stalk Pu lehnte an der Motorhaube, rauchte und beobachtete sie.

Als der Hubschrauber am Boden war, gab der Pilot ihnen zu verstehen, daß er mit der Maschine hier warten würde, bis sie zum Rückflug fertig waren. »Wie lange alles dauern wird?« fragte der Pilot Ding in einem langsamen Pidgin-Englisch.

»Wie lange?« Ding ließ seine Muskeln spielen. »Er fragen, wie lange, Mr. Abaelard, Ai?«

»Das hängt davon ab. Kaum länger als fünfzehn bis dreißig Minuten«, sagte Bond so beiläufig wie möglich. Dann stieß Ding ihn an.

»Ins Auto«, befahl der lange Ganove.

»Sie kennen doch die Anweisungen?« fragte Bond ruhig.

»Kenne ich, natürlich. Wir nicht in die Bank kommen. Nur warten. Das hat der mit der gebrochenen Klaue mir gesagt.«

Sie waren an der Limousine angekommen, und Frozen Stalk Pu hielt den Schlag in übertriebener Haltung auf. »Ich Sie bringen, wo immer Sie hinwollen, Sir.« Beim Sprechen grinste er und zeigte die Zähne.

Bond machte sich klar, daß die beiden jetzt auf ihrem eigenen Spielfeld waren und darauf aus, ihm zu zeigen, wer hier zu befehlen hatte. Er trat einen Schritt zurück.

»Okay, ich möchte sichergehen, daß keiner von Ihnen auch nur den Versuch macht, mit mir die Bank zu betreten. Wenn Sie es doch versuchen, wird Ihr Chef außerordentlich zornig werden, wie ich fürchte. Dann kann es sogar zerbrochene Köpfe geben. Es ist wichtig, daß Sie sich nicht zeigen, deshalb denke ich, ich werde zu Fuß gehen und Sie können mir im Auto folgen.«

Ding und Pu schauten einander an und dann auf Bond.

»Schlage vor, Sir, Sie kommen ins Auto.« Ding stieß Bond energisch vorwärts, und Bond mußte seinen Körper zur Seite drehen, damit der Chinese nicht seinen Rücken berührte und dabei auf die Pistole stieß.

»Ich warne Sie, wenn Sie einen Fehler machen, wird es nicht gut ausgehen für Sie. Besonders dann nicht, wenn ich nicht mit dem Geld zurückkommen.«

Ding nickte zustimmend. »Wir passen auf, das ist alles. Wohin wollen Sie fahren?«

»Sie setzen mich ab bei der Beach Street, Ecke Hyde Street, in der Nähe der Cannery Street. Selbst wenn die Polizei Sie zum Weiterfahren auffordert, parken Sie weiter dort in der Beach Street. Verstanden?«

»Sie gehen nicht ins Bankviertel?« warf Pu ein.

»Nein, es gibt eine kleine Bank ganz in der Nähe der Hyde Street. Wenn Sie an der Ecke Beach Street stehenbleiben, können Sie sehen, wie ich hineingehe, und bleiben dort in Bereitschaft, wenn ich herauskomme.« Bond fragte sich, ob seine Anweisungen es ihm überhaupt erlauben würden, herauszukommen. »Das ist eine kleine Privatbank. Alles klar?«

Ding zuckte mit den Schultern und redete schnell auf Pu ein. Bond kletterte in den Wagen, und sie fuhren langsam hinauf zur Beach Street, ganz genau zu der Stelle, die er ihnen angegeben hatte.

»Wie lange?« fragte Ding.

»Höchstens fünfzehn Minuten.« Das war eine Lüge, wie Bond ganz genau wußte.

»Wenn Sie nicht in fünfzehn Minuten draußen sind, kommen wir.«

»Sie kommen, und Sie sind tot«, fauchte Bond, stieg aus, knallte die Tür dem wutschäumenden Ding vor der Nase zu und ging in die Hyde Street. Er überquerte die Fahrbahn und hielt vor einer kleinen Filiale der Sino Republican Bank, die erst vor kurzem eröffnet worden war und wo drei von Grants Leuten auf ihn warteten.

Die Geschäftsräume waren offensichtlich wegen einer vollständigen Renovierung und Neuausstattung im Inneren geschlossen. Er drückte auf den Summer.

Eine blecherne Stimme fragte: »Wer ist da?«

»Custodian.«

Der Summer ertönte, und Bond stieß die Tür auf.

Der vordere Raum war vollständig leer, aber einer der CIA-Männer stand in der offenen Tür, die hinten in ein durchschnittlich aussehendes, zweckmäßig eingerichtetes Büro führte.

»Das Telefon ist dort drüben.« Die Willkommensparty verlief sehr gedämpft; der eine Mann blieb an der Tür stehen, während die beiden anderen dasaßen und schweigend zuschauten, wie Bond hereinkam und direkt zum Telefon ging.

Bevor er den Hörer abnahm, erklärte Bond ihnen, daß der Bankscheck ausgestellt werden sollte auf Black & Black. Einer von ihnen nickte und fing an zu arbeiten, während der andere damit begann, auf die Tasten seines Coumputers zu tippen. »Das wird dem angesehenen Haus Black & Black sehr willkommen sein«, murmelte der Computeroperator. »Hier habe ich sie. Das Haupthaus befindet sich in Hongkong, eine Tochtergesellschaft von Trivex, die wiederum der Cummings Technology gehört. Aber ich kann nicht herausbekommen, wem die nun wieder gehört.«

Während der Mann noch sprach, tippte Bond die Nummer ein, die ihn direkt mit M verbinden würde. Am anderen Ende ertönte zweimal ein schnarrendes Geräusch, dann war M in der Leitung.

»*Curve* Eins.«

»Custodian, Sir.«

»Wo?«

»In der Bank. Checklist ist noch bei unserem Freund. Wollen Sie Angaben über den Standort?«

»Nein, wir wissen, wo Sie sind.«

»Wo?« Bond befand sich jetzt an dem Punkt während einer Operation, an dem er selbst Tatsachen hinterfragte und niemandem mehr traute, nicht einmal seinem alten Chef.

»Das Haus befindet sich etwa fünf Meilen entfernt von dem Highway der Pazifikküste, eingeschlossen von Felsen; unterhalb des Gebäudes verläuft ein massiv gebauter Bunker nach Norden und Süden.«

»Woher wissen Sie das?«

»Rushia hat Ihre Sendesignale aufgespürt – von einem Grashüpfer aus.«

»Okay, Sir.«

»Wir stellen ein Stoßtruppteam zusammen. Einen Augenblick...« Offensichtlich war M von jemand angeredet worden. Bond nahm an, daß es entweder Grant, Franks oder Tanner gewesen war. Dann sagte M: »Können Sie uns Einzelheiten geben über die Anzahl der Personen im Inneren?«

»In der Umgebung von Lee habe ich nur einige wenige Leute gesehen, Sir. Aber in dem *Jericho*-Laboratorium, wie sie es nennen, befinden sich etwa vierzig Techniker. *Jericho* ist höchst aktuell, Sir. Da gibt's keine Ungewißheiten mehr. Sie haben alles schon vorbereitet.«

»Ich wünsche ihnen viel Glück.« M's Gleichgewicht schien kaum erschüttert zu sein. »Es scheint sich eine kleine Gruppe von Leuten im nördlichen Flügel zu befinden.« Wieder legte M eine Pause ein, weil ihm jemand eine Frage stellte. Bond glaubte, die Stimme von Grant zu erkennen. »Wir glauben, daß sie dort die gekidnappten Männer festhalten. Wissen Sie etwas über die Verteidigungsstärke mit Feuerwaffen?«

»Nein, Sir.«

»Außerdem möchten wir Bescheid wissen über die Absicherung der Eingänge, den einen in der Nähe der Bäume und den anderen am nördlichen Ende.«

»Das erste ist: versuchen Sie nicht, ich wiederhole, nicht, in das Haus selbst einzudringen. Offensichtlich haben Sie die Ausgänge des unterirdischen Baus lokalisiert.«

»Alles wurde im Tiefflug aufgenommen. Die Bilder sind hier, in Infrarot, die ganze Chose. Nun, was ist mit diesen Ausgängen?«

»Ich bin nur durch den südlichen gekommen, Sir.« Bond erzählte ihm genau, was sie erwartete, wie die Tunnel verliefen und wo das *Jericho*-Laboratorium sich befand. »Wenn der andere Eingang ebenso konstruiert ist, können ein paar gut plazierte Sprengladungen beide in kürzester Zeit knakken. Über die vorhandenen Feuerwaffen weiß ich nichts, aber das Wäldchen ist ein getarnter Hubschrauberflughafen. Sie warten darauf, mich zurückzubringen, sobald ich den Scheck habe.«

M blieb eine Sekunde lang still, und Bond hörte, daß wieder jemand mit ihm sprach. »Da ist noch eine andere Sache.« Der Chef war wieder in der Leitung. »Eine Art Hundezwinger, mit Drahtgittern abgesichert, südlich vom Wäldchen.«

»Das ist wahrscheinlich der Wolfzwinger; unser Mann hält sich ein kleines Rudel Wölfe, die er zum Töten ansetzt. Ich muß gehen, Sir.«

»Sie werden nicht zurückgehen.« Der Befehl kam scharf und knapp, als ob der alte Admiral ihn bei einer Seeschlacht gegeben hätte.

»Wenn ich nicht zurückkehre, mag der Himmel wissen, was sie mit Checklist machen, Sir. Ich muß zurückgehen.«

»Wir bereiten einen Sturmangriff mit Spezialeinheiten vor, am späten Nachmittag, vielleicht früher. Sie werden meinen Befehlen folgen und direkt zum Flugzeugträger herauskommen. Ein Wagen ist bereits unterwegs zur anderen Seite des Ghirardelliplatzes. Er wird Sie auflesen und hierher zurückbringen, so daß Sie mit dem Stoßtruppteam zusammen eindringen können.«

»Bei allem Respekt, Sir, es ist ein ungeheures Risiko. Sie müssen noch wissen, daß sie heute abend General Hung Chow H'ang persönlich erwarten. Er wird die *Jericho*-Sache überwachen. Es ist alles vorbereitet für diese Aktion – ein weiterer Grund dafür, daß ich zurückkehren sollte.«

Am anderen Ende der Leitung ertönte ein tiefer Seufzer, dann erwiderte M: »Nehmen Sie für alle Fälle den Scheck an sich, aber verlassen Sie das Gebäude, in dem Sie sich jetzt befinden, durch den Hintereingang. Gehen Sie zum Ghirardelli Square, wo der Wagen auf Sie wartet, an der anderen Seite. Gehen Sie beim Indischen Restaurant auf den Platz und wieder heraus an der Polk Street. Zehn Minuten. Gehen Sie, Custodian!«

»Sir«, sagte Bond unglücklich, dann fügte er rasch hinzu: »Es gibt noch etwas, was ich Ihnen mitteilen muß. Sie halten das Mädchen Wanda irgendwo in Sausalito fest, und sie haben ihren Vater Tony getötet. Sie haben ihn den Wölfen vorgeworfen.«

»Verstanden. Gehen Sie. Jetzt. Schluß.«

»Sir!« Als er den Hörer auflegte, wußte Bond, daß er Chi-Chi dem fast sicheren Tod überließ.

»Ich muß den Scheck haben, nur für alle Fälle.« Der Agent, der den Scheck ausgestellt hatte, händigte ihm einen Umschlag aus, und Bond hatte die Geistesgegenwart, ihm die Zettel zu übergeben, auf denen er und Chi-Chi während ihrer angeblichen Arbeit an dem Ordner *Schwarze Magie* kleine Botschaften ausgetauscht hatten. »Zerreißen Sie das«, befahl er, »und erklären Sie mir, wie ich zum Hintereingang dieses Gebäudes komme und von dort zum Ghirardelli Square.«

Der Agent an der Tür rührte sich nicht, und derjenige, der am Computer saß, tippte immer noch und murmelte vor sich hin, daß eine Armee von Buchhaltern nötig wäre, um Black & Black zu durchleuchten. Der Agent, der ihm den Bankscheck gegeben hatte, wies mit dem Kopf auf eine kleine Tür am anderen Ende des Raums. »Da hindurch, den Flur entlang und durch die Hintertür nach draußen. Sie kommen auf die Larkin Street. Überqueren Sie sie und gehen Sie durch den Eingang zwischen dem Glockenturm und Sharper Image auf den Platz.«

Bond zog los.

Der Ghirardelli Square ist ein farbenfreudiges kleines Einkaufszentrum. Er hat seinen Namen von Domingo Ghirardelli erhalten, einem wagemutigen italienischen Kaufmann, der um 1849 nach San Francisco kam und zu Wohlstand gelangte. Der Platz erinnert an eine kleinere Ausgabe des Einkaufszentrums Covent Garden in London. Der Platz ist umgeben von renovierten alten Gebäuden, die größten stehen an dem Platz, wo sich während des Bürgerkrieges eine Wollspinnerei befand. Die meisten Häuser sind aus roten Ziegeln erbaut worden, und zwar zu Beginn des 20. Jahrhunderts für die Ghirardelli-Schokoladen-Manufaktur. Einige der originalen Bottiche und Öfen sind noch immer in Betrieb. Es gibt schöne Spazierwege, eine bemerkenswerte Fontäne und verschiedene Spezialläden wie Bears 'R Us, ein Mickey-Mouse-Geschäft und eins von der berühmten Sharper-Image-Kette, wo teures Spielzeug verkauft wird und andere Artikel, ohne die jederman gut auskommen kann. Kurzum, ein lukratives Geschäft.

Er überquerte die Larkin Street, wobei er den Autos ausweichen mußte, betrat den Platz und ging durch die Fountain Plaza mit dem Springbrunnen, der Wasserkaskaden in die Luft und auf die Statue der Seejungfrau warf. In Sekundenschnelle war er auf dem Wege zur West Plaza, von wo aus er am schnellsten zur anderen Seite und zur Polk Street gelangen konnte.

»Ai! Abaelard! Stehenbleiben, Abaelard!« Das war Dings Stimme, die hinter ihm ertönte. Bond schaute sich um und sah, daß der große Chinese bereits über die Fountain Plaza lief. Die Leute stoben auseinander, und als er nach seiner ASP griff, prallten zwei Kugeln von der Ziegelmauer zu seiner Rechten ab.

Bond flitzte hinter den nächsten Mauervorsprung, an der Seite der Wollspinnerei, und holte tief Luft. Er hielt die Automatik in beiden Händen, die Mündung nach oben, die Hände unterhalb der rechten Schulter. Noch ein tiefer Atemzug, und er sprang wieder hervor.

Ding lief direkt auf ihn zu, mit erhobener Waffe, und als er Bond sah, bereit zu feuern, rutschte er ein Stück, um zum Stehen zu kommen, und hob die Hände, um zu schießen.

Bond hätte ihn töten können, aber in diesem Augenblick hatte er nur den Wunsch, Ding kampfunfähig zu machen und zu stoppen. Er schoß zweimal und sah, wie der große Chinese zur Seite sprang, als der Beton zwischen seinen Füßen zersplitterte.

Immerhin wird es ihn ein paar Sekunden lang aufhalten, dachte Bond. Er wandte sich um, lief durch die Spazierwege in Richtung des Ausgangs in die Polk Street, und betete, daß M's Wagen schon eingetroffen war. Als er die Straße erreichte, sah er, daß auf der Fahrbahn ein Stau entstanden war. Er schaute nach links und rechts, entschloß sich, einen Spurt zu machen, weg von der Front der Beach Street, aber als er sich in Bewegung setzte, hörte er ganz aus der Nähe die Worte: »Stop! FBI! Lassen Sie die Waffe fallen!«

Obwohl er wußte, daß der FBI es auf ihn abgesehen hatte, sah er doch in dieser Begegnung immerhin einen Ausweg für sich. Ein Anruf vom FBI bei dem Flugzeugträger würde alles klären können.

Klappernd fiel seine 9-Millimeter-Pistole auf den Boden, dann drehte er sich um, die Hände auf dem Kopf.

»Gut, gut, Captain Bond. Wir dachten, Ihre eigenen Leute würden sich um Sie kümmern. Aber es wird uns ein Vergnügen sein, es Ihnen ein für allemal zu besorgen.«

Der größere der beiden Männer hatte gesprochen. Jetzt kamen beide langsam auf ihn zu, und er erkannte die Agenten, die ihn im Fairmont abgeholt hatten, nachdem er beobachtet hatte, wie Agent Malloney zu Tode geprügelt worden war. Selbst ihre Namen fielen ihm wieder ein: Wood und Nolan.

Wood redete, während Nolan die kleine Gruppe von Leuten zerstreute, die sich mit der üblichen morbiden Neugier versammelt hatte, um zuzusehen, wie jemand verhaftet wurde, glücklich bei dem Gedanken: »Dem Himmel sei Dank, ich jedenfalls bin nicht betroffen, ich darf weitergehen.«

»Ich komme gern mit, Gentlemen. Ich muß einen Anruf

machen. Einer ist erlaubt, nicht wahr?« Dann sah Bond, daß Wood über seine Schulter schaute und mit jemand zu reden anfing. »Willst du diesen Burschen haben, Ding?«

»Will ihn unbedingt, Mr. Wood. Der mit der gebrochenen Klaue erwartet ihn«, zischte Ding.

»Tot oder lebendig?«

»Wir bringen ihn lebendig zurück, denke ich. Viel Rache zu nehmen.«

Nolan gesellte sich hinzu. »Wohin willst du ihn bringen, Ding?«

»Unser Auto. An der Ecke. Ich nehme ihn, okay?«

»Na, unbedingt.« Wood versetzte Bond einen kleinen Stoß.

»Sag Mr. Lee, daß er unsere kleinen Umschläge nicht vergessen soll. Hierfür brauchen wir ein Extra.« Dann, zu Bond gewandt: »Verhalten Sie sich völlig natürlich, Captain. Ich wette, dort, wohin Sie kommen, werden Sie für lange Zeit nicht viel Gelegenheit haben, sich natürlich zu verhalten.«

Ding grinste und bückte sich, um die am Boden liegende ASP aufzunehmen und rechts unter seinen Gürtel zu stekken.

»Wenn überhaupt jemals wieder.« Wood gab ihm noch einen Stoß und beförderte ihn direkt in die Arme von Bone Bender Ding, der ihn wie ein Bär umarmte, dann mit einem Arm fest in den Umklammerungsgriff nahm und ihm seine eigene Handwaffe in den Rücken stieß. »Jetzt gehen Sie. Unseren Weg diesmal. Die Wölfe werden heute abend nicht hungrig bleiben, denke ich. Ai?«

15
Sterben wie ein Gentleman

»Menschenskind, und Sie haben ihn dorthin zurückkehren lassen?« Ed Rushia stand in M's Kabine, wo Tanner und Franks gerade telefonierten. John Grant hatte sich an Rushia vorbei aus der Tür gedrängt, als der große Mann von der Navy hereingekommen war. Er schien in großer Eile zu sein. Rushia starrte M entsetzt an.

»Nein, Commander Rushia, ich habe ihn nicht zurückkehren lassen. Ich habe ihm ausdrücklich befohlen, hierher zu kommen. Wir hatten sogar ein Auto da, das auf ihn wartete, weniger als dreißig Meter entfernt von der Stelle, wo er abgefangen worden ist. Es wurden Schüsse abgefeuert, und zwei FBI-Männer erkannten Bond. Sie wollen ihn unbedingt haben, genauso wie Sie, Rushia. So haben wir es geplant, um Ihnen beiden einen zusätzlichen Schutz zu geben, für den Fall, daß der FBI sich einmischen würde.«

»Na, wenn die FBI-Burschen …«

»Die FBI-Bur… Männer haben ihn verloren. Deshalb wurde er gezwungen, dorthin zurückzukehren, zur Abrechnung.«

Rushia fuhr sich mit der Hand über sein Kinn. »Wetten, daß er keine große Chance hat. Herrjemine, ich fühle mich ganz erbärmlich wegen dieser Sache.«

»Commander Rushia«, schnauzte M ihn an, »hören Sie auf, mir den Einfaltspinsel vorzuspielen. Ich weiß, daß Sie kein Dorftrottel sind. Es mag beim Verhör wirkungsvoll sein, aber hier können Sie keinen Blumentopf damit gewinnen.«

»Nein, wohl kaum, Sir. Aber der Blumentopf wird auftauchen, wenn die Regie es wünscht.«

M verdrehte die Augen, als ob er um Geduld betete. »In Alameda befindet sich ein Team von US-Marinesoldaten.

Mr. Grant versucht gerade, sie für ein Stoßtruppunternehmen zu bekommen.«

»Ich ersuche darum, sie begleiten zu dürfen, Sir.« Rushia hatte seine gemütliche Art abgelegt.

M runzelte die Stirn. »Wenn es eine Spezialaufgabe gibt, die Sie übernehmen können, so denke ich…«

Grant polterte durch die Kabinentür herein, ohne auch nur anzuklopfen. »Wir haben ein Problem, Sir. Die Marinesoldaten drüben in Alameda – es sind alles Rekruten in der Ausbildung.«

M, ein Mann, der unter normalen Umständen nie vulgäre Ausdrücke benutzte, stieß ein einziges Wort mit vier Buchstaben aus.

»Das bedeutet eine Verzögerung.« Grant sah erhitzt aus. »Aber ich habe auch eine gute Nachricht. Wir dürfen eine erstklassige, einsatzbereite Truppe der Spezialeinheiten anfordern.«

»Delta?« fragte M.

»Ich weiß es nicht, es gibt vier solche Truppenteile. Delta war die erste. Es spielt keine Rolle, welche sie uns schicken, weil sie alle ebensogut sind wie Ihre Jungens von der Sondereinheit der Luftwaffe, Admiral. Das Problem ist, daß sie von Fort Bragg herkommen müssen. Das ist in North-Carolina – also in vier Stunden, vom Aufbruch an gerechnet. Sie sind wirklich gut, und wir werden sie sehr schnell ins Bild setzen können.«

M seufzte. »Besser als nichts. Ich möchte nicht irgendwelche Leute hinschicken. In diesem Fall brauchen wir Spezialisten. Nicht einmal Bond scheint zu wissen, wie stark ihre Verteidigungskraft ist.«

Ed Rushia, der größte Mann im Raum, räusperte sich. »Würde jemand mich ins Bild setzen – lückenlos? James ist mein Freund geworden und ein Kollege. Könnte es nicht eine Möglichkeit für mich geben, ihm zu helfen, bevor die Leute von dem Spezialkommando hier sind?«

Alle schauten ihn schweigend an. Dann sagte Grant: »Im nachhinein durchschaue ich diesen Bastard Gebrochene Klaue. Vielleicht gibt es tatsächlich etwas, was Sie tun könnten. Es ist nicht hundertprozentig sicher, aber man sollte es zumindest versuchen. Ein kühner Versuch, der Captain Bond das Leben retten könnte.« Dann erklärte er, woran er dachte.

Die Risiken, dachte Ed Rushia, waren höher als der Eifelturm.

Bone Bender Ding zerrte Bond zur Beach Street zurück. Die von Gebrochener Klaue bestochenen FBI-Leute hatten alle herumlungernden Touristen verscheucht, und so konnte Ding Bond überraschend leicht in die Limousine bekommen.

Das Ganze dauerte nicht einmal eine Minute, und sein Instinkt sagte ihm, daß jeder Versuch, sich loszureißen, mit einer Katastrophe enden würde. Es mußte einen Augenblick geben, den Bruchteil einer Sekunde, in dem er in der Lage sein würde, rasch zu handeln.

Frozen Stalk Pu fuhr vorsichtig, während Ding seinen Gefangenen immer noch mit dem Umklammerungsgriff festhielt, seine eigene Pistole schießbereit in der linken Hand, außerhalb der Reichweite von Bond. Alles lief ab wie nach dem Lehrbuch. Diese Leute wußten offensichtlich, was sie zu tun hatten. Es gab keine Nachlässigkeit.

Als sie den Hubschrauber erreichten, liefen die Rotoren bereits im Leerlauf. Es gab ein kurzes Gespräch zwischen Ding und Pu, dem Bond entnahm, daß Pu mit der Limousine zurückkehren sollte, während Ding seinen Gefangenen zu Gebrochener Klaue zurückbrachte.

In dem Hubschrauber wurde Bond auf den rechten Sitz direkt hinter dem Piloten gestoßen, Ding nahm links neben ihm Platz. Erst als sie in der Luft waren, löste Ding den Umklammerungsgriff und rief ihm zu: »Bitte, machen Sie keine Dummheiten. Ich töte Sie, wenn nötig, aber ich möchte Sie lieber mit heilen Knochen bei Gebrochener Klaue abliefern. Verstanden?«

»Verstanden.« Bond äffte ihn nach.

»Gut. Und jetzt genießen Sie die gute Luft, Ai?«

»Ai.« Bond überdachte die Situation. Seine eigene Automatik befand sich jetzt in Reichweite, sie steckte rechts in Dings Hosenbund, der beträchtlich umfangreich war, aber der Chinese hatte seine eigene Handwaffe, die aussah wie eine häßliche, kleine stupsnasige S & W Chief's Special. Es war eine alte, aber erprobte Waffe, und die 38er-Spezialmunition konnte jedem ein ansehnliches Loch in die Anatomie schlagen, der ihr in den Weg kam.

Bleib wachsam, sagte er sich. Wenn es während des Fluges böig wurde, könnte er eine Chance bekommen, um den Spieß umzudrehen und gegen Ding und den Piloten vorzugehen.

Sie ließen die Bucht hinter sich, blieben aber über dem Meer und folgten der Küstenlinie zurück nach Monterey, bis sie den Punkt erreicht hatten, an dem sie ins Landesinnere abschwenkten und im Tiefflug über den Highway an der Pazifikküste und dann über das felsige Land glitten, das zu dem Haus führte.

Bonds Augenblick kam schließlich, als der Hubschrauber zur Linken in eine Turbulenz geriet. Ding rutsche seitlich zurück gegen die Tür und verlor für einen winzigen Moment das Gleichgewicht. In diesem Bruchteil einer Sekunde schoß Bonds Hand vor, zog die ASP-Automatik aus Dings Hosenbund und schlug heftig damit auf das Gelenk der Hand, in der Ding seine Pistole hatte.

Ding gab einen scharfen, wütenden Schmerzenslaut von sich, und seine Pistole fiel auf den Boden der Hubschrauberkabine. Mit einem automatischen Reflex bückte Ding sich und streckte den Arm nach unten aus, um die Waffe zu ergreifen. In diesem Moment schlug Bond mit dem Knauf der ASP hart auf den Nacken des Gangsters.

Eine Sekunde später wandte Ding sich, als wäre nichts geschehen, Bond zu. Sein Gesicht war zu einer bösartigen Grimasse verzerrt.

»Man kann Bone Bender Ding nicht mit einer Fliegenpatsche bewußtlos schlagen«, sagte er und grinste immer noch, als seine Augen sich nach oben verdrehten und er zusammenbrach, ein Haufen Fleisch und Knochen ohne Bewußtsein.

Nun stieß Bond dem Piloten seine ASP von hinten gegen den Nacken. »Umdrehen«, rief er. »Zurück über das Meer, sonst bekommen Sie eine Kugel in den Körper – das schwöre ich Ihnen.«

Der Pilot nickte, und Bond beobachtete, wie er anfing, die Maschine nach links um die eigene Achse zu drehen. Sie waren schon tiefer, als er gedacht hatte, und schienen bereits im Landeanflug begriffen gewesen zu sein, als sein kurzer Kampf mit Ding vorüber war. Unter ihnen befand sich die geöffnete Kuppel des getarnten Hangars, und bei dem Wendemanöver waren sie nur ungefähr siebzig Meter vom Haus entfernt.

»Bring sie nach oben!« Er stieß dem Piloten wieder die Pistole in den Nacken, denn während der Kehrtwendung schienen sie weitere zwanzig Meter an Höhe verloren zu haben. Das Haus lag jetzt direkt vor ihnen, und als sie anfingen, Kurs nach rechts aufzunehmen, um über das Meer zurückzufliegen, erhob sich hinter dem Haus, wie ein Ungeheuer aus seinem Versteck, ein zweiter, gefährlich aussehender Hubschrauber. Bond schoß der Gedanke durch den Kopf, daß die Maschine wie eine alte Bölkow-Kawasaki 117 aussah, und er konnte deutlich erkennen, daß die linke Tür sich öffnete und ein schweres Maschinengewehr zum Vorschein kam samt dem Bordschützen, der die Waffe bediente.

»Nach links!« schrie Bond, aber als sein Befehl ausgeführt wurde, folgte der andere Grashüpfer ihrem Beispiel. Der Pilot befand sich in einer Sackgasse; offensichtlich fürchtete er sich vor beiden, vor Bonds Pistole und vor der aggressiven Maschine vor ihnen.

Er duckte sich und versuchte, an Höhe zu gewinnen, aber die 117 folgte seinen Bewegungen, so daß die beiden Hubschrauber etwa eine Minute lang einen seltsamen Ritualtanz wie Insekten zu vollführen schienen. Dann kamen die Schüsse.

Der Bordschütze von der 117 feuerte eine einzige Salve auf ihre rechte Seite ab. Der Pilot schnellte nach links hinüber, die Maschine neigte sich bedenklich auf eine Seite und kam nur Sekunden, bevor die Rotoren ausfielen, wieder in die richtige Lage.

»Er will uns vom Himmel holen!« Der Pilot schrie hysterisch, als Bond zur Verkleidung der Kabinenwand zurückrutschte und sich darüberbeugte, um einen raschen Schuß auf den Bordschützen abzugeben. Aber die 117 schien verschwunden zu sein.

Er schaute sich um, dann merkte er, daß von oben schwere Schläge auf ihren Hubschrauber einzuwirken schienen, als die 117, die sich direkt über ihnen befand, tiefer ging. Bond feuerte aufs Geratewohl ein paar Schüsse nach oben. Aber der Druck verringerte sich nicht, langsam wurden sie nach unten gedrückt. Ihr Hubschrauber schwankte und hüpfte durch den Luftstrudel der Rotoren von der Maschine über ihnen.

»Das ist nicht gut!« kreischte der Pilot. »Nicht gut! Nicht schießen! Ich kann die Kontrolle nicht mehr behalten!« Er hatte versucht, unter der starken Turbulenz hinwegzutauchen, war aber nur noch weiter nach unten gedrückt worden. Bond schaute nach rechts und sah, daß sie schon fast auf gleicher Höhe waren mit dem kreisförmig angelegten Hangar. Dann schien eine plötzliche Zunahme des Windstrudels von oben sie zur Seite zu schleudern. Er beobachtete, wie ein Drehflügel auf einen der Bäume prallte und sich verbog.

Ein wütendes Knirschen folgte. Die Welt um sie herum schien zu wirbeln. Dann ertönte das Geräusch von zertrümmertem Metall, der Geruch nach Öl und Gasolin, und es folgte der endlos scheinende Sturz in eine Höhle, eine Dunkelheit, die sie verschlang. Das letzte, was er wahrnahm, war die Tatsache, daß die Zeiger seiner Rolex kurz vor 10.30 Uhr standen.

Aus weiter Ferne kam der süße Klang des Morgenkonzertes, der Morgenlieder von Tausenden von Vögeln. Dann wurde es leiser. Nur noch ein Vogel sang, die Noten tänzelten in Wellenbewegungen auf und ab. Nachdem das Lied verstummt war und ihm klarwurde, daß jemand zu ihm sprach, sagte eine süße, traurige Stimme im Singsangton: »James? O, James! Bitte wach auf! Bitte verzeih mir!«

Vorsichtig öffnete er die Augen. Sein Kopf tat weh, und er brauchte ein paar Minuten, bis er wieder klar und deutlich sehen konnte.

Chi-Chi beugte sich über ihn, und das erste, was ihm auffiel, war, daß sie bis zur Taille unbekleidet war. Ihre hübschen kleinen Brüste waren nur ein paar Zentimeter von seinem Gesicht entfernt.

»Dem Himmel sei Dank«, sagte sie. »Du bist aufgewacht. Bitte, James, verzeih mir.«

Seine Kehle war trocken, und er bat um etwas zu trinken. Sie ging fort und kam schon nach wenigen Sekunden zurück mit einem kleinen Plastikbecher voll Wasser. Sie schluchzte, und er sah, daß ihr Haar zerzaust war.

»Sag bitte, daß du mir verzeihst«, bat sie wieder.

»Was soll ich dir verzeihen?«

Sie öffnete den Mund und schloß ihn gleich wieder, als hätte sie Schwierigkeiten zu sprechen. »Ich habe es ihnen erzählt. Ich habe ihnen alles erzählt. Über dich. Über mich. Was das Einsatzteam weiß. Ich konnte es nicht aushalten. Ich konnte es nicht.« Als sie sich abwandte, sah er das Blut und die tiefen roten Striemen auf ihrem Rücken.

»Wer hat das getan?« Trotz seiner Benommenheit und seiner allgemeinen Desorientierung stieg Wut in ihm auf. »Wer hat das getan?«

»Lee. Wer sonst? Bald nachdem du gegangen warst, hat er versucht… Er versuchte…«

»Ja, ich habe angenommen, daß er das tun würde, aber…«

»Ich habe mich gewehrt. Ich glaube, ich habe ihm ein bißchen wehgetan. Mein Knie hatte einen Zusammenstoß mit seiner Leistengegend. Dann ging er weg.«

»Und?«

»Er kam zurück und sagte, er wüßte, daß ich nicht Jenny Mo wäre, und er sei ganz sicher, daß du nicht Argentbright wärst.«

»Du hast das abgestritten?« Er fühlte sich etwas besser, und der Raum hatte aufgehört, sich um ihn zu drehen.

»Natürlich, aber er sagte, er wollte die Wahrheit herausbekommen, auf dem einen Weg oder auf dem anderen.«

Er sah, daß sie an den Handgelenken schwere Blutergüsse hatte.

»Was hat er getan, Chi-Chi?«

»Er hat...« Sie stockte. »Er hat gesagt, daß er mich auf der Stelle töten würde, wenn ich ihm nicht alle Informationen gebe, die ich habe.« Sie unterdrückte ein Schluchzen. »Ich sagte ihm, er solle mich ruhig töten.« Wieder schluchzte sie, und dann fing sie an, leise zu weinen, die Tränen flossen über ihre Wangen, und die zierliche kleine Nase wurde zinnoberrot. »Er sagte, sie hätten nicht genügend Zeit, um sie mit der Anwendung von Drogen zu vergeuden. Er sagte, er wüßte einen besseren Weg, um mit mir fertig zu werden.« Ein zitternder Seufzer. »Sie zogen mich aus, hingen mich auf an Lederriemen, die sie an meinen Handgelenken befestigt hatten, und schaukelten mich. Ich schrie. Ich wurde sogar bewußtlos. Aber James, die Schmerzen hörten nicht auf. Ich habe ihnen alles erzählt, nur damit sie aufhörten. Es tut mir leid.«

»Du brauchst nicht zu sagen, daß es dir leid tut, Chi-Chi.« Er legte seine Arme um sie, wobei er aufpaßte, damit er nicht ihren zerschlagenen, blutenden Rücken berührte. »Derjenige muß noch geboren werden, der nicht irgendwann nachgibt. Wenn sie mit Brutalitäten keinen Erfolg gehabt hätten, hätten sie es auf irgendeine andere Weise versucht.«

Sie stöhnte, als er sie in den Armen wiegte wie ein kleines Kind.

»Was ist weiter passiert? Weiß du es?«

»Sie haben die Leute von der Navy hier. Er hat mich in eine Zelle gesteckt gegenüber ihrer Zelle. Sie befinden sich in einem unangenehmen Sinn des Wortes in einem ›Spezialbereich‹; ein enger Korridor führt vom nördlichen unterirdischen Flügel dorthin. Da ist eine Mauer, die sich öffnet, wenn man gegen einen Ziegel drückt, der sich unten an der linken Seite befindet. Sie haben viele Wächter dort. Ich war eine Zeitlang in der Zelle, dann kam der große Ding ...«

Bond nickte.

»... Ding kam herunter. Er schien sehr wütend zu sein. Er packte mich und sagte, ich sollte dich pflegen. Du hättest Glück gehabt, noch am Leben zu sein; er hätte mit dir zusammen einen Unfall mit dem Hubschrauber gehabt. Der Pilot ist tot, sagte er. Dann zerrte er mich hierher zu dir. Wir befinden uns in einem verschlossenen Raum im nördlichen Flügel, in der Nähe der anderen Gefangenen.«

Bond setzte sich auf. Er fühlte sich fast wieder normal. »Wie lange?« fragte er. »Wie lange war ich ...«

»Ich bin jetzt etwa zwei Stunden bei dir, vielleicht etwas länger. Ich hatte Angst, du würdest sterben. Ich denke, sie haben vorher schon einige Zeit verbracht mit dem Versuch, dich aufzuwecken. Sie sagten, du hättest eine Gehirnerschütterung, und als Ding kam, sah ich, daß er offensichtlich verletzt worden war. Er ist verbunden und behandelt worden, bevor er zu mir geschickt wurde. Gebrochene Klaue sagte zu mir, wenn ich dich nicht am Leben erhalten könnte, würde er mich auf dem Scheiterhaufen zu deinem Begräbnis mitverbrennen. Sie sagten, es sei sehr wichtig, daß du am Leben bleibst.«

»Außerordentlich wichtig. Ich ziehe es bei weitem vor, Sie lebendig hier zu haben, Captain Bond.« Sie hatten nicht gehört, daß eine Tür geöffnet worden war, aber jetzt stand Gebrochene Klaue in dem Raum, der wie eine Zelle wirkte. In der einen Hand hielt er den Bankscheck über fünf Millionen Dollar. »Ich nehme an, er ist wertlos?« Er hob die Stimme nicht und stellte seine Frage so, als fände er das Ganze eher kurios und amüsant.

»Völlig wertlos. Wie all Ihre Pläne es jetzt sind, Mr. Lee.«

»Das glaube ich nicht, Captain Bond. Wir haben Zeit. Übrigens, Sie sind dem Mann, der angeblich Ihr Auftraggeber aus Beijing gewesen sein soll, noch nicht begegnet. Er ist etwas früher als erwartet eingetroffen. Ich darf General Hung Chow H'ang vorstellen.« Er trat zur Seite, und hinter ihm kam ein kleiner, alter Mann zum Vorschein. Er war ein wenig gebeugt, bewegte sich langsam und trug über dem linken Auge eine schwarze Augenklappe.

»Es ist interessant, Ihnen zu begegnen.« H'ang sprach ein fast akzentfreies Englisch, und seine Stimme schien sein Alter Lügen strafen zu wollen; sie klang fest und fast jugendlich. »Sie haben eine gewisse Ähnlichkeit mit meinem Mann Argentbright. Interessant. Argentbright-Abaelard-Bond. Wen kümmern die Namen? Wir sind immer noch im Besitz der Geheimwaffe der anglo-amerikanischen U-Boot-Marine, bekannt als Lord, und des Gegenmittels, Lords Day. Ich kann wieder abreisen. Innerhalb einer Stunde werde ich damit verschwunden sein. Glauben Sie mir, Captain Bond, ich kann völlig unbeobachtet abreisen.« Er lachte leise. »Übrigens war es mein Hubschrauber, der Sie zur Landung gezwungen hat. Sie haben Glück gehabt, daß Sie überlebten. Aber es ist am besten so. Schauen Sie, wir müssen wissen, ob Ihre Auftraggeber irgendwelche Informationen darüber besitzen, wo wir uns befinden, und über unser *Unternehmen Jericho*. Diese beiden Dinge wissen wir nicht. Aber Sie werden es uns erzählen.«

»Nicht die geringste Chance.« Bonds Stimme klang scharf.

H'ang zuckte nicht zurück. Ruhig wandte er sich an Lee. »Nicht wahr, wir werden Captain Bond auffordern, uns alles zu sagen?«

»Das wird erledigt, General. Ich werde mich persönlich darum kümmern.« Lee verneigte sich höflich vor Bond. »Es tut mir schrecklich leid, Bond, aber wir haben zu wenig Zeit für die Art von Finessen, die Sie bei einem Verhör anwenden würden. Die Zeit ist entscheidend, wie die Rechtsanwälte sagen, obwohl ich wirklich nicht glaube, daß Sie uns viel zu berichten haben. Ding und der arme alte Frozen Stalk Pu haben Sie die ganze Zeit über im Auge gehabt, mit Ausnahme der kurzen Zeitspanne, als Sie in der sogenannten Bank waren. Dort habe ich inzwischen Nachforschungen anstellen lassen und weiß, daß die Räume völlig leer sind, keine Telefone, nichts. Ein toter Briefkasten, vermute ich, und Sie hatten gerade genug Zeit, um eine Nachricht zu hinterlegen; deshalb werden wir uns auf diese eine Frage beschränken.«

»Sie hätten bestimmt eine hübsche Menge Pluspunkte bekommen, wenn Sie bei der spanischen Inquisition gewesen wären.« Bond schaute ihm direkt in die Augen.

Gebrochene Klaue lachte kehlig. »Ich denke, Sie werden feststellen, daß in unseren Inquisitionsmethoden eine hübsche Ironie liegt. Sie sollten das zu würdigen wissen.«

»Wirklich?« Bonds Stimme klang eher interessiert als beunruhigt, obwohl er gleichzeitig ahnte, daß da etwas unvorstellbar Grauenhaftes auf ihn zukam.

»Ja.« Gebrochene Klaue machte einen entspannten und völlig ungezwungenen Eindruck. »Ihre Decknamen. Nun, eigentlich sind es Generals H'angs Decknamen. Peter Abaelard und Héloise. Eine besonders nette Note. Sie sind vertraut mit Ihren Geschichtsbüchern, Captain Bond? Sie erinnern sich an die Geschichte von Abaelard und Héloise und daran, was mit ihnen geschah? Sie wissen das alles?«

»Nicht im einzelnen, nein. Nur in groben Umrissen.«

Gebrochene Klaue lachte. »Oh ja, es war grob. Aber im zwölften Jahrhundert waren die Leute grob und packten rasch zu. Sie waren nicht zimperlich. Peter Abaelard war ein Theologe, der die Kirche schockierte, nicht nur wegen seiner Philosophie und Theologie, sondern auch wegen seiner Affäre mit Héloise, die er sogar geheiratet haben soll. Er wurde zum Ketzer erklärt. Unglücklicherweise war die schöne Héloise die Nichte eines sehr einflußreichen Priesters, des Kanikus Fulbert von Notre-Dame. Die arme Héloise, sie wurde in ein Nonnenkloster gesteckt. Abaelard wurde in Ungnade entlassen und verbrachte den Rest seines Lebens in der Abtei von Saint Denis.« Er grinste breit. »Mir gefällt besonders das, was vorhergegangen ist. Peter Abaelard wurde kastriert, Captain Bond. Man nahm ihm seine Männlichkeit. Ich bin sicher, daß wir schon darüber gesprochen haben miteinander.«

»Ich glaube, es wurde erwähnt.«

»Deshalb, Peter Abaelard, vermute ich, daß Sie all unsere Fragen beantworten werden. Erzählen Sie uns, was wir wissen müssen, und beeilen Sie sich. Sagen Sie uns, welche Informationen Ihre Auftraggeber über uns haben, darüber, wo wir sind, und über *Jericho*. Wir verlangen wirklich nicht viel.«

Bond erwiderte das Lächeln von Gebrochener Klaue und schüttelte den Kopf.

»Wie schade, Bond. Wie unendlich schade, denn wenn wir getan haben, was getan werden muß, wird es keine Abtei geben, in die Sie sich zurückziehen können. In der Tat wird nur wenig übrigbleiben von Ihnen. Wenn Sie sehen, was wir für Sie vorbereitet haben, dann werden selbst Sie Ihre Meinung ändern, wie ich hoffe.« Er lehnte sich aus der Tür und schnippte mit den Fingern.

Zwei bewaffnete Chinesen, die eine Art grauer Uniform trugen, kamen in den kleinen Raum.

»Verabschieden Sie sich, Peter Abaelard. Verabschieden Sie sich von Ihrer Héloise. Ich fürchte, wenn Sie so dickköpfig bleiben, wird sie Sie nicht wiedersehen.«

»James!« Chi-Chi trat ganz nah an ihn heran. »Erzähl es ihnen. Was kann es jetzt noch ausmachen? Bitte, erzähl es ihnen.«

Er erhob sich von dem Fußboden, auf dem er bis jetzt gelegen hatte, und nahm sie in die Arme. Er hielt sie ganz eng an sich gepreßt und forderte sie im Flüsterton auf, sich nicht aufzuregen. »Wenn ich es ihnen erzähle, werden sie uns beide mit Sicherheit umbringen.« Er küßte das zerbrechlich aussehende Mädchen und drehte sich um zu denen, die ihn gefangenhielten.

Auf den langen Korridoren und in den Räumen befanden sich mehr Männer, als er je zuvor hier gesehen hatte. Sie schienen alle bewaffnet zu sein, und viele von ihnen trugen graue Uniformen wie die Männer, die ihn festhielten. Er sah, daß einige eine Art Abzeichen mit einer gespaltenen Klaue auf der Brusttasche ihrer Jacke trugen. Was hatte M noch gesagt? »Wir stellen einen Stoßtrupp zusammen.« Nun, sie mußten sich schon enorm beeilen damit, weil Freund Gebrochene Klaue offensichtlich etwas Originelles und höchst Unerfreuliches im Schilde führte.

Sie stießen ihn durch den Durchgang und dann die Treppe am südlichen Ende des riesigen Bunkers hinauf, zu dem gleichen Ausgang, durch den er schon bei der Reise nach San Francisco gegangen war. Draußen, in der Nähe des von Bäumen getarnten Hangars, waren weitere Männer damit beschäftigt, die Trümmer des Hubschraubers zu beseitigen. Er zuckte zusammen, als er sah, was davon übriggeblieben war.

Als sie an dem Hangar vorübergingen, wußte Bond ohne jeden Zweifel, was sie vorhatten. Der General ging an einem Spazierstock, er hinkte ein wenig und hielt sich direkt neben Gebrochener Klaue. Bone Bender Ding war auch dabei, mit verbundenem Kopf, und er glaubte, daß Frozen Stalk Pu einer von den anderen uniformierten Männern war.

Schließlich erreichten sie den Platz. An einem Ende befand sich auf felsigem Grund ein langgestrecktes, niedriges, rechteckiges Gebäude. Im Umkreis war ein Gebiet von etwa dreißig Fuß von schweren Ketten eingezäunt, die in regelmäßigen Abständen an hohen Betonpfosten befestigt waren.

Als sie an der Längsseite dieses Zaunes entlanggingen, schaute Bond zurück. Das rechteckige Gebäude war ein Käfig, mit schweren Eisenstangen abgesichert, und er konnte einen Blick auf die Wölfe im Inneren werfen.

Es waren sieben, hatte Gebrochene Klaue gesagt, und das wollte er gern glauben, als er sah, wie die Tiere im Käfig auf- und abliefen, ruhelos, als ob sie nach Futter schnüffelten.

Sie kamen am anderen Ende des Zauns an, und Gebrochene Klaue ließ alle anhalten.

»Sie sind sicher, Captain Bond, daß Sie sich nicht erweichen lassen wollen? Es ist genau die Zeit, zu der meine Wölfe gefüttert werden müssen. Es wird recht unangenehm sein, von ihnen entmannt zu werden. Aber ich nehme an, was dann folgt, wird nicht allzu schlimm sein. Nach dem exorbitanten Schmerz, den das Herausreißen Ihrer intimsten Teile Ihnen bereiten wird, sehnen Sie sich wahrscheinlich nur noch danach, daß die Tiere ein Ende machen.«

»Fangen wir an?« Bond war fest entschlossen, in einer so würdevollen Haltung wie nur möglich dem gegenüberzutreten, was vermutlich sein Ende bedeutete. Er erinnerte sich daran, daß ein alter Instrukteur einmal zu ihm gesagt hatte: »Denken Sie immer daran, daß Sie ein Gentleman sind. Leben Sie deshalb wie ein Gentleman und sterben Sie mit Gottes Hilfe wie ein Gentleman.«

Gebrochene Klaue erteilte mit scharfer Stimme einen Befehl, und zwei von den anderen Uniformierten halfen den beiden Wächtern, Bond auszuziehen, bis er völlig nackt dastand. Dann erst trat Gebrochene Klaue näher. Neben ihm war Frozen Stalk Pu der einen kleinen Eimer trug.

Gebrochene Klaue zeigte auf den Eimer. »Ein besonders gutes Tierfett«, erklärte er. »Meine Lieblinge haben eine Vorliebe dafür. Es ist eine Feinschmeckermahlzeit für sie. Tatsächlich ist alles, was damit beschmiert wird, ein Hochgenuß für sie.« Während er sprach, zog er ein Paar Chirurgenhandschuhe über. Dann steckte er beide Hände in den Eimer und holte einen großen, klebrigen Klumpen heraus, den er auf Bonds Lendengegend strich.

»Es tut mir leid, wenn der Geruch Sie stört, Bond, aber meine Lieblinge sind ganz versessen darauf. Ich denke, das dürfte genügen. Sie sind immer noch sicher, daß Sie nicht den Wunsch haben, uns das mitzuteilen, was wir wissen möchten?«

»Ganz sicher, danke. Alles, was ich sagen möchte, ist, daß es sehr unerfreulich war, Sie kennenzulernen.«

»Danke.« Gebrochene Klaue antwortete in einem Ton, als hätte man ihm ein großes Kompliment gemacht. »Ich möchte Ihnen noch sagen, daß wir die Tiere zu jedem Zeitpunkt, bevor Sie das Bewußtsein verlieren, zurückrufen können, falls Sie Ihre Meinung ändern. Sie gehorchen mir sehr gut, wenn man berücksichtigt, daß es Tiere der Wildnis sind.« Er wandte sich den Wächtern zu und nickte.

In dem aus Ketten gebildeten Zaun war ein kleiner Durchgang, durch den er jetzt gestoßen wurde.

Sie brachten ihn etwa zehn Fuß in das umzäunte Gelände hinein, und er konnte sehen, wie die Wölfe in Erregung gerieten. Einige schienen zu speicheln, einer bellte erwartungsvoll.

Vier Pfähle waren fest in den Boden gerammt worden, und Bond wurde hingeworfen, mit dem Rücken nach unten, genau zwischen die Pfähle. Er spürte, wie seine Hand- und Fußgelenke gefesselt wurden, mit festen Lederriemen, wie er annahm, die anschließend an den Pfählen befestigt wurden. Die Beine waren jetzt gespreizt, die Arme zur Seite ausgebreitet. Er lag direkt vor dem Käfig. Die Riemen wurden angezogen. Er konnte das Fett riechen, das auf seinen Körper geschmiert worden war, und er hörte, wie die Wölfe anfingen zu knurren, als ihre Erregung wuchs.

»Das ist Ihre letzte Chance, Captain Bond. Sind Sie ganz sicher, daß Sie Ihre Meinung nicht ändern wollen?«

»Gehen Sie zur Hölle, wo Sie hingehören, Gebrochene Klaue Lee, Sohn eines chinesischen Schneiders und einer Schwarzfußhure«, rief er.

Für einen Augenblick hatte er die Genugtuung zu hören, daß Gebrochene Klaue seine Gelassenheit verlor und voll Wut schrie: »Töten!«

Dann ertönte ein Rattern, und als Bond den Kopf hob, sah er, wie ein Teil des Käfiggitters nach oben glitt.

Dann kamen die Wölfe springend und heulend in die Arena.

16
Zum Fürchten

Commander Edwin Rushia von der US-Navy hatte in seinem Leben schon viele seltsame und gefährliche Sachen gemacht, aber so etwas noch nie.

»Es ist nur ein Versuch auf gut Glück«, hatte M zu ihm gesagt.

»Wenn sie es mit Wandas Vater gemacht haben, können sie es ebensogut mit Bond machen«, meinte Tanner. »Denken Sie aber daran, mit all den Verzögerungen könnte es schon zu spät sein.«

Aber es war nicht zu spät. Sie hatten ihn zur Tarnung in einen Arbeitsanzug aus Drillich gesteckt und ihm eine M-40/A-1 gegeben, das Scharfschützengewehr der Marine mit Fernvisier. Das wurde ihm aber erst ausgehändigt, als er sie von seiner Geschicklichkeit im Umgang mit Waffen überzeugt hatte.

Grant hatte ihn über diesen Punkt gründlich ausgefragt. »Wenn Sie nicht wirklich gut darin sind, könnten Sie alles aufs Spiel setzen.«

Rushia, der nur ein paar Jahre älter war als Grant, schaute ihn ruhig und nachdenklich an, bevor er sagte: »Mein Sohn, als ich noch ein Kind war, in Jewel Junction, Iowa, bin ich mit meinem alten Daddy zur Jagd gegangen. Wenn ich Ihnen sage, daß ich auf fünfzehn Meter einem Kaninchen die Augen ausschießen kann, dürfen Sie mir das ruhig glauben.« Deshalb gaben sie ihm noch eine 9-Millimeter-Da/140-Automatik, eine Weiterentwicklung der berühmten Browning Highpower.

»Ich komme mir vor wie ein Guerillakämpfer«, sagte Rushia.

»Sie sehen auch aus wie ein Guerillakämpfer«, erwiderte Tanner gedehnt. Er hatte angefangen, diesen langsam sprechenden, humorvollen und intelligenten Mann gernzuhaben und zu respektieren.

Man hatte ihm auch ein kleines leichtes Fernglas und einen Kompaß besorgt.

Rushia fügte noch aus eigenem Antrieb ein oder zwei Dinge hinzu und stopfte sie in einen Rucksack, bevor man ihm die Waffen übergab.

Als der Arzt, den Franks aus dem Bauch des Schiffes geholt hatte, ihm ein sorgfältig in Metallfolie eingewickeltes Päckchen überreichte, nahm Rushia es so vorsichtig entgegen, als ob eine Bombe darin sei.

»Lassen sie um Himmels willen keinen Menschen an das Zeug heran«, hatte der Arzt gesagt. »Es ist genügend Chloral darin, um eine ganze Armee für einige Wochen stillzulegen. Besser zuviel als zuwenig. Wir kennen die Widerstandskraft der Tiere nicht.«

Wir wissen auch nicht, ob ich ihnen so nahe kommen werde, daß ich ihren Atem riechen kann, dachte Rushia. Dann gingen sie zum letztenmal das Kartenmaterial durch und brachten ihn auf Deck, wo er in den Hubschrauber kletterte.

Sie flogen sehr niedrig über dem Meer und verlangsamten direkt hinter dem Highway an der Pazifikküste, um ihn an einem Seil herunterzulassen, das von der Haupttür herabhing. Als Rushia den Boden berührte, war sein Adrenalinspiegel angestiegen. Er beeilte sich, in das felsige Gelände zu kommen, das an den Highway grenzte.

Es stellte sich heraus, daß es fünf Meilen waren, die er im Eiltempo zurücklegen mußte. Der Boden war uneben, und er überlegte sich, daß ein Blick von oben einen in keiner Weise auf die Wirklichkeit vorbereitete, die einen erwartete.

Er brauchte fast zwei Stunden, da er sich vorsichtig zwischen den Felsen verbergen und Ausschau halten mußte nach Wachposten, denn er war ziemlich sicher, daß Gebrochene Klaue welche an der westlichen Grenze seines Besitztums postiert hatte. Aber es war keiner zu sehen, und als er endlich einen schroffen Felsen erklommen hatte, von dem aus er das Terrain um das Haus überblicken konnte, sah Rushia, warum das so war.

Unterhalb von ihm arbeitete ganz in der Nähe eine Gruppe von Männern emsig daran, die Trümmer eines Hubschraubers zu beseitigen. Er konnte nur hoffen, daß Bond bei dem offensichtlich schweren Absturz nicht umgekommen war. Jetzt mußte schnell etwas geschehen. In weniger als zwei Stunden würde die Abenddämmerung hereinbrechen.

Sorgfältig erkundete er das ganze Gebiet durch sein Fernglas. Der Wolfszwinger lag zu seiner Rechten, und er entdeckte einen geeigneten, hochgelegenen Platz, von dem aus er operieren konnte. Er brauchte eine gute halbe Stunde, um mühsam auf die Spitze des von ihm ausgewählten Hügels zu klettern, der voll Felsbrocken und Geröll war.

Unten konnte er in einer Entfernung von etwa dreißig Metern mit bloßen Augen den langgestreckten Wolfszwinger sehen und den großen, niedrigen Käfig, in dem die Tiere herumstrichen. Sie sahen arg lebhaft aus, dachte er, aber wenn er seinen Job einwandfrei erledigen wollte, mußte er es riskieren, entdeckt oder sogar gefangengenommen zu werden. Er kauerte sich hinter einem Felsen nieder, packte seinen Rucksack aus und legte alles außer der Seitenwaffe auf den Boden. Zuletzt zog er ein Paar Chirurgenhandschuhe über, das man ihm gegeben hatte, und öffnete das Paket mit dem in Metallfolie eingeschlagenen Päckchen. »Ich möchte nicht, daß Sie an Ihren Fingern lecken, nachdem Sie das Zeug angefaßt haben«, hatte der Arzt zu ihm gesagt. Dann schaute er auf seine Armbanduhr. Er hatte sehr viel Zeit gebraucht, um hierher zu kommen. Seiner Berechnung nach waren rund fünf Stunden vergangen, seit M ihn zum erstenmal gefragt hatte, ob er diesen Job übernehmen würde. Die Truppe der Spezialeinheiten mußte bereits auf dem Weg sein, aber was war mit Bond? Vielleicht war es schon zu spät für ihn.

Ed Rushia lockerte die Pistole im Holster, dann stand er langsam hinter dem Felsen wieder auf und ging schnell den Abhang hinunter und auf den Wolfszwinger zu. Der kleine

Durchgang am äußersten Ende der Umzäunung war nur durch einen einfachen Bolzen abgesichert; er ging hindurch und war in ein paar Sekunden am Käfig.

Die sieben Wölfe darin schienen aufgeregt und unruhig zu werden, als er sich näherte und vor dem Geruch, den sie verströmten, ein wenig zurückwich.

Es waren prächtige Tiere. Groß, mit langem, grauen Fell. Gelegentlich ertönte ein kehliges Knurren, als sie anfingen, sich vor den schweren Gitterstangen zu versammeln.

Etwa sechs Fuß entfernt von dem Gitter hockte Rushia sich hin, lauschte auf verdächtige Geräusche und wickelte dann das Päckchen aus, in dem sich ein Dutzend saftiger, blutiger Steaks befand, die mit Chloral geimpft worden waren.

Als er das erste Steak zwischen den Gitterstangen in den Käfig warf, brach ein Inferno los. Die Tiere fingen an, sich um das Futter zu raufen. Deshalb beeilte er sich, die anderen Steaks folgen zu lassen, wobei er außen am Käfig entlanglief und sie einzeln hineinwarf, so daß sie an verschiedenen Stellen landeten.

Alles in allem dauerte es etwa fünf Minuten. Die Wölfe rauften immer noch miteinander und schnappten gierig nach dem rohen Fleisch. Er hatte alles getan, was er tun konnte; deshalb ging Rushia schnell an der Umzäunung entlang zurück und durch den Eingang, den er wieder mit dem Bolzen verriegelte, und dann die vierzig Meter hinauf zu seinem kleinen Ausguck, wo er es sich bequem machte. Er ließ sich hinter dem Scharfschützengewehr nieder für den Fall, daß er vom Navy-Commander auf einen erstklassigen Heckenschützen umschalten mußte.

Ab und zu beobachtete er die Wölfe durch das Fernglas. Sie wanderten immer noch hin und her, obwohl ihm auffiel, daß zumindest einer von ihnen beim Laufen zu torkeln anfing, während ein anderer sich auf den Boden im Käfig gelegt hatte. Von Zeit zu Zeit heulte eines der Tiere, es klang wie eine Mischung zwischen einem Angstschrei und einem Gähnen.

Dann hörte er auf der anderen Seite der Bäume ein Geräusch. Leute kamen heran.

Später pflegte Rushia zu erzählen, daß die absolut barbarische Szene, die sich in den nächsten Minuten abspielte, ihn das Blut in den Adern gefrieren ließ und bewegungsunfähig machte. Die kleine Gruppe von Leuten kam in Sichtweite. Gebrochene Klaue Lee ging langsam, damit der ältere Chinese, der hinkend an einem Stock ging, an seiner Seite bleiben konnte. Bond wurde von zwei Uniformierten geführt, zwei weitere kamen hinter ihm. Dann folgten zwei Chinesen, einer von ihnen war ein riesiger Schläger mit verbundenem Kopf, der andere sah ausgemergelt aus und trug einen kleinen Eimer.

Rushia erstarrte vor Schreck, als er sah, was sie im Schilde führten. Ihm wurde sterbensübel, als Bond ausgezogen wurde und der schwergewichtige Gebrochene Klaue ihn mit einer Masse aus dem Eimer einschmierte, die wie Schmalz aussah. Sie beförderten ihn in den Auslauf für die Wölfe, und plötzlich stieg die Wut in Rushia hoch. Die Übelkeit verschwand, und kalter Haß trat an ihre Stelle; er erhob das Gewehr und zielte auf Gebrochene Klaue Lee, dann senkte er die Waffe wieder und beobachtete mit Entsetzen, wie sie seinen Freund festbanden und schnell wieder auf die andere Seite des Zauns zurückliefen.

Er hörte, wie Bond laut und deutlich rief: »Gehen Sie zur Hölle, wo Sie hingehören, Gebrochene Klaue Lee, Sohn eines chinesischen Schneiders und einer Schwarzfußhure!«

Und dann die Antwort von Gebrochener Klaue: »Töten!«

Er hörte sogar, wie ein Teil des Käfiggitters nach oben ratterte, und sah, wie vier Wölfe heraussprangen, wobei sie leise und eher halbherzig heulten.

Rushia richtete das Gewehr auf die Wölfe, dann senkte er es wieder, als er sah, was sich abspielte.

Das erste Tier, das aus dem Käfig kam, schien nach einem Halt zu suchen und zwinkerte mit den Augen; es bewegte den Kopf und hob schnüffelnd die Nase. Dann machte der Wolf einige torkelnde Schritte, als wäre er betrunken, bevor er sich auf den Rücken rollte und müde kleine Laute von sich gab.

Die anderen Wölfe verhielten sich ähnlich. Einem war der

Sprung aus dem Käfig offensichtlich zu anstrengend gewesen. Er rutschte ein Stück vorwärts, und die Beine gaben unter ihm nach. Die anderen beiden Wölfe bewegten sich ziellos und taumelnd, als wüßten sie nicht, wo sie waren und was sie tun sollten.

Einer blieb schlafend im Käfig liegen, und das letzte Paar kam gemächlich in die Arena.

Gebrochene Klaue rief etwas; anscheinend versuchte er, die Tiere anzufeuern. Rushia hörte die Worte: »Sie sind seit gestern abend nicht gefüttert worden ...«

»Falsch«, sagte er laut.

Einer der beiden letzten Wölfe streckte sich einfach im warmen Sonnenschein aus, während der andere, was Rushia mit Sorge beobachtete, schwankend auf Bond zuhielt. Wieder erhob er das Gewehr, aber dann fing er an zu grinsen. Der Wolf fing an, in der Lendengegend von Bond an dem Zeug zu lecken, womit Gebrochene Klaue ihn eingeschmiert hatte. Aber er machte es ganz sanft; es sah aus wie eine kleine Liebkosung. Schließlich, als Gebrochene Klaue auf den Durchgang innerhalb der Umzäunung zuging, rollte das Tier sich an Bonds Beinen zusammen, legte seine Schnauze auf seinen Oberschenkel und fiel in tiefe Bewußtlosigkeit.

Das Fadenkreuz von Rushias Waffe war auf den Kopf von Gebrochener Klaue ausgerichtet, als dieser das kleine Tor aufriß. Im gleichen Augenblick ertönte die erste Explosion.

Es klang wie ein dumpfer, doppelter Einschlag, und eine Rauchsäule zog hinter der Nordseite des Hauses auf.

Gebrochene Klaue drehte sich um; sein Gesicht spiegelte Verblüffung. Dann kam die zweite Explosion, diesmal aus größerer Nähe, keine zwanzig Meter entfernt auf der anderen Seite des Wäldchens. Rushia beobachtete, wie plötzlich unter ihm ein Chaos losbrach. Gebrochene Klaue schrie Befehle, der alte Chinese, offensichtlich verwirrt, warf ängstliche Blicke in alle Himmelsrichtungen, und die Bewaffneten fingen an, zum Haus zurückzulaufen.

Ed Rushia feuerte einen einzigen Schuß ab, die Kugel

prallte vor den Füßen Lees auf, aber der große Mann bewegte sich jetzt sehr schnell, heraus aus der Umzäunung und wieder zurück zum Haus. Den kleinen alten Chinesen zog er mit sich.

In diesem Augenblick schienen sich zwei große Blackhawk-Hubschrauber direkt hinter der Straße zu erheben. Sie verlangsamten ihre Geschwindigkeit an den beiden Begrenzungen des Grundstücks. Seile schlängelten sich herab, und Soldaten seilten sich ab. Sobald die erste Welle am Boden war, flogen die Hubschrauber weiter, um der zweiten Welle Platz zu machen.

Zu diesem Zeitpunkt war Rushia bereits aufgesprungen und raste im Eiltempo herunter zu dem Wolfszwinger, wo Bond immer noch gefesselt am Boden lag.

»Schneiden Sie sie hübsch vorsichtig auf.« Bond holte tief Luft. Trotz seiner äußerlichen Ruhe zweifelte Rushia nicht daran, daß 007 sich in einem außerordentlichen Schockzustand befand. Er schnitt die Lederriemen durch, rollte den fest schlafenden Wolf von dem Bein seines Freundes und sagte: »Meine Güte, James. Sie stinken wie ein Skunk.«

»Das verdammte Fett, mit dem sie mich eingerieben haben. Lassen Sie mich heraus. Lassen Sie mich zu meinen Kleidern und geben Sir mir um Himmels willen eine Waffe.«

Rushia folgte ihm. Selten hatte er gesehen, daß jemand sich so blitzschnell angezogen hatte. Als Bond fertig war, zog er die Pistole aus Rushias Holster. »Sie haben ja das Gewehr, Sie sind bewaffnet«, rief er und lief auf den Lärm zu, der aus der Richtung des Hauses kam.

Bond hörte dumpfe Schläge, die er richtig als Blendgranaten identifizierte, untermalt von dem schnellen Rattern automatischer Waffen.

Er erreichte die andere Seite des von Bäumen umschlossenen Hangars. Aus dem Südeingang des Bunkers drang Rauch, und als er näherkam, rief ein Uniformierter mit einer Rauchmaske vor dem Gesicht ihm mit gedämpfter Stimme zu: »Halt! Lassen Sie die Waffe fallen! Sofort!«

»Custodian«, brüllte Bond in der Hoffnung, daß man dem Einsatzteam ihre Decknamen gegeben hatte.

»Okay, Sir. Captain ...«

»Bond«, rief er. »James Bond. Lassen Sie mich herein.«

Die Rauchmaske war offensichtlich mit einer Sprechanlage ausgerüstet, denn man konnte die Stimme des Mannes von der Spezialeinheit deutlich verstehen. »Versuchen Sie es besser nicht ohne Maske, Sir.«

»Dann geben Sie mir eine.« Der hohe Adrenalinspiegel machte Bond zu schaffen, und er merkte, daß nur noch wenige Schüsse fielen.

»James!« Das war sein alter Freund Bill Tanner, der zur Tarnung einen Arbeitsanzug aus Drillich trug, in der Hand hielt er eine Pistole. »Ich glaube, den größten Teil haben wir erwischt.« Er keuchte ein wenig, als er bei Bond ankam, der sofort nach der Rauchmaske griff, die an Tanners Gürtel hing.

»Lassen Sie mich selber nachsehen«, rief er, zog die Maske übers Gesicht und befestigte die Riemen.

»Binden Sie das um.« Tanner schob eine Armbinde der Spezialeinheiten über Bonds Handgelenk und den rechten Arm.

Als er den südlichen Ausgang erreichte, brachten die Truppen bereits Leute nach draußen, aber er sah weder Gebrochene Klaue noch Bone Bender Ding unter ihnen.

»Halten Sie sie zurück, ich muß hineingehen«, schnauzte er den diensthabenden Offizier an.

»Wer sind Sie?« Die Stimme klang streitlustig.

»Custodian«, erwiderte er wütend. »Captain Bond von der Royal Navy.«

»Okay, Sie sind avisiert, Sir.« Die Stimme des Offiziers von den Spezialeinheiten klang weiterhin streitlustig, aber er hielt doch die Reihe von Gefangenen, die hinausgetrieben wurden, zurück.

Als Bond in den Korridor gelangt war, schaute er in das Gesicht jedes einzelnen der Leute, die nach oben ins Sonnenlicht geschubst und gestoßen wurden. Je tiefer er eindrang, desto besorgter wurde er. Nicht nur Gebrochene Klaue, Ding und selbst General H'ang fehlten, er konnte auch niemand erblicken, der einem der Gefangenen von der Navy ähnlich sah. Und schon gar nicht Chi-Chi. Sein Instinkt sagte ihm, daß es noch lange nicht ausgestanden und vorbei war.

In dem Raum, der Lees Studio gewesen war, waren einige Offiziere und Mannschaften um den Tisch versammelt und schauten auf eine Zeichnung von dem Labyrinth voller Tunnel im Untergrund.

Hier lag kein Rauch mehr in der Luft, deshalb nahm Bond die Maske ab und stellte sich rasch vor. »Wenn Sie nicht einen Teil der Leute durch den nördlichen Ausgang ins Freie gebracht haben sollten, haben Sie noch längst nicht alle erwischt. Auf keinen Fall.«

»Das wissen wir, Captain Bond. Da unten sind noch ein paar Leute. Ungefähr hier.« Er zeigte mit dem Finger auf Abzweigungen vom Hauptkorridor. »Aber wir wissen nicht genau, wo.«

Bonds Gedanken überschlugen sich. Er war aus dem abgesicherten Raum unten herausgeführt worden, wo sie Chi-Chi zurückgelassen hatten. Es war ein schmaler Durchgang dagewesen, der direkt in den Hauptkorridor führte. Chi-Chi hatte etwas über eine falsche Mauer und eine enge Passage gesagt. »Ich glaube, ich weiß, wo sie sind.« Er wartete nicht darauf, daß jemand ihm folgte, sondern raste durch die Tür, die Treppe hinunter und den nördlichen Korridor entlang, der sich nach rechts und links verzweigte. Als er etwa sechzig Meter weit in den Tunnel eingedrungen war, entdeckte er den Anfang eines Durchgangs, der nach links führte. Es sah so aus, als ob niemand sich je die Mühe gemacht hätte, ihn fertigzustellen, denn schon nach sechs Schritten endete er an einer anscheinend festen Ziegelmauer. Chi-Chi hatte irgend etwas darüber gesagt, daß man gegen einen Ziegel unten an der linken Seite stoßen mußte. Als er nach unten schaute, sah er deutlich, daß der betreffende Ziegel ein wenig vorragte. Bond stieß dagegen, und die ganze Mauer glitt beiseite; dahinter kam ein erleuchteter Durchgang zum Vorschein. Eine Gestalt bewegte sich in einer Entfernung von etwa zehn Metern, schrie und drehte sich im gleichen Augenblick um.

Frozen Stalk Pu hob ein Gewehr, aber Bond hatte bereits zweimal geschossen, und Pu erhob sich für eine Sekunde in die Luft, bevor er zurückflog und ausgestreckt am Boden liegenblieb.

Vom Ende des Korridors ertönten Beifallsrufe. Die Gefangenen von der Navy, vermutete er. Eine Stimme rief: »Der Bastard Ding ist bei dem Mädchen.«

Bond Füße berührten kaum den Boden, als er die Entfernung zu dem, wie er jetzt wußte, abgesicherten Raum zurücklegte, wo er zuletzt mit Chi-Chi zusammen gewesen war. Mit dem Finger am Abzug seiner Pistole schlug er die Tür auf und sprang in den Raum.

Er nahm nur undeutlich wahr, daß Chi-Chi jetzt fast nackt war und in einer Ecke kauerte; das nächste, was in sein Bewußtsein drang, war ein wilder Schlag, der seine Pistole in die Luft beförderte.

Bond warf sich auf den Boden und rollte, dann kam er wieder hoch und schaute in das grinsende Gesicht von Bone Bender Ding mit den Goldzähnen. »Jetzt werden Sie verstehen, warum man mich Bone Bender, Knochenverbieger, nennt«, zischte der Riese ihm zu.

Bond nahm den Kampf auf, aber Ding war blitzschnell und sehr gut. Mit einem Scheinangriff nach links fuhr sein Fuß hoch, knallte gegen Bonds Kniescheibe und warf ihn auf den Boden. Er war sofort wieder auf den Beinen, aber Ding vollführte jetzt eine fast ballettreife Pirouette. Sein Körper schien eine Sekunde lang seitlich in der Luft zu schweben, bevor er mit beiden Füßen gegen Bonds Brustkasten trat, erst mit dem einen, dann mit dem anderen Fuß.

Bond taumelte gegen die Wand, sein Brustkorb brannte wie Feuer, und er bekam kaum noch Luft.

Ding lächelte und hüpfte von einem Bein auf das andere. »Mann gegen Mann, das ist ein bißchen ungewöhnlich für Sie, was?«

Bond sah nicht einmal, wie er das rechte Bein erhob und streckte, um es wieder auf seinem Brustkorb landen zu lassen und ihm die Luft abzuschneiden. Aber sein Instinkt warnte ihn, so daß er gerade noch ausweichen konnte. Er packte den Fuß seines Gegners und drehte ihn schnell um. Er wußte, daß er viel Glück gehabt hatte, denn gegen einen Mann wie Ding hatte er keine große Chance.

Tatsächlich war Ding schon wieder auf den Beinen und kam erneut auf ihn zu. Seine rechte Hand stieß bei ausgestrecktem Arm vor, und Knöchel, die aus Eisen zu bestehen schienen, erwischten Bonds Wange. »Chi-Chi, wo ist die Pistole?« flüsterte er. Aber schon wieder griff der Chinese an, legte das ganze Gewicht seines Körpers in einen schnellen, schwungvollen Sprung und traf Bond von der Seite.

Als er gegen die Mauer prallte, hörte Bond, wie Chi-Chi flüsterte: »Hier. Neben mir, James.« Bevor er auch nur einen Blick in ihre Richtung werfen konnte, hatte Ding schon wieder zu einem seiner Ninja-Schläge ausgeholt. Die Fersen seiner beiden Füße trafen Bond an der Schulter und im Gesicht. Sie fühlten sich an wie Geschoßkugeln, und er taumelte gegen die Wand. Gerade noch rechtzeitig sah er, daß ein Fuß seines Gegners nach oben schwang. Zum zweitenmal glückte es ihm, den Fuß zu packen und zu verdrehen, einmal in eine Richtung, einmal in die andere, erst auf den Körper zu, dann in die Gegenrichtung.

Ding knurrte vor Wut, dann drehte er sich um seine eigene Achse und schlug auf den nackten Betonboden. Er brauchte ein paar Sekunden, bevor er wieder auf die Beine kam, aber Bond benötigte nur einen winzigen Augenblick. Die Pistole, die er Rushia abgenommen hatte, lag neben Chi-Chi, die sich eng an die Mauer preßte.

Er bückte sich danach, als Dings Fuß wieder hochschnellte und seinen Kopf nur um einige Zentimeter verfehlte. Er sah, wie der große Chinese sich ein wenig zurückzog und sich für den wahrscheinlich letzten Angriff sammelte, bei dem er sein ganzes Körpergewicht auf Bond werfen wollte. Ding schien sich in die Luft zu erheben, um sich wie von einer Rakete abgeschossen auf sein Opfer zu stürzen.

Bond kauerte sich zusammen, hob die rechte Hand und drückte zweimal auf den Abzug. Es hörte sich in dem kleinen Raum an wie dröhnende Explosionen von Granaten.

Ding flog noch weiter auf ihn zu, den Mund voll Blut und die Augen weit aufgerissen. Er landete an der Mauer neben Chi-Chi. Für einen Augenblick schien der Chinese dort angenagelt zu sein; er hing da wie ein schreckliches, dreidimensionales Wandgemälde. Dann brach er zusammen, wobei er blutige geschlängelte Spuren auf dem weißen Zement hinterließ.

Chi-Chi kreischte.

Sie hörte nicht auf zu kreischen, bis Bond seine Arme um sie legte und ihr versicherte, daß alles in Ordnung war. »Es ist vorbei«, sagte er immer wieder zu ihr. »Es ist jetzt alles vorbei.«

»Nein, noch nicht.« Bill Tanner stand in der offenen Tür.

»Besorg etwas, um das Mädchen einzuwickeln, Bill«, sagte Bond ruhig. Eine Sekunde später war Ed Rushia da mit einer Decke über dem Arm. Er schaute zur Seite.

Bond wickelte die Decke um die zitternde Chi-Chi. »Bleib hier«, sagte er zu ihr. »Alles wird gut. Ed steht an der Tür. Niemand kann zu dir hereinkommen.«

»Bitte, laß mich nicht allein, James. Bitte!«

»Nur für einen Augenblick.« Behutsam machte er sich von ihr los und ging auf den Flur. »Was ist los?« fragte er Tanner.

»Komm und sieh selbst.«

Sie gingen zusammen den engen Gang entlang, kamen vorüber an den vergitterten Räumen, aus denen man inzwischen die zuerst genommenen Geiseln befreit hatte, dann die Stufen hinauf und hinaus in das schwindende Tageslicht.

»Er ist nicht da.« Tanners Stimme klang sehr enttäuscht.

»Lee?«

Tanner nickte.

»General H'ang?« fragte Bond, und der Stabschef schüttelte den Kopf.

»Beide sind verschwunden.«

»Sie können nicht weit gekommen sein.« Sie drehten sich um und gingen wieder auf das Haus zu.

»Wir glauben, daß er noch einen zweiten Hubschrauber

auf dieser Seite versteckt hatte«, erwiderte Tanner trocken. »Im Norden befindet sich auch ein kleines Wäldchen, und es sind gerade ein paar Leute dabei, nachzuschauen, ob es sich um einen zweiten Hangar handelt. Zwei Männer von den Spezialeinheiten erklärten, daß ihrer Meinung nach ein Hubschrauber abgeflogen sei, als hier gerade alles drunter und drüber ging. Wir haben bereits den FAA und alle Radarstationen alarmiert. Sie haben Aufklärer losgeschickt, und aus Alameda wurden Jagdflugzeuge ausgesandt. Bisher kein Ergebnis ...«

Von der Südseite des Hauses kam jemand auf sie zu, und Bond erkannte Broderick, den FBI-Chef des Büros in San Francisco.

»Ich weiß, daß ich mich bei Ihnen entschuldigen muß, Captain Bond«, sagte Broderick.

»Nein, dafür haben wir jetzt keine Zeit.« Ein anderer Gedanke war Bond durch den Kopf geschossen. »Kennt jemand ein Haus in Sausalito, in dem Lee Wanda versteckt haben könnte? Sie muß dort irgendwo sein.«

»Es gibt dort draußen ein Bordell, von dem wir immer schon angenommen haben, daß es in Verbindung zu Gebrochener Klaue steht.« Broderick griff nach seinem Funkrufempfänger. »Ich schicke sofort jemand dorthin. Nolan und Wood sind heute nicht im Einsatz ...«

»Oh nein«, sagte Bond ruhig. »Ich glaube, Sie sollten ein Gespräch von Mann zu Mann mit den Herren Nolan und Wood führen. Ein Mann-zu-Mann-Gespräch in einem Verhörraum.«

Er war drauf und dran, dem FBI-Offizier alles zu berichten, was er über die Agenten Nolan und Wood wußte, als ein jüngerer, dünner Mann mit langem Haar watschelnd auf sie zukam. Er trug Jeans und ein T-Shirt, das mit der farbenprächtigen Darstellung eines Totenkopfs geschmückt war, der in einem Eisblock eingefroren war. Darunter las man in Frakturschrift »Eiszeit«.

»He, Mann«, sagte der Neuankömmling. »He, das war mal eine echt starke Musik, die ihr da gerade gespielt habt. Echt stark.«

Tanner und Broderick schauten ihn entgeistert an. »Ich glaube, das ist der Besitzer des eigentlichen Hauses, meine Herren.« Bond zeigte mit dem Kopf auf die seltsame Gestalt. »Mr. Marty Halman von Eiszeit?«

»Klar. Mann, war die Musik stark. Zum Fürchten.«

Bond lächelte. »Danke. Wir glauben, in gewisser Weise war sie auch für uns zum Fürchten.«

17
Neue Tage, neue Wege, alte Liebe

Die Spezialeinheit ließ zwanzig Mann zurück, welche die Tunnel, Korridore und das Gelände um das Versteck von Gebrochener Klaue durchkämmen sollten.

Alle anderen wurden in Hubschraubern zu dem Flugzeugträger zurückgebracht, wo sie auf neue Nachrichten warteten. Gegen 9.30 Uhr am Freitagabend fuhr Broderick, der örtliche FBI-Chef, mit einigen Angehörigen des Departments des Sheriffs von Marin County nach Sausalito. Sie fanden Wanda Man Song Hing in einem großen Haus, das versteckt hinter Boutiquen, Cafés, Läden und Kunstgalerien an der Bridgeway lag, der Hauptstraße, die zur Küste hinunterführte und einen großartigen Ausblick auf die Skyline von San Francisco bot.

Sie verhafteten zehn andere junge Mädchen, vier muskulöse Männer, die offensichtlich die Aufgabe hatten, das Haus zu bewachen, Mama Tia, die Madame dieser speziellen Goldgrube, und einige Kunden, von denen manche ihren guten Ruf zu verlieren hatten.

In der weiteren Entwicklung wurden die Agenten Nolan und Wood vom Dienst suspendiert, da schwerwiegende Aussagen gegen sie vorlagen. Später allerdings hätte Broderick gewünscht, daß er sie unter Arrest gestellt und eingesperrt hätte.

Wanda wurde sofort in das Krankenhaus der Navy gebracht. Sie hatte einen schweren Schock erlitten und war furchtbar geschlagen worden, aber nach Meinung der Ärzte würde sie körperlich bald wieder auf der Höhe sein. Für ihren Geisteszustand allerdings wollten sie sich nicht verbürgen, bevor sie genug Zeit gehabt hatten, um sie eingehend zu untersuchen.

Chi-Chi und Bond wurden in das Schiffslazarett gebracht,

wo die tiefen Striemen von Lees Peitsche auf Chi-Chis Rükken behandelt wurden. Bond wurde geröntgt. Trotz vieler Blutergüsse waren keine Knochenbrüche zu verzeichnen. »Ich würde vorschlagen, daß Sie eine Dusche nehmen, Captain Bond«, sagte der Arzt. »Ganz offen gesagt, Sie stinken entsetzlich.« Das Tierfett, das Gebrochene Klaue über seine Lenden gestrichen hatte, wirkte immer noch. »Sie brauchen Ruhe«, hatte der Arzt hinzugefügt, und man wies ihm eine Einzelkabine in der Nähe der Lazaretträume an.

Man hatte all seine Sachen dorthin gebracht, seine Kleidung und sein Reisegepäck. Er duschte, zuerst so heiß wie nur möglich, und seifte sich mit antiseptischer Seife ein, die er erst vor kurzem entdeckt hatte und seither jeder anderen vorzog. Dann duschte er wieder, und zwar kalt, damit die scharfen Nadelspitzen aus dem Duschkopf alles Fett aus den offenen Poren spülten. Er trocknete sich ab und sprühte Penhaligon Cologne über seinen Körper. Erst dann merkte er, wie erschöpft er war. Er schlief, bis ein Steward ihm am nächsten Morgen Kaffee brachte.

Eine halbe Stunde später kam Bill Tanner herunter mit seiner ASP-9-Millimeter. »Sie haben sie zwischen anderen Waffen im Bunker gefunden. Sind Sie in Ordnung?«

»Sie müssen sie aus dem Wrack des Hubschraubers geborgen haben, Bill. Ja, mir geht es gut. Und was ist mit Chi-Chi?«

»Sie hat noch mit ihren Verletzungen zu tun, aber Sie werden beide in einer Stunde in M's Kabine zu einer Konferenz erwartet.«

Bond wog die Pistole in der Hand. »Besorgen Sie mir ein paar Patronen?« fragte er.

Tanner sagte, er wolle es versuchen, und tatsächlich überreichte er Bond eine kleine Schachtel mit Munition, als er in der Kabine erschien, die M zu seinem Hauptquartier gemacht hatte.

Das ganze Einsatzteam *Curve* war anwesend, M, Franks, der CIA-Mann John Grant mit einigen seiner Leute, der Offizier, der das Kommando der Spezialeinheiten befehligt hatte, Commander Edwin Rushia, Chi-Chi und Bond.

M gab ihnen einen Überblick über die Situation und gratulierte allen, die an dem Aufspüren dessen teilgehabt hatten, was er die Höhle von Gebrochener Klaue nannte, und an ihrer Eroberung. Dann stellte er eine Gewinn- und Verlustrechnung auf, wie er sagte.

»Auf der Gewinnseite haben wir es geschafft, ein kompliziertes und raffiniert angelegtes Versteck auszuheben, das Gebrochene Klaue Lee zweifellos schon lange Zeit benutzt hat«, sagte er zu Beginn. »Ebenfalls auf der Gewinnseite: Wir haben eine sehr gefährliche Operation in ihren Anfängen stoppen können. Mein eigener Geheimdienst und der CIA haben seit langem gewußt, daß die Chinesen auf den Spuren eines ähnlichen Plans, der anscheinend von japanischen Geschäftsleuten entwickelt worden ist, eine Aktion koordiniert haben, die wir alle unter dem Namen *Jericho* kennen. Ihr Ziel bestand darin, die Wall Street durch Hakken in die Börsencomputer und das unerlaubte Ändern der Ein- und Verkaufspreise zusammenbrechen zu lassen.

Niemand wußte, wie weit dieses Gaunerstück bereits gediehen war, aber nachdem wir die riesige Menge von computergespeicherten Details in den Gewölben von Gebrochener Klaue entdeckt haben, sieht es ganz so aus, als ob wir die Sache gerade noch zum richtigen Zeitpunkt stoppen konnten. Ich muß hinzufügen, daß die Damen und Herren in der Wall Street und an der Londoner Börse auf unsere Veranlassung neue Sicherheitsvorkehrungen getroffen haben, die schließlich jeden daran hindern werden, in dem System herumzupfuschen. Wir wissen alle, daß Computer, die uns auf der einen Seite das Leben erleichtert haben und uns einen sofortigen Zugang zu Informationen ermöglichen, auf der anderen Seite auch eine Gefahr darstellen, besonders wenn sie von geschickten Leuten manipuliert werden, die in der Lage sind, die in Datenbanken gespeicherten Informationen abzurufen. Betrug mit Hilfe von Computern kann dann zu einem furchtbaren Finanzchaos führen.«

Schließlich erwähnte er auf der Gewinnseite die Rettung der fünf Navy-Experten, die als Geiseln genommen worden waren. »Zweifellos verfügten sie über ein großes Wissen hinsichtlich des Geheimmaterials des anglo-amerikanischen Projekts Lords und Lords Day. Glücklicherweise sind wir zu 99 Prozent sicher, daß wir das gesamte vorhandene Material auf Grund der Arbeit von Miss Sue Chi-Ho und Captain Bond wiederbekommen haben.«

Bevor er sich der Verlustseite zuwandte, sagte M, wolle er gern den Spezialisten seines Geheimdienstes, Mr. Franks, bitten, einiges über die Manipulationen von Gebrochener Klaue an den Geiseln zu berichten.

Franks stand auf, und sein Zucken wurde immer stärker, als er etwas langatmig darüber sprach, wie Gebrochene Klaue die wichtigen und geheimen Informationen von den Geiseln erhalten hatte.

»Wir befinden uns erst in einem sehr frühen Stadium der Untersuchung, wie Sie sich vorstellen können«, sagte er, »aber es ist bereits ein Bild zutage getreten, das einerseits unheilvoll ist und andererseits eine Sorge für die Zukunft darstellt.« Er fügte hinzu, daß Gebrochene Klaue, falls er allein die Behandlung der Geiseln und die Art ihres Verhörs durchgeführt haben sollte, sehr gut ausgebildet worden sein müßte. Bis jetzt hatten alle fünf Geiseln über die gleiche Art von Behandlung berichtet.

»Es gibt eine Reihe von einzelnen wichtigen Schritten, die Psychiatern und skrupellosen Verhörtechnikern bestens bekannt sind. Wenn man sie befolgt, führt das unweigerlich zum Zusammenbruch des Opfers. Im Gegensatz zur Vorstellung von Laien können diese speziellen Techniken gelegentlich dazu benutzt werden, um Menschen sehr schnell zu manipulieren. In Romanen wird heute behauptet, daß die zuverlässigsten schnellen Verhöre mit Hilfe von Drogen durchgeführt werden müssen, die den Geist und die Stimmung beeinflussen. Unter gewissen Umständen aber sind Drogen eher ein Hindernis. Manipulation und Zwang können bei gesundem Körper und klarem Verstand des Opfers erreicht werden. Allerdings kann der Geist unter Umständen verwirrt sein.«

Er fuhr fort, die Schritte zu beschreiben, die erforderlich sind, um das zu erreichen. Zunächst einmal mußte die Entführung völlig überraschend stattfinden. Fragen wurden nicht beantwortet, keine Einzelheiten preisgegeben. Dann folgte ein schneller Kulissenwechsel in einer Art Gefängnis, am besten in Dunkelhaft. Das Opfer durfte nicht wissen, was mit ihm geschah. Dann mußte man die Geisel verwundbar machen, um ihren Widerstand zu brechen. Man hielt sie im Dunkeln, nahm ihr alle Kleider fort, sperrte sie ein, verweigerte ihr die Benutzung eines Badezimmers und mißbrauchte das Opfer physisch, in der Regel durch unregelmäßige Anwendung von Gewalt. Dazu können ebenso Schläge gehören wie die sogenannte Schockbehandlung und Verbrennungen.

Verbunden mit diesen anfänglichen Voraussetzungen war ein weiterer, der wahrscheinlich wichtigste Schritt. Der Geisel mußte, wie die Psychiater es nennen, der »normale Wechsel von Tageslicht und Dunkel« entzogen werden. Mit einfachen Worten: man hielt sie in Dunkelhaft.

»Wenn man eine Person ins Ungleichgewicht gebracht hat durch die Entführung, sie eingesperrt hat, sie verwundbar gemacht hat, sie desorientiert hat, indem man ihr den Tag- und Nachtwechsel entzogen hat, ist der Rest relativ einfach. Er kann in drei Stufen eingeteilt werden.« Franks Stimme klang so kalt, als ob er lediglich Tatsachen berichtete. Bond fragte sich deshalb, wie oft der Mann diese speziellen Techniken schon selbst praktiziert haben mochte.

»Man fängt damit an, die Herrschaft über das Opfer auszuüben mit willkürlich angewendeter Gewalt und willkürlich erteilter Belohnung. Man schlägt eine Person dreimal in, sagen wir, fünf Stunden, aber zwischen diesen Gewaltakten gibt es eine Belohnung – ein Glas Wasser oder ein großes Stück Brot, eine Zigarette oder die Möglichkeit, ein Badezimmer zu benutzen. Aber alles im Dunkeln, immer in völliger Isolation, immer im Ungewissen darüber, weshalb das geschieht.«

Desweiteren, so erzählte Franks ihnen, wurden andere Druckmittel angewandt, Drohungen gegen die Familie des Opfers, Androhung einer härteren Behandlung durch irgendeine noch nicht aufgetauchte, unbekannte Person, die als ein Ungeheuer geschildert wird, plötzliches Entgegenkommen in unerheblichen Kleinigkeiten. »Vier Tage einer derartigen Behandlung können unter gut kontrollierten Umständen das Opfer so weit bringen, daß es völlig abhängig wird von dem, der es gefangenhält. Zu diesem Zeitpunkt gibt der Betreffende sich zu erkennen, macht Versprechungen und fängt an, dem Opfer klarzumachen, daß er die Befehle gibt. Wenn alle Karten richtig ausgespielt worden sind, ist der Rest ein Kinderspiel. Verwirrt und verloren, wie es sich fühlt, wird das Opfer alles unterschreiben und jede Information preisgeben, wenn man ihm nur die Rückkehr zu einem normalen Leben verspricht.«

Wieder erklärte Franks, daß alle fünf Geiseln ihre Behandlung in genau dieser Weise beschrieben hätten. Man hatte sie in dunklen Wandschränken gefangen gehalten, mit verbundenen Augen, man hatte sie an die Wand gekettet, nackt und ohne einen Raum, in dem sie ihre natürlichen Bedürfnisse erledigen konnten. In der einen Minute wurden sie geschlagen, in der nächsten gab man ihnen etwas zu essen. Alle schienen das Zeitgefühl verloren zu haben. Jeder einzelne behauptete, daß er fürchterliche Demütigungen erlitten hätte, bevor Gebrochene Klaue sich als derjenige zu erkennen gegeben hätte, der die Fäden in der Hand hielt. Schließlich hatten sie die Folterkammern, die so groß wie ein Wandschrank waren, identifiziert, in denen jeder einzelne nach seiner Entführung festgehalten worden war.

»Ich möchte denjenigen sehen, der nicht selbst Geheimmaterial der höchsten Stufe unter diesen Umständen preisgibt«, sagte Franks zum Schluß. »Ich bin überzeugt, daß diese Männer nur vor den Untersuchungsausschuß kommen werden, nicht aber vor das Kriegsgericht.«

Während der langen Erklärung von Franks darüber, auf welche Weise man die Geheiminformationen von den gekidnappten Offizieren und Mannschaften herausgeholt hatte, hatte Grant vom CIA zwei Anrufe erhalten und M anschließend einiges zugeflüstert, der ihnen jetzt erklärte, daß er nun auf die Verlustseite der Angelegenheit zu sprechen käme. »Tatsächlich bin ich dafür nun besser gerüstet, da die Kollegen von Mr. Grant einiges herausgefunden haben.«

Nüchtern fügte M hinzu, daß es sich um keine guten Nachrichten handle. »Zunächst scheint es so zu sein, daß der chinesische General H'ang und Gebrochene Klaue Lee auf dem Luftweg verschwunden sind.« Der Hubschrauber, der zweifellos H'ang in die Höhle von Gebrochener Klaue gebracht hatte, wie M sich ausdrückte, wurde nur fünf Meilen nördlich von San Francisco aufgefunden – natürlich leer.

»H'ang kam in der Rolle eines Geschäftsmannes aus Hongkong ins Land. Das ist jetzt sicher. Wir sind im Besitz von entsprechenden Berichten und Einzelheiten. Unsere Freunde vom CIA müssen noch herausbekommen, auf welche Weise er sich hier einen Hubschrauber besorgen konnte, aber Lee könnte uns das mit Sicherheit erzählen, wenn wir ihn finden. Natürlich werden alle Häfen und Flughäfen überwacht. Überall hält die Polizei Ausschau nach den beiden Männern, ganz besonders nach H'ang.«

Er fuhr fort und berichtete, daß alle davon überzeugt waren, daß Lee der führende Mann des chinesischen Geheimdienstes in den Vereinigten Staaten sei. »Als solcher kennt er zweifellos die Identität, Aufgaben und Lebensumstände jedes einzelnen chinesischen Agenten in den Vereinigten Staaten. Deshalb ist es von äußerster Wichtigkeit, daß Lee gefangen wird – lieber früher als später. Ich möchte sogar so weit gehen zu behaupten, daß er der meistgesuchte Mann in Amerika und England ist.«

Bond sagte nichts dazu. Er glaubte zwar bereits zu wissen, wo man Gebrochene Klaue finden konnte, aber er war zerschlagen, voll Blutergüsse und sehr müde. Er hielt seine Gedanken zurück. Es würde noch genug Zeit geben, um seine Theorien zu verfolgen, die mehr waren als ein bloßer Verdacht.

»Leider«, fuhr M fort, »sehen wir keine Veranlassung, das Einsatzteam *Curve* einsatzbereit zu halten; wir wollen aber bis Montag warten für den Fall, daß noch etwas geschieht. Alle von Ihnen können das restliche Wochenende frei nehmen. Wir treffen uns hier am Montagmorgen um neun Uhr wieder, um eine endgültige Entscheidung zu treffen. Ich werde an Bord bleiben, aber das soll Sie in keiner Weise beeinflussen.«

Er hatte kaum ausgesprochen, als Chi-Chi Bond ins Ohr flüsterte: »Bitte, James, komm zu mir, ja?«

Er schaute ihr mit einem Blick in die Augen, der keiner weiteren Erklärungen bedurfte. »Gewiß. Es ist eine Ehre für mich, Chi-Chi.«

»Hallo, James.« Der große Ed Rushia stand hinter ihm. »Sie sind herzlich eingeladen zu mir und meiner kleinen Braut. Sie ist eine verdammt gute Köchin. Macht eine unwahrscheinliche Gazpacho, falls Sie kalte Suppen mögen. Und einen warmen Apfelkuchen genau wie bei Muttern daheim.«

»Unglücklicherweise hat meine Mutter nie Apfelkuchen gebacken.« Bond zog eine Braue hoch. »Ich würde gern kommen, Ed, aber ich fürchte, ich habe bereits eine Einladung, die mir so wichtig ist, daß selbst der Dämon Gebrochene Klaue mich nicht davon abhalten könnte.«

»Ah!« sagte Rushia und schaute von Bond zu Chi-Chi. »Ah!« sagte er noch einmal. »Alles Gute, Kinder. Mögen eure Tage lang sein und eure Nächte noch länger. Ich gebe Ihnen meine Telefonnummer, James, für alle Fälle.« Er schob Bond seine Karte in die Hand, winkte fröhlich und verließ die Kabine.

Dann kam Tanner zu ihnen und sagte ihnen, daß sie ihren Aufbruch verschieben müßten, da Franks noch ein oder zwei Punkte mit ihnen durchgehen wollte. Es war schon nach fünf Uhr, als sie auf das Festland gebracht wurden.

Chi-Chi wohnte in einem Appartementhaus in der Union Street. »Es ist noch nicht alles fertig«, sagte sie warnend, aber als sie ankamen, war Bond beeindruckt von dem, was er sah. Es war nicht groß, ein Wohnzimmer, ein Schlafzimmer und die Küche, aber es hatte ein riesiges Fenster, von dem aus man auf die Golden Gate Bridge schaute; die Einrichtung war neu, modern und sehr bequem. An den Wänden im Wohnzimmer hingen ein paar außerordentlich gute Reproduktionen, zusammen mit einem schönen, gerahmten Museumsposter, das für eine Ausstellung von Leonardo da

Vinci warb, und einem hervorragenden Ölgemälde von Eyvind Earle im Schlafzimmer.

Schon nach einer halben Stunde fühlte er sich wohl und entspannt, als hätte er schon seit einiger Zeit in diesem Appartement gewohnt. Nirgends herrschte Unordnung, und die Küche war wirklich adrett, wie May, seine alte Haushälterin, gesagt haben würde.

»Ruh dich aus, James. Ich mache uns etwas zum Abendessen. Wenn du nicht vielleicht lieber ausgehen und auf den Putz hauen möchtest.«

»Ich glaube wirklich nicht, daß du in der richtigen Verfassung bist, um auszugehen und auf den Putz zu hauen, und ich fühle mich, als hätte ich gerade vier Runden gegen Mike Tyson gekämpft. Ich glaube, du solltest ins Bett gehen, und ich bringe dir ein Tablett mit einem leichten Imbiß.«

»Soll das eine Einladung sein, James?«

»Kann schon sein. Ihr Chinesinnen seid so unergründlich, finde ich.«

»Ich bin eine unergründliche Amerikanerin, Captain Bond.« Sie kam zu ihm und schaute ihm tief in die Augen. Als er seine Arme um sie legte, zuckte sie ein wenig zurück, und er entschuldigte sich sofort wegen seiner Ungeschicklichkeit. Dann lag sein Mund auf dem ihren, und er hatte das Gefühl, daß er ihre Lippen schon seit Jahren kannte. Er verstärkte den Druck, und sie versetzte ihm einen kleinen Stoß. Im Schlafzimmer sagte er: »Dein Rücken, Chi-Chi. Sei vorsichtig mit deinem Rücken.«

»James, mein Lieber, ich kenne viele Möglichkeiten, uns beiden Freude zu machen, ohne auf meinem Rücken zu liegen.«

Drei Stunden später mußte er zugeben, daß sie über eine ganze Enzyklopädie von Ideen verfügte, die weder ihrem Rücken noch seinen Rippen Schmerzen bereiteten. Es gab Augenblicke, in denen Bond das Gefühl hatte, ein Wunder zu erleben, wie es nur wenigen Männern einmal in ihrem Leben gewährt wird, als ihr schlanker Körper über seinen zu fließen schien, so leicht wie ein Schleier, aber trotzdem mehr gab und forderte als nur Lust und Vergnügen.

Sie nahmen eine einfache Mahlzeit zu sich, die Chi-Chi als ihren Salat Cäsar bezeichnete, den Bond aber einen ausgezeichneten Salat Niçoise genannt haben würde. Als Nachspeise gab es Himbeeren aus ihrem Gefrierschrank mit geschlagener Sahne. Der Kaffee war schwedisch, wie er feststellte, Traditional Roast, und frischgemahlen.

Sie saßen bei ihrem Kaffee und einem Brandy und schauten auf die großen wellenförmigen Lichtstreifen, die die Brücke beleuchteten, bis Chi-Chi ein Gähnen unterdrückte.

»Es tut mir leid.« Bond lehnte sich zu ihr hinüber und nahm ihre Hand. »Ich bin nicht sehr gesprächig. Mir geht vieles durch den Kopf, Chi-Chi.«

»Es gibt ein altes Sprichwort.« Sie schaute ihn unter halbgeschlossenen Lidern an. »Es könnte chinesisch sein, und es sagt: ›Diejenigen, die Liebe haben, benötigen kein Geschwätz‹.«

Bond antwortete mit einem Lächeln, das fast nur in seinen Augen lag. »Ich wußte nicht, daß es ein chinesisches Wort für Geschwätz gibt.«

»Vielleicht ist es auch ein altes englisches Sprichwort.«

»Vielleicht.« Wieder schwieg er einen Augenblick lang. Dann sagte er: »Du erinnerst dich daran, wie wir in der Höhle von Gebrochener Klaue aufgewacht sind, an dem Morgen, wo wir glaubten, wir seien in Virginia?«

»Wie könnte ich das vergessen?«

»Ich dachte, ich hätte es vergessen, aber irgendwann an jenem Tag habe ich mich an etwas erinnert. Es war eine Sonnenuhr in Virginia. An der Universität dieses Staates gibt es eine Inschrift auf einer Sonnenuhr, die folgendes besagt:

Die Zeit ist
zu langsam für diejenigen, die warten,
zu schnell für diejenigen, die sich fürchten,
zu lang für diejenigen, die sich grämen,
zu kurz für diejenigen, die sich freuen.
Aber für diejenigen, die lieben, ist die Zeit Ewigkeit.
Stunden fliegen vorbei,
Blumen sterben,

neue Tage,
neue Wege
ziehen vorüber.
Die Liebe bleibt.

Daran habe ich gedacht und daran habe ich mich erinnert an dem Morgen, als wir vom Grund der Höhle eines Dämons aus die Blue Ridge gesehen haben, Chi-Chi; ich werde nie an dich denken, ohne mich an jene Zeilen zu erinnern.«

Sie stand auf, nahm seine Hand und führte ihn sanft zurück ins Schlafzimmer.

Am Sonntag ruhten sie sich, faul und verliebt, vorwiegend aus. Sie standen spät auf und nahmen zusammen einen Brunch ein an dem kleinen Tisch vor dem großen Fenster. Es war zwei Uhr nachmittags, als sie ihre Mahlzeit beendet hatten – Orangensaft, Eier, Schinken, Waffeln mit echtem Ahornsirup und Kaffee. Dann duschten sie, gingen wieder ins Bett und standen gegen sechs Uhr abends auf.

»Ich wollte uns heute ein großartiges Abendessen machen. Etwas ganz Festliches.« Chi-Chi war in der Küche. »Ich habe alles außer Wein, und du liebst Wein, James.«

»Ich kann auch ohne Wein leben.« Er küßte sie. »Aber warum sollen wir nicht versuchen, welchen zu bekommen? In amerikanischen Städten gibt es immer Läden, die auch am Sonntag geöffnet sind.«

Sie zog einen kleinen Flunsch. »Es gibt einen ganz guten Spirituosenladen zwei Blocks weiter. Aber ich möchte nicht, daß du allein gehst. Ich ziehe mich rasch an und komme mit.«

»Und das dauert Wochen. Ich werde versuchen, Champagner für uns aufzutreiben. Gibt es in diesem Spirituosenladen Champagner? Und paßt er zu der Überraschung, die du vorbereitest?«

»Besser als alles andere.« Wieder küßte sie ihn. »Bitte, bleib nicht lange fort, Liebling. Ich kann den Festschmaus in den Ofen schieben, und dann haben wir eine ganze Stunde für uns, bevor er fertig ist.«

Auf dem Weg nach draußen nahm Bond seine ASP an

sich, die seit seiner Ankunft immer in seiner Nähe gewesen war. »Das Erkennungswort ist Zeit«, sagte er, und sie lachte.

»Ich meine es ernst, Chi-Chi. Öffne niemandem außer mir. Unser Freund Lee ist immer noch in der Nähe, und ich glaube nicht, daß er ein Mann ist, der vergibt und vergißt. Schließlich sind wir dabei, ihn aufzustöbern oder sogar zu töten. Er wird das wissen.«

»Zeit«, sagte sie und kräuselte die Stirn. »Ja, ich weiß natürlich, daß wir ihn bekommen müssen, und ich kann es kaum erwarten. Und etwas anderes kann ich auch kaum erwarten.«

»Flittchen!« Bond steckte die Pistole hinter der rechten Hüfte in seinen Hosenbund und ging.

Es dauerte fast eine halbe Stunde, und alles, was er bekommen konnte, war kalifornischer Champagner, aber inzwischen hatte er seine Meinung über kalifornische Weine gründlich revidiert.

Er wußte, daß etwas nicht in Ordnung war, als er noch mit dem Lift hinauffuhr. Instinkt, fragte er sich, aber dann wurde ihm klar, daß das nichts mit Instinkt zu tun hatte. Im Lift lag eine Spur von Bal à Versailles, dem Parfum, das Chi-Chi benutzt hatte.

Die Tür war halb aus den Angeln gerissen, und sie mußte gekämpft haben, denn die Wohnung war ein einziges Chaos. Ein Sessel war zertrümmert, eine Tischlampe quer durch das Zimmer geschleudert worden, das Glas über dem Poster war zersplittert, und der Vorhang vor dem großen Fenster war auf eine Seite gezogen worden und hing schräg herunter, als hätte sie versucht, sich daran festzuhalten.

»Chi-Chi!« rief er, obwohl er wußte, daß er keine Antwort bekommen würde. Dann lief er ins Schlafzimmer und rief wieder: »Chi-Chi!«

Aber auch dort war sie nicht. Das schöne Ölgemälde von Eyvind Earle war mit dem Messer bearbeitet worden und von einem Pfeil durchbohrt, an dem ein Zettel hing.

Wenn Sie sie lebend wiedersehen wollen, kommen Sie zu den Muir Woods, allein und genau um 1.30 Uhr heute nacht. LEE

Bond ging durch das Wohnzimmer und stellte einen umgeworfenen Tisch wieder auf. Daneben fand er am Boden das Telefon. Er wollte wählen, als ihm etwas einfiel. Übung? Erfahrung? Oder nur die automatische Reaktion eines Mannes, der immer an Dinge wie Abhörgeräte und Überwachung dachte?

Wieder fuhr er mit dem Lift nach unten. Auf der Straße fand er eine Telefonzelle und wählte eine Nummer.

Als er den Anschluß bekommen hatte, sagte er: »Ed, ich brauche Sie. Jetzt.« Seine Stimme schwankte, und die Worte »Blumen sterben, neue Tage, neue Wege ziehen vorüber. Die Liebe bleibt« schrillten durch seinen Kopf.

18
Die Chelan Mountains

Er wartete in der Eingangshalle des Appartementhauses, bis Rushia fünfzehn Minuten später eintraf.

»Zur Hölle, was ist los, James? Sie sehen aus wie ein Gespenst.«

Bond war unfähig zu sprechen. Er nickte nur und gab Rushia ein Zeichen, ihm zu folgen.

»Na, das war bestimmt keine kleine Meinungsverschiedenheit zwischen einem Liebespaar«, sagte Rushia, als er Chi-Chis Apartment betreten hatte.

»Das ist kein Witz, Ed. Schauen Sie ins Schlafzimmer.«

»Oh, Mist. Nein!« Rushia kam aus dem Schlafzimmer und forderte Bond auf, sich in einen Sessel zu setzen. »Sie haben die Polizei gerufen?«

Er schüttelte den Kopf. »Das letzte, was ich mir wünsche, ist die Polizei.«

»Dann werden Sie zu den Muir Woods gehen? Es ist nicht besonders einsam dort. Sie haben Waldhüter da und alles. Es ist eine Art Nationaldenkmal.«

Bond hatte den Wald bei verschiedenen Gelegenheiten besucht und wie tausend andere die gigantischen Redwood-Bäume bewundert, die sich am Rand des Mount Tamalpais State Park erheben. »Ich gehe noch nicht einmal in die Nähe von Muir Woods«, sagte er mit dumpfer Stimme.

»Und was zur Hölle wird aus Chi-Chi? Lee sagt, Sie müssen dort sein, wenn Sie sie jemals lebend wiedersehen wollen. James, alter Kumpel, Sie setzen ihr Leben aus Spiel.«

»Das glaube ich nicht.«

»Warum nicht, um Himmels willen?«

»Weil ich glaube, daß die Sache mit den Muir Woods eine Falle ist. Ich glaube, ich weiß, wo der Bastard Lee sich verkrochen hat.«

»Sie glauben, daß Sie es wissen? Zur Hölle, James, wir haben jetzt keine Zeit für vage Gefühle. Sie müssen es definitiv wissen, nicht nur irgendeinem Instinkt folgen.«

»Also – ich weiß, wo er ist. Das Treffen in den Muir Woods ist fast mit Sicherheit ein Täuschungsmanöver. Wahrscheinlich auch eine Art Hinterhalt, aber ich werde dorthin gehen, wo er sich wirklich aufhält, wie ich definitiv weiß.«

»Und was soll ich tun? Meine Daumen drehen und Gummibärchen essen?«

»Wir alle sollen morgen früh zu dieser Konferenz kommen, Ed. Nun, es ist so sicher wie die Hölle, daß Chi-Chi nicht dort sein wird. Ich ebensowenig und Sie auch nicht, wenn Sie mir helfen wollen.«

»Stimmt das? Unerlaubte Entfernung von der Truppe, James? Wenn Sie ja dazu sagen, habe ich es nicht gehört. Was ich gehört habe, ist, daß wir beide etwas von dem Urlaub nehmen werden, der uns zusteht.«

»Sie machen also mit?«

»Nur, wenn Sie wirklich sicher sind.«

»Fast so sicher wie die Verdammnis.«

»Das genügt mir.« Rushias Blick wurde angezogen von etwas, das neben dem durchhängenden Vorhang am Boden lag. »Was zur Hölle ist das da unten?«

Bond sah es erst, als Rushia darauf zeigte. Es war etwas Kleines, Glitzerndes auf dem Teppich. Er bückte sich und hielt eine Art Stecknadel in der Hand, wie Leute sie am Rockaufschlag tragen, um zu zeigen, daß sie zu den Rotarierern gehören oder zu den Elks. Diese hatte drei winzige Buchstaben, die am Kopf befestigt waren: FBI.

»So, nun wissen wir, wer sie gekidnappt hat.« Bond schaute ausdruckslos auf die Nadel. »Ich glaube, ich will nicht nur Gebrochene Klaue finden, mir geht es wahrscheinlich auch um ein Zusammentreffen mit den beiden alten Ekeln Nolan und Wood vom FBI.«

»Sie brauchen nur ein Wort zu sagen, James, und ich bin dabei.«

»Es ist mehr nötig als nur ein Wort, Ed. Ich brauche die

Hilfe eines Insiders. Informationen. Ich muß Dinge wissen, die Sie mir wahrscheinlich mitteilen können.«

»Schießen Sie los.«

Bond sprach eine gute halbe Stunde lang. Als er fertig war, lehnte Rushia sich in seinem Sessel zurück. »Das ist schrecklich viel Zeug, James, aber ich kann wahrscheinlich alles in etwa einer Stunde beschaffen – sagen wir, in zwei Stunden. Wollen Sie hier ein bißchen Ordnung schaffen, während ich meine Jobs erledige? Ich rufe Sie an, sobald ich etwas habe. Dann komme ich und lese Sie auf, aber ich denke, wir müssen uns auch den Rücken freihalten, eine Nachricht hinterlassen, nur damit die alten Herrschaften zu Hause ungefähr wissen, wohin wir verschwunden sind.«

»Ich überlasse das ganz Ihnen, Ed, aber das letzte, was ich will, ist, daß die Kavallerie zu meiner Rettung ausrückt. Wenn ich diese Sache anpacke, dann mache ich es allein. Es ist ein Endspiel. Ich und Gebrochene Klaue.«

»Und wenn er das anders sieht?«

»Der Mann hat ein überdimensionales Ego, Ed. Ich kann mir nicht vorstellen, daß er eine Chance ausschlägt, mich Mann gegen Mann zu schlagen, wie man hierzulande sagt.«

»Ein Kampf Mann gegen Mann mit diesem Burschen kann leicht tödlich enden, Jim.«

»Nennen Sie mich niemals Jim.« Bonds Stimme war sehr ernst. »Ich kenne einen Burschen namens Geoffrey in unserem Geschäft, in London. Er hat ein verdammt großes Merkblatt in seinem Büro angebracht. Darauf steht: ›Mein Name ist Geoffrey, nicht Geoff‹. Genauso sehe ich das. Mein Name ist James, nicht Jim.«

»Entschuldigen Sie«, sagte Rushia mit übertriebener Höflichkeit. »Ich wußte nicht, daß es Ihnen etwas ausmacht.«

Als er gegangen war, fing Bond an aufzuräumen. Er brachte die Tür wieder richtig an, nahm das zerfetzte Poster von der Wand und sorgte dafür, daß es in dem Appartement etwas weniger chaotisch aussah.

Gegen Mitternacht läutete das Telefon. Rushia sagte, er hätte alles bekommen, was Bond brauchte. In einer Stunde würde er ihn abholen.

»Wir müssen einen Charterflug mieten«, erklärte Rushia, als Bond neben ihm in einem großen, grünen Chevy Sedan saß. »Ich glaube nicht, daß wir Linienflugzeuge benutzen sollten. Übrigens habe ich Bescheid hinterlassen. Ich habe gesagt, wir hätten einen Wink von Gebrochener Klaue bekommen und niemand sonst auftreiben können.«

»Ob das genügt?«

»Vielleicht nicht für immer und ewig, aber es sollte uns einen Vorsprung von vierundzwanzig Stunden verschaffen.« Dann fing er mit den Informationen an, die Bond angefordert hatte.

Das Gebiet um die Chelan Mountains, hoch oben im Norden des Staates Washington, war, wie Ed sagte, ein Urlaubsgebiet. »Es gibt dort landschaftlich schöne Wege für Spaziergänge und Fahrten. Im Winter läuft man dort Ski – in diesem Jahr hat es allerdings noch nicht geschneit, aber es fängt an, kalt zu werden. Wir werden warme Kleidung gebrauchen. Der größte Ferienrummel spielt sich im Süden ab, um den Lake Chelan. Dieses Reservat, von dem Sie gesprochen haben…«

»Ja?«

»Es handelt sich um eine halboffizielle Sache. Im Staat Washington gibt es eine Menge regulärer Indianerreservate. Dasjenige, hinter dem Sie her sind, ist nicht allein den Schwarzfußindianern vorbehalten.«

Bond wartete. Seit er den Pfeil gesehen hatte, der das Ölbild in Chi-Chis Schlafzimmer durchbohrte, und die Nachricht gelesen hatte, die daran befestigt war, hörte er immer wieder, wie Gebrochene Klaue sagte:

»Ich zweifle daran, daß ich überhaupt so für mich leben könnte, ohne immer wieder eine gewisse Zeit bei meinem anderen Volk zu verbringen. Ich muß einfach von Zeit zu Zeit meine Batterien wieder aufladen wie jeder andere Mann auch. Es gibt Mitglieder der alten Schwarzfußkonföderation, die abgeschieden für sich leben, hoch oben in den Chelan Mountains gibt es ein friedliches Camp, wo sie noch ganz in der überlieferten Art und Weise leben können. Ich gehe oft dorthin. Ich liebe es, den Rauch meines Tipi zu riechen, über das Leben nachzudenken, mit meinen Vorfahren zu reden.«

Es war nicht bloß ein vager Verdacht, der ihn zu dem Schluß geführt hatte, daß Gebrochene Klaue in sein »friedliches Camp« gegangen war, wie er es genannt hatte. Wenn Gebrochene Klaue an seine Fähigkeiten zu verschwinden und zu entkommen glaubte, an seine Kraft, außerhalb des Gesetzes zu bleiben, dann war das Camp in den Chelan Mountains genau der Ort, an den er sich zurückziehen würde. Vielleicht um seine Batterien aufzuladen, möglicherweise auch, um sich Klarheit zu verschaffen über seine nächsten Schritte. Er hatte bestimmt Kapital außerhalb Amerikas, und im Frieden der Bergwelt konnte er, wie er sagte, den Rauch seines Tipi riechen und einen Entschluß fassen.

Wenn er Rache nehmen wollte an den beiden Personen, die seinen Sturz herbeigeführt hatten, würde er das in diesen Bergen tun. Chi-Chi würde dort sein, und die Logik mußte Gebrochener Klaue sagen, daß Bond schließlich folgen würde.

»Nicht nur Schwarzfußindianer?« fragte er.

Rushia steuerte den Wagen auf die Straße zum Flughafen. »Nein. Vor rund zwölf Jahren fragte eine Reihe von Indianern aus verschiedenen Stämmen, die in den Reservaten von Yamika, Colville, Warm Springs und Nez Perce leben, ob sie außerhalb der ihnen zugewiesenen Reservate in einem Camp ihrer eigenen Wahl wohnen dürften. Es handelte sich um Leute von der Schwarzfußkonföderation – Cheyennen, Sioux, Crows und Mandanen. Sie legten einen Eid ab, daß sie untereinander Frieden halten würden, aber sie wollten in ihrer althergebrachten Art und Weise leben. Seither stören sie keinen. Sie sind Selbstversorger, benutzen ihre ursprünglichen Geräte, jagen Wild und kleinere Tiere, und sie bleiben unter sich.

Irgendwie haben sie Verständigungsmöglichkeiten untereinander gefunden. Es gibt Gerüchte darüber, daß sie eine Menge ihrer alten, etwas barbarischen Zeremonien praktizieren, aber solange niemand sie stört, verursachen sie keinerlei Ärger. Ich habe eine Karte dabei, mit deren Hilfe Sie direkt in das Lager gelangen können.«

»Wohin müssen wir uns zunächst wenden?«

»Wir mieten ein Lufttaxi, James. So kommen wir am schnellsten voran. Wenn möglich, nehmen wir einen Jet nach Wenatchee. Dort mieten wir einen Range Rover oder ähnliches. Es gibt einen Weg, auf dem wir nach fünfzehn Meilen zu dem Camp gelangen. Es geht bergauf, durch bewaldetes Gebiet, aber der Weg ist vorhanden, wenn Sie nachschauen wollen. Die Karte liegt im Handschuhfach.«

»Ich schaue sie mir im Flugtaxi an. Wenn wir eins bekommen.«

Sie bekamen eine Learjet, und als sie erklärten, wohin sie wollten, sah man sie erstaunt an. »Ist etwas los in der Nähe von Wenatchee?« fragte der Mann vom Weatherproof Air Service.

»Nicht daß wir wüßten. Wir sollen einen Auftrag ausführen. Für die Regierung.«

»Warum nehmen Sie dann kein Regierungsflugzeug?«

»Sie wissen, wie das ist.« Ed Rushia redete sehr vertraulich, sehr offen. »Die vielen verdammten Formalitäten! Wir wollen so schnell wie möglich da sein und nicht erst eine Woche lang warten müssen. Wir mieten die Learjet auf Amex und rechnen die Summe als Unkosten ab, wenn es soweit ist. Sie kennen doch sicher das alte Lied?«

»Natürlich.«

»Warum haben Sie danach gefragt, ob in Wenatchee irgend etwas los ist?« fragte Bond.

»Weil Sie schon die zweiten sind, die heute nacht dorthin wollen. Dieselbe Strecke. Wir mußten ihnen unsere DC-3 geben, das alte Schlachtroß. Ein bißchen langsam, aber sie fliegt noch.«

»Sie konnten ihnen keine Learjet geben?«

Der Mann schüttelte den Kopf. »Auch eine Regierungsangelegenheit.« Er senkte die Stimme. »FBI. Ein Agent und ein Krankenpfleger. Sie brachten eine Frau nach Hause zurück. Sie ist in einen Unfall verwickelt gewesen. Sah schlimm aus. Ohne Bewußtsein. Sie mußten sie auf einer Bahre befördern.«

»Wie lange ist das her?« fragte Bond.

»Weshalb interessiert Sie das?«

Rushia seufzte. »Wenn Sie es wirklich wissen wollen – es hängt zusammen mit dem Fall, an dem wir dran sind.«

»Sie flogen vor einer dreiviertel Stunde ab. Wenn wir es schaffen, daß Ihr Flug schnell genehmigt wird, werden Sie etwa zehn Minuten nach der DC-3 landen.«

»Dann wollen wir's anpacken.« Bond verzog keine Miene.

Die DC-3 parkte in der Nähe des Flughafengebäudes von Wenatchee im hellen Flutlicht. Sie sahen sie, als sie im Landeanflug waren, und als die Learjet einparkte, verrenkten Bond und Rushia sich die Hälse, um festzustellen, ob um das Flugzeug herum Betriebsamkeit herrschte.

Im Flughafengebäude ging Rushia los, um die Crew zu suchen, während Bond sich an die Autovermietungen wandte. Er versuchte es zuerst bei Avis und erfuhr, daß sie gerade ihren letzten Range Rover abgegeben hatten. »Große Nachfrage in dieser Gegend heute«, sagte das Mädchen. »Ich kann Ihnen aber einen fast neuen Isuzu Trooper geben. Er wird es ebenso tun.«

Es war eine halbe Stunde nach zwei Uhr morgens, als sie den Flughafen in Richtung Norden verließen. Rushia saß am Steuer, und Bond studierte die Karte.

»Sie kommen zurück«, verkündete Rushia, als der Trooper loszischte und rasch auf Touren kam.

»Wer kommt zurück?« Bond war mit seinen Gedanken schon sehr viel weiter. Er bereitete sich im Stillen bereits auf den Entscheidungskampf mit Gebrochener Klaue vor.

»Wer wohl, Sie Schlafmütze? Dorothy und Toto? Ihre Freunde Wolan und Nood...«

»Nolan und Wood. Sie kommen diesen Weg zurück?«

»Das ist so sicher wie unerwartet.«

»Erzählen Sie, Ed.«

»Lesen Sie es mir von den Lippen. Ihre beiden Ex-FBI-Typen kommen zurück. Die Crew der CD-3 wartet auf sie. Sie haben einen Range Rover gemietet und sind zwanzig Minuten vor uns gestartet.«

»Dann...«

»Das Beste haben Sie noch nicht gehört.«

»Nämlich?«

»Sie kommen zurück mit einem weiteren Burschen. Einer von ihnen hat es dem Piloten erzählt. Sie wollen, daß man ihn nach Bracket Field bringt, auf der anderen Seite von Los Angeles. Es interessiert Sie vielleicht, daß es sich um einen orientalischen Gentleman handelt. Alt und krank, haben sie gesagt. Irgendein Charterflugzeug wird ihn in Bracket Field auflesen. Zufrieden?«

Bond lächelte in der Dunkelheit.

Sie fuhren neunzig Minuten lang. Zur Linken hielten sie sich an den Columbia River, und die dunkle Masse zu ihrer Rechten bestand aus Wäldern und Bergen. Sie fuhren durch die Stadt Chelan und dann weiter, bis sie eine schmale Straße erreichten, die links abbog.

»Ist das die Straße, die allmählich in einen Pfad übergeht, ungefähr zwanzig Meilen weiter oben?« fragte Rushia.

»Ja, etwa fünf Meilen vom Camp entfernt. Können Sie ohne Scheinwerfer fahren?«

»Jetzt noch nicht. Nicht, falls Sie wirklich ankommen möchten.«

»Schalten Sie sie aus bei den geringsten Anzeichen von anderem Licht.« Bond hatte schon seine automatische Pistole herausgezogen.

Die Straße war kaum mehr als ein Pfad, und beide zweifelten daran, daß zwei Fahrzeuge hier aneinander vorbei kommen konnten. »Wenn sie plötzlich heruntergesaust kommen mit ihrem orientalischen Gast an Bord, haben wir das schönste H'ang Chow Mein.« Ed kicherte. »Oder Bondburger.«

Sie kamen nur langsam voran, und dreißig Minuten später war es hell genug, um die Scheinwerfer abzuschalten. Zehn Minuten später entdeckten sie den Range Rover.

Er parkte an der rechten Seite des Weges und schien leer und verlassen zu sein.

»Ich schätze, ich werde den berühmten Rushia-Rückzieher durchführen. Passen Sie auf, James.« Langsam rollte der

Trooper nach rückwärts, wobei er ein wenig hin- und herpendelte, bis sie etwa zehn Meter zurückgesetzt hatten, direkt hinter einer Wegbiegung, die sie vor jedem verbarg, der sich dem Range Rover näherte.

»Ich nehme nicht an, daß Sie für einen heißen Krieg ausgerüstet sind?« Bond juckte es in den Fingern.

»Meinen Sie? James, ich bin auf alle Eventualitäten vorbereitet.« Ed zog heftig an seinem Hosenbund und brachte einen massiven Colt zum Vorschein, einen Revolver, dessen Lauf eine Länge von sechs Inch hatte. »Eine 357er-Magnum.« Ed grinste fröhlich. »Das ist meine Waffe des Jahres. Ich habe auch noch ein paar andere Kleinigkeiten dabei, beispielsweise Handschellen. Ich habe daran gedacht, Sie eventuell für Ihre werte Person zu verwenden, falls ich zu dem Schluß kommen sollte, daß Sie dabei sind, etwas echt Verrücktes zu unternehmen.« Als er sah, wie Bonds Augen ganz schmal wurden, lenkte er schnell ein. »Nun gut, vielleicht auch nicht. Wir wollen uns bereithalten für diese Flaschen und den berühmten General H'ang.«

»Wenn wir sie haben, möchte ich Sie bitten, sie in die Zivilisation zurückzubringen und abzuliefern.«

»Kann ich nicht irgendwo hier herumhängen und auf Sie warten?«

»Es wäre mir lieber, wenn Sie sie in irgendein Gefängnis bringen. Ich bin meiner Sache nicht sicher, aber ich fürchte, wenn sie einige Zeit in meiner unmittelbaren Nähe sind, könnte ich sie alle drei umlegen.«

Schweigend gingen sie den Weg wieder hinauf. Es gab genügend Sichtschutz von den Bäumen, so daß Rushia sich neben dem Range Rover verstecken konnte, während Bond eine ausgezeichnete Deckung auf der anderen Seite fand. Von dort aus hatte er einen guten Überblick auf den Pfad, der sich zwischen den Bäumen nach oben schlängelte und, wie er wußte, zu dem Camp und zu Gebrochener Klaue führte.

Sie warteten fast eine Stunde, bis man Stimmen hörte, die von dem Pfad nach unten drangen. Weder Wood noch Nolan oder der General schienen auch nur die geringsten Sorgen in der Welt zu haben. Vorläufig blieben sie noch unsichtbar, und Bond fürchtete einen Augenblick lang, daß Gebrochene Klaue vielleicht einige seiner Leute aus dem Lager zur Begleitung der Ex-FBI-Leute mitgeschickt hatte.

Als sie in Sichtweite kamen, waren es aber nur drei Personen, die sich langsam vorwärts bewegten, wobei zwei von ihnen Rücksicht auf das Hinken des Generals nehmen mußten. Sie warteten, bis die drei in den Range Rover klettern wollten.

»Ich würde an Ihrer Stelle nicht versuchen, irgend etwas Dummes anzustellen – vielleicht nach den Wurfschleudern greifen oder Überfall schreien!« Es war Ed Rushia, der die Stille brach, und sie erstarrten alle, denn der Lauf des Colts war genau in das Ohr von General H'ang gerichtet. »Ich könnte ihm ein bißchen das Gehör ausblasen«, fuhr er fort. »Außerdem ist mein Kumpel direkt hinter Ihnen, Wood oder Nolan, wer Sie auch sein mögen, der festen Überzeugung, daß Sie alle drei durchaus entbehrlich sind.«

H'ang ließ die Aktentasche fallen, die er bei sich trug.

Sie gaben ganz widerstandslos auf, obwohl alle drei Pistolen bei sich hatten. Die beiden früheren FBI-Leute trugen noch immer Handschellen mit sich. »Sie hätten anscheinend gar keine mitzubringen brauchen«, meinte Bond fröhlich, als sie die drei mit den Handschellen aneinanderschlossen und ihnen halfen, hinten in den Range Rover einzusteigen; das letzte Paar Handschellen wurde dazu benutzt, sie an die Metallstangen im Wageninneren zu fesseln.

»Commander Rushia wird euch zur nächsten Polizeiwache bringen.« Bond fingerte an der Aktentasche herum, die sich rasch öffnen ließ. Das Kombinationsschloß war schon so oft gebraucht worden, daß die Zahlen fast von selbst in die richtige Reihenfolge kamen.

In der Tasche befand sich eine weitere Kopie der Dokumente über Lords und Lords Day. Bond stellte fest, daß seine Hände zu zittern anfingen, als er sie sah. »Nehmen Sie das an sich, Ed, und verbrennen Sie es bei der ersten Gelegenheit, die sich ergibt.«

»In Ordnung, Kumpel. Viel Glück. Ich werde auf Sie warten.«

»Ich will mich nicht einmischen«, brummte einer der ehemaligen FBI-Leute, »aber er kommt auf keinen Fall lebend wieder heraus. Das kann ich Ihnen versprechen.«

»Sie würden überrascht sein, wenn Sie wüßten, wo Captain Bond schon überall lebend wieder herausgekommen ist.« Als er das sagte, dachte Rushia daran, die Männer auf dem Rückweg möglicherweise schon zu verhören. Er hatte nur hie und da einen kleinen Hinweis erhalten. Wenn James tatsächlich in eine sichere Todesfalle ging, war es besser, wenn der alte Ed Rushia gewarnt war, damit er die Kavallerie schicken konnte.

Bond mußte seine Gedanken erraten haben. »Ed«, sagte er ruhig, »nur wenn alle Stricke reißen. Bitte, versprechen Sie mir das. Es muß sehr schlimm und hart sein. Ich muß das allein erledigen.«

Rushia nickte, hob die Hand und ließ den Range Rover an, während Bond langsam mit seinem Fußmarsch begann, den Weg hinauf, der ihn seinem Schicksal entgegenführte.

Er wußte, daß die wirkliche Gefahr gerade erst begonnen hatte, und nach einer Meile hatte er das unheimliche Gefühl, daß er von mehreren Augenpaaren beobachtet wurde.

Langsam wurde die Steigung geringer, und dann war der Pfad ganz plötzlich am Ende der Baumgrenze angelangt. Die Bäume umgaben wie ein Zaun eine ovale Landsenke, die etwa eine Meile lang und eine halbe Meile breit war. Von den Lagerfeuern erhob sich Rauch, die Tipis standen ordentlich in zwei langen Reihen angeordnet. Am anderen Ende stand ganz für sich allein ein großes, rundes Gebäude, das aus Hölzern errichtet worden war, über die man Felle gezogen hatte. Es hatte ein hohes, geschwungenes Dach, und direkt davor befand sich ein Totem. Das Heilige Haus, dachte Bond und schaute zurück auf die Reihe der Tipis. An dem anderen Ende, in seiner nächsten Nähe, stand ein Zelt, das höher und größer war als die übrigen. »Das Haus des Platzhirsches«, murmelte er vor sich hin und löste sich aus dem Schutz der Bäume, die Arme hoch über dem Kopf, die Pistole am Lauf gepackt, um zu zeigen, daß er in friedlicher Absicht kam.

Frauen und ein paar Männer waren im Camp mit den üblichen morgendlichen Verrichtungen beschäftigt. Sie zündeten Feuer an und fingen an zu kochen. Als sie sahen, daß ein weißer Mann sich näherte, hörten sie auf damit und beobachteten mit ausdruckslosen Gesichtern, wie er sich dem großen Tipi zuwandte.

Er konnte den Holzrauch riechen, der mit dem Duft von gebratenem Fleisch vermischt war, und wartete jede Minute darauf, angerufen und aufgefordert zu werden, stehenzubleiben. Er merkte, daß das allgemeine Interesse, das zunächst ihm gegolten hatte, sich jetzt dem Tipi zuwandte, dem er sich von der Rückseite aus näherte.

Er bewegte sich ein wenig zur Seite, so daß er von der Diagonale her kommen konnte und dann direkt den Eingang erreichte. In diesem Augenblick kam eine Gestalt hinter dem Tipi hervor.

»Captain Bond, was für ein Vergnügen, Sie in unserem Camp begrüßen zu können! Wie schade andererseits, daß Sie meine Anordnungen vor zwei Nächten nicht befolgt haben.«

»Wo ist sie, Gebrochene Klaue?« Er stand stocksteif da und hielt Augenkontakt zu dem riesigen Mann, der jetzt in Hirschleder gekleidet war und ein großes Jagdmesser am Gürtel trug.

»Wo sie ist?« Die Stimme von Gebrochener Klaue klang freundlich. »Sie ist in Sicherheit, James Bond. Sie ist hier und in Sicherheit. Warum? Wollen Sie mit mir um sie kämpfen?«

»Ja, das ist meine Absicht. Mann gegen Mann, einer gegen den anderen, Gebrochene Klaue. Ich bin gern bereit, mich nach Ihren Bedingungen zu richten. Sie wählen die Waffen, um es so auszudrücken.«

Gebrochene Klaue warf den Kopf zurück und lachte. »Sie glauben, daß Sie Manns genug sind, um ein Anführer zu werden? In Ordnung, Captain Bond. Es gibt Möglichkeiten, um herauszufinden, ob Sie die Kraft haben, Männer zu führen. Ich will Sie in eine kleine Zeremonie einführen, die zuerst von dem Volk der Mandanen erfunden wurde. Sie ist genau für diesen Zweck gedacht: zum Auswählen von Anführern. Man nennt sie die rituelle Marter *o-kee-pa*.«

19
Forderung zum Marterduell

»Sehen Sie – als Männer und Frauen aus verschiedenen indianischen Völkern sich die Erlaubnis besorgten, hierher zu kommen, um hier nach alter Sitte zu leben, gab es vieles, worüber wir als Gemeinschaft Entscheidungen treffen mußten.« Gebrochene Klaue blieb wie immer völlig gelassen, und seine Stimme verriet nicht die geringsten Emotionen.

Sie saßen in seinem Tipi auf Fellen, und eine junge Indianerin servierte ihnen eine Art Stew, das aus Kaninchenfleisch, wilden Zwiebeln und anderem Wurzelgemüse bestand. Sie aßen mit Holzlöffeln aus hölzernen Schalen.

»Es war notwendig, daß wir uns über wichtige Dinge wie unsere religiösen Bräuche einigten und über die Art und Weise, in der wir unsere Anführer wählen wollten. Wir mußten ein gemeinsames Ritual und allgemeine Umgangsformen finden«, fuhr er fort. »Eines der schrecklichen Dinge, die der weiße Mann jenen Menschen angetan hat, die ich als mein Volk betrachte, ist, daß er ihnen einen völlig anderen Lebensstil gab, einen Stil, der unseren Vorfahren fremd war, und der für das stolze indianische Volk eine große Entwürdigung mit sich gebracht hat. Sie können es in den Reservaten sehen, an den Krankheiten und an den schrecklichen Folgen des Alkohols. Das war einer der Gründe dafür, daß ich mich von Anfang an mit darum bemüht habe, starke Leute aus verschiedenen Stämmen zusammenzuführen.«

»Das verstehe ich.« Bond versuchte, ruhig zu bleiben in der Gegenwart dieses Mannes, der geduldig dasaß und mit sanfter Stimme recht vernünftige Sachen sagte. Es war schwierig, denn er wußte, daß er das personifizierte Böse war, ein Monstrum, das zwei Arten von Vorfahren für sich in Anspruch nahm, zwei Traditionen, und zwischen ihnen hin- und herwechseln konnte wie jemand, der mehr als nur eine Persönlichkeit besaß. Hier saß ein Mann, der die Unterwelt von San Francisco beherrschte und durch Brutalität und Angstmacherei im Zaum hielt. Wenn man ihm so zuhörte, fiel es einem schwer, die Wahrheit über die entsetzliche geistige Verirrung zu akzeptieren, die in diesem menschlichen Körper hauste.

»Wir stimmten darin überein, daß zu unseren wichtigsten Ritualen die Beschwichtigung der Geister gehörte, insbesondere der Geister der Erde, des Feuers und des Wassers, die einst die ganze Erde bevölkert haben. Können Sie das verstehen, Captain Bond?«

Er nickte. Aber sein Magen fing an zu flattern, während er darauf wartete, daß Gebrochene Klaue Lee mit dem eigentlichen Thema dieser kleinen Lektion herausrückte.

»So wie die christlichen Völker ihre Zeremonien haben, die von Tod und Wiedergeburt erzählen – die Frühlingsrituale, die zu Ostern abgehalten werden –, so mußten wir zurückgreifen auf unsere alten Bräuche, und unsere Beschwichtigungsriten zu neuem Leben erwecken, damit die Geister uns nicht im Stich lassen, damit wir am Leben bleiben, um zu sehen, wie das Korn reift, und wie wir mit Jagdglück gesegnet werden.

Ein solches Ritual, das von den Mandan-Indianern herstammt, den Leuten aus der Prärie, ist das *o-kee-pa*. Es handelt sich um eine lange Abfolge von Zeremonien mit Geistertänzen und Opfern. Ein Teil dieses alten Ritus ist die Wahl künftiger Anführer.« Er machte eine Pause, als ob er darauf wartete, daß Bond Zustimmung bekundete.

Gebrochene Klaue behauptete weiter, daß das *o-kee-pa*, als es zum ersten Mal vom weißen Mann entdeckt wurde, Anstoß erregt hatte. »Sie hielten Teile davon für so brutal und entwürdigend, Captain Bond, daß sie, als ein Kundschafter aus Ihrem eigenen Land dort nach seiner Rückkehr Zeugnis davon ablegte, vermuteten, daß der Kopf des armen, unglücklichen Kundschafters mit bizarren und morbiden Fantasien angefüllt war. Das war köstlich, kam es doch von den

Victorianern, die ihre Arbeiter ausbeuteten und die Armen brutal behandelten, meinen Sie nicht auch?«

Bond nickte nur.

»Wir trafen die Entscheidung, daß dieser Teil des *o-kee-pa* ideal für die Wahl zukünftiger Anführer aus unserem Volk hier geeignet sei. Das Ritual der Marter ist lange Zeit dazu verwendet worden, die Starken unter den Schwachen auszulesen. Deshalb haben wir vor etwa zwölf Jahren diese Zeremonie wieder eingeführt. Von acht Männern haben nur zwei von uns den Test bestanden, und ich habe Narben an meinem Körper, mit denen ich Ihnen das beweisen kann. Sehen Sie!«

Er stand auf, zog sein Lederwams hoch und zeigte seinen Rücken vor. Unter den Schulterblättern befanden sich zwei lange, dicke, häßliche Narben.

»Da sind noch zwei.« Er rollte die Hosenbeine hoch und zeigte Bond, daß er gezackte, wulstige Narben auf beiden Waden hatte. Sie sahen aus, als wäre eine Kugel in das Fleisch eingedrungen und dann explodiert, wobei schlimme, zerrissene Wunden entstanden waren.

»Sie haben gesagt, daß Sie nach meinen Bedingungen mit mir kämpfen wollen – nun, das sind meine Bedingungen. Ich werde es Ihnen erklären.«

Bond hörte mit wachsendem Schaudern und in der Gewißheit zu, daß dieser Mann bereits durch diesen abscheulichen, widerlichen Test gegangen war und ihn bestanden hatte.

»Diejenigen, die Anführer werden wollen, werden zunächst in das Heilige Haus gebracht. Dort werden ihnen starke, glatte Holznägel ins Fleisch getrieben, einer an jeder Seite des Rückens, unterhalb der Schulterblätter, und zwei weitere tief durch jede Wade. An diesen Fleischhaken werden lederne Seile befestigt. Am Ende der Seile, die von den Waden ausgehen, werden als Gewichte Büffelschädel angebracht, dann werden die Männer an den Seilen, die an den Haken in ihrem Rücken befestigt sind, aufgehängt.

Es gibt spezielle, sehr komplizierte Gesänge, die während dieser Phase vorgetragen werden«, fuhr Gebrochene Klaue fort. »Der Schmerz ist stark, aber man muß bei Bewußtsein bleiben. Wenn ein Mann das Bewußtsein verliert, wird er heruntergeholt und muß sich selber zu dem Medizinmann schleppen, der ihm einen oder zwei Finger abschlägt.« Er wies seine eigenen Hände vor, die eine mit der Handfläche nach oben, die andere umgekehrt, so daß nur der Handrükken zu sehen war. »Wie Sie sehen, sind alle meine Finger intakt. Es gibt sechs Männer in diesem Dorf, denen Finger fehlen.« Er lächelte, außerordentlich vergnügt und zugleich äußerst bösartig.

Diejenigen, welche die Führung anstrebten, sagte er, mußten dort hängenbleiben, solange der Gesang ertönte. »Das macht nach unserem modernen Zeitbegriff etwa zwanzig Minuten. Dann werden wir auf den Boden heruntergelassen, und die Holznägel werden aus unserem Rücken entfernt, nicht aber aus unseren Beinen, denn bei der nächsten Phase handelt es sich um einen Wettlauf. Die Route ist vorgegeben, um das Dorf herum, wobei die Büffelschädel an ihrem Platz bleiben. Das bedeutet, daß die Teilnehmer durch das Gewicht behindert werden, und manchmal muß man ihnen beim Laufen helfen. Es ist unvermeidlich, daß die Büffelköpfe die Holznägel schließlich aus der Wade ziehen, was weitere Schmerzen verursacht, einem aber erlaubt, schneller zu laufen. Das, James Bond, ist der Marterritus *o-kee-pa*. Und das ist mein Angebot zu einem Zweikampf, Mann gegen Mann, obwohl es natürlich eine endgültige Lösung geben muß für den unwahrscheinlichen Fall, daß beide von uns die Zeremonie durchstehen. Akzeptieren Sie meine Bedingungen soweit?«

Er hatte eine Art Zweikampf mit primitiven Waffen erwartet oder auch einen Kampf gegen Gebrochene Klaue ohne Waffen. Das letzte, woran Bond gedacht hatte, war dieser barbarische Martertest. Aber er hatte keine Wahl. Er hatte sich selber in diese Lage gebracht, deshalb mußte er sich nun damit abfinden, selbst wenn er dabei verstümmelt werden sollte.

»Worin besteht der letzte, entscheidende Test?«

»Die Strecke, die wir abstecken werden«, fuhr Gebrochene

Klaue ganz sanft fort, »wird uns zu zwei verschiedenen Endpunkten bringen. Wir müssen jeder die gleiche Distanz zurücklegen, aber die Strecken enden etwa fünfzehn Meter voneinander entfernt. An den Endmarkierungen werden sich je ein Bogen und ein Pfeil befinden. Falls wir beide die Strecke bewältigen, müssen wir so die Angelegenheit endgültig abschließen. Ein Schaft gegen einen Schaft. Derjenige, der den Endpunkt zuerst erreicht, darf schießen, und ich sollte Sie davor warnen, daß ich mit dem Bogen ungewöhnlich gut umgehen kann.«

Bond holte tief Luft. »Ich werde mich für dieses Marterritual zur Verfügung stellen – unter drei Bedingungen.«

»Sie wollen Bedingungen stellen?«

»Sie sind absolut vernünftig.«

»Nennen Sie sie.«

»Zuerst muß ich Ihr Wort haben, ausgesprochen vor der Versammlung der Tapferen und dem Medizinmann dieses Dorfes, daß man mir gestattet, in Frieden mit dem Mädchen fortzugehen, wenn ich gewinnen sollte.«

»Einverstanden, natürlich.«

»Ich muß die Bogen und Pfeile überprüfen dürfen und das Wort des Medizinmannes bekommen, daß niemand sich daran zu schaffen macht, bevor der Zweikampf beendet ist.«

»Sie haben mein Wort ...«

»Ihr Wort reicht mir nicht, Gebrochene Klaue. Ich verlange das Wort Ihres Medizinmannes.«

Gebrochene Klaue nickte knapp. »Die dritte Bedingung?«

»Sie umfaßt zwei Teile. Erstens möchte ich die Erlaubnis haben, das Mädchen zu sehen, damit ich weiß, daß es ihr gutgeht und daß sie in Sicherheit ist.«

»Natürlich geht es ihr gut, und sie ist in Sicherheit.«

»Gut. Ich muß es selber sehen. Außerdem brauche ich einen heiligen Eid, daß ihr während der Zeremonie kein Leid geschehen wird.«

»Sie wird frei sein und mit Ihnen fortgehen dürfen – natürlich. Aber ich fürchte, Captain Bond, daß Sie zwar vielleicht den Mut und die Zähigkeit haben könnten, das Ende der Laufstrecke zu erreichen, aber Sie können mich niemals mit dem Bogen übertreffen.«

»Wir werden sehen.«

»Sie akzeptieren also meine Herausforderung?«

Bond zögerte nicht. »Ich akzeptiere die Herausforderung, denn Sie, Gebrochene Klaue, verdienen den Tod. Zudem fürchte ich, daß die Behörden Sie zwar schließlich fangen werden, Sie dann aber nur ins Gefängnis stecken. Gefängnishaft ist eine zu leichte Strafe. Ihr Vorschlag ist gut. Es ist ein Test für Mannhaftigkeit, Führerschaft und Mut. Sie verdienen den Tod.«

Chi-Chi war verängstigt. Sie brauchte es Bond nicht zu sagen, da es sich in ihren Augen und in ihrem ganzen Verhalten nur zu deutlich zeigte. Sie sah zerbrechlicher aus als je zuvor, dachte er, als er ihr erzählte, daß alles wieder gut werden würde.

»Ich möchte nur hier wieder herauskommen, James. Ich wünsche mir, daß alles wieder so wird, wie es an dem Abend war, als du fortgegangen bist, um Wein zu holen.«

»Der Wein wird sich halten. Es ist ein guter Jahrgang.«

»Ja, aber ...«

»Ich habe jetzt zu tun.« Er dachte nicht daran, ihr zu sagen, was er vorhatte, um sie nicht noch mehr zu erschrekken. Als er das Tipi der Frauen verlassen hatte, wo sie festgehalten wurde, war sein einziger Gedanke, daß er überleben mußte, gewinnen mußte. Chi-Chi war zu kostbar für ihn geworden, als daß er auch nur daran denken konnte, zu verlieren.

Zusammen mit Gebrochener Klaue traf er dann Bärenhaupt, den Medizinmann des Dorfes, und einige der älteren Tapferen. Sie bedienten sich der Zeichensprache, und als Bond seinen Gegenspieler genau beobachtete, hatte er das sichere Gefühl, daß Gebrochene Klaue zu seinem Anteil an dem Handel stehen würde. Aber immer noch setzte ihm im Hinterkopf der Gedanke zu, daß Gebrochene Klaue etwas arrangiert haben könnte, eine Art Rückversicherung für den Fall, daß vorauszusehen wäre, daß er den Kampf verlieren würde. Der einzige unter den älteren Tapferen, dem Bond nicht traute, war ein kleiner, quirliger Indianer mit dem Namen Zwei Gleiche Wege. Auf Bond wirkte er wie jemand, der schon eine Menge von der Welt außerhalb der Reservate und dieses Dorfes gesehen hat. Außerdem schien er Gebrochener Klaue besonders zugetan zu sein.

Man führte sie die Rennstrecke entlang. Von dem Heiligen Haus aus mußte Gebrochene Klaue nach links laufen und Bond nach rechts. Sie würden die ganze Strecke durch das Dorf zurückzulegen haben, hinter den Tipis, bis sie auf der anderen Seite das große Zelt von Gebrochener Klaue hinter sich gelassen hatten. Ein Stück weiter waren die Zielpunkte mit weißen Steinen markiert, die ungefähr fünfzehn Meter voneinander entfernt waren. Hier legte einer der Gehilfen des Medizinmannes zwei Bogen und die Pfeile nieder.

Beide Bogen waren stark und beinahe identisch, aus gutem Eschenholz gefertigt und mit Tiersehnen verstärkt. Die straffgespannten Bogensehnen bestanden nach Bonds Meinung ebenfalls aus Tiersehnen, und die Pfeile waren fest, gerade und mit Eisenspitzen versehen, der Schaft war am anderen Ende mit langen Vogelfedern besetzt.

So sehr er es sich auch gewünscht hätte, seine eigenen Fähigkeiten als Bogenschütze zu erproben, wußte er doch, daß man ihm das als Zeichen von Schwäche und Unsicherheit ausgelegt hätte. Der halbe Sieg, so hatte er sich gesagt, bestand darin, keine Furcht zu zeigen und großes Vertrauen in den Ausgang der Sache zu Schau zu stellen. Zu diesem Zweck fragte er jetzt, ob man ihn für eine halbe Stunde allein lassen könnte. Er erklärte sich bereit, deutlich für jeden sichtbar an einem Platz zu sitzen, aber, so gab er dem Medizinmann zu verstehen, er wolle mit seinen Göttern sprechen.

Zu diesem Zeitpunkt hatte er angefangen, Nachrichten an Gebrochene Klaue mit Hilfe dieses zugleich würdevollen und unheimlichen Mannes zu übermitteln, der in bunte Häute gekleidet und mit Amuletten behangen war. Sein Gesicht war mit einer weißen Paste bedeckt, und sein Haar war bis zum Skalp bepflastert mit einer klebrig wirkenden, rötlichen Farbenkleckserei. Wenn er die Herausforderung schon einmal angenommen hatte, dachte Bond, war es eindrucksvoller, wenn er seinen Gegner jetzt ignorierte, als wenn er freundlich mit ihm sprach.

Seine Bitte wurde gewährt, und er ging ein wenig über die Erdumrandung des Dorfes hinaus, bis er schließlich einen kleinen Felsvorsprung fand, auf dem er im Lotussitz Platz nahm und die Augen schloß. Das war der einzige Weg, auf dem er sich auf das vorbereiten konnte, was auf ihn zukam, und sich mit Hilfe seines Willens in einen geistigen und körperlichen Zustand versetzen konnte, der seinen Sieg garantieren würde.

Zuerst richtete er seine Gedanken auf seinen Feind. Gebrochene Klaue war schon einmal durch diese Feuerprobe gegangen, aber das lag rund zwölf Jahre zurück. In der Zeit, die seitdem vergangen war, hatte der Mann mit großer Wahrscheinlichkeit einiges von seinem Durchhaltevermögen eingebüßt. Er wirkte zwar fit, aber Bond schätzte, daß er Übergewicht hatte; mit Sicherheit war er heute schwerer als vor einem Dutzend Jahren. Es war möglich, daß die Anstrengung diesmal für Gebrochene Klaue zu groß sein würde.

Seine eigene Position war anders. Er war stark und fit. Er wußte das, und es war ein Trost für ihn. Der Schmerz würde zweifellos einen Schock für seinen Organismus bedeuten, aber jetzt mußte er seine Gedanken von dem Schmerz weglenken. Das war ein Trick, den er beherrschte. Schmerz mochte zwar entstehen, doch Schmerz tötete nicht; er machte nur die anderen Sinne stumpf. Bond konzentrierte sich darauf, seine anderen Sinne vom physischen Schmerz zu distanzieren; das war der wichtigste Aspekt, um psychologisch vorbereitet zu sein auf das, was ihn erwartete.

Schließlich erhob Bond sich wieder. Sein Geist hatte sich von seinem körperlichen Sein zurückgezogen. Er ging hinunter zu den Tapferen, die bei dem Heiligen Haus auf ihn warteten, bereit für die letzte Herausforderung, das *o-kee-pa*.

20
O-Kee-Pa

Das Heilige Haus schien erfüllt zu sein von einem Rauchschleier aus den Pfeifen der älteren Männer, die eng beieinander in der Nähe des dreieckigen, galgenähnlichen Gestells saßen, das aus dicken, verwitterten Holzbalken errichtet worden war.

Zuerst wurde Bond ausgezogen; um seine Taille und zwischen die Beine legte man ein weiches Lendentuch. Seine Füße blieben bloß, und dann wurde er von den zwei Gehilfen des Medizinmannes zu seinem Platz unterhalb eines der gekreuzten Balken geführt. Er drehte sich um und schaute Gebrochene Klaue an. Er starrte direkt auf das linke Ohr seines Gegners. Das war ein alter Trick, mit dem man manchmal den Eindruck erwecken konnte, seinen Feind niederzustarren.

Das Trommeln begann, tiefe Schläge, fast im Walzertakt, aber langsam und fast hypnotisch. Dann folgte der Gesang, unheimlich, als käme er aus Kehlen, die wenig mit menschlichen Kehlen zu tun hatten. Bond fixierte seine Gedanken auf den Rhythmus; er atmete tief ein, bereit für den ersten Schmerzschock.

Einer der Gehilfen ergriff eine Handvoll Gewebe direkt unter seinem rechten Schulterblatt, und heftiger Schmerz erfüllte ihn, als der erste scharfe Holznagel seine Haut durchbohrte und in das Fleisch eindrang. Er hatte das Gefühl, daß sein ganzer Rücken versengt wurde. Er konnte die Feuchtigkeit des aus der Wunde herausquellenden Blutes spüren und kämpfte darum, seine Gedanken von seinem Körper abzuziehen.

Dann wurde der nächste Nagel auf der linken Seite eingetrieben, und der Schmerz verdoppelte sich – riesige scharfe Nadeln schienen durch seinen Rücken zu schießen, und ihm wurde etwas schwindlig. Er atmete tief ein und konzentrierte sich auf das Schlagen der Trommeln und die gutturalen Klagelaute des Gesangs.

Er merkte kaum, daß einer der Männer sich an seiner rechten Wade zu schaffen machte, bis der scharfe Holznagel in sein Bein geschlagen wurde und der Schmerz den ganzen Körper ergriff. Bein Eindringen des letzten Nagels fürchtete Bond, daß er drauf und dran war, unmittelbar das Bewußtsein zu verlieren, aber er brachte es dennoch fertig, seinen Geist völlig auf die Notwendigkeit, die Qualen zu ertragen, zu konzentrieren.

Man hatte ihm gesagt, daß die Büffelschädel sehr alt und seit vielen Jahren von einigen Mitgliedern des Stammes aufbewahrt worden waren. Obwohl sie alt waren, waren sie doch schwer. Er vermutete, daß man sie innen mit Steinen beschwert hatte.

Gebrochene Klaue hatte keinen Laut von sich gegeben, als sie seinen Körper durchbohrt hatten, und Bond wußte, daß er auch nicht geschrien hatte, abgesehen von einem unwillkürlichen, vernehmbaren Ansaugen des Atems bei dem ersten Nagel. Er schaute nach vorn und fühlte, wie der Schweiß von seiner Stirn herunterfloß und über seine Augen tropfte.

Aus weiter Ferne hörte er, wie der Medizinmann einen langgezogenen Ruf ausstieß, der an- und abzuschwellen schien und dann in den Gesang einmündete. Eine Sekunde später gelangte er zu der Erkenntnis, daß dieser Ruf das Signal dafür gewesen war, das Seil hochzuziehen. Er dachte, sein ganzer Rücken würde auseinandergerissen, als sein Körper der Spannung ausgesetzt wurde, nachdem seine Füße den Kontakt zum Boden verloren hatten. Dann wurde sein Rücken zu einer einzigen lodernden Masse, und als er noch höher gezogen wurde, spürte er das unerträgliche Gewicht an den Nägeln in seinen Waden. Der Schmerz schien alle Fasern seines Körpers zu durchdringen. Er ging in großen Wellen von den Punkten aus, in die man die vier Holznägel eingetrieben hatte, so daß zusätzlich zu dem alles beherrschenden Schmerz von Kopf bis Zeh ihn noch schärfere, messergleiche Stiche durchbohrten.

Das Ziehen an den Nägeln in seinen Waden wurde stärker, und ihm wurde klar, daß weitere Qualen hinzukamen, weil sein Körper angefangen hatte, leicht hin- und herzupendeln. Es war, als ob die Holznägel in seinen Beinen scharf wie Rasiermesser seien und ganz langsam nach unten gezogen würden, wie wenn Messer durch sein Fleisch schnitten wie durch Butter.

Immer wieder mußte er seine Gedanken zwingen, nicht achtzugeben auf das, was sein Körper ihm mitteilte – daß er von Nägeln zerrissen und zerfetzt wurde. Die den ganzen Körper erfüllenden Qualen schienen kein Ende zu nehmen. Er konnte keine Erleichterung und keinen Trost finden, sondern nur das wütende Feuer, das ihn verzehrte. Zweimal brachte er es fertig, sich von der Schwelle zur Bewußtlosigkeit zurückzuholen, und einmal versuchte er zu sehen, wie Gebrochene Klaue sich hielt, aber der Schweiß lief in kleinen Wasserfällen von seinem Haar herunter über seine Augen.

Übelkeit ergriff seinen Magen, dann setzten Krämpfe ein und übertönten die scharfen, schneidenden Schmerzexplosionen, die von den Holznägeln ausgingen.

Dann hörte er plötzlich, ohne Vorwarnung und wie aus weiter Ferne, daß die Trommelschläge einem neuen schnelleren Rhythmus folgten. Das Hängen war vorüber, und man ließ sie langsam auf den Boden herunter.

Das Gewicht, das an seinen Beinen gezerrt hatte, verschwand, und das Ziehen der Seile, die an den Holznägeln in seinem Rücken befestigt waren, ließ nach. In diesem Augenblick mußte Bond darum kämpfen, sich auf den Füßen zu halten. Er spürte, daß die Lederriemen an seinem Rücken abgeschnitten wurden und die beiden Helfer ihn schubsten, stießen und etwas riefen.

Durch die weiße Hitze hindurch, die ihn erfüllte und von tausend Wunden in seinem Körper ausströmte, wie ihm schien, machte er sich klar, daß es Zeit war, mit dem Lauf zu beginnen. Er bekämpfte das ihn fast überwältigende Unwohlsein und konzentrierte seine Gedanken zuerst auf Chi-Chi und die Notwendigkeit, seinen Gegner zu schlagen. Wenn du nicht gewinnst, James, wird Gebrochene Klaue Lee weiterhin Böses tun, schrien ihm seine Gedanken zu. Der Schmerz schrie zurück, als er einen Fuß vorsetzte und das Seil mit dem Büffelschädel mit sich zog.

Mühsam brachte er zwei Schritte in Richtung auf die Tür des Heiligen Hauses zustande, bevor er ausglitt und fiel. Als man ihn wieder hochzog, fiel sein Blick auf Gebrochene Klaue, der mit verzerrtem Gesicht in seiner eigenen Hölle schmorte und dem man ebenfalls voranhelfen mußte.

Es gab einen Weg – nur einen einzigen Weg. Er mußte sich selber von den Gewichten befreien. Er biß die Zähne zusammen und stieß mit dem einen Fuß zurück und wieder nach vorn. Er fühlte, wie sein Fleisch zerrissen wurde. Ein neuer heftiger Schmerz durchpulste sein rechtes Bein.

Er führte dieselbe Aktion mit seinem linken Bein durch, und diesmal spürte er tatsächlich, wie das Fleisch nachgab. Mit einem schrecklichen, schneidenden Ruck wurde der Nagel herausgezogen, und das Blut strömte an seinem Bein herunter.

Aber immer noch steckte der Holznagel in seiner rechten Wade. Bond konzentrierte seine Gedanken auf Chi-Chi und die unbedingte Notwendigkeit, zu gewinnen. Er bückte sich, packte das lederne Seil und riß den Nagel heraus. Er spürte einen brennenden Schmerz und die Hitze der Wunde, aber er war jetzt wenigstens in der Lage, vorwärtszutorkeln und beide Beine zu gebrauchen.

Er hob die Hand, um sich den Schweiß aus den Augen zu wischen, sammelte seine Kräfte und setzte sich in Bewegung. Es ist nicht weit, dachte er, es ist kein weiter Weg. Aber seine Beine brannten, als ob die Gehilfen des Medizinmannes mit rotglühenden Schürhaken auf seine Waden einschlügen.

Richte dich nach dem Rhythmus, sagte er sich. Zur Hölle mit dem, was du fühlst. Einfach dem Rhythmus folgen. Die Trommeln schienen ihn von allen Seiten zu umgeben. Er bemerkte, daß die Indianer Rufe ausstießen, als wollten sie ihn anfeuern, und er fing an, zuerst sehr langsam, ein Bein vor das andere zu setzen.

Als er die Tür erreichte, stieß er mit der Schulter gegen irgend etwas. Als er nach links blickte, sah er Gebrochene Klaue, der taumelnd und benommen seinen Körper zur gleichen Zeit zwang, durch die Öffnung zu gehen. Sie befanden sich auf gleicher Höhe, dachte Bond, und irgendwie schien ihm das neuen Mut zu geben. Er machte sich auf den Weg, aber der Schmerz, der bei jedem Schritt seinen Körper durchschüttelte, erregte ihm Brechreiz. Er biß fest auf seine Lippen und fügte sich mit diesem alten Trick einen neuen Schmerz zu, um zu versuchen, den alten damit zu überwinden.

Wieder vier Schritte. Seine Gedanken richteten sich darauf, daß der alte Schmerz tatsächlich alt war. Er kannte ihn schon sein ganzes Leben lang, nicht erst seit einer halben Stunde. Sein Geist fing an, den ewig uralten Schmerz willkommen zu heißen, das Pulsieren des Feuers, das ihn verzehrte. Durch die Abgründe der Verzweiflung, hervorgerufen durch die tausend scharfen Messer, die seinen Körper peinigten und sein Blut forderten, sah er den Weg nach vorn. Allmählich fing sein Geist an, über die ausgefeilte Marter zu triumphieren, die ihm diese rasenden Schmerzen zufügte.

Seine Schritte wurden länger. Irgendwie brachte er es fertig, tatsächlich zu laufen, den Kopf gesenkt. Er zwang seinen Körper weiter vorwärts durch eine Luft, die klebrig wie Sirup zu sein schien. Es kam ihm so vor, als ob die Luft, die er ausatmete, sich verdichtete, ihn umschloß und zur Aufgabe zwingen wollte.

Er besaß keinerlei Zeitsinn mehr, nur noch den festen Willen, die Sache auszutragen, zu Ende zu bringen, den Punkt zu erreichen, an dem der Schmerz aufhören würde.

Er war bedeckt von Blut und Schweiß und mußte ständig mit dem Handrücken über seine Augen wischen. Immer noch umgaben ihn viele Leute, und die Trommeln wurden lauter und lauter, bis sein Kopf und sein ganzes Sein von ihrem Rhythmus erfüllt waren.

Ohne jede Vorwarnung hörte das Trommeln plötzlich auf. Stille folgte. Nur sein schwerer Atem und der schnelle Schlag seines Herzens sagten ihm, daß er noch am Leben war. Da sah er, nur noch wenige Schritte entfernt, den weißen Stein, wo sein Bogen mit Pfeil bereitlag.

Er schien von irgendwoher neue Kräfte zu bekommen und warf sich mit einem mächtigen Sprung nach vorn auf die Waffen. Eine Hand ergriff den Bogen, die andere packte den Pfeil.

Dann verschwamm alles vor seinen Augen, und er spürte, daß die Knie unter ihm nachgeben wollten. Aber gleich darauf klärte sein Blickfeld sich so weit auf, daß er den Pfeil an der Bogensehne ansetzen konnte, die er zurückzog, während es ihm gelang, sich voll aufzurichten und in die Richtung zu wenden, in der sein Ziel, wie sein Instinkt ihm sagte, sich befand.

Gebrochene Klaue kämpfte blutüberströmt darum, seinen riesigen Körper aufrechtzuhalten und hatte bereits die Bogensehne gespannt, an die sein Pfeil stieß, den Bogen in Armeslänge von sich gehalten, und jagte sein Geschoß in Bonds Richtung los.

Bond dagegen konnte nicht den richtigen Stand finden, er taumelte und wußte, daß er seinen Platz nicht behaupten konnte. Gebrochene Klaue hatte gewonnen, dachte er, und wußte, daß sein Gegner den tödlichen Pfeil bereits abgeschossen hatte. In diesem Augenblick gaben seine Beine nach, und er fiel auf die Knie.

Der Pfeil von Gebrochener Klaue zischte einige Zentimeter über seinen Kopf hinweg und schlug hinter ihm dumpf auf dem Boden auf.

Eine weitere verzweifelte Anstrengung, ein weiterer Rückgriff auf das, was ihm an Kraftreserven noch geblieben sein mochte. Er reckte sich, stellte fest, daß seine Augen frei von Schweiß waren, sah sein Gegenüber, das taumelnd, aber aufrecht dastand, und wußte, daß der für ihn bestimmte Pfeil auf den Boden gefallen war.

Kurz bevor er schoß, glaubte Bond, daß seine Blicke sich mit denen von Gebrochener Klaue kreuzten, aber das, dachte er später, war wahrscheinlich nur eine Einbildung gewesen, ebenso wie das Gefühl, daß eine starke Ausstrahlung des Bösen von dem Körper des Mannes ausging.

Bond wußte, daß er sein Ziel erfaßt hatte. Er schnellte den Pfeil ab und sah, wie er direkt in die Kehle von Gebrochener Klaue eindrang. Es gab ein Geräusch, an das er sich erinnerte, denn er hatte irgendwo etwas darüber gelesen; es klang wie das gedämpfte Murmeln eines reißenden Stromes, der durch dicht bewaldetes Gebiet floß, und erinnerte an ein verzweifeltes Heulen.

Er sah deutlich, wie Gebrochene Klaue nach dem Pfeil griff, als wollte er ihn sich aus der Kehle reißen. Dann würgte der riesige Halbindianer oder Halbchinese schwer und heiser, seine Hände sanken nieder und gaben den Versuch auf, den Pfeil herauszuziehen; seine Arme flatterten wie die Flügel eines verwundeten Vogels, der von einem Schuß niedergestreckt worden war. Sie bewegten sich immer noch, als sein Körper zu Boden stürzte.

»James! Hinter Ihnen! Hinter Ihnen!« Er erkannte die Stimme des Mannes, und als er sich umdrehte, sah er, daß der Indianer Zwei Gleiche Wege auf dem Rand der Erdumfassung der ovalen Landsenke stand, die das Lager umgab. Er hielt einen Bogen in der Hand, den Pfeil schußbereit. Im gleichen Augenblick hörte er das Geräusch eines Schusses, der noch nachhallte, als Zwei Gleiche Wege seine Hände hochwarf und in die Luft geschleudert wurde.

Bond trottete hinüber zu dem Körper von Gebrochener Klaue, der ganz still dalag. Dann gaben seine Knie nach, und er versank in einem grauen Nebel.

»Hallo, James! James, alles ist in Ordnung. Sie werden wieder gesund werden.«

Der Nebel vor seinen Augen geriet in Bewegung, und wieder wurde er von einer großen Welle des Schmerzes überwältigt, aber er konnte das Gesicht von Ed Rushia vor sich erkennen.

»Zur Hölle, Ed«, krächzte er. »Ich habe gesagt, nur wenn alle Stricke reißen. Ich mußte das ganz allein erledigen.«

»Das hast du getan, James.« Eine andere Stimme ertönte. »Ed hat dich gerettet, als einer von den Leuten von Gebrochener Klaue versuchte, dich umzulegen. Da war schon alles vorüber. Oh, James, Liebling, was du getan hast...«

Er wußte, daß es die Stimme von Chi-Chi war, aber irgendwie glitt sie davon in ein anderes Land, als es dunkel um ihn wurde.

In den nächsten sechs Wochen operierten sie ihn fünfmal. Obwohl M gewünscht hatte, daß man Bond nach Großbritanien zurückbrachte, bestanden die Amerikaner darauf, daß es ihre Sache war, ihn wiederherzustellen. »Auf jeden Fall brauchen wir Ihren Mann noch für eine wichtige Unterredung nach dem Einsatz«, hatte John Grant dem Chef des britischen Geheimdienstes erklärt. Deshalb gab M mit Würde nach.

Grants Leute besuchten ihn in regelmäßigen Abständen in dem Lazarett der Navy, und er erfuhr einiges mehr über das Reich von Gebrochener Klaue Lee. Zum einen waren alle davon überzeugt, daß die zusammengeschmolzenen indianischen Stämme in den Chelan Mountains für irgendeinen Zweck vorgesehen gewesen waren. »Sie schienen absolut friedlich zu sein«, erzählte Grant ihm, »aber wir haben uns ausgerechnet, daß er nur diejenigen Leute aufgenommen hat, die zu den alten barbarischen Formen zurückkehren wollten. Kein Indianer in einem Reservat würde auch nur daran denken, heutzutage das Marterritual *o-kee-pa* wieder einzuführen. Wir sind ziemlich sicher, daß er einen Grund dafür hatte, sich eine private indianische Truppe aufzubauen, der nichts mit Frieden zu tun hatte.«

Schließlich war Bond wieder in der Lage, fast ohne Schmerzen zu gehen. Der Schaden, der seinen Beinen zugefügt worden war, erwies sich als schwerwiegender als der an seinem Rücken, aber die Ärzte meinten, daß er schließlich nur noch die Narben übrigbehalten würde, um beweisen zu können, daß die ganze Sache tatsächlich stattgefunden hatte.

Sue Chi-Ho besuchte Bond täglich, und jeden Tag dankte sie ihm für das, was er getan hatte. »Ich habe die Lebensbeschreibungen der beiden gelesen, deren Namen wir trugen«, erzählte sie ihm eines Nachmittags. »Abaelard und Héloise. Dabei entdeckte ich ein Zitat aus einem ihrer Briefe an ihn, nachdem sie in ein Kloster gegangen war und er seine Männlichkeit verloren hatte. Ich glaube, danach sollte man leben. Sie schrieb:

Möge es bald sein, was immer du für uns
planst. Möge der Geist des Menschen
blind bleiben der Zukunft gegenüber. Möge ihm
in seinen Ängsten die Hoffnung bleiben.

Ich bin froh, daß wir der Zukunft gegenüber blind sind. Wenn ich gewußt hätte, was bei dem *Unternehmen Curve* auf uns wartete, hätte ich mich niemals darauf eingelassen. Ich sorge mich nicht darum, was jetzt geschieht. Ich will gar nicht wissen, was der morgige Tag bringt.«

Schließlich erlaubte man es Bond, das Lazarett zu verlassen. Chi-Chi holte ihn an einem späten Nachmittag ab und fuhr ihn zu ihrem Appartement. Er hatte M privat angerufen und vier Wochen Krankenurlaub bekommen, obwohl sie beide wußten, daß Bond ein Jahr lang physiotherapeutisch behandelt werden mußte, bevor seine Muskeln völlig wiederhergestellt sein würden.

Das Appartement war wieder in Ordnung; selbst das zersplitterte Glas an dem Museumsposter war ausgetauscht worden.

»So war es, als wir herkamen«, sagte Bond.

»Ja, aber heute nacht wird es ganz anders sein, James. Ich habe eine wirklich wundervolle Mahlzeit für uns vorgesehen. Setz dich nur hin und ruh dich aus, ich fange sofort damit an.« Sie ging in die Küche, und ein paar Sekunden später hörte Bond, wie sie vor Wut explodierte. Im Sturmschritt kam sie heraus. »Was glaubst du, was ich getan habe? Ich habe vergessen, Wein zu besorgen. James, würdest du ein Engel sein und...«

»Nein!« Er sah, wie sie zu lachen anfing. »Auf keinen Fall! Nichts zu machen! Schluß und aus!«